作家散文典藏

祝勇散文

祝勇 著

作家出版社

图书在版编目（CIP）数据

祝勇散文 / 祝勇著. -- 北京：作家出版社，2024. 7
（作家散文典藏）
ISBN 978-7-5212-2788-8

Ⅰ. ①祝… Ⅱ. ①祝… Ⅲ. ①散文集 - 中国 - 当代
Ⅳ. ①I267

中国国家版本馆CIP数据核字（2024）第081666号

祝勇散文

作　　者：祝　勇
责任编辑：宋辰辰
装帧设计：意匠文化 · 丁奔亮
出版发行：作家出版社有限公司
社　　址：北京农展馆南里10号　　**邮　　编**：100125
电话传真：86-10-65067186（发行中心及邮购部）
86-10-65004079（总编室）
E-mail:zuojia@zuojia.net.cn
http://www.zuojiachubanshe.com
印　　刷：北京博海升彩色印刷有限公司
成品尺寸：142×210
字　　数：277千
印　　张：15.875
版　　次：2024年7月第1版
印　　次：2024年7月第1次印刷
ISBN　978-7-5212-2788-8
定　　价：128.00元（精）

目 录

序言：写作，在故宫博物院的潺潺雨声中

刘心武

因为发表过一篇《王小波，晚上能来喝酒吗?》，不少人知道在王小波未曾闻达前，我与他交往过。王小波身前寂寞，身后昭显，我感慨系之。其实在与王小波交往期间，我也主动与另外数位比我小很多的青年作家交往，也称得上是忘年交。王小波比我小10岁。那时我就与比我小26岁的祝勇交往。我有时约王小波一个人在我居所楼下不远的一个小小的三星餐厅吃干烧鱼喝二锅头，有时还另约几个小朋友一起，围坐点一桌家常菜，来跟我和王小波一起神侃。干烧鱼往往就得吃完一条，再请厨师烧一条，二锅头则必两瓶以上，还喝不少啤酒。在我的这些忘年谈伴中，王小波语气沉吟却软幽默连串；其他有的慷慨激昂，有的高度理性，有的插话如画龙点睛，有的笑声爽朗豪放。祝勇呢，却总是绅士风度，不抢话，喜聆听，偶尔发言，声不高，词不炫，蔼然可亲，谦让通达。那是二十几年前了，真是些难忘的，于我而言是

哀乐中年，于他们是绚丽青春。

祝勇要去美国访问，我让他到了旧金山湾区史丹福校区，去访问我的好友李黎。李黎是改革开放后由三联书店老总范用发出邀请，最早来大陆演讲并与大陆作家交流的，从台湾到美国定居的作家。她在大陆出版了小说集《西江月》，茅盾给她题写了书名。她在台湾文学界享有盛名，在大陆陆续出版了不少小说集散文集。她跟我和上海的李子云大姐最谈得来。但她不轻易接受陌生人访问的。我在越洋电话里跟她介绍祝勇，说这是大陆的新锐散文家，提出并实践“新散文”写作。祝勇这一代的“新散文”作者打破旧有的窠臼，不再循“写景＋人物＋抒情＋升华”的路数，而是力求融历史现实心象幻想新知感悟为一炉。他们的优势，是大都有高等学历，懂外文，视野广，心思缜密，善察能表，很值得与其聊聊。李黎这才表示期待祝勇的造访。大约一个月以后，李黎通过电邮告诉我，祝勇去过了，“没想到是个美男子”。“美男子”的夸赞比“帅哥”高一级了。她说与祝勇交谈甚欢，祝勇不仅见解新颖脱俗，而且彬彬有礼，风度翩翩，她说怪不得我把祝勇当做一个忘年谈伴。

祝勇写紫禁城的第一本书是《旧宫殿》，我看了佩服赞赏。马来西亚《星洲日报》设立了一个针对全世界华文写作的花踪文学奖，我被邀任评委，将《旧宫殿》推荐去，获提名，惜未获奖。祝勇对紫禁城的兴趣越来越浓酽，最后他干脆进入故宫博物院故宫学研究所，任故宫文化传播研究所主任。他默默钻研，孜孜著述，每出一本新书，必签名递赠给我，仅近年来，人民文学出版社就接二连三推出了他的图文并茂的大部头专著:《故宫六百年》《故宫的古物之美》《故宫的隐秘角落》《故宫的古画之美》《故宫的书法风流》《故宫文物南迁》《在故宫看见中国史》…… 另有人文社副牌天天出版社推出的《讲给孩子的故宫》，等等。

2021年10月，祝勇邀我从东华门进入故宫，到他任职的研究所会晤。研究所利用了故宫内的南三所，那个绿琉璃瓦顶的建筑群，清代是皇帝的阿哥们居住及学习的地方。祝勇那故宫文化传播研究所里的办公室，只是小小的一个房间。为了写作起来能够留宿，放下一个床铺外，电脑桌书架又占去大半，真局促得可以。但就是在那样狭窄的小屋里，他写成了那么多的既有史料性又有文学性的专著。祝勇告诉我，他不嫌屋子小。那里非常安静。他特别喜欢下雨的时候，窗外雨声潺潺，院内寂无人语，达到一种富有诗意的安谧，是写作的圣境。

其实我也最爱窗外雨潺潺的写作环境。不间断的雨丝，牵出我们心茧中多少珠玑金屑啊。

美的开端

彩陶早已退出了人们的生活，但中国人的日常生活（衣食住行）、艺术流变（书法绘画、音乐舞蹈）中，彩陶的影响无处不在。人们常说华夏文明5000年不断流，纵然是远在9000年至4000年前的彩陶，它的风流余韵，袅袅不绝。

关于衣，早在新石器时代，陶制品的使用就超出了日常生活和礼器用具的范畴，向更广阔的生产生活领域"旁逸斜出"，比如陶纺轮，就是制陶工艺的一个延伸。陶纺轮，在新石器时代就已成为纺织生产工具，这证明伴随着当时的农业文明的发展，纺织业已有了很大发展，我们的服饰文明，已经开始起步。

只是20世纪以来的考古发掘，出土的"饰"比较多，而"服"因为是有机质，易于腐烂，上古时代的衣物几乎不可能穿过时间的围剿抵达今天，但可以找到与纺织文明有关的其他证物。1926年，考古学家李济先生率领考古队到山西夏县考察，路过西阴村和辕村，那里据说是嫘祖养蚕的地方。嫘祖（也写作累祖）是黄帝的妻子，因为发明了养蚕缫丝的方法，让上古先民们不仅有饭吃，而且有衣穿，因此被奉为“先蚕娘娘”。在夏县西阴村和辕村，嫘祖给黄帝进献丝织战袍的传说至今仍在流传。在那里，李济和他的伙伴们果然发现了一个丝质茧壳。李济先生后来在文章里激动地确认：“这是当时发现的最古老的蚕茧的孤证标本。”[1] 两年后，李济先生把它带到美国华盛顿检测，证明这是家蚕的老祖先。“蚕丝文化是中国发明及发展的东西，这是一件不移的事实。”[2]

1958年，在良渚文化的钱山漾遗址，距今4000多年的家蚕丝线、丝带和绢片终于被发现了，与丝绸生产相关的陶纺轮也惊现于世。2017年，考古人员在河南省郑州市荥阳市青台遗址出土的瓮棺里发现了丝织物，鉴定结果为5000年前的桑蚕丝残留物，是迄今全世界发现的年代最早的丝绸实物，表明中国是丝绸文明的发祥之地，而瓮棺中的儿童，正是被那个年代里最先进的丝织品——丝绸包裹着下葬的。丝织物与它的生产工具——陶纺轮，虽沉埋地下，数千年沉默不语，却不约而同地达成了完美的互证。

关于食，我已说过了许多。因为陶器，我们的上古先民们可以喝开水、吃熟食、饮美酒。饮食烹调，由生存之必需，

1　转引自齐岸青：《河洛古国——原初中国的文明图景》，郑州：大象出版社，2021年，第233页。

2　转引自齐岸青：《河洛古国——原初中国的文明图景》，郑州：大象出版社，2021年，第234页。

彩陶水波纹钵
故宫博物院藏

转变成一种生活美学。陶器里的钵、碗、杯、豆、盆、罐、觚（以上为酒器、饮食器和储存器）、釜、鼎、鬲、斝、甑、甗（以上为炊煮器），陶器（彩陶）的器形越来越细，对应着先民的饮食越来越走向精致与复杂。而精致的饮食文化，又将中国的文明引向了“礼”的层面，如《礼记》里说的，“夫礼之初，始诸饮食”。中华优秀传统文化之所以有着经久不息的魅力，正是因为它与我们的生活、与生命最本质的欲求有着密不可分的联系。由此出发，华夏文明达到了一个足以傲然于世的高度。

关于住，我们今天可见的对于瓦的记载来自西周，东周有了“盟于瓦屋”的记载，说明当时已有瓦屋。而瓦的出现，其实就是由陶罐衍生出来的。中国社会科学院研究员、作家杨熙龄先生说：“我们祖先首先发明制造陶瓶陶罐，然后制造井圈之类的东西，把井圈切两次，就是四块瓦。把一个瓦瓶剖开，就成为两块筒瓦，瓦当就是屋檐筒瓦顶端下垂的部分，即筒瓦头，把瓦摊平，就是砖。人们用砖用瓦或者用水泥盖成的房屋，也还是和陶瓶陶罐一样，仍然是个容器，所不同的是一个用来盛水，一个用来盛空气和人罢了。”[1]

关于行，车轮的出现也与陶器，尤其是陶轮的启发有密

1　杨熙龄：《考瓶说分》，北京：社会科学文献出版社，1994年，第5—6页。

切的关系（这一点还需进一步的物证）。最简单的陶轮只需一对轮盘，轮盘之间装一根纵轴，轴直立竖放；陶工一面用脚旋转下面的轮盘，一面用手将柔软的黏土置于上面的轮盘中，就可以将陶器塑捏成形。若将这对轮盘横过来放，不就是车轮吗？但这个在今天看似简单的动作，人类可能历经了数千年才最终完成。在中国古代传说系统中，是轩辕黄帝把木头插在圆轮子中央，使它运转，从而发明了车辆，黄帝也因此被称作“轩辕氏”。轩，就是古代一种有帷幕而前顶较高的车；辕，则是车前驾牲畜的两根直木（先秦时代是一根曲木，汉代以后多是两根直木）。但黄帝发明的车轮，我们没有见过。据英国科学史家李约瑟考证的结论，约在4500年到3500年前，中国出现了第一辆车子。而《左传》中提到，车是夏代初年的奚仲发明的，如果记载属实，那是4000年前的事情。在殷周时代（距今3000多年前）的文物中，考古学家也发现了殉葬用的车，当时的车子由车厢、车辕和两个轮子构成，已经是比较成熟的交通工具了。无论怎样，车轮是中国古代先民最伟大的发明之一，车轮周而复始地运转，推动着车子向前运动，刷新了人们对于距离和时间的认识。历史的车轮，推动着物质的车轮，向前运行。

除了日常所必需的衣食住行，5000年彩陶文明（从距今8000年到距今3000年），也为中国艺术史缔造了一个美的

彩陶折线三角纹双系罐
中国国家博物馆藏

开端。5000年的岁月积累，足以支撑此后3000年的艺术进程（从距今3000年至今）。

比如书法和绘画，我们就可以从彩陶上寻找到源头。在彩陶上，我们可以看见的，有最初的符号（1959年，在山东省宁阳堡头75号墓出土的一件灰陶背壶上发现了“以毛笔之类工具绘写的红色符号”，是首次发现的陶器符号[1]），甚至在陶寺遗址的扁壶上，见到了文字的雏形，还有最古老的绘画，在这些绘于陶器表面的画上，我们感受花蝶泪梦，目睹鱼跃鸢飞，见证初民们生活的那个万类霜天竞自由的原始公社世界。我们看不见的，是在彩陶上写字、画画的笔。从彩陶上符号和图画线条的流畅、粗细浓淡的变化来推测，当时的书写和绘制工具，不是用竹木削成的硬质工具，而是以兽毛或者藤须加工成的软笔。考古发掘也证明了这一点，在陕西临潼姜寨的5000年前的墓葬中，已经发现了毛笔，同时发现了盛放颜料的砚石。影响中国书法和绘画的主要工具——毛笔，至少在距今5000年前的新石器时代晚期就已经完备。自那时起，一直到今天，艺术家进行书画创作的工具始终未变。中国书画艺术万般风情、艺术史的千种流变，都根源于那一管细细的毛笔。

1　参见李学勤：《考古发现与中国文字起源》，原载《中国文化研究集刊》（第二辑），上海：复旦大学出版社，1985年，第154页。

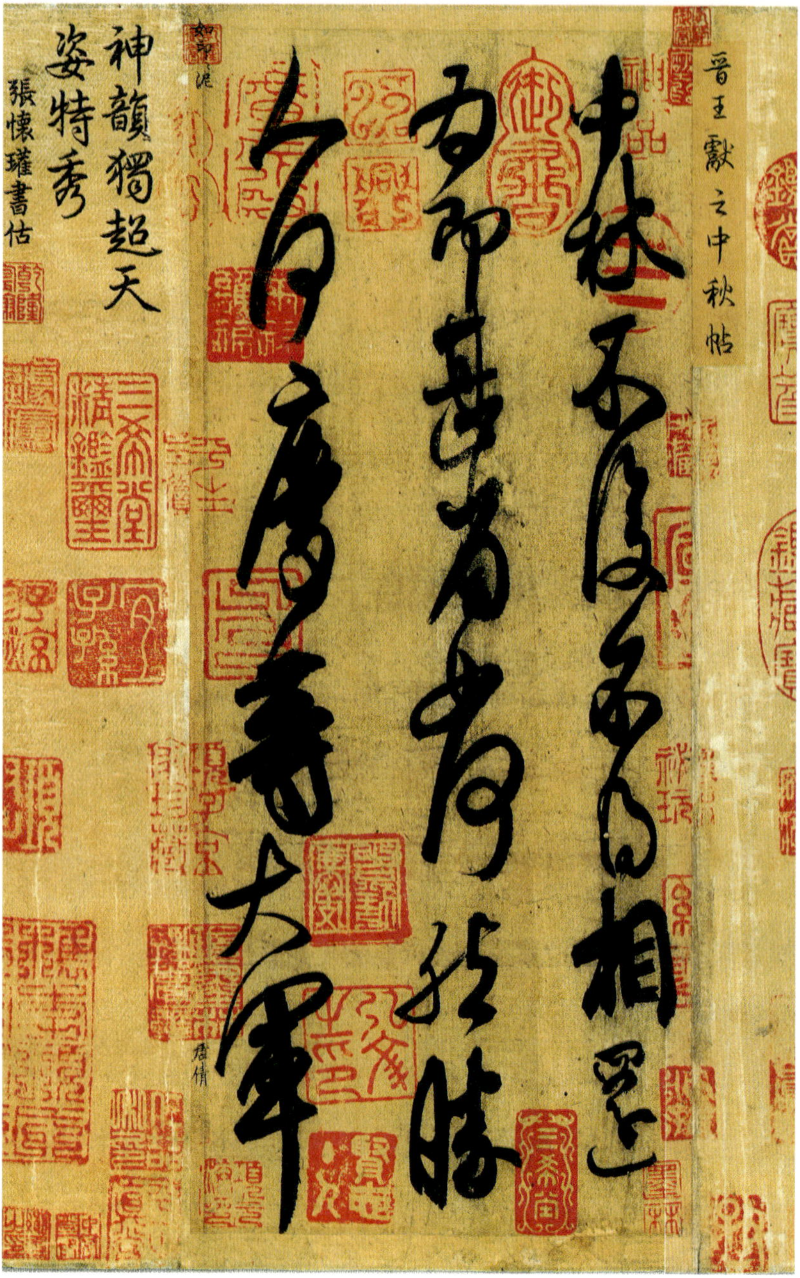

中秋帖局部

东晋，王献之，故宫博物院藏

有学者认为，绘画中的花鸟画，就是从花瓣纹和鸟纹中演变来的。由于花瓣是女性生殖器的象征，鸟被认为是男性生殖器的象征，因此花与鸟的结合，正是上古时期生殖崇拜的产物，只是到了后世，这种生殖崇拜已经淡化，而花与鸟的组合却延续下来，成为一种固定的模式，它的内涵也由"鹣鲽之情"（男欢女爱），转变为吉祥如意。[1]

同样，我们民族的音乐、舞蹈的历史，也可以追溯到彩陶时代。在仰韶文化马家窑类型的舞蹈纹彩陶盆内壁上，三组舞蹈人物翩然起舞，是那个年代的"大河之舞"吧，几千年后，我们依然可以感受到他们起舞时的节奏与气氛。

而陶器，本身就可以是乐器。《易》说"鼓缶而歌"。缶，是盛酒器，有陶缶，也有青铜缶，最著名的青铜缶，是湖北随州曾侯乙墓出土的两件青铜冰鉴缶（即曾侯乙铜鉴缶，分别藏于中国国家博物馆和湖北省博物馆），缶内有夹层，夹层里面可以放冰，这样战国早期的"湖北人"就可以喝上冰镇饮料。无论陶缶还是青铜缶，用来击打它，它就成了乐器。所以李斯《谏逐客疏》说："夫击瓮叩缶，弹筝搏髀，而歌呼呜呜快耳者。"[2]就是喝大了之后，击打着瓦缶，手拍着大

1　参见赵国华：《生殖崇拜文化论》，北京：中国社会科学出版社，1990 年，第 259 页。

2　［先秦］李斯：《谏逐客疏》，见《先秦文选》，北京：人民文学出版社，2020 年，第 466 页。

写生珍禽图卷

五代，黄筌，故宫博物院藏

腿，呜呜呀呀地歌唱；《史记·廉颇蔺相如列传》里写：“蔺相如前曰：‘赵王窃闻秦王善为秦声，请奏盆缶秦王，以相娱乐。’”[1]意思是说蔺相如上前说：“赵王私下听说秦王擅长秦地土乐，请让我给秦王捧上盆缶，大家一起乐乐。”看来在东周列国时代，击缶还是挺普遍的。《庄子》中写：“庄子妻死，惠子吊之，庄子则方箕踞鼓盆而歌。”[2]庄子敲击的盆，想必也是陶盆，而不是青铜盆、不锈钢盆，或者“红双喜”的搪瓷脸盆。

中华民族成为世界上最早迈入文明殿堂的民族之一，彩陶文化是一个重要的标志。文化的“文”，就是“纹”——是纹身的“纹”，也是花纹的“纹”。它在甲骨文里的写法是一个站立的人，上面是头部，两条手臂左右伸展，两条腿站在地上，人的胸部绘有美丽的花纹，后来引申为彩陶上的纹饰，再后来出现了玉器、青铜器、漆器等，花纹的载体也越来越多，“文”的范围越来越广，从一种物质转移到另一种物质，最终转移到无限的物质之上，不断地演“化”，成为覆盖于我们生活之上的“文化”。而中国艺术史上的第一种器物——彩陶（“文”），就是中国文化和艺术的本源，是根脉，是埋进土里、等待重生的种粒。在艺术的“六道轮回”

1 〔西汉〕司马迁：《史记》，第1907页，北京：中华书局，2000年版。

2 《庄子》，第284页，北京：中华书局，2010年版。

里，它的生命“化”入了书法，“化”入了绘画，“化”入了建筑，“化”入了歌舞，“化”入了与生命相连的每一个艺术领域。我们的文化和艺术，就像陶纹（文）上的鲜花一样绽放，日益昌荣和茂盛。而出现“纹（文）”上描绘的繁花，也被写作“华”（“华”就是“花”[1]），成为我们民族的名字。[2]我们自称“华族”，或“华夏族”，我们的土地，称为“中华”，其实就是说我们是一个文明之国、礼仪之邦。我们的文化，是盛开着鲜花的文化；我们栖居的地方，是鲜花盛开的村庄。我们民族的名字里，包含着祖先无限的诗意与自豪。

2020年—2021年8月22日

1 “华”，最早写作“𠌶”，象形花朵，后加“艸”字头，写作“華”，读huā。南北朝时期产生了“花”字，表示花朵，“华”才与“花”分开，“华”成为引申义，表达华美、华丽之意，再引申指事物的精华、文章的风采，读huá。

2 王仁湘先生认为：“花瓣纹作为新石器时代彩陶的一种母题图案，可能是具有一种我们现在还揣度不出的神秘意义”，“否则，它不可能分布这么广泛，不可能这么风靡一时”。见王仁湘：《论我国新石器时代彩陶花瓣纹图案》，原载《考古与文物》，1989年第1期。苏秉琦先生认为：“仰韶文化的庙底沟类型可能就是形成华族核心的人们的遗存；庙底沟类型的主要特征之一的花卉图案彩陶可能就是华族得名的由来。”见苏秉琦：《关于重建中国史前史的思考》，原载《考古》，1991年第12期。

汉字书写之美

一

关于故宫收藏的文物，我已经出版过《故宫的古物之美》三卷，其中第一卷写器物，第二卷和第三卷写绘画，这是第四本，内容全部关涉故宫收藏的历代法书，但本书《故宫的书法风流》的写作历程却很漫长，我进入故宫博物院工作以后写的第一篇文章，就是收在本书中的《永和九年的那场醉》，至今已经过去了近十年。十年中，我零零星星地写，陆陆续续地发表（其间也写了其他作品），最先是在《十月》杂志上，开了一个名叫《故宫的风花雪月》的专栏，后来又在《当代》开了一个专栏，杂志社给我的专栏起名，叫《故宫谈艺录》，自2017年开始，一直写到现在，今年是第五年，这是《当代》杂志，也是我自己开得最久的一个专栏。

这两个专栏里的文章，有关于故宫藏古代绘画的，也有关于法书的，但在《当代》上的专栏文章，关于历代法书的居多。我对法书有着长久的迷恋，这或许是因为我自己便是一个写字人（广义上的），对文字，尤其是汉字之美有着高度的敏感。瑞典汉学家林西莉曾经写过一本书，叫《汉字王国》，是一本讲甲骨文的书，我喜欢它的名字："汉字王国"。古代中国，实际上就是一个由汉字连接起来的王国。秦始皇统一中国，必定会想到统一汉字，因为当时各国的大篆千差万别，只有"书同文"，"国"才算是真正地统一。没有文字的统一，秦朝的江山就不是真正的一统。我在《李斯的江山》里写："一个书写者，无论在关中，还是在岭南，也无论在江湖，还是在庙堂，自此都可以用一种相互认识的文字在书写和交谈。秦代小篆，成为所有交谈者共同遵循的'普通话'。""文化是最强有力的黏合剂，小篆，则让帝国实现了无缝衔接"。

二

汉字是国族聚合的纽带，还是世界上最具造型感的文字，而软笔书写，又使汉字呈现出变幻无尽的线条之美。中国人写字，不只是为了传递信息，也是一种美的表达。对中国人来说，文字不只有工具性，还有审美性。于是在"书写"中，产生了"书法"。

"书法"，原本是指"书之法"，即书写的方法——唐代书学家张怀瓘把它归结为三个方面："第一用笔，第二识势，第三裹束。"周汝昌先生将其简化为：用笔、结构、风格[1]。它侧重于写字的过程，而非指结果（书法作品）。“法书”，则是指向书写的结果，即那些由古代名家书写的、可以作为楷模的范本，是对先贤墨迹的敬称。

只有中国人，让“书”上升为“法”。西方人据说也有书法，我在欧洲的博物馆里，见到过印刷术传入之前的书籍，全部是“手抄本”，书写工整漂亮，加以若干装饰，色彩艳丽，像“印刷”的一样，可见“工整”是西方人对于美的理想之一，连他们的园林，也要把蓬勃多姿的草木修剪成标准的几何形状，仿佛想用艺术来证明他们的科学理性。周汝昌先生讲，“（西方人）‘最精美’的书法可以成为图案画”[2]，但是与中国的书法比起来，实在是小儿科。这缘于“西洋笔尖是用硬物制造，没有弹力（俗语或叫“软硬劲儿”），或有亦不多。中国笔尖是用兽毛制成，第一特点与要求是弹力强”[3]。

与西方人以工整为美的“书法”比起来，中国法书更感性，也更自由。尽管秦始皇（通过李斯）缔造了帝国的“标准字体”——小篆，但这一“标准”从来不曾限制书体演变

1　参见周汝昌：《永字八法——书法艺术讲义》，桂林：广西师范大学出版社，2015 年，第 9 页。

2　参见周汝昌：《永字八法——书法艺术讲义》，桂林：广西师范大学出版社，2015 年，第 10 页。

3　参见周汝昌：《永字八法——书法艺术讲义》，桂林：广西师范大学出版社，2015 年，第 11 页。

的脚步。《泰山刻石》是小篆的极致，却不是中国法书的极致，中国法书没有极致，因为在一个极致之后，紧跟着另一个极致，任何一个极致都是阶段性的，江山代有才人出，各领风骚数百年，使中国书法，从高潮涌向高潮，从胜利走向胜利，自由变化，好戏连台。工具方面的原因，正是在于中国人使用的是这一支有弹性的笔，这样的笔让文字有了弹性，点画勾连、浓郁枯淡，变化无尽，在李斯的铁画银钩之后，又有了王羲之的秀美飘逸、张旭的飞舞流动、欧阳询的法度庄严、苏轼的“石压蛤蟆”、黄庭坚的“树梢挂蛇”、宋徽宗“瘦金体”薄刃般的锋芒、徐渭犹如暗夜哭号般的幽咽顿挫……同样一支笔，带来的风格流变，几乎是无限的，就像中国人的自然观，可以万类霜天竞自由，亦如太极功夫，可以在闪展腾挪、无声无息中，产生雷霆万钧的力度。

我想起金庸在小说《神雕侠侣》里，写到侠客朱子柳练就一身“书法武功”，与蒙古王子霍都决战时，兵器竟只有一支毛笔。决战的关键回合，他亮出的就是《石门颂》的功夫，让观战的黄蓉不觉惊叹：“古人言道‘瘦硬方通神，这一路‘褒斜道石刻’当真是千古未有之奇观。”以书法入武功，这发明权想必不在朱子柳，而应归于中国传统文化造诣极深的金庸。

《石门颂》的书写者王升，就是一个有“书法武功”的人。

张祖翼说《石门颂》:“胆怯者不能写，力弱者不能写。”我胆怯，我力弱，但我不死心，每次读《石门颂》拓本，都让人血脉偾张，被它煽动着，立刻要研墨临帖。但《石门颂》看上去简单，实际上非常难写。我们的笔触一落到纸上，就不是那么回事了。原因很简单：我身上的功夫不够，一招一势，都学不到位。《石门颂》像一个圈套，不动声色地诱惑我们，让我们放松警惕，一旦进入它的领地，立刻丢盔卸甲，溃不成军。

三

对中国人来说，美，是对生活、生命的升华，但它们从来不曾脱离生活，而是与日常生活相连、与内心情感相连。从来没有一种凌驾于日常生活之上，孤悬于生命欲求之外的美。今天陈列在博物馆里的名器，许多被奉为经典的法书，原本都是在生活的内部产生的，到后来，才被孤悬于殿堂之上。我们看秦碑汉简、晋人残纸，在上面书写的人，许多连名字都没有留下，但他们对美的追求却丝毫没有松懈。时光掩去了他们的脸，他们的毛笔，在暗中舞动，在近两千年之后，成为被我们伫望的经典。

故宫博物院收藏着大量的秦汉碑帖，在这些碑帖中，我独爱《石门颂》。其他的碑石铭文，我亦喜欢，但它们大多是

石门颂局部

东汉、王升撰文，王戎书丹，汉中博物馆藏

出于公共目的书写的，有点像今天的大众媒体，记录着王朝的功业（如《石门颂》）、事件（如《礼器碑》）、祭祀典礼（如《华山庙碑》）、经文（如《熹平石经》），因而它们的书写，必定是权威的、精英的、标准化的，也必定是浑圆的、饱满的、均衡的，像《新闻联播》的播音员，字正腔圆，简洁铿锵。唯有《石门颂》是一个异数，因为它在端庄的背后，掺杂着调皮和搞怪，比如“高祖受命”的“命”字，那一竖拉得很长，让一个“命”字差不多占了三个字的高度。“高祖受命”这么严肃的事，他居然写得如此“随意”。很多年后的宋代，苏东坡写《寒食帖》，把“但见乌衔纸”中“纸”（“帋”）字的一竖拉得很长很长，我想他说不定看到过《石门颂》的拓本。或许，是一纸《石门颂》拓片，怂恿了他的任性。

故宫博物院还收藏着大量的汉代简牍，这些简牍，就是一些书写在竹简、木简上的信札、日志、报表、账册、契据、经籍。与高大厚重的碑石铭文相比，它们更加亲切。这些汉代简牍（比如居延汉简、敦煌汉简），大多是由普通人写的，一些身份微末的小吏，用笔墨记录下他们的工作，他们的字，不会出现在显赫的位置上，不会展览在众目睽睽之下，许多就是寻常的家书，它的读者，只是远方的某一个人，甚至有许多家书，根本就无法抵达家人的手里。因此那些文字，更没有拘束，没有表演性，更加随意、潇洒、灿烂，也更合乎

“书法”的本意，即：“书法”作为艺术，价值在于表达人的情感、精神（舞蹈、音乐、文学等艺术门类莫不如此），而不是一种真空式的“纯艺术”。

在草木葱茏的古代，竹与木，几乎是最容易得到的材料。因而在纸张发明以前，简书也成为最流行的书写方式。汉简是写在竹简、木简上的文字。“把竹子剖开，一片一片的竹子用刀刮去上面的青皮，在火上烤一烤，烤出汗汁，用毛笔直接在上面书写。写错了，用刀削去上面薄薄一层，下面的竹简还是可以用。（内蒙古额济纳河沿岸古代居延关塞出土的汉简，就有削去成刨花有墨迹的简牍。）”[1]烤竹子时，里面的水分渗出，好像竹子在出汗，所以叫“汗青”。文天祥说“留取丹心照汗青”，就源于这一工序，用竹简（“汗青”）比喻史册。竹子原本是青色，烤干后青色消失，这道工序被称为“杀青”。

面对这些简册（所谓的“册”，其实就是对一条一条的“简”捆绑串连起来的样子的象形描述），我几乎可以感觉到毛笔在上面点画勾写时的流畅与轻快，没有碑书那样肃括宏深、力敌万钧的气势，却有着轻骑一般的灵动洒脱，让我骤然想起唐代卢纶的那句“欲将轻骑逐，大雪满弓刀”。当笔墨

1　蒋勋：《汉字书法之美》，桂林：广西师范大学出版社，2009年，第62—63页。

的流动受到竹木纹理的阻遏，而产生了一种滞涩感，更产生一种粗朴的美感。

其实简书也包含着一种“武功”—— 一种“轻功”，它不像飞檐那样沉重，具有一种庄严而凌厉的美，但它举重若轻，以轻敌重。它可以在荒野上疾行，也可以在飞檐上奔走。轻功在身，它是自由的行者，没有什么能够限制它的脚步。

四

那些站立在书法艺术巅峰上的人，正是在这一肥沃的书写土壤里产生的，是这一浩大的、无名的书写群体的代表人物。我们看得见的，是这些“名人”；看不见的，是他们背后那个庞大到无边无际的书写群体。“名人”们的书法老师，也是从前那些寂寂无名的书写者，所以清代金石学家、书法家杨守敬在《平碑记》里说，那些秦碑，那些汉简，“行笔真如野鹤闻鸣，飘飘欲仙，六朝疏秀一派皆从此出”。

假如说那些“无名者”在汉简牍、晋残纸上写下的字迹代表着一种民间书法，有如“民歌”的嘶吼，不加修饰，率性自然，带着生命中最真挚的热情、最真实的痛痒，那么本书写到李斯、王羲之、李白、颜真卿、蔡襄、欧阳修、苏东坡、黄庭坚、米芾、岳飞、辛弃疾、陆游、文天祥等人，则代表着知识群体对书法艺术的凝炼与升华。唐朝画家张璪说：

“外师造化，中得心源”，我的理解是，所谓造化，不仅包括山水自然，也包括红尘人间，其实就是我们身处的整个世界，在经过心的熔铸之后，变成他们的艺术。书法是线条艺术，在书法者那里，线条不是线条，是世界，就像石涛在阐释自己的“一画论”时所说：“此一画收尽鸿蒙之外，即亿万万笔墨，未有不始于此而终于此。”

他们许多是影响到一个时代的巨人，但他们首先不是以书法家的身份被记住的。在我看来，不以“专业”书法家自居的他们，写下的每一片纸页，都要比今天的“专业”书法家更值得我们欣赏和铭记。书法是附着在他们的生命中，内置于他们的精神世界里的。他们才是真正意义上的书法家，笔迹的圈圈点点、横横斜斜，牵动着他们生命的回转、情感的起伏。像张旭，肚子痛了，写下《肚痛帖》；像怀素，吃一条鱼，写下《食鱼帖》；像蔡襄，脚气犯了，不能行走，写下《脚气帖》；更不用说苏东坡，在一个凄风苦雨的寒食节，把他的委屈与愤懑、呐喊与彷徨全部写进了《寒食帖》；李白《上阳台帖》、米芾《盛制帖》、辛弃疾《去国帖》、陆游《中流一壶帖》、文天祥《上宏斋帖》，无不是他们内心世界最真切的表达。当然也有颜真卿《祭侄文稿》《裴将军诗》这样黄钟大吕式的震撼人心之作，但它们也无不是泣血椎心之作，书写者直率的性格、喷涌的激情和“向死而生”的气魄，透过笔端贯注到纸页上。他们信笔随心，所以他们的法书浑然天成，不见营谋算计。我在那篇写陆游的《西线无战事》里所说：“书法，就是一个人同自己说话，是世界上最美的独语。一个人心底的话，不能被听见，却能被看见，这就是书法的神奇之处。我们看到的，不应只是它表面的美，不只是它起伏顿挫的笔法，而是它们所透射出的精神与情感。”

他们之所以成为今人眼中的“千古风流人物”，秘诀在于他们的法书既是从生命中来，不与生命相脱离，又不陷于生活的泥潭不能自拔。他们的法书，介于人神之间，闪烁着人性的光泽，又不失神性的光辉。一如古中国的绘画，永远以45度角俯瞰人间（以《清明上河图》为代表），离世俗很近，触手可及，又离天空很近，仿佛随时可以摆脱地心引力，飞天而去。所谓潇洒，意思是既是红尘中人，又是红尘外人。中国古代艺术家把“45度角哲学”贯彻始终，在我看来，这是艺术创造的最佳角度，也是中华艺术优越于西方的原因所在（西方绘画要么像宗教画那样在天国漫游，要么彻底下降到人间，像文艺复兴以后的绘画那样以正常人的身高为视点进行平视）。

我们有时会忽略他们的书法家身份，一是因为他们在其他领域的光芒太过耀眼（如李斯、李白、“唐宋八大家”、岳飞、辛弃疾、陆游、文天祥），遮蔽了他们在法书领域的光

泰山刻石拓片

秦，李斯（明拓），故宫博物院藏

环，其次是因为许多人并不知道他们还有亲笔书写的墨迹留到今天，更无从感受他们遗留在那些纸页上的生命气息。从这个意义上说，我们应该感谢历代的收藏者，感谢今天的博物院，让汉字书写的痕迹，没有被时间抹去。有了这些纸页，他们的文化价值才能被准确地复原，他们的精神世界才能完整地重现，我们的汉字世界才更能显示出它的瑰丽妖娆。

五

书法，不仅因其产生得早（甲骨文、石鼓文、金文），更因其与心灵相通，而成为一切艺术的根基。譬如绘画，赵孟頫说："书画本同源"，实际上就是从书法中寻找绘画的源头，赵孟頫在绘画创作中，起笔运笔、枯湿浓淡中，还特别强调书法的笔墨质感。音乐、诗歌、戏剧、小说，它们叙事的曲线、鲜明的节奏感，乃至闪烁其中的魔法般的灵感火光，不能说没有书法的精髓渗透在其中。我们住在语言里，语言住在文字里，文字住在法书里。我在《血色文稿》里写："语言的效用是有限的，越是复杂的情感，语言越是难以表达，但语言无法表达的东西，古人都交给了书法。书法要借助文字，也借助语言，但书法又是超越文字、超越语言的，书法不只是书法，书法也是绘画，是音乐，是建筑——几乎是所有艺术的总和。书法的价值是不可比拟的，在我看来（或许，在古人眼中亦如是），书法是一切艺术中核心的、也最高级的形式，甚至，它根本就不是什么艺术，它就是生命本身。”

这是一本关于书法的书，但它不是书法史，因为它还关涉着文学史、音乐史、戏剧史、美术史，甚至是政治史、经济史、军事史、文化史，最重要的，是生活史、生命史、心灵史。常见的书法史里装不下这些大历史，但书法史本身就应该是大历史，世界上不存在一部与其他历史无关的书法史。这也是本书写到了书法史以外看似无关、鸡零狗碎的事物的原因。

千百年过去了，这些书写者的肉体消失了，声音消失了，所有与记忆有关的事物都被时间席卷而去，但他们的文字（以诗词文章的形式）留下来了，甚至，作为文字的极端形式的法书（诗词尺牍的手稿）也留了下来，不只是供我们观看，而且供我们倾听，触摸，辨认——倾听他们的心语，触摸他们生命的肌理，辨认他们精神的路径。

人们常说“见字如面”，见到这些字，写字者本人也就鲜活地站在我们面前。他们早已随风而逝，但这些存世的法书告诉我们，他们没有真的消逝。他们在飞扬的笔画里活着，在舒展的线条里活着。逝去的是朝代，而他们，须臾不曾离开。

2018年4月14日至2021年2月15日

汉匈之战

第一节　一场重要的辩论

匈奴，一个让人感到不寒而栗的名字，它唤起人们对于速度、力量和硬度的联想，说到这个名字，人们就会想到天边滚雷般的马蹄声，圆月弯刀的寒光，还有浓浓的血，飞溅到天空中，像烟花一般绽放。所以，当汉武帝说出他要出兵匈奴的决定时，很多人的身体都抖了一下，他们认为皇帝一定是疯了。他太年轻了，只有21岁，那张年轻的脸，还没有经过失败的打磨。

公元前202年二月，定陶，刘邦沿着宫殿的台阶，缓步走到宫殿的高处，他转过身，看到匍匐在他脚下的黑压压的群臣，和看不到头的帝国疆域。从沛县起兵，到登上帝位，刘邦只用了7年时间。此时，他只剩下唯一的敌人——匈奴，这个几乎和大汉帝国同时崛起、像噩梦一样纠缠着大汉帝国的草原帝国。即使在宫殿里，他也听得到匈奴人越来越近的马蹄声。登基第二年的秋天，匈奴单于冒顿率他的草原军团跨过了长城，把胜利的旗帜插在了大汉帝国边疆重镇晋阳（今山西太原）的城头。刘邦坐不住了，他决定给匈奴人一点厉害尝尝。

十几年前，秦始皇统一天下以后，同样只剩下匈奴这唯一的敌人，他一面修筑地球上最浩大的防御工程——长城，一面派遣蒙恬出征匈奴。那时匈奴人的领袖，是头曼单于，头曼打不过蒙恬，向更北的草原逃窜，躲藏了十几年，刘邦心想，匈奴人打不过大秦帝国，而大秦又打不过大汉，那么匈奴一定打不过大汉帝国，刘邦被这个简单的三段论蛊惑着，率领32万大军扑向晋阳。但他忘了，那只是推理，与现实无关。所以，在平城（今山西大同）以东的白登山掉进了草原军团的口袋阵，被40万匈奴军队围得水泄不通时，他的内心充满了不解与绝望。一连七天，得不到任何救援，虽然最终乘着大雾侥幸逃脱[1]，却使他陷入更深的恐惧中不能自拔。刘邦的一生曾经经历过无数次的仓皇逃窜，仿佛他是被绑在马背上的木偶，东奔西跑不停地奔波，又像一个执着的赌徒，在每一次赔光老本后希望能卷土重来，柏杨形容他像苍蝇一样，失败后兜一个圈子，收拾残军，又转回来战斗[2]，唯独这次逃亡，比起当年鸿门宴的死里逃生，以及被项羽围困在荥阳时的那次狼狈的逃亡更加令他感到后怕，因为在他眼中，

1 参见［东汉］班固：《汉书》，北京：中华书局，2000年，第2778页。

2 柏杨：《中国人史纲》，长春：时代文艺出版社，1987年，第249页。

匈奴人是比以往任何敌人都更加凶悍的敌人，望着草原的地平线上浮起来的黑压压的骑兵，他就陡然没了底气。匈奴人尖利的长矛曾经不止一次地穿越漆黑的宫阙深深地刺进了他的心窝，那是他的梦。醒来后，他捂着胸口，大口地喘气，为他从噩梦里“逃脱”而倍感庆幸。

那场著名的平城之战，从祖父文帝和父亲景帝一遍一遍的讲述中，汉武帝准确地知道了那场战斗的每个细节。他从来没有经历过战争，但他听得到平城之战的战士们绝望的号叫。那叫声，会在每一个北风呼啸的夜晚，抵达宫殿的深处。那是从匈奴高原吹过来的风，夹杂着冰雪的寒气，和胡笳一般的幽咽。很多年中，汉武帝没有踏实地睡过。

所以，那天，御史大夫韩安国再度以当年高帝（刘邦）北征匈奴的失败史来说服汉武帝，不要随便去碰匈奴人的时候，汉武帝的脸上露出不屑的神情。他看透了这些大臣的怯懦，对于他们来说，懦弱已经成为一种习惯。当然，他们的担心不是没有道理的。自平城之战后，刘邦就再也没动过征服匈奴的心思，面对匈奴人的不断入侵、挑衅，他的回应措施只有一个——把帝国的公主进献给匈奴单于。

这就是世界上“以女人换和平”的最初蓝本，对于大汉来说，有一些屈辱，但别无选择。帝国边疆的那条布满尸体的道路上，开始有女人妖娆的身影穿过，几百年中络绎不绝。

唐朝诗人杜甫在缅怀汉元帝时期的王昭君的那首诗中，让后人永远记住了那个怀抱琵琶、在斜阳荒草中寂然行走的汉家女子的眼泪与忧伤：

画图省识春风面，
环佩空归夜月魂。
千载琵琶作胡语，
分明怨恨曲中论！

而历史学家翦伯赞则在诗中对这种“以女人换和平”的政策成效给予正面评价：

汉武雄图载史篇，
长城万里遍烽烟。
何如一曲琵琶好，
鸣镝无声五十年。

刘邦死后，面对匈奴人不断入边，杀掠百姓、畜产的行为，文帝和景帝都按先皇帝的既定方针办，乖乖地把帝国的财物和女人进献给匈奴，以息事宁人，连吕后这样强势的女人，面对冒顿单于的侮辱，都只能卑词求和，他们没有别的办法。这一方面是因为国力所限，另一方面则因为中国皇帝的治国理念，往往表现出强烈的静态取向，把帝国的运转方式固定化，如同乡野里的农民，视野中的景象一成不变，对于外部世界的刺激，他们的基本反应是排斥、恐惧和不信任，封闭的生活状态让他们感到安全、轻松，长城给他们筑了一条安全的篱笆，也像紧箍咒，套在他们的头上，但对于这一切汉武帝并不甘心，因为汉武帝不是一个一般的皇帝，而是一个干大事的皇帝。这可能是因为他的父亲汉景帝为了让他平稳登基而杀了很多人，包括功高而倔强的大臣周亚夫，汉武帝是在穿越宫廷的血腥之后登上皇位的，他一开始就比着唐尧虞舜，自称夙夜不敢闲暇安乐，深思万事之端绪[1]，或许正是为了洗去权力的血腥味，使自己手中的权力拥有足够的合法性，他发誓要干一番大事业给天下人看看，或许，汉武帝的性格里，早就埋藏着冒险和进取的基因，一旦登上皇位，这种基因就可以毫无节制地释放出来。他听取董仲舒的建议，“罢黜百家，表彰六经”，把春秋战国时代被边缘化的儒家学说提升为帝国的核心价值；他创建太学、乡学，设立举贤制度，形成了中国独特的文官制度；盐铁贸易收归国家控制，这一制度延续至今……先帝积累的家底使汉武帝有了本钱，

1 参见〔东汉〕班固：《汉书》，北京：中华书局，2000 年，第 1899 页。

有了一份与超级大国相匹配的狂傲与自信。

而匈奴，还是他心头的一块病，只有战争能够治好它，其实那场战争早就在他的想象里爆发了，只是没人知道而已。

不打败匈奴，他的帝王事业就不完整。

在朝廷上，汉武帝感觉到了自己的势单力孤，他知道，时机还没有成熟。他还要忍。汉武帝第一次流露出攻打匈奴的意图一年以后，公元前133年，大臣王恢最先向韩安国所代表的保守势力发起了挑战，那一天，王恢的眼睛紧紧盯着韩安国，没有丝毫的躲闪。他说，今以陛下之威，海内为一，然而匈奴仍然不断进犯，原因只有一个，就是对大汉没有丝毫的惧怕，从这个意义上说，我们越是退缩，就越会助长匈奴人的威风，只有主动迎战，才能使他们有所顾忌。面对满朝的疑虑，王恢说，从战术上讲，诱敌深入，然后击破它，并非不可能。王恢还说，当年高帝披坚执锐，之所以不报平城之怨，不是他没有这份力量，而是天下初定，他想让天下休养生息而已，而今匈奴人屡次入侵，烧杀抢掠，朝廷无动于衷，这不是仁德，是怯懦，是苟且偷安。

韩安国反驳道：用兵，讲究的是以饱待饥，以逸待劳，如今我们轻举卷甲，长途奔袭，就算是到了匈奴人的地盘，也成强弩之末了，如何能够战斗？倘若补给中断，岂不重演平城的悲剧吗？

王恢说，臣所说的击破匈奴，并非孤军远征，而是诱敌深入，我们精选枭骑、壮士，事先设伏，占据险要地形，布好战阵，一定可以打败匈奴，活捉单于。[1]

那也是一场战斗，用语言进行的战斗，那一战，准备充分的王恢赢了。

终于，一纸诏书，终结了朝廷上关于战与和的争论，终结了所有的怯懦与犹疑。诏书上写道：

> 匈奴逆天理，乱人伦，暴长虐老，以盗窃为务，行诈诸蛮夷，造谋籍兵，数为边害。故兴师遣将，以征厥罪。[2]

汉武帝当时并不知道，这纸诏书所发动的战争，将使欧亚大陆的地缘政治形势发生根本的改变。

第二节 “超级大国”

对于大汉帝国来说，匈奴从来都不是一个容易对付的对手。他们自称是狼的后代，身体里充满狼的基因。他们没有固定的家，马背就是他们的家，每到秋高马肥的时候，一种

1 参见〔北宋〕司马光：《资治通鉴》，北京：中华书局，2009年，第202、203页。
2 〔西汉〕司马迁：《史记》，北京：中华书局，2000年，第2236、2237页。

到外面的世界闯荡的冲动就会油然而生。他们征服世界，并非出于扩大版图的渴望，而是源于他们血管里的冲动。所以匈奴人没有固定的版图，也很少修建城堡，他们的马走到哪里，他们的版图就扩大到哪里，如乌单所说：“凡是太阳能够照到的地方，只要我需要都能被征服。”[1]他们称首领为“单于”，“单于”的意思，就是“像天子一样广大的首领”。的确，没有人能阻挡他们，因为他们勇猛善战，打仗对他们来说跟打猎是一回事，所以他们从来不惧怕战争与杀戮，不会像中原的农民那样舍不得瓶瓶罐罐，相反，他们享受着冲杀的快感，当敌人的头颅被他们的寒刀齐刷刷地砍下来，他们会把头皮小心翼翼地揭下来，拴在马缰绳上，成为对他们胜利的最佳纪念，然后一路歌唱着返回营地。“他们将敌人的头颅从眉沿处锯开，在里面嵌上金片，外面蒙上皮套，作为饮酒的器具使用。他们还将敌人的头皮揭下，拴在马缰绳上以示荣耀。”[2]每当长城上的汉军士兵看见塞外草原上被狂风吹得起伏不定的草尖后面，匈奴骑兵黑压压的影子露出来时，心就会不停地打战，他们会下意识地摸摸自己的脖子，没有人知道，不久之后，自己的脑袋是否会成为匈奴骏马上绚丽的饰物。

1 转引自高洪雷：《另一半中国史》，北京：文化艺术出版社，2010年，第37页。
2 王族：《上帝之鞭——成吉思汗、耶律大石、阿提拉的征战帝国》，桂林：广西师范大学出版社，2007年，第17页。

匈奴人的巢穴，据说在诺颜山上。诺颜山在今蒙古人民共和国首都乌兰巴托附近，在长安城的正北方的草原深处，到长安城几乎是一条北南纵贯的直线，因此，匈奴人的目光，可以居高临下，从他们的老巢直抵长安。几个世纪以来，在他们目光的引导下，他们的骑兵也一次又一次地从高原上俯冲下来，穿越秦国修建的长城防线，像来自高原的沙尘暴，横扫黄河边的城池和乡村。被黄仁宇称为第一帝国的秦汉帝国[1]被他们的长鞭抽打得鲜血淋漓，却没有人知道那只挥鞭的手掩藏在哪里。浩瀚的草原，湮没了他们神秘的来路。

我从来不曾去过乌兰巴托，不知道诺颜山究竟是一座怎样的山，但对于诺颜山老巢的各种想象却始终纠缠着我，仿佛那个四海为家、来去无踪的草原部落，也因此有了一个凝聚点，而匈汉之间的战略对峙，仿佛也有了一种形象的表达——它首先是一种目光的对峙，那些来自高纬度、高海拔地区的凛冽目光，一刻也没有停止过对繁华的长安城的扫视，像扫视一只不安分的猎物，相比之下，来自长安城的目光却少了许多攻击性，他们对遥远而空无的北方没有兴趣，他们把凶狠留给了被黄河串连起来的东西横贯的战争带上，直到高唱《大风歌》的汉高祖刘邦重新收拾起狼藉了数百年

1 黄仁宇把中国历史划分为以秦汉为主的第一帝国，以唐宋为主的第二帝国和以明清为主的第三帝国。

的旧山河，他也没有勇气真正打量一下压在他头上的那个草原帝国。

关于匈奴人的来历，司马迁给出了自己的解答——夏时的荤粥、殷商时的鬼方、西周时的猃狁、春秋战国时期的戎与狄等反复入侵黄河农耕地区的北方民族，统统都是匈奴的前身。[1]这样一来，史书中那些令我们发昏的北方游牧民族的来龙去脉，就化繁为简、一目了然了，那个正式被中原的史书称为“匈奴”的强大部落在中国的北方大漠崛起的时间，也是在公元前3世纪，和大汉帝国、罗马帝国几乎不分先后。

考古学家从诺颜山匈奴墓葬中发现了一幅匈奴人的刺绣画像，让我们看清了匈奴人的相貌：头发浓密、梳向后方，前额宽广，眼睛巨大，眼珠虽然绣成黑色，但瞳孔却用蓝线绣成，面孔严肃，显得很威严[2]，与《汉书》卷六十八《金日

1 关于匈奴的起源，《史记·匈奴列传》有明确的记载：“匈奴，其先祖夏后氏之苗裔也，曰淳维。唐虞以上有山戎、猃狁、荤粥，居于北蛮，随畜牧而转移。”见［西汉］司马迁：《史记》，北京：中华书局，2000年，第2205页。王国维否定了匈奴起源自夏后氏的观点，但对于匈奴源自山戎、猃狁等古代蛮族的看法还是很赞同的。不仅如此，王国维还进一步通过对甲骨文和金文的研究，运用音韵考证认为商代的鬼方和西周初期的昆夷也都是匈奴的祖先。他在《鬼方昆夷猃狁考》中提出：“见于商、周间者曰鬼方，曰混夷，曰獯鬻。在宗周之季则曰猃狁。入春秋后则始谓之戎，继号曰狄。战国以降又称之曰胡，曰匈奴。”王国维的观点成为近现代匈奴研究的金科玉律，至今国内的大多数学派都沿袭了王国维的学说。也有学者不同意王国维的看法，例如蒙文通在《周秦少数民族研究》等文中，认为鬼方、畎夷、荤粥、猃狁并非匈奴，真正和匈奴同族的，应该是义渠。

2 参见林幹：《匈奴通史》，北京：人民出版社，1986年，第194页。

磾传》中，对本为“匈奴休屠王太子”的金日磾“长八尺二寸，容貌甚严”[1]的描述十分相似。

柏杨说：“西汉王朝时代最强的敌人——匈奴汗国，在公元前3世纪露面，而在公元前2世纪崛起，从此像毒蛇一样，缠到中国人身上，引起国困民贫的数百年血战。”[2]

根据《史记·匈奴列传》的记载，公元前209年，也就是刘邦受楚怀王之命西征灭秦的前一年，冒顿单于杀死了自己的父亲头曼。头曼本想废掉冒顿，把他送到月氏国做人质。刚到了月氏国，头曼就向月氏国发动了攻击，明摆着是要置冒顿于死地。冒顿偷了匹快马，侥幸逃回匈奴。回来后，头曼不动声色，让他做了万骑之首。冒顿于是制造了许多鸣镝，用来训练骑射——鸣的意思是响声，镝的意思是箭头，鸣镝就是响箭，它射出时，箭头能发出响声。鸣镝由镞锋和镞铤组成，具有攻击和报警的用途。冒顿后来就趁着和父亲头曼一起打猎的时机，用鸣镝射杀了头曼，左右也按照平时训练好的要求，用飞舞的鸣镝，将头曼万箭穿心，冒顿就这样，自立为单于。[3]他设立了首脑郡（单于庭），统御匈奴。这

1 〔东汉〕班固：《汉书》，北京：中华书局，2000年，第2004页。

2 《楚汉相争 匈奴崛起》，《柏杨白话版资治通鉴》，第2卷，沈阳：万卷出版公司，2011年，第155页。

3 参见〔东汉〕班固：《汉书》，北京：中华书局，2000年，第2228页。

个首脑郡的位置，应在大汉帝国的代郡[1]和云中郡[2]的正北方，但具体地点一直是个谜，既没有史料证明，也没有出土文物确证。

著名匈奴史学家林幹认为，它的位置可能在今蒙古国首都乌兰巴托附近[3]，因为苏联和蒙古的考古学家已经在距乌兰巴托70英里处的诺颜山，发现了数十个匈奴贵族（或单于）的墓葬，出土了属于公元前3世纪以前及以后的大批铁器，包括兵器（铁刀、铁剑、铁镞）、生产工具（铁镰、铁铧）和生活用具（铁马嚼、铁环、铁片、铁钉），以及铁块、铸铁的模型与炼铁炉等，除了铁器，还有大量铜器，包括铜镞、铜刀、铜剑、铜炉、铜壶、铜鼎、铜钟、铜镜等。[4]

故宫博物院藏有一件匈奴人的腰间饰物——虎食马纹饰牌。这件青铜饰物出品于西汉晚期，通长13.4厘米，高8.3厘米，透雕虎食马纹饰，老虎站立着，张开大口，咬住马的颈部，马头内转，身体弯曲，表现出极大的痛苦。

从诺颜山第6号匈奴墓葬中，考古学家甚至发现了古希腊人制造的丝织品，以及3幅足以反映匈奴对西方各族的交

1　今河北省蔚县一带。

2　今自山西之怀仁、左云、右玉以北，绥远各县，内蒙古鄂尔多斯左翼、喀尔喀右翼、四子部落各旗，皆其地。

3　参见林幹：《匈奴通史》，北京：人民出版社，1986年，第33页。

4　参见林幹：《匈奴通史》，北京：人民出版社，1986年，第140、141页。

换关系的刺绣画[1]，这些考古发现，透露了来自那个神秘帝国的消息——匈奴帝国在公元前3世纪在大漠南北兴起的时候，物质文化已开始进入铁器和铜器时代，并且与西域相沟通，直到汉武帝派遣张骞“凿空”西域，中原王朝才夺回对西域和丝绸之路的控制权。

此时，在欧亚大陆的另一端，另一个强大帝国——罗马帝国也在异族的不断入侵中饱受煎熬。当代历史学家艾兹赫德在《世界历史中的中国》一书中写道：“汉朝和罗马都始于公元前3世纪，都是由位于西部边缘地区、保守、思想相对落后的贵族国家，向各自文明地域的军事扩张而建立起来的。”[2]自罗马在公元前3世纪统一亚平宁半岛后，就没有放松过对北非迦太基的战争，战争一直打到公元前146年——刚好是汉武帝的时代，罗马以饥饿围困迦太基，才突破城外的防线，接下来，双方进行了残酷的巷战，巷战持续了六天六夜，战死者多达8.5万人，城破那天，罗马元老院下令火烧迦太基城，大火一直燃烧了16天才熄灭，残存的5万迦太基人被卖为奴隶，迦太基城彻底毁灭。

屋大维掌握政权后，罗马通过一系列的扩张，使罗马超

1 转引自李尚奎：《西汉时期匈奴在丝绸之路上的地位和作用》，原载《昌吉学院学报》，2009年第5期。

2 ［英］S·A·M·艾兹赫德：《世界历史中的中国》，上海：上海人民出版社，2009年，第6页。

出了一个城邦的概念，成为一个帝国。罗马疆域的全盛期是图拉真统治时期，罗马帝国此时的疆域“西至大西洋边；北至莱茵河和多瑙河；东至幼发拉底河；南边则直到阿拉伯和非洲的沙漠地带”[1]，控制着大约590万平方公里的土地。这是一个东西宽度近乎5000公里、南北长度超过3000公里的广阔地带，《罗马帝国衰亡史》的作者爱德华·吉本形容它“位于温带中北纬24到56度之间最美好的地区”，“其中大部分都是肥沃的熟地”[2]。

艾兹赫德在《世界历史中的中国》一书中写道：大汉帝国和罗马帝国“都和相对野蛮的社会共存，并受到它们的威胁”，“然而，不同的是，在西方，野蛮力量带来了罗马帝国的覆亡（或者至少是强迫罗马帝国向南部巴尔干半岛和安纳托利亚退缩），在中国则没有，两个帝国在社会病理特征上不一样”。[3]

1 ［英］爱德华·吉本：《罗马帝国衰亡史》，上册，北京：商务印书馆，1997年，第20页。

2 ［英］爱德华·吉本：《罗马帝国衰亡史》，上册，北京：商务印书馆，1997年，第26页。

3 ［英］S·A·M·艾兹赫德：《世界历史中的中国》，上海：上海人民出版社，2009年，第19、20页。

第三节 战争的开始

当冒顿单于远远地看到马邑城下挂着的那颗人头时，脸上露出了无法掩饰的笑容。那是他和大汉的叛臣聂壹达成的默契——他会把犯人的头颅剁下来，挂在城下，那将是他发出的信号，意思是："马邑长吏已死，可以马上出兵！"聂壹心甘情愿地杀死马邑的县令，把这座城池和人民献给单于，冒顿已经习惯了胜利，丝毫没有想到，那是汉人的计策。

果然，冒顿单于带着十万骑兵，杀来了，尘土蒙在他们的脸上，被热血点燃的目光射出焦灼的光，他们需要城市里的一切——金钱、器物、女人，需要他们在草原上缺乏的一切，更重要的，他们需要杀人，去满足刀的渴望。但是，当他们距离马邑还有百里的时候，他们发现许多田野间散布着许多羊，却不见牧羊人，这令他们十分奇怪，他们抓来了一名尉史，从他口中得到一份重要情报——汉军已在前面严阵以待了，冒顿单于大惊，说："抓到了尉史，真是天意！"于是，带着他的骑兵，迅速回撤。汉军看见单于撤兵了，立刻在后面追击，没有追上，只能无功而返。

如果冒顿单于知道，在马邑附近的山谷中，埋藏了30余万大汉军队，他一定会惊出一身冷汗。这30余万大军，以御史大夫韩安国为护军将军，大行令王恢为将屯将军，太中大夫李息为材官将军。这次，他们做了精心的准备，汉武帝在宫殿里等待着他们战胜的消息。

这一次无功而返，让汉武帝十分愤怒。他决心杀掉王恢，王恢没有想到，他的极力主战，换来的竟是自己的死路，他向丞相行贿千金，希望保住自己的脑袋，但汉武帝决心已下，他说："今不诛恢，无以谢天下。"[1]王恢听到这样的话，绝望了，以一袭白绫，终结了自己的生命。

他用王恢的血，重塑自己北伐的信心。

反对出击匈奴的韩安国，不仅没有因言获罪，相反被任命为护军将军，汉武帝的文学侍从司马相如在《上林赋》中批评汉武帝的奢侈，汉武帝不仅没有生气，反而称赞他的赋写得好，这些都表明了汉武帝的宽容与开明。相比之下，力主开战的王恢，在汉武帝的眼里却死有余辜，后来司马迁为战败投降的李陵辩解，也被施以宫刑，这至少表露了汉武帝在对待匈奴的问题上的焦虑，他可以宽容不同的见解，却不能容忍战场上的闪失。他有着不可救药的完美主义倾向，在与匈奴作战这个问题上，他没有给自己留余地，也不会给自己的臣子们留任何的余地。

汉武帝的精神世界，可以分为截然相反的两极——一

1　参见［北宋］司马光：《资治通鉴》，北京：中华书局，2009年，第203页。

方面，他侠骨柔肠，另一方面，又无比地冷酷、独断、铁血；一面是海水，一面是火焰；只有两极，没有中间地带；对待同志如春天般温暖，对待敌人则像严冬一样残酷无情。温暖的血肉与坚硬冰冷的石头，在汉武帝的内部居然能够混合成一体。这种反差极大的性格，或许是最适合于皇帝的性格，因为皇帝需要恩威并施，需要翻云覆雨，需要为所欲为。相反，那些中庸的皇帝，只有中间地带，没有两极，因而性格平庸、稳定，在日常生活中，他们可以成为一个好人，但在极权体制内，他们绝对无法成为一个称职的皇帝，比如南唐李煜、宋代赵佶、明代朱允炆，皆是如此。他们该暖的地方不暖，该狠的地方不狠，如温吞水，犯不下大恶，也做不成大的事业。

汉武帝这种人的性格特点是，压力越大，就越强硬。重压对于他们来说从来都不是坏事，相反是他们证明自身力量的机会。这种性格的形成，或许与汉武帝的成长环境有关。与那些深宫里娇生惯养的皇子不同，汉武帝的成长充满了艰辛。汉武帝的母亲王娡出生于一个贫苦的农民家庭，嫁入皇室前，已经生有一子两女，后来她改嫁太子，生下汉武帝刘彻，又带着刘彻再度“改嫁”景帝。所以汉武帝的童年，即使处于宫廷，仍然备受轻视。称帝后，汉武帝从韩嫣口中得知自己还有个姐姐流落在闾巷，便立刻驾车去寻找，在市井间引起不小的骚动后，皇帝的车马终于停在他的姐姐贫寒的家门口。汉武帝命人将自己从未谋面的姐姐扶出来，自己下车，站在姐姐面前，说："姐，你为何要藏起来啊？"没有说完，就哽咽了。他把姐姐恭恭敬敬扶上马车，一起到长乐宫拜见母亲，他们的母亲王娡，此时已是太后，她老早就站在宫门口，对女儿翘首以盼，当她终于看到女儿的身影时，突然号啕大哭，哭声颤动，在宫殿上缭绕了很久。

汉武帝凶狠的一面，在某种程度上是被血腥的匈奴人逼出来的。汉武帝知道，攻击是最好的防守，只有凶恶才可以使自己变得更加安全，于是，面对匈奴——狼的后裔，汉武帝毫不客气地露出自己的獠牙。

沉寂的荒漠一般不会起风，然而一旦起风，就意味着有惊天动地的事件将要发生。

我们已经无法知道，是哪一个士兵第一眼看到草原远方露出来的黑压压的骑兵，这一次，轮到匈奴人尖叫。总之，在风暴的间隙，越来越多的匈奴人发现，大汉王朝的骑兵，像一团团的乌云压了过来，草原上的狂风，是他们带来的，风旋转着，草叶在疯狂地舞蹈，发出令人胆寒的沙沙声，那是死亡的讯息。

汉武帝元光六年，公元前129年。根据汉武帝的指令，车骑将军卫青，率一万骑兵出上谷；轻骑将军公孙贺，率一万骑兵出云中；太中大夫、轻骑将军公孙敖，率一万骑兵出代郡；卫尉、骁骑将军李广，率一万骑兵出雁门，四路大军，跨出长城，深入浩渺的匈奴腹地，向匈奴发起进攻。

应当说，在战术方面，大汉军队的战斗能力是具有一定优势的。大汉时代，马镫尚未出现，所以无法在马上发力进行砍刺搏斗；而汉时弓弩却相当先进，强弩装备了各作战部队，射程可达300米。那时骑兵专门有一种可在马上用脚张开上弦的弩，威力巨大，在它们的强大攻击下，箭镞如暴雨般倾泻，使敌军队形混乱、指挥失效，在骑兵的第一波冲击之后，步兵可以冲上去，进行近距离的白刃战。由于匈奴装备落后，他们的弓射程近，射击精度又比不过汉军的强弩，这种战法对于杀伤匈奴的骑兵十分有效。但据说匈奴人后来开始使用马镫，使他们的射骑效率大大提高，为横扫欧洲奠定了基础。

在战略上，汉匈双方的地位正好相反。通常来说，机动能力强的一方往往占有战略上的主动权，匈奴对汉正是这样。汉有连绵数千里的固定防线即边郡，而匈奴则处在一种无固定战略支撑点的机动进攻状态，尽管从军事实力（包括总兵力和战斗能力）上讲，汉不逊于匈奴，但匈奴人可以集中优势兵力打击敌人，形成以多打少。在这种情况下，汉军只能增援，命令附近的军队，或直接派遣中央军前往救援，然而，在通讯落后的汉代，这样做很容易变成各部分头冒进，结果又成了让匈奴局部以多打少，救援部队反让匈奴吃掉了；如匈奴军队不够，探知军情后会立即撤退——史料记载，匈奴可以在一昼夜行进300里，只需3天时间，匈奴军队就可以出现在1000里外，对那里的汉军再次形成以多打少的局面。匈奴可以迅速转移而汉军不能，原因在于匈奴军队的补给方式更加有效。匈奴出征时，一般每名战士带两匹马，随身只带上够吃20天的肉干，20天后他们基本上是就食于敌，十分利于机动，而且他们攻破城池后只是掠夺而不守城。这种类似于“游击战”的战法，使匈奴军队时常居于主动，而汉军处处被动，有劲儿使不出来。[1]

但这一次不同了，这一次汉军改变了战略，卫青等率领的四路大军，同样采取的是“游击战”“运动战”的战法，以“游击”对“游击”，以“运动”对“运动”，试图变被动为主动，在“运动”中寻求战机，歼灭敌人。

对于没有经历过大战役的卫青、霍去病他们来说，这无疑是一次挑战，对于汉武帝这位年轻的皇帝来说，它的冒险性就更大，因为是他在朝廷上力排众议，决定出塞作战，一旦失败，他的政治威信将受巨大影响。我相信那些日子，在未央宫，他一定度日如年，焦急地等待着来自边关的消息。

1　参见《汉战匈奴的军力分析》，原载铁血 tiexue.net，http://bbs.tiexue.net/post_2935006_1.html.

战争并没有取得圆满的结果，只有卫青没有辜负汉武帝的期望，直捣龙城，一举斩杀数百名匈奴人，此外，公孙敖折损了7000骑兵，李广受伤就擒，被卧放在两马之间的绳网上，被押送回匈奴人的营帐，幸好李广敏捷地飞跃到匈奴士兵的马背上，一连射杀几名追兵，才穿越草原，奔回长安，从此，他留下了一个绰号："飞将军"，800年后，被那个名叫王昌龄的唐代诗人写进那首著名的边塞诗《出塞》，至今仍被吟诵：

秦时明月汉时关，
万里长征人未还。
但使龙城飞将在，
不教胡马度阴山。

历史学家认为，龙城之役在汉匈交战史上具有划时代的意义。它打破了自汉初以来"匈奴不可战胜"的神话，大大鼓舞了汉军士气，成为汉匈战争的转折点，为以后汉朝在经历两百年苦战之后最终打垮匈奴打下了基础。

如同对王恢一样，对于李广和公孙敖，汉武帝一点也没有客气，他下令把他们抓起来，听候处置。后来李广出钱，才赎了罪，变成了一介平民。

第四节　沙漠风暴

战争开始的第二年，汉武帝元朔元年，公元前128年，产房传喜讯，怀胎十月的卫子夫为汉武帝生了一个儿子——汉武帝的皇长子刘据，年近而立始得长子的武帝兴奋异常，儿子一出生便命人为刘据作《皇太子赋》，等于提前昭告天下这个刚出生的婴儿就是太子，并将他的母亲卫子夫由夫人立为皇后。

就在那一年，匈奴又像往常一样，在辽西、渔阳、雁门多个进攻点上，向大汉帝国发起攻击，卫青再次被任命为车骑将军，从雁门出塞，带领3万骑兵攻打匈奴。这一场面，让人想起印度诗哲泰戈尔的一句话：人类的历史耐心地等待着被虐待者的胜利。

将近两千年以后，我来到昔日的战场，那天，我在山西作家协会副主席、散文家张锐锋安排下，与作家方方、蒋韵一同前往与宁武关、偏头关合称为“外三关”的雁门关。我们乘车，穿越反反复复的山岭与沟壑之后，才到山阴县城，再向东南方向行驶，到达勾注山脉的山脚。数百座汉墓封土堆，散落在旷野荒郊，在黄土地上凸地，需仔细辨别，才能与丘陵区别开来。在这些汉墓中，就埋葬着跟随卫青、霍去病远征的汉朝将士的骨骸。从他们身边经过，我们不知何时进入了一条漫长的狭谷，就是雁门古险道，两侧峰峦叠嶂，怪石凌空，无穷无尽的陡峭山梁，是漫长而枯燥的序曲，在那些山梁的后面，雁门关远远地露出它凌厉的檐角时，我相信每个人的心头都会骤然一惊。

那时是初冬，风呼呼地刮着，割得脸疼。但这种荒芜景象，正好符合我们的心意，因为除了我们，这里没有游人，没有旅行团、导游和小卖铺，破损的城楼，正是汉代的形象，粗粝的风，抹去了时间的痕迹——它仿佛依然停留在汉代，天空很蓝，我相信马背上的卫青抬头时，看到的是一片相同的天空。雁门关蹲伏在峡谷的中间，像一把铁钳，把汉朝通向草原的道路死死地卡住，它夸张的飞檐使它看上去又像一只敏捷的飞鹰，蹲伏中积攒着能量，转眼之间就会破空飞去。

那一天，脚下踩着粗糙的石路，我想象着卫青的铁骑从上面踏过的情景，空气中晃动着战马的嘶鸣声。部队冲出峡谷，前面就是一望无际的草原了，凶狠的匈奴骑兵随时可能围拢过来，不再有城墙给自己提供保护了，但是我相信，冲向草原的那一刻，卫青没有丝毫的犹豫，有的只是“报君黄金台上意，提携玉龙为君死”[1]的决绝。

从这一天开始，卫青一次又一次地率领他的骑兵，面色

1 〔唐〕李贺：《雁门太守行》，《李贺诗集》，北京：人民文学出版社，1998年，第25页。

沉静地从边塞出发，像一股股的潮水，向匈奴帝国发起不间断的冲击。而胜利，也开始离这个从不气馁的王朝越来越近了。卫青在这次战役中，杀死了几千名匈奴军人；第二年，匈奴集结大量兵力，进攻上谷、渔阳。汉武帝派卫青率大军进攻久为匈奴盘踞的河南地（黄河河套地区）。这是西汉对匈奴的第一次大战役。卫青率领4万大军从云中出发，采用“迂回侧击”的战术，西绕到匈奴军的后方，迅速攻占高阙[1]，切断了驻守河南地的匈奴白羊王、楼烦王同单于王庭的联系。而后，卫青又率精骑，飞兵南下，进到陇县西，形成了对白羊王、楼烦王的包围。匈奴白羊王、楼烦王见势不好，仓皇率兵逃走。汉军活捉敌兵数千人，夺取牲畜100多万头，完全控制了河套地区。因为这一带水草肥美，形势险要，汉武帝在此修筑朔方城[2]，设置朔方郡、五原郡，从内地迁徙10万人到那里定居，还修复了秦时蒙恬所筑的边塞和沿河的防御工事。这样，不但解除了匈奴骑兵对长安的直接威胁，也建立起了进一步反击匈奴的前方基地。《史记》《汉书》盛赞此仗汉军“全甲兵而还”，卫青立有大功，被封为长平侯，食邑3800户。

卫青是卫子夫同母异父的弟弟，作为一个私生子，卫青

1 今内蒙古杭锦后旗。

2 今内蒙古杭锦旗西北。

的青少年时代所受的屈辱是可想而知的。走投无路之际，卫青只好回到平阳侯曹寿的府上，回到了作为奴婢的母亲生活和战斗过的地方，曹寿是汉朝功臣，他的夫人，是汉武帝的姐姐平阳公主（阳信长公主），卫青于是成了平阳公主的家奴。卫青不会想到，正是在这里，身为歌奴的姐姐卫子夫会应选入宫，而自己，也见到了汉武帝，并使自己一生的命运发生了扭转。

那一年，是公元前136年，恺撒还没有出生[1]，汉武帝只有20岁，大汉帝国，已经走过了六十多年的光辉岁月，泥土般温柔敦厚的王朝已经开始显露它石头的质地。但是，没有卫青、霍去病的汉朝称不上真正的汉朝，汉武帝也称不上真正的汉武帝，他们是汉武帝的一部分，汉武帝刘彻等待着他们的出场。

出身寒微的皇帝至少有一个好处——不计较别人的出身，刘邦正是如此，所以他的身边聚拢了一批能臣，连受过胯下之辱、被项羽看不上眼的韩信，他都不嫌弃，正是这些良臣名将，帮助他打败项羽，成就霸业。此时的汉武帝，与他的先祖如出一辙，他对人才有一种天生的敏感。汉武帝之所以在汉朝十二帝中最“成功”，与秦始皇并称为“秦皇汉

1　恺撒约出生于公元前100年。

武”，不仅因为他活了70岁，在中国古代皇帝中已堪称高寿，而他的继任者，没有一个能够与他媲美——昭帝刘弗陵活了21岁，宣帝刘病已和元帝刘奭都活了43岁，成帝刘骜活了46岁，哀帝刘欣活了26岁，平帝刘衎活了14岁，而孺子刘婴只活了21岁，就被王莽杀死篡权了——荒淫的生活与阴谋者的暗箭，使九五之尊的皇帝成了人世间最高危的职业。汉武帝之成功，更缘于他的心胸宽广，用人之际，英雄不问出处，有了这样的心胸，像卫青这样出身低微的人，只要被一连串的因缘巧合送到他的面前，就会被他抓住不放，否则，卫青这样的将军，即使有天大的本领，也只能像一滴水消失在大海，永远不会被人注意。

使用卫青，对于汉武帝来说，具有一定的冒险性，因为卫青是“外戚”，至少在汉武帝的心里，吕后家族专权的时代并不遥远，卫青的军权过大，对于大汉的江山构成的威胁可想而知。但任何事情都有好坏两面，汉武帝用人不疑，拜卫青为大将军、大司马，位在丞相之上，再次显示了他喜欢冒险的性格。除了卫青的才能，汉武帝还看准了卫青一点，那就是他谦虚谨慎、戒骄戒躁的风格。卫青不是贪得无厌的人，胜利之际，他心里想的，首先是奋力拼杀的将士，自己从不邀功，可谓吃苦在前，享受在后。皇帝只有对公孙敖、韩说、公孙贺、李蔡封侯，又封李沮、李息、豆如意等为关内侯，卫青才肯接受封赏；他更知道，自己充其量不过是一块不错的铁坯，是汉武帝把他铸造成一把钢刀，对于汉武帝，他除了报效，绝无他想。当然，汉武帝并不盲目，他还有另一手，那就是后来提拔霍去病，对卫青起到制衡的作用。对于霍去病受重用，卫青也毫无妒意，而是乐观其成，这不仅因为霍去病是卫青的外甥、卫青另一个同母异父的姐姐卫少儿的孩子，更因为卫青有不同寻常的胸襟。正是他们彼此的相得益彰，才使大汉帝国能够在匈奴人的压力下，顽强崛起。

元朔六年，即公元前123年，霍去病已经18岁了，他以校尉的身份，跟随卫青出征。这一年，卫青领军，开始了漠南之战。所谓“漠南”，地域大概为今中国内蒙古自治区。相对于蒙古高原而言，这一地区属于边缘，但它与长城遥相对应，二者之间布满戈壁和戈壁草原。自古以来，漠南为北方游牧民族和中原地区都十分重视的要塞。霍去病带领800骑兵，脱离大军在茫茫大漠里奔驰数百里奇袭匈奴，打击匈奴的软肋，斩敌2028人，杀匈奴单于祖父，俘虏单于的国相及叔叔。这是霍去病经历的第一场战役，他以不凡的战绩向世人宣告，大汉王朝最耀眼的一代名将，已经横空出世。

卫青一生中7次出击匈奴，共斩杀、俘虏敌军5万多人，在卫青的征战生涯中，最令他自豪的，或许是元狩四年，即公元前119年春天的那次漠北之战。所谓“漠北”，位于今天的蒙古国高原，海拔较高，多在1500米左右，是匈奴人的主要活动区域，后来成为政治和军事中心，单于龙庭就设在这里。那一次，匈奴单于伊稚斜采纳赵信的建议，远走漠北，认为汉军不能穿过沙漠，即使穿过，也不敢多作停留。赵信对伊稚斜单于说："汉军横穿大沙漠，必然人困马乏，我军可以以逸待劳，擒获敌军。"于是将己方的辎重运到遥远的北方，把精锐部队调到沙漠以北，等候汉军。

在这种情况下，汉武帝把征伐匈奴的使命交给了卫青和霍去病。他挑选了10万匹精壮战马，由大将军卫青、骠骑将军霍去病各率精锐骑兵5万人，分作东西两路，远征漠北。为解决粮草供应问题，汉武帝又动员了私人马匹4万多、步兵10余万人负责运输粮草辎重，紧跟在大军之后。

如果说出击匈奴的决策是一项冒险，那么这次出击，则是冒险中的冒险。如一位作家所说，战场是最容易犯错误的地方。在战争中，军人承受着常人在常态生活中体会不到的巨大的压力。危机重重，千钧一发，生死攸关，在鲜血、烽烟和呐喊中，一个人很容易乱了方寸。然而，战场又是一个不能犯错误的地方，每犯一个错误都得付出惨重的代价。[1]

卫青和霍去病当然知道，他们不能犯错，匈奴人不允许

1 张宏杰：《大明王朝的七张面孔》，桂林：广西师范大学出版社，2006年，第28页。

他们犯错，在千里万里之外的沙漠地带，他们一旦犯错，将死无葬身之地；汉武帝更不允许他们犯错，犯错的结果，已经被王恢所证明。然而，战场上的变数太多了，“天气、地理、后勤、敌情、我情…… 一招不慎，满盘皆输。战争需要军人把自己的大脑变成一台超高性能的计算机，在战场的厮杀呐喊中能进行调整精确的计算”[1]。

所幸，上天在不经意间，给了卫青这个在社会最底层长大的孩子一颗出色的大脑，他不仅勇猛，更有高度的判断力。一出边塞，卫青就从俘虏口中得知了单于的驻地，他没有犹豫，决定亲自率精兵挺进，袭击伊稚斜，命先前依靠软磨硬泡才被汉武帝同意参战的老将李广与右将军赵食其合兵一处，由东路进军。然而想到东路绕远，水草也少，李广的心就凉了，他请求说：“我的部队是前将军的部队，而今大将军却改命我部为东路军。我自少年时就开始与匈奴作战，今天才有机会正面对付单于，所以愿意作前锋，先去与单于死战。”卫青没有因他的哀求而动容，汉武帝曾不止一次地暗中告诫他，李广年纪已老，也不够多谋，不要让他与单于正面作战，恐怕他不能完成擒获单于的任务。而公孙敖不久前失去侯爵，在卫青看来，让他与自己一同正面与单于作战立功，最为合

1　张宏杰：《大明王朝的七张面孔》，桂林：广西师范大学出版社，2006 年，第 29 页。

适。卫青的这一决定，让李广非常失望，力请卫青改变初衷，但卫青铁青着脸，没有同意他的请求。李广把愤怒郁积在心里，未向卫青告辞，就动身出发了。

卫青率大军，顶着塞外粗粝的寒风，向北跋涉了1000余里，在横穿大沙漠后，匈奴单于列阵整齐的军队，终于出现在他的面前了。卫青坐在马背上，表情没有丝毫的变化，但我想他的内心定会激动起来，缓缓地，他举起战刀，在一声撕破喉咙的呐喊中，奔向那颗他渴望已久的头颅。在他身后，5000骑兵向匈奴阵营冲去，一万匈奴骑兵也冲过来迎战，转眼之间，双方就纠缠在一起，亲密无间，不分彼此了。夕阳是暗红色的，像一颗即将坠落的头颅，卷起的尘沙如一阵阵的浪涛，扑打在他们脸上，让双方士兵几乎睁不开眼睛，只能依稀看到许多模糊的影子。刀在铠甲上划过，发出的声音让人头皮发麻，血在飞，与飞起的黄沙搅和在一起，变得黏稠无比，像黑色的乌鸦，成群结队地掉落在战士们的身上、脸上。渐渐地，黏稠的人影变得稀薄起来，空气的透明度高了，那是因为活着的人在减少。伊稚斜开始示弱了，乘坐6匹健骡，在约数百名精壮骑兵的保护下直冲汉军防线，向西北方向飞奔而去。这时，天已完全黑了下来，匈奴兵也四散逃走，卫青派出轻骑兵，乘着夜色追击伊稚斜，自己率大军跟随其后。天将明时，汉军已追出200余里，呈现在他们眼前的，是一片空旷的大漠，没有一点单于的影子，他们于是到诺颜山赵信城，夺得匈奴的存粮。停留一日之后，将该城和所余的粮食全部烧光，然后带着斩杀和俘获19000余人的战绩，班师而还。

而霍去病，或许是活捉伊稚斜单于的愿望过于强大，他没有率兵返回，而是抱定了“独孤求败”的决心，向着草原的深处一路杀去，消失在卫青的视野里。直到他们返回长安，卫青才知道，他们一路高歌，杀到今蒙古国肯特山一带。根据《蒙古秘史》记载，后来的一代天骄成吉思汗就埋葬在肯特山起辇谷，这座山在中国汉代称狼居胥山。在这里，霍去病暂作停顿，率大军进行了隆重的祭天地仪式，史称“封狼居胥”。“封狼居胥”之后，霍去病率军继续深入草原追击匈奴，一路打到瀚海[1]，他们才勒住战马的缰绳。

霍去病“封狼居胥”，从此成为中国历代军人一生中的最高追求，这一年，霍去病只有22岁。此仗后，汉武帝加封霍去病5800户。汉武帝下令给他建造府第，但霍去病却拒绝了，留下了一句千古名言：“匈奴未灭，何以家为？”

而李广与右将军赵食其率领的东路军，则因没有向导，在沙漠中迷失了道路，所以落到卫青的后面，没能赶上对单

1 今俄罗斯贝加尔湖。

于的关键一战。这让卫青十分气愤，因为如果李广的部队及时到位，匈奴单于伊稚斜就不可能逃脱。在归途中与东路军会合后，卫青命李广马上到大将军处听候传讯。李广说道："校尉们没有罪，是我自己迷了路，我现在自己到大将军幕府去受审。"又对他的部下说："我从少年时开始作战，而大将军却将我部调到东路，路途本就绕远，又迷失了道路，难道这不是天意吗！况且我60多岁了，不能再在那些小吏面前受辱！"于是拔出战刀，在脖子上划出一道血红的伤口。那伤口张开着，仿佛一张不甘心的嘴，欲言又止。右将军赵食其一人被交付审判，其罪当死，赎身后，成了一介平民。

大汉帝国的军队，像潮水一样，从草原上退去了。草原又恢复了昔日的平静，广阔的草原上，飘荡起酥油茶的芳香和悠扬的歌声。此后，匈奴女人们用婉转悠扬的嗓音传唱起一支哀怨的歌：

亡我祁连山，

使我六畜不蕃息；

失我焉支山，

使我妇女无颜色；

……

歌里所唱的焉支山，位于今甘肃省山丹县城东南40公里处，曾是匈奴人的地盘。这里出产一种名叫“红蓝花”的植物，能作染料，成为匈奴妇女的主流化妆品，后来由出使西域的张骞引进内地。《五代诗话·稗史汇编》：“北方有焉支山，上多红蓝草，北人取其花朵染绯，取其英鲜者作胭脂。”正是这种“红蓝草”，使得因风吹日晒而显得粗糙的脸蛋变得粉红生动起来，中原人后来才用“焉支”的谐音“胭脂”来指代这种化妆品，而焉支山，有时也写作“胭脂山”。至今为止，甘肃省张掖市修缮卧佛寺，还是使用这种染料涂抹雕梁画栋。这支曲调哀婉的《匈奴歌》，表达了匈奴女人对于丢失焉支山的痛切之情，后来被大汉帝国收入乐府诗集。不重视文字的匈奴人不会想到，有朝一日，自身会在人类的血液里被稀释得无影无踪，而他们随口所唱过的一首歌，却能在另外一种语言中，获得永恒的生命力。

第五节　石头般坚硬的朝代

卫青七征匈奴之后，匈奴被彻底击败，大汉帝国北方不安分的狼烟终于熄灭了。史书以“匈奴远遁，漠南无王庭”来概括这一段和平岁月。

然而，不出几十年，匈奴人就卷土重来了。这并非仅仅因为匈奴人好战，更是因为草原上的资源有限，而南方的温暖富庶，使草原部落南下掠夺的欲望很难泯灭。公元48年，匈奴分南北两部，南匈奴统治地区包括今甘肃庆阳、宁夏、山西、陕西、河北省北部，内蒙古呼和浩特至包头一带，依附东汉称臣，北匈奴则反汉。正好南匈奴请求汉朝出兵讨伐北匈奴。朝廷便任命窦宪为车骑将军，沿着卫青、霍去病走过的道路，征讨北匈奴。永元三年，即公元91年，右校尉耿夔，司马任尚、赵博等，率兵出居延塞，在金微山[1]大破北单于，斩首5000余，旷日持久的对匈奴人的战争，终于打出了最后的一拳，不可一世的匈奴人颤巍巍地倒下，然后，向着远方远遁，从此彻底在大汉帝国的视野中消失。

从卫青“龙城之战”，到霍去病“封狼居胥”，大汉帝国敢于跟匈奴掰手腕了，至少在刘邦、文帝、景帝的时代，他们是不敢想的。越来越多的匈奴王公大臣开始向大汉投降，在汉武帝的功臣表中，有20多位是匈奴人因降汉而受封的，后来在大汉王朝中占重要地位的金日磾，就是匈奴贵胄的后裔。再后来，连匈奴单于呼韩邪，都向大汉称臣，并在公元前51年亲自到长安朝见皇帝。

在我的朝代排行榜中，周代是最富思想性的朝代，晋代是最狂放的朝代，唐代是最诗意的朝代，宋代是具画面感的

1　即今阿尔泰山。

朝代，而汉朝，则是一个最为勇猛和壮烈的朝代，以至于从才华横溢的唐代诗人的身上，还能看到汉代军人精神的光芒。其中包括：王昌龄的《从军行二首·其一》写道：

大将军出战，
白日暗榆关。
三面黄金甲，
单于破胆还。

很多人认为，诗中的“大将军”是指李广，实际上，任大将军一职的不是李广是卫青，李广也从来没正面面对过单于，没有这样的战法，更没有过如此辉煌的胜利。

卢纶的《塞下曲》写道：

月黑雁飞高，
单于夜遁逃。
欲将轻骑逐，
大雪满弓刀。

杜甫的《广州段功曹到得杨五长史谭书功曹却归聊寄此诗》写道：

卫青开幕府，
杨仆将楼船。
汉节梅花外，
春城海水边。
铜梁书远及，
珠浦使将旋。
贫病他乡老，
烦君万里传。

汉代英雄，跨越了近千年的时光，就这样在唐代诗人的心里扎了根，成了他们永恒的题材，并通过一行行的诗句，融入后世中国人的血液。

霍去病的辉煌是短暂的，他像一颗流星，把耀眼的光芒凝聚在短暂的时刻里。“封狼居胥”、打入瀚海仅仅两年后，元狩六年，公元前117年，24岁的骠骑将军霍去病就去世了。

关于他的死因，《史记》和《汉书》都没有记载，这类正史只对犯罪或非正常死亡的人才记载死因，对老死、病死等正常死亡的人往往只有简简单单一个字——“薨（或卒）”。

褚少孙在《史记》卷二十《建元以来侯者年表第八》中补记：“光未死时上书曰：‘臣兄骠骑将军去病从军有功，病死，赐谥景桓侯，绝无后，臣光愿以所封东武阳邑三千五百户分与山。'”这是历代史书中对霍去病死因的唯一记载。

然而，对于霍去病神秘死因的猜测，却从来都不曾停止。于是，有了如下难以确证的说法：

一、在漠北之战中，匈奴人将病死的牛羊等牲口埋在水源中祭祀，诅咒汉军，因此水源区产生了瘟疫。而霍去病在此处饮食了带有病菌的水，而后病倒；

二、因为他杀死李敢，汉武帝为庇护他，让他去朔方城避避风头，在他前往朔方的途中感染了瘟疫而死；

三、数次领兵出征的劳累，长时间处于艰苦的环境，对霍去病的身体造成不可治愈的伤病，并最终摧毁了他。

霍去病的死，令汉武帝非常悲伤。他调来铁甲军，列成长长的军阵，从长安城内一直排到茂陵霍去病墓地。他还下令将霍去病的坟墓修成祁连山的模样，彰显他力克匈奴的奇功。

霍去病去世11年后，汉武帝元封五年，公元前106年，卫青去世。他的夫人平阳公主，也都葬在汉武帝坟墓——茂陵的旁边，没有与他们的皇帝分开。

需要说明的是，卫青，这个平阳公主家里从前的奴仆，后来的妻子，正是他从前的主人——平阳公主。在嫁给卫青之前，平阳公主分别嫁给了平阳侯曹寿和汝阴侯夏侯颇，却两度守寡。褚少孙的《史记》补述里载：汉匈大战之后，正逢平阳公主寡居，要在列侯中选择丈夫，许多人都说大将军卫青合适，平阳公主笑着说：他是我从前的下人，又做过我的随从，怎么能做我的丈夫呢？左右说：今非昔比了，他现在是大将军，他的姐姐是皇后，3个儿子也都封了侯，哪还有比他更配得上您的呢？汉武帝听说后，不禁笑着说：当初我娶了他的姐姐，现在他又娶我的姐姐，这倒是很有意思。于是，当即允婚。

嫁给卫青之后，《史记》对平阳公主的称呼从"公主"升格为"长公主"，也许这正是汉武帝刘彻对姐姐婚姻坎坷的一种补偿。但是这次婚姻只维持了不到10年，卫青就病逝了。

平阳公主第三次成了寡妇，她再也没有改嫁，死后，她与卫青合葬在茂陵边的卫青墓中，他们在死后以这样的方式，实现着对彼此的不离不弃。

第一次到西安茂陵，我就被它的气势震撼了。那是一座巨大的墓冢，现在残存的高度，就有46.5米，至少相当于一座15层楼房的高度。墓冢用夯土筑成，仿佛一座巨大的建筑，挺立在大地上。汉武帝死后，他的霸气仍然透过他的陵墓显露无遗。据说当时陵园有许多殿堂、房屋等建筑，仅陵园管理人员就多达5000人，经过两千年后，四周已经一片空旷，这反而更加凸显了它的庄严稳重、古朴苍凉。那些豪华的宫殿消失了，在时间中不堪一击，而帝王的墓葬却留了下来，在大地上裸露出来，像石头一样抵抗着毁灭——皇帝们用死的方式延续了他们的时间。从这个意义上说，坟墓比宫殿更有纪念碑的意义，这或许正是古代帝王不惜血本营造坟墓的原因之一。在帝王们看来，即便是死，也要与自己、与帝国的地位相匹配，所以他们死得很负责，从来都不潦草。西安市北面渭河北岸的咸阳原上，排列着11座汉陵中的9座，依次是：汉武帝茂陵、汉昭帝平陵、汉成帝延陵、汉平帝康陵、汉元帝渭陵、汉哀帝义陵、汉惠帝安陵、汉高帝长陵、汉景帝阳陵，仿佛尼罗河边的胡夫金字塔，11位大汉帝国皇帝在这里列队，那些在王朝世袭表上响当当的名字，在这里密密麻麻地挨在一起，像结实的心跳，勾勒出大地上最壮阔的曲线。历史就是在跨过这些墓冢之后完成它的宏伟叙事的，并最终形成我们今天的共同记忆。那些曾经温热的血肉，被石头和泥土收留，它们并没有真正地消失，通过高高堆起来的黏土，通过在风中沙沙作响的青草，我们依然可以与他们交谈。很多前往西安的游客都喜欢蜂拥至秦兵马俑坑和唐代的华清池，但我觉得这些硕大的墓冢才是最值得一访的，它们让我们看到属于大汉王朝的狂放与嚣张。

在旷野上寻找，走不出多远，就可以看见卫青、霍去病、霍光、金日磾等昔日英雄的墓冢。在霍去病的墓前，列置的巨

马踏匈奴石刻

西汉

大的石刻像生，这些石人、石马、石象、石虎等石刻，形体巨大，让我们感到惊悚不已，其中最有名的一件，当然是“马踏匈奴”。抛开它们的艺术造诣不谈，它们巨大的体量，就透露出这个王朝不可一世的雄心，直到今天，似乎仍有无穷无尽的能量贮存在它们身体里，会在某一时刻突然迸发出来。

来自草原帝国的圆月般的弯刀，可以削铜断铁，唯独不能攻克石头的密度。汉朝就是一个刻在石头里的朝代。山东武梁祠，50多幅汉代画像石，全部阳刻，细线铲底，浮现出汉王朝战争、狩猎、车马出行、乐舞的浩荡场面，让今天的人看了依旧热血沸腾；著名的汉碑，是中国墓碑发展的成熟、鼎盛阶段，无论是形制，还是书体、文体、墓碑的发展都极尽完美，其中以《麃孝禹碑》《华山庙碑》《礼器碑》《史晨碑》《曹全碑》《张迁碑》等为代表。

在故宫博物院，存有《华山庙碑》四个传世拓本中的两件，即“关中本”和“四明本”。《礼器碑》《史晨碑》《曹全碑》《张迁碑》，故宫博物院亦藏有明拓本。

王澍在《虚舟题跋》中以“雄古、浑劲、方整”三种品格来形容和区分汉碑，而康有为在《广艺舟双楫·本汉》中则为它们的“骏爽，疏宕，高深、丰茂、华艳，虚和，凝整、秀韵”惊叹不已；霍去病墓石刻，更准确地表达了那个时代的气魄与胸怀，比起罗马帝国时代的英雄雕像，比如罗马第一个正式皇帝屋大维（奥古斯都）的全身纪念像[1]，丝毫也不逊色。没有一个朝代能够复制出这样大气雄浑的作品，没有一个朝代比汉代更富于雄性气质，也没有一个朝代像汉代那样表现出对石头的迷恋。与石头的汉代相比，宋代则属于木构时代，它优美、轻灵、典雅，却显得忧伤和脆弱，经不起风雨的侵袭、雷火的煅烧和刀刃的切割，宋代木构建筑保存至今的寥寥无几，它把在时间中的发言权留给了石头，留给了比它早了一千年的汉代。

无独有偶，屋大维亲手缔造的罗马帝国表现出与大汉帝国相同的爱好，那就是对石头的热衷，因为没有一种材质，比石头更能体现权力的强制性，体现皇帝们对于帝国永恒的渴求，如汤因比在《历史研究》中所说的，“大一统国家的历史告诉我们，它们都几乎着魔似的追求不朽”，“提布卢斯曾歌咏‘永恒的城墙’，而维吉尔则让他笔下的朱庇特在说到埃涅阿斯未来的罗马后裔时宣布：‘我不给他们设置任何空间和时间的界限。我给他们一个无限的帝国。’”[2]。关于帝国的石头属性，屋大维曾经自豪地宣称：“我接受了一座用砖建造的罗马城，却留下一座大理石的城。”[3]

1 约作于公元前 19—13 年，1836 年出土于罗马近郊普里马港，现藏罗马梵蒂冈博物馆。

2 ［英］阿诺德·汤因比：《历史研究》，上海：上海人民出版社，2000 年，第 236 页。

3 秦颂编著：《世界上下五千年》，北京：北京出版社，2006 年，第 116 页。

辉煌的古希腊时代过去了，濒海临风的帕特农神庙被血腥的古罗马斗兽场取代，成为那个时代最深刻的形象。公元前后的一二百年间，东方西方的专制者在大陆的两端遥遥对称，仿佛孪生兄弟，具有如此相似的秉性，在他们之间，巨大的地理和文化差距似乎不存在了，如果把屋大维、尼禄与秦始皇、汉武帝互换位置，我想他们对新的岗位一定不会陌生，他们的所作所为都将与那个铁血的帝国严丝合缝。

从武帝时代开始，大汉帝国经历两百年的战争，不断地向匈奴出拳，终于把匈奴彻底打服了，汉武帝不仅仅是在跟匈奴掰手腕，也是在跟历史掰手腕——他不接受逆来顺受的命运，历史的流向，硬是在他的手里改了道，可见他是一个多么强势的皇帝。当然，汉武帝的这份执拗，也使整个帝国付出了惨痛的代价，就在匈奴部落在蒙古高原站不住脚的时候，汉王朝的命运，也即将宣告终止了。

而匈奴人在大汉的轮番冲击之下最终远走他乡，在世界历史上产生的一系列连锁反应，才刚刚开始。

第六节　上帝之鞭

北匈奴灭亡近400年后，匈奴人突然出现在罗马城下，这一年，是公元451年。

匈奴的消逝与他们的突然出现，让欧洲人惊讶不已。没有人知道，他们从哪里来，又要到哪里去，更没有人知道，他们曾经书写了怎样的历史，又即将书写怎样的历史。他们是那么地神秘，又那么地率性，没有规律，像汤因比所说，“匈奴是一股从西域倾泻下来的雪水”，没有人能够真正地掌控他们。我的朋友王族在他的著作《上帝之鞭》中写道：“他们变得无声无息，像一场飓风一样在一瞬间骤停，四周出现了让人难耐的宁静。昨天，他们还在荒原上纵马奔驰，引吭高歌，但一夜之后，他们却消失殆尽，不留一丝痕迹。400多年过去了，世上几乎没有任何有关匈奴的消息，人们都以为他们已经从这个世界上彻底消失了。但他们说出现就出现了，让人觉得他们似乎是变着戏法从地底下钻出来似的，顷刻间便威风凛凛地立于你面前，让你惊讶不已。”“他们在突然间神秘地消失，又在突然间神秘地出现，这期间的生存，大概要比通常能看得见的坚持、忍耐、等待还要复杂得多。”

在被大汉帝国打败的匈奴人眼中，东面是大海停止之处，也是他们的脚步停止之处，他们的道路，只能向西延伸，尽管出发的时候，他们并不知道西面的路有多远，也不知道这条路，他们将走400年。

他们一路吹奏着胡笳，向西挺进。越往西走，他们眼中的世界就越是辽阔。太阳坠落之处，并不是世界的尽头。一个空前广阔的大陆，就在他们的苦难漂泊中，一段一段地展开，他们目睹了这片大陆上美丽的森林、湖泊、草原，以及它的万物生灵。对于这片世界上最广袤的草原，格鲁塞在他著名的《草原帝国》中有这样的描述："从中国东北边境到布达佩斯之间、沿欧亚大陆中部的北方伸展的一个辽阔地带。这是草原地带，西伯利亚森林从它的北缘穿过。草原上的地理条件只容许有很少几块耕地存在，因此，居民只得采取畜牧的游牧生活方式……"[1]这片草原，使匈奴这个濒于绝境的游牧民族发现了新的天堂，这是他们的世界，他们仿佛不是外来者，而天生就该是它的主人。

我们不得不佩服这个民族的凝聚力，历经颠沛而没有散架，这表明它有着一种非同寻常的自我控制力量，在西进路途中与一个又一个文明的碰撞中，没有受到同化或者改变。在他们前进的道路上，横亘着一个又一个的险境、一场又一场的战争，但没有什么能够阻挡他们的步伐，像王族所写："走了很长的路，历经了400多年的时间，他们没有被改变，一如早先漠北高原上因饥饿和渴望而冒险的狼。引人注目的，还是他们身上的匈奴血性，以及经由攻打罗马而体现出的冒险精神。他们似乎仍走在一条如同故乡一般熟稔的路上。信念没有变，感觉便不会变，他们偶尔从饮酒的间隙，或在纵

1 ［法］勒内·格鲁塞：《草原帝国》，北京：商务印书馆，2004年，第4页。

马奔驰的一个偶然的念头中，便又想起了西域，但这偶然间的念头，仍不及飘过额际的一朵雪花带来的清爽更让他们心动；一朵晶莹的雪花，可以让他们神思飞扬；一次在第一场雪落下时的畅饮，可以让他们举杯尽兴，在大醉之后或独自高歌，或群舞至天亮。”[1]

鸣镝的声音，掠过浩瀚的草原，与马蹄的节奏形成美妙的和声。作家高建群在长篇小说《最后一个匈奴》的前言中写道：“他们的马是小而难看的。但它不知道疲乏，走时像闪电一般。是在马上度过他们的一生。有时骑着，有时侧身坐在马背上像妇女一样。他们在马背上开会、做买卖、吃、喝，甚至于把前身倒在马颈上睡觉。在战场上，他们袭击敌人时会发出可怕的叫声。如果发现有抵抗，他们很快地逃走，但以同样的速度再回来时，则一直向前冲击，推倒他们面前的一切障碍。他们不知道如何攻下一个要塞和击破一个防御的阵地。但他们的射击术是无可比拟的，他们能从惊人的距离射出他们似铁一样坚硬和能致命的尖骨头制的箭。”[2]

从公元91年到290年长达两百年的岁月中，中外的史书中都找不到对这个民族的记载。当《波斯史》中提到3世纪

1　王族：《上帝之鞭——成吉思汗、耶律大石、阿提拉的征战帝国》，桂林：广西师范大学出版社，2007年，第28、29页。

2　高建群：《最后一个匈奴》，北京：北京十月文艺出版社，2010年，第6页。

末匈奴人出现在阿兰人眼中时，这个民族，依然是两百年前的苍狼形象，只是它饥饿得太久，所以它的面目显得更加凶狠和狰狞……从出生于公元325—330年的罗马历史学家阿密阿那斯·马西林那斯（Ammianus Marrcellinus）的著作《罗马帝国史》中，我们可以打探到匈奴人在欧洲的最早的消息。这部书记载了被大汉帝国击败的匈奴人一路向着顿河和多瑙河的肥美草原挺进的历史，他们在歼灭阿兰人以后，又于公元374年隆冬，向东哥特人发起进攻。哥特人，是日耳曼民族的一支，于公元3世纪进入黑海草原地区，以德涅斯特河为界，河东称东哥特，河西称西哥特。匈奴人很快荡平了东哥特，西哥特人则惊恐万状地登上独木舟，渡过多瑙河，蜂拥入罗马境内，请求帝国皇帝的庇护，最终因无法忍受他的残酷统治而发动起义，法伦斯和四万禁卫军全数战死。在公元470年，西哥特人攻陷罗马。这一战，动摇了罗马的根基，罗马再也无法控制辖下的诸族和领土。而此时，匈奴人回到喀尔巴阡山以东，进行休整。

公元400年，匈奴人乌尔丁带领大军攻入匈牙利追击哥特人，并越过阿尔卑斯山进入了意大利，这支可怜的哥特队伍在法洛伦斯被西罗马军队消灭了。匈奴人只是来意大利转了一下，顺便赶走了匈牙利原住民凡达尔人、瑞维人和最先被匈奴人灭国的阿兰人。这3族人进入高卢，与当地人战斗后于409年越过比利牛斯山，进入伊比利亚半岛，并建立了3个国家。与此同时，阿勒立克带领的哥特人也南下逃避匈奴的大军，在408年、409年、410年三次围攻罗马，而在410年攻入城中，这是历史上罗马城的第二次沦陷。

公元441年，匈奴人在他们的最后一位单于阿提拉的率领下，攻入了东罗马帝国（也被称为拜占庭帝国）的首都君士坦丁堡。弱国无外交，东罗马帝国割地赔款，以每年进贡2100磅黄金，同时割让巴尔干半岛大部分领土的屈辱条件，得以苟延残喘。6年后，阿提拉又率大军进入东罗马，攻破70余座城市，前锋直逼达达尼尔海峡和希腊的温泉关。

公元451年，阿提拉统领着由东哥特人、日耳曼人、勃艮第人、阿兰人和法兰克人共同组成的匈奴联军，向西罗马帝国发出挑战。在打通高卢的门户——美茨以后，阿提拉率领大军以迅雷不及掩耳之势直捣高卢的心脏——奥尔良。50万大军进入高卢，罗马大将阿契斯北上抵挡，并联合了所有受匈奴压迫的蛮族王国。双方在加泰罗尼亚平原上会战，这也许是欧洲历史上最壮观的一次战役吧，我们完全可以想象战役的惨烈。史料记载，一日之间，死亡人数竟达16万之众，另有史料说，死亡人数高达30万人，以至于一位历史学家叹息道：“帝王们一小时的疯狂完全可以把整整一代人全给消灭了。”[1]“不论是现代还是过去，再没有任何一次战争能和它相比”[2]。这场战役，连阿提拉都感到胆寒了，他决定放弃这场战役，退回到匈牙利草原上自己的王廷[3]去。这是他一生中绝无仅有的失败。

但是，阿提拉没有决定就此停止他的脚步。第二年，他又开始了征战。他决心把西罗马帝国撕成碎片。他首先剑指意大利的门户 —— 阿奎莱亚，把它变成了一座废墟，然后，匈奴人如浪潮一般，很快就将米兰和帕维亚两座城市淹没。阿提拉发起的攻击太猛烈了，让意大利人觉得他们是神，他们的行为，似乎并非人所为，而是神的一种表演。终于，阿提拉率队由南向北强渡多瑙河，向罗马发起了进攻。

惊恐和绝望的罗马人给阿提拉起了一个绰号：上帝之鞭，意思是他们自己犯了太多的错误，所以上帝用鞭子来教训自己。

在欧洲，还流行着一句描写阿提拉的凶恶、狂傲的话，说凡是他的马蹄踏过的地方连草都不长了。[4]

1 ［英］爱德华·吉本：《罗马帝国衰亡史》，下册，北京：商务印书馆，1997 年，第 84 页。

2 ［英］爱德华·吉本：《罗马帝国衰亡史》，下册，北京：商务印书馆，1997 年，第 84 页。

3 公元 445 年，阿提拉在多瑙河东的大平原上（今匈牙利境内）设立了王廷，其统治范围，西起莱茵河以东，东至中亚细亚。参见林幹：《匈奴通史》，北京：人民出版社，1986 年，第 261 页。

4 ［英］爱德华·吉本：《罗马帝国衰亡史》，下册，北京：商务印书馆，1997 年，第 90 页。

一位叫约丹勒斯（哥特人）的历史学家，用一段准确的文字给我们留下了阿提拉的画像：

> 他是典型的匈人：矮个子，宽胸部，大头颅，小而深的眼睛，扁鼻梁。皮肤黝黑，几乎近于全黑，留着稀疏的胡须。他发怒时令人害怕，他用他给别人产生的这种恐惧作为政治武器。确实在他的身上有着与中国史学家们所描述的六朝时期的匈奴征服者一样的自私和狡猾。他说话时，故意带着重音和含混不清的威胁性语调，是他战略的第一步；他所进行的系统征服（阿奎莱亚被夷为平地，在阿提拉通过之后再没有恢复过来）和大屠杀的最初目的是想教训一下他的对手们。[1]

从这段文字，可以体会阿提拉给西方人心理上造成了恐惧，阿提拉被描述为一个丑陋的暴君形象。而匈牙利人则在自己的历史中把阿提拉当作自己的祖先，并上溯35代至亚伯拉罕——诺亚的儿子。[2]公元1000年，匈牙利正式建国，

1　转引自王族：《上帝之鞭——成吉思汗、耶律大石、阿提拉的征战帝国》，桂林：广西师范大学出版社，2007年，第37页。

2　陈序经：《匈奴史稿》，北京：中国人民大学出版社，2009年，第535页。

"匈"是"匈奴"的意思，"牙利"是"人"的意思，"匈牙利"的意思，就是"匈奴人"。

匈奴大军围困罗马城的时候，西罗马帝国的皇帝瓦棱帝拈三世早就屁滚尿流地开溜了，把帝国交给了西罗马教皇利奥一世。然而，就在阿提拉率领的大军令整个罗马城都瑟瑟发抖的时刻，他突然间放弃了攻打的计划，一个以女人换和平的计划在他的心里油然而生——他看上了罗马帝国的公主霍诺里阿。这无疑令西罗马教皇大喜过望。美丽的霍诺里阿公主，于是成为罗马人的王昭君，被送给匈奴人的单于，以她柔若无骨的身体，阻挡了匈奴的铁骑，女人温柔多汁的身体，再一次神奇地介入了历史。西罗马帝国就这样，因阿提拉的好色，而躲过一劫。

高建群在小说《最后一个匈奴》前言中，描述了西罗马教皇把霍诺里阿公主送到阿提拉的营帐时两个人销魂的一幕：罗马城外的帐篷中，霍诺里阿公主身上的披风，戛然落地。她说："过来吧，亚洲高原上的牧羊人。用你的舌头和牙齿，解开这些麦穗吧！我其实一直在等着你的到来！我明白自己此生注定将有不平凡的命运！"[1]终于，阿提拉在燃烧的情欲面前一往无前，他把美丽的霍诺里阿公主像一只羔羊一样揽在

1 高建群：《最后一个匈奴》，北京：北京十月文艺出版社，2010年，第9页。

怀里，然后，像享受一顿美食那样，一点一点地消受她。

至于阿提拉为什么在罗马城下突然停止他狂傲的脚步，一直是一个历史之谜。如果他一举攻下罗马，罗马城里如云的美女，岂不可以随他消受？学者们给出了各种猜测，在这些猜测中，我也不妨给出我自己的猜测：这缘于阿提拉的轻狂与自负——在他眼中，罗马已是他触手可及的果实，只要他想，他随时可以纳入囊中。这个由恺撒缔造的帝国，在阿提拉的眼中竟然像豆腐渣一样不值一提。所以，他完全可以把他心仪的美女带回营帐消遣。至于罗马，他可以慢慢逗着它玩，如同征服女人一样，他要享受这个征服的过程，把它拖得越久越好，一下子整死它，未免太缺乏快感。

他不会想到，当他抱着霍诺里阿公主转身离去，他再也没有征服罗马的机会了。

第二年，阿提拉又娶了一个日耳曼美女，名字叫伊尔狄科。新婚之夜，阿提拉死在这个美女的床上。这个场面被法国19世纪画家维莱克勒画在他的油画《阿提拉之死》中，吉本在他著名的《罗马帝国衰亡史》里，也讲述了这惊心动魄的一幕：

> 他们的婚礼是在多瑙河彼岸的木结构的皇宫里，按野蛮人的仪式和风俗进行的；那位又醉又困的国

王到半夜以后才离开筵席，回到新床上去。他的侍从到第二天下午仍一直听任他去享乐或休息，对他不加干扰，一直到出奇的安静引起了他们的恐惧和疑心；于是，在大声叫喊企图吵醒阿提拉，无效之后，他们破门冲进了皇帝的寝宫。他们只看到发抖的新娘，用她的面纱捂住脸坐在床边，为她自己的匕首和半夜里便已咽气的死去的国王悲伤。一根血管忽然爆开：而由于阿提拉仰身卧着，喷出的一股血流堵住了他的呼吸，这血没有从他鼻孔里流出，却回流到肺和胃里去。他的遗体被庄严地陈列在大平原中央一个用丝绸扎成的灵堂里；几个经过挑选的匈奴人的步兵队伍，踏着拍子绕着灵堂转圈，向这位活得光荣、至死不败的英雄，人民的父亲，敌人的克星和全世界的恐惧对象唱着葬礼歌。这些野蛮人，根据他们的民族习俗，全都剪下一绺头发，在自己脸上无端刺上几刀，他们要用武士的鲜血，而不是用妇人的眼泪来哀悼他们的理应受此殊荣的英勇的领袖。阿提拉的遗体被分别装在一金、一银、一铁三口棺材里，在夜间偷偷埋掉；从各国掳掠来的战利品都扔进他的坟墓里去；破土挖坟的俘虏都被残暴地杀死；仍是那些刚刚还悲不自胜的匈奴人，现在却在他们的国王的新坟前，毫无节制地大吃大喝，寻欢作乐。[1]

根据在君士坦丁堡流行的传说，就在阿提拉死去的那个夜晚，马基安在睡梦中看到阿提拉的弓被折断了[2]，对于匈奴人来说，弓被折断，意味着不再有飞镝，密如暴雨地穿越丛林，飞入他们的城堡，打断他们的奢侈生活，这无疑是一个最好的消息。

在罗马，还流传着另一种说法：阿提拉是被霍诺里阿公主毒死的。《最后一个匈奴》写道：传说在匈牙利草原上，有一种鸩鸟，它的羽毛是极毒的。而霍诺里阿公主高绾的发髻上，就插着这样一根羽毛。“当阿提拉喝酒时，公主便将羽毛轻轻地在他的酒面上掠一下。而我们知道，阿提拉以及他的那些草原兄弟，都是些嗜酒如命的人。这样，阿提拉便在抱着骷髅头酒具，在一次一次的饮酒中，最后慢性中毒而亡。”[3]势不可挡的阿提拉就这样，在新婚之夜的颤抖与晕眩中，迎接了死亡的来临。霍诺里阿公主也成为拯救西罗马帝

1 ［英］爱德华·吉本：《罗马帝国衰亡史》，下册，北京：商务印书馆，1997年，第94页。

2 ［英］爱德华·吉本：《罗马帝国衰亡史》，下册，北京：商务印书馆，1997年，第94页。

3 高建群：《最后一个匈奴》，北京：北京十月文艺出版社，2010年，第13页。

国的民族英雄。

阿提拉死后，霍诺里阿公主默默地离开了匈牙利草原。匈奴人的身影，在历史中再度消失了。根据高建群的叙述，在东哥特人与格比德人的叛变中，阿提拉的长子被杀。他的另一个儿子腾吉齐克，重新回到了俄罗斯草原，后来，他积聚力量，准备仿效阿提拉重新开始一场西征的时候，在多瑙河下游与东罗马帝国作战时战败被杀。公元468年，腾吉齐克的人头，曾被悬挂在君士坦丁堡马戏场里，任人指点，任人嘲笑。[1]

8年后，饱受匈奴蹂躏并受到匈奴引发的蛮族西迁影响的西罗马帝国，也彻底走上了绝路，公元476年，罗马雇佣兵领袖、日耳曼人奥多亚克废黜了只有6岁的西罗马皇帝罗慕路斯，西罗马帝国正式灭亡。

匈奴人的马蹄踩踏过、匈奴人的车轮碾轧过的草原上，牧草黄了又青，青了又黄，如波涛一样在风中起伏的草原，遮蔽了历史的所有痕迹。

第七节　历史中的《史记》

无论多么庞大的事物都是有尽头的，只有无尽的岁月是一个例外。匈奴——这个巨大的膨胀体，在公元5世纪，还

1　高建群：《最后一个匈奴》，北京：北京十月文艺出版社，2010年版。

是抵达了它的尽头，最终像一个气球一样，说破就破了。所谓的“战无不胜”、所谓的“永恒”，都是不存在的，无论是了不起的人，还是伟大的事业，概莫能外。

无论是卫青、霍去病；无论是冒顿、伊稚斜、阿提拉；也无论是霍诺里阿、伊尔狄科，他们在那个血性的的年代里狭路相逢，以自身的意志，书写了波澜壮阔的历史，另一方面，既然选择了鲜血与牺牲，他们就必然种下他们自身的悲剧。英雄们驰骋千里，却冲不破自身命运的限度 —— 无论他们多么成功，尽头都在等待着他们。他们的成功，必然是悲剧性的，他们是悲剧英雄，创造了一个个悲壮、凄美的经典场面，正是这些悲剧性的场面，使历史在一幕幕荒诞的闹剧之外，平添了几许壮烈与崇高。

汉武帝的形象定格在他的伟业中。他大幅度地扩大了大汉帝国的疆域，其面积远远超出了秦朝的范围。他通过行政手段，把它的疆域牢牢地焊在大地上，同时，又通过卫青、霍去病，有效地阻止了北方野蛮力量的南侵，让这股雪山上倾泻下来的“洪水”更改了河道，冲向欧洲，从而保全了中原的文化没有在匈奴的铁蹄中溃散和消解，使华夏文明自秦汉一路延伸下来，生生不息。而灿烂的古罗马文明，连同更早的古希腊文明，则在匈奴铁骑的冲击下烟消云散了。汉武帝的功绩是历史性的，巨大、完整的中国版图，就是他的纪念碑。

然而，李陵降胡和司马迁受刑，却不能不说是汉武帝政治生涯中的重大败笔，汉武帝事业的尽头，就在这些败笔中显现了。卫青去世17年后，即汉武帝天汉二年、公元前99年，北方战云再起，汉武帝派李广利率领3万骑兵、“飞将军”李广的孙子李陵率领5000步兵，深入塞外，抗击匈奴。但李广利天生不是军人的料，一看见凶悍的匈奴军队就浑身发抖，一交手就溃不成军，置李陵的孤军奋战而不顾，急匆匆地跑了。李陵以步兵与匈奴骑兵抗衡，飞翔的箭镞，在空中嗷嗷叫着，奔向匈奴人的命门，在他们的额头扎出一个个的血窟窿。弓箭本是匈奴人的长项，李陵却用得得心应手，让匈奴骑兵吃尽了苦头，然而，匈奴人有6万骑兵，站在那里让李陵射，李陵也射不完，终于，箭镞尽了，匈奴大军围了上来，李陵束手就擒。

李陵的被擒令一向自负的汉武帝感到受了奇耻大辱。朝廷上，善于察言观色的群臣纷纷指责李陵有罪。当武帝问到太史令司马迁时，司马迁说：“李陵带去的步兵不满五千，他深入到敌人的腹地，打击了几万敌人。他虽然打了败仗，可是杀了这么多的敌人，也可以向天下人交代了。李陵不肯马上去死，准有他的主意。他一定还想将功赎罪来报答皇上。”

司马迁或许没有想到，对李陵的辩解，就是对李广利的变相指责，而李广利不是别人，是汉武帝宠妃的哥哥，与皇帝有着非同寻常的裙带关系。听完司马迁的一番表白，汉武帝立刻变了脸，将司马迁下狱，在狱中，司马迁又饱受当时名声很臭的酷吏杜周的残酷折磨。后来，又将司马迁处以腐刑。腐刑就是阉割，对于男人来说，无疑是天大的耻辱，污及先人，见笑亲友。

司马迁几乎失去了活下去的勇气，在给他的朋友任安的书信（《报任少卿书》）中，他说自己没有颜面到父母坟前祭扫，预想以后时间越长，污垢越重，他的日子，“肠一日而九回”。他想死，但他还有一个余念未了，就是写作《史记》。为了这部书，他决定忍受屈辱，苟活下来。

14年后，大汉帝国的军队马踏匈奴的一系列连锁反应之一——《史记》，诞生了，就在车骑将军卫青率一万骑兵出上谷，第一次征剿匈奴的38年后，汉武帝征和二年，即公元前91年，司马迁完成了那部壮丽的史书——《史记》，为中国的史学文化提供了一个辉煌的起点，此后，以《史记》为范本进行的历史书写，在穿越了23个朝代之后，一直延续到了今天。

这又是一种“凿空”——文化上的“凿空”。这一点，卫青、霍去病是无论如何也想不到的。

而汉武帝的限度，已经潜伏在李陵降胡和司马迁受刑这

两次重大事件中 —— 与汉武帝晚年的一系列政治事件一样，汉武帝看起来是胜者，实际上却一败涂地。这是因为他看不到自己的限度，相反，他的自信与野心都随着一连串的胜利而日益膨胀。他的胜利越是辉煌，他的失败就越是可悲。

他雄心万丈，又好大喜功；他只接受胜利，而不接受失败；他希望现实完全符合他个人的意愿，而容不下丝毫的失败与缺憾。他像一个守财奴，守护着他的功名与业绩，不希望它们受到一星半点的折损。这是权力者的洁癖，它所带来的，唯有残暴与乖戾 —— 他企图通过残暴与乖戾，对失败与缺憾进行防范和惩戒，使现实趋于他想象中的完美 —— 因为害怕出现吕后专政那样的事情，他下令将所有为自己生过孩子的后宫女子全部处死；他因梦见有人谋害自己而掀起了宫廷内部的残杀，他的皇后卫子夫和太子刘据，都在这场祸患中含冤自杀。他的理想世界，是容不得任何“污垢”的，而这种政治洁癖带来的后果，却是难以置信的污秽与残暴。或许，对于百姓来说，生活在有政治洁癖的帝王的时代一定是痛苦的，而生活在那些看上去并不伟大、没有英雄梦和诗人气质的帝王时代则是幸运的。所幸汉武帝晚年终于醒悟过来，但失妻丧子的残酷现实几乎把“战无不胜”的汉武帝送到崩溃的边缘。那是他的劫数，他在劫难逃。

两年后，他颁布了著名的“罪己诏”——《轮台诏》，对自己的所作所为做了深刻的忏悔："朕即位以来，所为狂悖，使天下愁苦，不可追悔。自今事有伤害百姓，糜费天下者，悉罢之。"意思是说："朕自即位以来，干了很多狂妄悖谬之事，使天下人愁苦，朕后悔莫及。从今以后，凡是伤害百姓、浪费天下财力的事情，一律废止！"又建起了"思子宫"和"归来望思之台"，以寄托对儿子的哀思，天下闻而悲之。

又过了两年，汉武帝死在了五柞宫，终年70岁，他的世界，蜷缩成一个陵丘，以后的两千年里，被雨水冲出一道道深深浅浅的沟壑，上面长满了青草，在瑟瑟的风中，讲述一个帝王曾经的光荣与梦想。

在无尽的岁月中，一个生命的尽头，又必将是另一个生命的开始。

2012年2月写于成都

永和九年的那场醉

一

我到北京故宫博物院故宫学研究所上班的第一天，郑欣淼先生的博士徐婉玲说，午门上正办“兰亭特展”，相约一起去看，尽管我知道，王羲之的那份真迹，并没有出席这场盛大的展览，但这样的展览，得益于两岸故宫的合作，依旧不失为一场文化盛宴。那份真迹消失了，被1600多年的岁月隐匿起来，从此成了中国文人心头的一块病。我在展厅里看见的是后人的摹本，它们苦心孤诣地复原着它原初的形状。这些后人包括：虞世南、褚遂良、冯承素、米芾、陆继善、陈献章、赵孟頫、董其昌、八大山人、陈邦彦，甚至宋高宗赵构、清高宗乾隆……几乎书法史上所有重要的书法家都临摹过《兰亭序》[1]。南宋赵孟坚，曾携带一本兰亭刻帖过河，不想舟翻落水，救起后自题：“性命可轻,《兰亭》至宝。”这份摹本，也从此有了一个生动的名字——“落水《兰亭》”。王

1 《兰亭序》，又称《兰亭集序》《兰亭宴集序》《临河序》《禊序》《禊帖》。

羲之不会想到，他的书法，居然发起了一场浩浩荡荡的临摹和刻拓运动，贯穿了其后1600多年的漫长岁月。这些复制品，是治文人心病的药。

东晋永和九年（353）的暮春三月初三，时任右将军、会稽内史的王羲之，伙同谢安、孙绰、支遁等朋友及子弟42人，在山阴兰亭举行了一次声势浩大的文人雅集，行“修禊”之礼，曲水流觞，饮酒赋诗。

魏晋名士尚酒，史上有名。刘伶曾说：“天生刘伶，以酒为名；一饮一斛，五斗解酲。”[1]阮籍饮酒，“蒸一肥豚，饮酒二斗”[2]。他们的酒量，都是以“斗”为单位的，那是豪饮，有点像后来水泊梁山上的人物。王羲之的酒量，我们不得而知，但天籁阁旧藏宋人画册中有一幅《羲之写照图》，图中的王羲之，横坐在一张台座式榻上，身旁有一酒桌，有酒童为他提壶斟酒，酒杯是小的，气氛也是雍容文雅的，不像刘伶的那种水浒英雄似的喝法。总之，兰亭雅集那天，酒酣耳热之际，王羲之提起一支鼠须笔，在蚕茧纸上一气呵成，写下一篇《兰亭序》，作为他们宴乐诗文的序言。那时的王羲之不会想到，这份一挥而就的手稿，以后成为被代代中国人记诵的名篇，而且为以后的中国书法提供了一个至高无上的坐标，后

---

1 〔南朝宋〕刘义庆：《世说新语》，郑州：中州古籍出版社，2008年，第334页。

2 〔南朝宋〕刘义庆：《世说新语》，郑州：中州古籍出版社，2008年，第336页。

世的所有书家，只有翻过临摹《兰亭序》这座高山，才可能成就己身的事业。王羲之酒醒，看见这幅《兰亭序》，有几分惊艳、几分得意，也有几分寂寞，因为在以后的日子里，他将这幅《兰亭序》反复重写了数十百遍，都达不到最初版本的水准，于是将这份原稿秘藏起来，成为家族的第一传家宝。

然而，在漫长的岁月中，一张纸究竟能走出多远？

一种说法是，《兰亭序》的真本传到王氏家族第七代孙智永的手上，由于智永无子，于是传给弟子辩才，后被唐太宗李世民派遣监察御史萧翼，以计策骗到手；还有一种说法：《兰亭序》的真本，以一种更加离奇的方式流传。唐太宗死后，它再度消失在历史的长夜里。后世的评论者说："《兰亭序》真迹如同天边绚丽的晚霞，在人间短暂现身，随即消没于长久的黑夜。虽然士大夫家刻一石让它化身千万，但是山阴真面却也永久成谜。"

二

现在回想起来，中国文化史上不知有多少名篇巨制，都是这样率性为之的，比如苏东坡、辛弃疾开创所谓的豪放词风，并非有意为之，不过逞心而歌而已，说白了，是玩儿出来的。我记得黄裳先生曾经回忆，1947年时，他曾给沈从文寄去空白纸笺，请他写字，没想到这考究的纸笺竟令沈从文步履维艰，写出来的字如“墨冻蝇”，沈从文后来干脆又另写一幅寄给黄裳，写字笔是“起码价钱小绿颖笔”，意思是最便宜的毛笔，纸也只是普通公文纸，在上面“胡画”，却“转有妩媚处”[1]。他还回忆，1975年前后，沈从文又寄来一张字，用的是明拓帖扉页的衬纸写的，笔也只是七分钱的“学生笔”，黄先生说他这幅字“旧时面目仍在，但平添了如许宛转的姿媚”[2]。所以黄裳先生也说：“好文章、好诗……都是不经意作出来的。”[3]

文人最会玩儿的，首推魏晋，其次是五代。《文渊阁四库全书》中收有明代杨慎的《墨池璅录》，书中说：“书法惟风韵难及。虞书多粗糙，晋人书虽非名法之家，亦自奕奕有一种风流蕴藉之气，缘当时人物以清简相尚，虚旷为怀，修容发语，以韵相胜，落华散藻，自然可观。”[4]两宋以后，文人渐渐变得认真起来，诗词文章，都做得规规矩矩，有“使命感”了。以今人比之，犹如莫言之《红高粱》，设若他先想到诺贝尔奖，鼓足干劲，力争上游，决心为国争光，那份汪洋恣肆、狂妄无忌，就断然做不出来了。

1　黄裳：《故人书简》，北京：海豚出版社，2012年，第35页。

2　黄裳：《故人书简》，北京：海豚出版社，2012年，第37页。

3　黄裳：《故人书简》，北京：海豚出版社，2012年，第35页。

4　〔明〕杨慎：《墨池璅录》，见《景印文渊阁四库全书》，总第八一六卷，子部，第一二二卷，台北：台湾商务印书馆，1983年，第3页。

王羲之时代的文人原生态，尽载于《世说新语》。魏晋文人的好玩儿，从《世说新语》的字里行间透出来，所以我的博士生导师刘梦溪先生说，他时常将《世说新语》放在枕畔，没事时翻开一读，常哑然失笑。比如写钟会，他刚写完一本书，名叫《四本论》—— 别弄错了，不是《资本论》——想让嵇康指点，就把书稿揣在怀里，由于心里紧张，不敢拿给嵇康看，就在门外远远地把书稿扔进去，然后撒腿就跑。再比如吕安去嵇康家里看望这位好友，正巧嵇康不在家，吕安在门上写了一个“凤”字就走了，嵇康回来，看到“凤”字，心里很得意，以为是吕安夸自己，没想到吕安是在挖苦他，“凤”的意思，是说他不过一只“凡鸟”而已。曹雪芹在给王熙凤的判词中把“凤”字拆开，说“凡鸟偏从末世来”，不知是否受了《世说新语》的启发。

中国文化史上，正襟危坐的书多，像《世说新语》这样好玩儿的书，屈指可数。刘义庆寥寥数语，就把魏晋文人的形态活脱脱展现出来了。刘义庆是南朝宋武帝刘裕的侄子、长沙景王刘道怜的公子，是皇亲国戚、高干子弟，同时是骨灰级的文学爱好者，《宋书》说他“招聚文学之士，近远必至”。他爱玩儿，所以他的书，就专拣好玩儿的事儿写。

《世说新语》写王羲之，最著名的还是那个“东床快婿”的典故：东晋太尉郗鉴有个女儿，名叫郗璿，年方二八，正值豆蔻年华，郗鉴爱如掌上明珠，要为她寻觅一位如意郎君。郗鉴觉得丞相王导家子弟甚多，都是品学兼优的三好学生，于是希望能从中找到理想人选。

一天早朝后，郗鉴把自己的想法告诉了丞相王导。王导慨然说："那好啊，我家里子弟很多，就由您到家里挑选吧，凡你相中的，不管是谁，我都同意。"郗鉴就命管家带上厚礼，来到王丞相的府邸。

王府的子弟听说郗太尉派人为自己的宝贝女儿挑选意中人，就个个精心打扮一番，"正襟危坐"起来，唯盼雀屏中选。只有一个年轻人，斜倚在东边床上，敞开衣襟，若无其事。这个人，正是王羲之。

王羲之是王导的侄子，他的两位伯父王导、王敦，分别为东晋宰相和镇东大将军，一文一武，共为东晋的开国功臣，而王羲之的父亲王旷，更是司马睿过江称晋王首创其议的人物，其家族势力的强大，由此可见。"旧时王谢堂前燕，飞入寻常百姓家"，循着唐代刘禹锡这首《乌衣巷》，我们轻而易举地找到了王导的地址 —— 诗中的"王谢"，分别指东晋开国元勋王导和指挥淝水之战的谢安，他们的家，都在秦淮河南岸的乌衣巷。乌衣巷鼎盛繁华，是东晋豪门大族的高档住宅区。朱雀桥上曾有一座装饰着两只铜雀的重楼，就是谢安所建。

相亲那一天，王羲之看见了一座古碑，被它深深吸引住了。那是蔡邕的古碑。蔡邕是东汉著名学者、书法家、蔡文姬的父亲，汉献帝时曾拜左中郎将，故后人也称他“蔡中郎”。他的字，“骨气洞达，爽爽有神力”，被认为是“受于神人”，让王羲之痴迷不已。

王羲之对书法如此迷恋，自然与受父亲的影响关系甚大。王羲之的父亲王旷，历官丹阳太守、淮南内史、淮南太守，善隶、行书。明陶宗仪《书史会要》卷三载：“旷与卫氏，世为中表，故得蔡邕书法于卫夫人。”王羲之12岁的时候，在父亲枕中发现《笔论》一书，便拿出来偷偷看。父亲问：“你为什么要偷走我藏的东西?”羲之笑而不答。母曰：“他是想了解你的笔法。”父亲看他年少，就说：“等你长大成人，我会教你。”王羲之说：“等到我成人了，就来不及了。”父亲听了大喜，就把《笔论》送给了他，不到一个月，他的书法水平就大有长进。

那天他看见蔡中郎碑，自然不会放过，几乎把相亲的事抛在脑后，突然想起来，才匆匆赶往乌衣巷里的相府，到时，已经浑身汗透，就索性脱去外衣，袒胸露腹，偎在东床上，一边饮茶，一边想那古碑。郗府管家见他出神的样子，不知所措。他们的目光对视了一下，却没有形成交流，因为谁也不知道对方在想什么。

管家回到郗府，对郗太尉做了如实的汇报："王府的年轻公子二十余人，听说郗府觅婿，都争先恐后，唯有东床上有位公子，袒腹躺着，一副漫不经心的样子。"管家以为第一轮遭到淘汰的就是这个不拘小节的年轻人，没想到郗鉴选中的人偏偏是王羲之，"东床快婿"，由此成为美谈，而这样的美谈，也只能出在东晋。

王羲之的袒胸露腹，是一种别样的风雅，只有那个时代的人体会得到，如今的岳父岳母们，恐怕万难认同。王羲之与郗璿的婚姻，得感谢老丈人郗鉴的眼力。王羲之的艺术成就，也得益于这段美好的婚姻。王羲之后来在《杂帖》中不无得意地写道：

> 吾有七儿一女，皆同生。婚娶以毕，唯一小者尚未婚耳。过此一婚，便得至彼。今内外孙有十六人，足慰目前。

他的七子依次是：玄之、凝之、涣之、肃之、徽之、操之、献之。这七个儿子，个个是书法家，宛如北斗七星，让东晋的夜空有了声色。其中凝之、涣之、肃之都参加过兰亭聚会，而徽之、献之的成就尤大。故宫"三希堂"，王羲之、王献之父子占了"两希"，其中我最爱的，是王献之的《中秋帖》，笔力浑厚通透，酣畅淋漓。王献之的地位始终无法超越他的父亲王羲之，或许与唐太宗、宋高宗直到清高宗这些当权者对《兰亭序》的抬举有关。但无论怎样，如果当时郗鉴没有选中王羲之，中国的书法史就要改写。王羲之大抵不会想到，自己这一番放浪形骸，竟然有了书法史的意义，犹如他没有想到，酒醉后的一通涂鸦，成就了书法史的绝唱。

三

1600多年后，我们依然能够呼吸到永和九年春天的明媚。三国时代，纵然有雄姿英发、羽扇纶巾的英雄，有乱石穿空、惊涛拍岸的浩荡，但总的来说，气氛仍是压抑的，充满了刀光剑影。“樯橹灰飞烟灭”，对于英雄豪杰，仿佛信手拈来的功业，对百姓，却是无以复加的灾难。继之而起的魏晋，则是一个“铁腕人物操纵、杀戮、废黜傀儡皇帝的禅代的时代”[1]。先是曹操“挟天子以令诸侯”，他的儿子曹丕篡夺汉室江山，建立魏朝；继而魏的大权逐步旁落到司马氏手中，司马懿的儿子司马师和司马昭相继担任大将军，把持朝廷大权。曹髦见曹氏的权威日渐失去，司马昭又越来越专横，内心非常气愤，于是写了一首题为《潜龙》的诗。司马昭见到

1 张节末：《狂与逸》，北京：东方出版社，1995年，第36页。

这首诗，勃然大怒，居然在殿上大声斥责曹髦，吓得曹髦浑身发抖，后来司马昭不耐烦了，干脆杀死了曹髦，立曹奂为帝，即魏元帝。曹奂完全听命于司马昭，不过是个傀儡皇帝。但即使傀儡皇帝，司马氏也觉得碍事，司马昭死后，长子司马炎干脆逼曹奂退位，自己称帝。经过司马懿、司马昭和司马炎三代人的"努力"，终于夺权成功，建立了西晋。

西晋是一个偷来的王朝。这样一个不名誉的王朝，要借助铁腕来维系，那是一定的。所以司马氏的西晋，压抑得人喘不过气来。当年曹操杀孔融，孔的两个儿子尚幼，一个九岁，一个八岁，曹操斩草除根，没有丝毫的犹豫，留下了"覆巢之下，焉有完卵"的成语。此时的司马氏，青出于蓝胜于蓝，杀人杀得手酸。"竹林七贤"过得潇洒，嵇康"弹琴咏诗，自足于怀"[1]，刘伶整日捧着酒罐子，放言"死便埋我"，也好玩，但那潇洒里却透着无尽的悲凉，不是幽默，是装疯卖傻，企图借此躲避司马家族的专政铁拳，最终，嵇康那颗美轮美奂的头颅，还是被一刀剁了去。

公元290年，晋武帝死，皇宫和诸王争夺权力，互相残杀，酿成"八王之乱"。对于当时的惨景，虞预曾上书道："千里无烟爨之气，华夏无冠带之人。自天地开辟，书籍所载，

1 〔唐〕房玄龄等撰：《晋书》，北京：中华书局，2000年，第906页。

大乱之极，未有若兹者。”[1]永嘉五年（311），匈奴攻陷洛阳，掳走晋怀帝，杀王公士民三万余人，这场乱，史称“永嘉之乱”。

20世纪初楼兰遗址陆续出土了一些晋残纸，残纸中，有西晋永嘉元年（307）和永嘉四年（310）的年号，由于罗布泊地区气候干燥，这些晋代残纸虽经千载而纸墨如新，几乎是今人能够目睹的最早的纸墨文字。人们更多是从书法史的意义（由章草向今草过渡）上谈论这些残纸的价值，而忽略了这点画勾勒之间，藏着多少寻常人等的离合悲欢。透过风雨战乱报得一份平安，或许就是他们最微薄也最强烈的愿望。这些裹挟在大历史中的个人史，如旷野上粗粝的民歌，令人热血沸腾，却又风吹即散。其中一札，上面写着：

惟悲剥情……何痛！当奈何？悠念之……

让我想起王羲之《姨母帖》（辽宁省博物馆藏）所写：

哀痛摧剥，情不自胜，奈何、奈何……

1 〔唐〕房玄龄等撰：《晋书》，北京：中华书局，2000年，第1430页。

历史中的名人与无名人，他们的情感、用语，都何其相似！至于这些残纸是谁人所写、写给谁，我们已无从得知，写信人在残纸之外的命运，也已湮没无闻。人已无踪，残书犹在，这也是一种奇迹。它们被西方探险家挖出来，表明这些信札根本不曾寄出，1700多年后的我们，竟成了最终的收信人。

公元317年，皇帝司马邺被俘，西晋灭亡。王家的功业，恰是此时建立的，公元318年，王旷、王导、王敦等人推司马睿为皇帝，定都建康[1]，建立东晋。动荡的王朝在建康得到暂时的安顿，社会思想平静得多，各处都夹入了佛教的思想。再至晋末，乱也看惯了，篡也看惯了，文章便更和平。与西晋相比，东晋士人不再崇尚形貌上的冲决礼度，而是礼度之内的娴雅从容。昏暗的油灯下，鲁迅恍惚看到了一个好的故事："这故事很美丽，幽雅，有趣。许多美的人和美的事，错综起来像一天云锦，而且万颗奔星似的飞动着，同时又展开去，以至于无穷。"这些美事包括：山阴道上的乌桕，新秋，野花，塔，伽蓝……

所以东晋时代的郊游，畅饮，酣歌，书写，都变得轻快

1 今江苏南京。

起来，少了“建安七子”“竹林七贤”的曲折和吞咽，连呼吸吐纳都通畅许多。永和九年，暮春之初，不再有奔走流离，人们像风中的渣滓，即使飞到了天边，也终要一点一点地落定，随着这份沉落，人生和自然本来的色泽便会显露出来，花开花落、雁去雁来、雨丝风片、微雪轻寒，都牵起一缕情欲。那份欲念，被生死、被冻饿遮掩得太久了，只有在这清澈的山林水泽，才又被重新照亮。文化是什么？文化是超越吃喝拉撒之上的那丝欲念，那点渴望，那缕求索，是为灵魂准备的酒药和饭食。王羲之到了兰亭，才算是找到了真正的自己，或者说，就在王羲之仕途困顿之际，那份从容、淡定、逍遥，正在会稽山阴之兰亭，等待着他。

会稽山阴之兰亭，种兰的传统可以追溯到春秋时代，据说越王就曾在这里种兰，后人建亭以志，名曰兰亭。而修禊的风俗，则始于战国时代，传说秦昭王在三月初三置酒河曲，忽见一金人，自东而出，奉上水心之剑，口中念道：“此剑令君制有西夏。”秦昭王以为是神明显灵，恭恭敬敬地接受了赐赠，此后，强秦果然横扫六合，一统天下。从此，每年三月三，人们都到水边祓祭，或以香薰草蘸水，洒在身上，洗去尘埃，或曲水流觞，吟咏歌唱。所谓曲水流觞，就是在水边建一亭子，在基座上刻下弯弯曲曲的沟槽，把水流引进来，把酒杯斟酒，放到水上，让酒杯在水上浮动，到谁的面前，谁就要举起酒杯，趁着酒液熨过肺腑，吟诵出胸中的诗句。

东晋的酒具，今天在北京故宫博物院是见得到的。比如那件青釉鸡头壶，有一个鸡头状短流，圆腹平底，腹上壁有两桥形系，一弧形柄相接口沿和器身，便于提拿，通体青釉，点缀褐彩，有画龙点睛之妙。这种鸡头壶，始见于三国末期，历经魏晋南北朝，到唐代就消失了，被执壶取代。北京故宫博物院还有一件南朝时期的青釉羽觞，正是曲水流觞中的那只“觞”，它的外形小巧可爱，像一只小船，敏捷灵动，我们可以想象它在水中随波逐流的轻巧宛转，以及饮酒人将它高高擎起、袍袖被风吹动的那副神韵。

一件小小的文物，让魏晋的优雅、江左的风流具体化了，变得亲切可感，也让后世文人思慕不已，甚至大清的乾隆皇帝，也在紫禁城宁寿宫花园的一角，建了一座禊赏亭，企图通过复制曲水流觞的物理空间，体验东晋士人的风雅神韵。在他看来，假若少了这份神韵，这座宫殿纵然雕栏玉砌、钟鸣鼎食，也毫无品位。

或许得不到的永远是最好的，王羲之式的风雅，让后世许多帝王将相艳羡不已，纷纷效仿，与此相比，王羲之最向往的，却是拯救社稷苍生的功业。

与郗璿结婚三年后，王羲之就凭借庾亮等人的举荐，以及自己根红苗正的家世，官至会稽内史、右军将军——“王右军”之名由此而来，但官场的浑浊，依旧容不下一个清风白袖的文人书生。官场上的王羲之，像相亲时一样我行我素。他与谢安一同登上冶城，在谢安悠然远想的时候，他居然批评谢安崇尚虚谈，不务实际：“今四郊多垒，宜人人自效，而虚谈废务，浮文妨要，恐非当今所宜。”[1]还反对妄图通过北伐实现个人野心的桓温、殷浩：“以区区吴越经纬天下十分之九，不亡何待？”《晋书》说他“以骨鲠称”[2]，还说他“雅性放诞，好声色”[3]。他入世，却不按官场的既定方针办，他不倒霉，谁倒霉呢？果然，王羲之被官场风暴，径直吹到会稽。

离开政治漩涡建康，让他既失落，又欣慰。他离自己的理想越来越远，却离自然越来越近。即使在病中，他还写下这样的诗句：

取欢仁智乐，
寄畅山水阴。
清泠涧下濑，
历落松竹林。

1 〔南朝宋〕刘义庆：《世说新语》，郑州：中州古籍出版社，2008年，第59页。
2 〔唐〕房玄龄等撰：《晋书》，北京：中华书局，2000年，第1393页。
3 〔唐〕房玄龄等撰：《晋书》，北京：中华书局，2000年，第1393页。

和朋友们相约雅集的那一天，天朗气清，惠风和畅，桑葚的芬芳飘荡在泥土之上，阳光透过密密匝匝的竹林漏到溪水边，使弯曲的流水变成一条斑驳的花蛇。光线晶莹通透，饱含水汁。落花在风中出没，在光影中流畅地迂回，那份缠绵，看着让人心软。所有的刀光剑影都被隐去了，岁月被这缕阳光抹上一层淡金的光泽。唯有此时，人才能沉下来，呼应着自然的启发，想些更玄远的事情，“仰观宇宙之大，俯察品类之盛，所以游目骋怀，足以极视听之娱，信可乐也”。从这文字里，我们看到王羲之焦灼的表情终于松弛下来。我们看见了他的侧脸，被蝉翼般细腻和透明的阳光包围着，那样地柔和。他忽然间沉默了，他的沉默里有一种长久的力量。

在那一刻，谢安、孙绰、谢万、庾蕴、孙统、郗昙、许询、支遁、李充、袁峤之、徐丰之一干人等，正忙着饮酒和赋诗，他们吟出的诗句，也大抵与眼前的景象相关。其中，谢安诗云：

相与欣佳节，率尔同褰裳。

薄云罗物景，微风翼轻航。

醇醪陶元府，兀若游羲唐。

万殊混一象，安复觉彭殇。

孙绰诗云：

流风拂枉渚，停云荫九皋。

莺语吟修竹，游鳞戏澜涛。

隽笔落云藻，微言剖纤毫。

时珍岂不甘，忘味在闻韶。

他们或许并不知道，望着眼前的灿烂美景，王羲之在想些关于短暂与永久的话题，也快乐，也忧伤。

儒家学说有一个最薄弱、最柔软的地方，就是它过于关注处理现实社会问题，协调人的关系，而缺少宇宙哲学的形而上思考。它所建构的家国伦理把一代代的中国士人推进官场，却缺少提供对于存在问题的深刻解答，这一缺失，直到宋明理学时代才得到弥补。而在宋明理学产生之前数百年，被权力者边缘化了的知识分子，就已经开始了这种本原性的思考，中国的哲学史，就在这权力的缝隙间获得了生长的空间，为后来理学的诞生奠定了基础。

在宦海中沉浮的王羲之，内心始终缺了一角，此时，面对天地自然，面对更加深邃的时空，他对生命有了超越功利的思考，他心灵中缺失的一角，仿佛得到了弥补，那份快乐自不必说，对于度尽劫波的王羲之来说，这份快乐，他自会在内心里妥帖收藏；而他的忧伤，则是缘于这份“乐”，来得快，去得也快。因为人的生命，犹如这暮春里的落花，无论怎样灿烂，转眼之间，就会消逝得无影无踪。

花朵还有重新开放的时候，仿佛一场永无止境的轮回，在春风又起的时候，接续它们的前世。所以那花，是值得羡慕的。但是，每当春蚕贪婪地吸吮桑叶上黏稠甜美的汁液，开始一段即将启程的路途，眼前这些活生生的人们，可能都已不在人世了。只有那崇山峻岭，茂林修竹，清流激湍，映带左右，千古不会变化。

王羲之特立独行，对什么都可以不在乎，包括官场的进退、得失、荣辱，但有一个问题他却不能不在乎，那就是死亡。死亡是对生命最大的限制，它使生命变成一种暂时的现象，像一滴露、一朵花。它用黑暗的手斩断了每个人的去路。在这个限制面前，王羲之潇洒不起来，魏晋名士的潇洒，也未必是真的潇洒，是麻醉、逃避，甚至失态。在这个问题上，他们并不见得比王羲之想得深入。

所以，当参加聚会的人们准备将那一天吟诵的三十七首诗汇集成一册《兰亭集》，推荐主人王羲之为之作序时，王羲之趁着酒兴，用鼠须笔和蚕茧纸一气呵成《兰亭序》。全文如下：

永和九年，岁在癸丑，暮春之初，会于会稽山阴之兰亭，修禊事也。群贤毕至，少长咸集。此地有崇山峻岭，茂林修竹；又有清流激湍，映带左右，引以为流觞曲水，列坐其次。虽无丝竹管弦之盛，一觞一咏，亦足以畅叙幽情。是日也，天朗气清，惠风和畅，仰观宇宙之大，俯察品类之盛，所以游目骋怀，足以极视听之娱，信可乐也。夫人之相与，俯仰一世，或取诸怀抱，晤言一室之内；或因寄所托，放浪形骸之外。虽取舍万殊，静躁不同，当其欣于所遇，暂得于己，快然自足，不知老之将至。及其所之既倦，情随事迁，感慨系之矣。向之所欣，俯仰之间，已为陈迹，犹不能不以之兴怀。况修短随化，终期于尽。古人云："死生亦大矣。"岂不痛哉！每览昔人兴感之由，若合一契，未尝不临文嗟悼，不能喻之于怀。固知一死生为虚诞，齐彭殇为妄作。后之视今，亦犹今之视昔。悲夫！故列叙时人，录其所述，虽世殊事异，所以兴怀，其致一也。后之览者，亦将有感于斯文。

文字开始时还是明媚的，是被阳光和山风洗濯的通透，是呼朋唤友、无事一身轻的轻松，但写着写着，调子却陡然一变，文字变得沉痛起来，真是一个醉酒忘情之人，笑着笑着，就失声痛哭起来。那是因为对生命的追问到了深处，便是悲观。这种悲观，不再是对社稷江山的忧患，而是一种与生俱来又无法摆脱的孤独。《兰亭序》寥寥三百二十四字，却把一个东晋文人的复杂心境一层一层地剥给我们看。于是，乐成了悲，美丽成了凄凉。实际上，庄严繁华的背后，是永远的凄凉。打动人心的，是美，更是这份凄凉。

四

由此可以想见，唐太宗之喜爱《兰亭序》，一方面因其在书法史的演变中，创造了一种俊逸、雄健、流美的新行书体，代表了那个时代中国书法的最高水平。赵孟頫称《兰亭序》是“新体之祖”，认为“右军字势，古法一变，其雄秀之气出于天然，故古今以为师法”，欧阳询《用笔论》说：“至于尽妙穷神，作范垂代，腾芳飞誉，冠绝古今，唯右军王逸少一人而已。”《文渊阁四库全书》中收录的明代项穆的《书法雅言》说：“古今论书，独推两晋。然晋人风气，疏宕不羁，右军多优，体裁独妙，书不入晋，固非上流，法不宗王，拒称逸品。”[1] 另一方面因为其文字精湛，天、地、人水乳交融，《古

1 〔明〕项穆：《书法雅言》，见《景印文渊阁四库全书》，总第八一六卷，子部，第一二二卷，台北：台湾商务印书馆，1983 年，第 251 页。

文观止》只收录了六篇魏晋六朝文章,《兰亭序》就是其中之一。但主要还是因为它写出了这份绝美背后的凄凉。我想起扬之水评价生于会稽的元代词人王沂孙的话，在此也颇为适用:“他有本领写出一种凄艳的美丽，他更有本领写出这美丽的消亡。这才是生命的本质，这才是令人长久感动的命运的无常。它小到每一个生命的个体，它大到由无数生命个体组成的大千世界。他又能用委曲、吞咽、沉郁的思笔，把感伤与凄凉雕琢得玲珑剔透。他影响于读者的有时竟不是同样的感伤，而是对感伤的欣赏。因为他把悲哀美化了，变成了艺术。”[1]

唐太宗李世民是一个迷恋权力的人，玄武门之变，他是踩着哥哥李建成的尸首当上皇帝的，但他知道，所有的权力，所有的荣华，所有的功业，都不过是过眼云烟，他真正的对手，不是现实中的哪一个人，而是死亡，是时间，如海德格尔所说:“死亡是此在本身向来不得不承担下来的存在可能性”“作为这种可能性，死亡是一种与众不同的悬临”。[2]艾玛纽埃尔·勒维纳斯则说:“死亡是行为的停止，是具有表达性的运动的停止，是被具有表达性的运动所包裹、被它们所掩

1 扬之水:《无计花间住》，上海：上海人民出版社，2011 年，第 16 页。

2 ［德］马丁·海德格尔:《存在与时间》，北京：生活·读书·新知三联书店，2006 年，第 288 页。

盖的生理学运动或进程的停止。”[1]他把死亡归结为停止，但在我看来，死亡不仅仅是停止，它的本质是终结，是否定，是虚无。

虚无令唐太宗不寒而栗，死亡将使他失去他业已得到的一切，《兰亭序》写道：“况修短随化，终期于尽。古人云：‘死生亦大矣。’岂不痛哉！”这句一定令他悚然心惊。他看到了美丽之后的凄凉，会有一种绝望攫取他的心，于是他想抓住点什么。

他给取经归来的玄奘以隆重的礼遇，又资助玄奘的译经事业，从而为中国的佛学提供了一个新的起点，我们无法判断唐太宗的行为中有多少信仰的成分，但可以见证他为抗衡人生的虚无所做的一份努力，以大悲咒对抗人生的悲哀和死亡的咒语。他痴迷于《兰亭序》，王羲之书法的淋漓挥洒自然是一个不可小觑的因素，但更重要的原因却在于它道出了人生的大悲慨，触及了他最敏感的那根神经，就是存在与虚无的问题。在这一诘问面前，帝王像所有人一样不能逃脱，甚至于，地位愈高、功绩愈大，这一诘问，就愈发紧追不舍。

从这个意义上说，《兰亭序》之于唐太宗，就不仅仅是一幅书法作品，而成为一个对话者。这样的对话者，他在朝廷

1 ［法］艾玛纽埃尔·勒维纳斯：《上帝·死亡和时间》，北京：生活·读书·新知三联书店，1997年，第7页。

上是找不到的。所以，他只能将自己的情感，寄托在这张字纸上。在它的上面，墨迹尚浓，酒气未散，甚至于永和九年暮春之初的阳光味道还弥留在上面，所有这一切的信息，似乎让唐太宗隔着两百多年的时空，听得到王羲之的窃窃私语。王羲之的悲伤，与他悲伤中疾徐有致的笔调，引发了唐太宗，以及所有后来者无比复杂的情感。

一方面，唐太宗宁愿把它当作一种“正在进行时”，也就是说，每当唐太宗面对《兰亭序》的时候，都仿佛面对一个心灵的“现场”，让他置身于永和九年的时光中，东晋文人的洒脱与放浪，就在他的身边发生，他伸手就能够触摸到他们的臂膀。

另一方面，它又是“过去时”的，它不再是“现场”，它只是“指示”（denote）了过去，而不是“再现”（represent）了过去，这张纸从王羲之手里传递到唐太宗的手里，时间已经过去了两百多年，它所承载的时光已经消逝，而他手里的这张纸，只不过是时光的残渣、一个关于“往昔”的抽象剪影、一种纸质的“遗址”，甚至不难发现，王羲之笔画的流动，与时间之河的流动有着相同的韵律，不知是时间带走了他，还是他带走了时间。此时，唐太宗已不是参与者，而只是观看者，在守望中，与转瞬即逝的时间之流对峙着。

《兰亭序》是一个“矛盾体”（paradox），而人本身，不正是这样的“矛盾体”吗？——对人来说，死亡与新生、绝望与希望、出世与入世、迷失与顿悟，在生命中不是同时发生，就是交替出现，总之它们相互为伴，像连体婴儿一样难解难分，不离不弃。

当然，这份思古幽情，并非唐太宗独有，任何一个面对《兰亭序》的人，都难免有感而发。但唐太宗与他人不同的是，他能动用手里的权力，巧取豪夺，派遣监察御史萧翼，从辩才和尚手里骗得了《兰亭序》的真迹，唐代何延之《兰亭记》详细记载了这一过程[1]，从此，“置之座侧，朝夕观览”[2]。

他还命令当朝著名书法家临摹，分赐给皇太子和王公大臣。唐太宗时代的书法家们有幸，目睹过《兰亭序》的真迹，这份真迹也不再仅仅是王氏后人的私家收藏，而第一次进入了公共阅读的视野。

这样的复制，使王羲之的《兰亭序》第一次在世间“发表”，只不过那时的印制设备，是书法家们用以描摹的笔。唐太宗对它的巧取豪夺，是王羲之的不幸，也是王羲之的大幸。而那些临摹之作，也终于跨过了一千多年的时光，出现在故宫午门的展览中。其中，我们目前能够看到的最早的摹本

1 明代李日华、近代余绍宋皆认为此文不可信。

2 〔唐〕何延之：《兰亭记》，见故宫博物院编：《兰亭图典》，北京：紫禁城出版社，2011年，第401页。

是虞世南的摹本，以白麻纸张书写，笔画多有明显勾笔、填凑、描补痕迹；最精美的摹本，是冯承素摹本，卷首因有唐中宗“神龙”年号半玺印，而被称为“神龙本”，此本准确地再现了王羲之遒媚多姿、神清骨秀的书法风神，将许多“破锋”[1]“断笔”[2]“贼毫”[3]等，都摹写得生动细致，一丝不苟。

千年之后，被称为“元四家”之一的大画家倪瓒在题王羲之《七月帖》时写下这样的话：

> 右军之书，在唐以前未有定论，观太宗力辨萧子云之书，可以知当时好□之所在矣。自后，士大夫心始厌服，历千百年无有异者。而右军之书，谓非太宗鉴定之力乎？……[4]

而王羲之《兰亭序》的真迹，据说则被唐太宗带到了坟墓里，或许，这是他在人世间最后的不舍。临死前，他对儿子李治说：“吾欲从汝求一物，汝诚孝也，岂能违吾心耶？汝意如何？”他对儿子最后的要求，就是让儿子在他死后，将真本《兰亭序》殉葬在他的陵墓里。李治答应了他的要求，从

1 如“岁”“群”等字。

2 如“岁”“群”等字。

3 如“蹔（暂）”字。

4 ［元］倪瓒：《清閟阁集》，杭州：西泠印社出版社，2012年，第362页。

此“茧纸藏昭陵，千载不复见”。

或许，这张茧纸，为他平添了几许面对死亡的勇气，为死后那个黑暗世界，博得几许光彩，或许在那一刻，他知道了自己在虚无中想抓住的东西是什么——唯有永恒的美，能够使他从生命的有限性中突围，从死亡带来的巨大幻灭感中解脱出来。赫伯特·曼纽什说：“一切艺术基本上也是对‘死亡’这一现实的否定。事实证明，最伟大的艺术恰恰是那些对‘死’之现实说出一个否定性的‘不’字的艺术。”[1]

唐太宗以他惊世骇俗的自私，把王羲之《兰亭序》的真迹带走了，令后世文人陷入永久的叹息而不能自拔。它仿佛在人们视野里出现、又消失的流星，一场风花雪月、又转眼成空的爱情，令人缅怀、又无法证明。

它是一个传说、一缕伤痛、一种想象，朝朝暮暮朝朝，模糊而清晰地存在着。慢慢地，它终又变成一个无法被接受的现实、一场走遍天涯道路也不愿醒来的大梦，于是各种新的传说应运而生。有人说，唐太宗的昭陵后来被一个“盗墓狂”盗了，这个人，就是五代后梁时期统辖关中的节度使温韬。《新五代史》记载，温韬曾亲自沿着墓道潜进昭陵墓室，从石床上的石函中，取走了王羲之《兰亭序》，那时的《兰亭

1 ［德］赫伯特·曼纽什：《怀疑论美学》，沈阳：辽宁人民出版社，1990 年，第 222 页。

序》，笔迹还像新的一样。宋人所著《江南余载》证实了这一点，说：昭陵墓室“两厢皆置石榻，有金匣五，藏钟王墨迹，《兰亭》亦在其中。嗣是散落人间，不知归于何所”。

如果这些史料所记是真，那么，《兰亭序》在唐太宗死后，又死而复生，继续着它在人间的旅程。在宋人《画墁集》中，我们又能查到它新的行踪——在宋神宗元丰末年，有人从浙江带着《兰亭序》的真本进京，准备用它在宋神宗那里换个官职，没想到半路传来宋神宗驾崩的消息，就干脆在途中把它卖掉了。这是我们今天能够打探到的关于真本《兰亭序》的最后的消息，它的时间，定格在公元1085年。

五

但人们依然想把它“追”回来，他们发明了一种新的方式去“追”，那就是临摹。

临，是临写；摹，则是双钩填墨的复制方法。与临本相比，摹本更加接近原帖，但对技术的要求极高。唐太宗时期，冯承素、赵模、诸葛贞、韩道政、汤普彻等人都曾用双钩填墨的方法对《兰亭序》进行摹写，而欧阳询、虞世南、褚遂良、刘秦妹等则都是临写。宋高宗赵构将《兰亭序》钦定为行书之宗，并通过反复临摹、分赐子臣的方式加以倡导，使对《兰亭序》摹本的收藏成为风气，元明清几乎所有重要的书法家，包括赵孟頫、俞和，明代祝允明、文徵明、董其昌，清代陈邦彦等，都前赴后继，加入到浩浩荡荡的临摹阵营中，使这场临摹运动旷日持久地延续下去。他们密密麻麻地站在一起，仿佛依次传递着一则古老的寓言。

他们不像唐朝书法家那样幸运，已经看不到《兰亭序》的真迹，他们的临摹，是对摹本的临摹，是对复制品的复制，他们以这样的方式，完成对《兰亭序》的重述。

但这并非机械的重复，而是在复制中，渗透进自己的风格和时代的审美趣味，这些仿作，见证了“一切历史都是当代史”这一真理。于是有了陈献章行书《兰亭序》卷、八大山人行书《临河序》轴这些杰出的作品。清末翁同龢在团扇上书写赵孟頫《兰亭十三跋》中一段跋语，虽小字行书，亦得沉着苍健之势；无独有偶，他的政治对手李鸿章，也酷爱《兰亭序》，年过七旬，依旧“不论冬夏，五点钟即起，有家藏一宋拓兰亭，每晨必临摹一百字，其临本从不示人”[1]。

于是，《兰亭序》借用了一代又一代人的手，反反复复地进行着表达。王羲之的《兰亭序》，像一个人一样，经历着成长、蜕变、新陈代谢的过程。在不同的时代，呈现出不同的形状。这些作品，许多为北京故宫博物院收藏，许多亦在午

1　梁启超：《李鸿章传》，天津：百花文艺出版社，2000年，第109页。

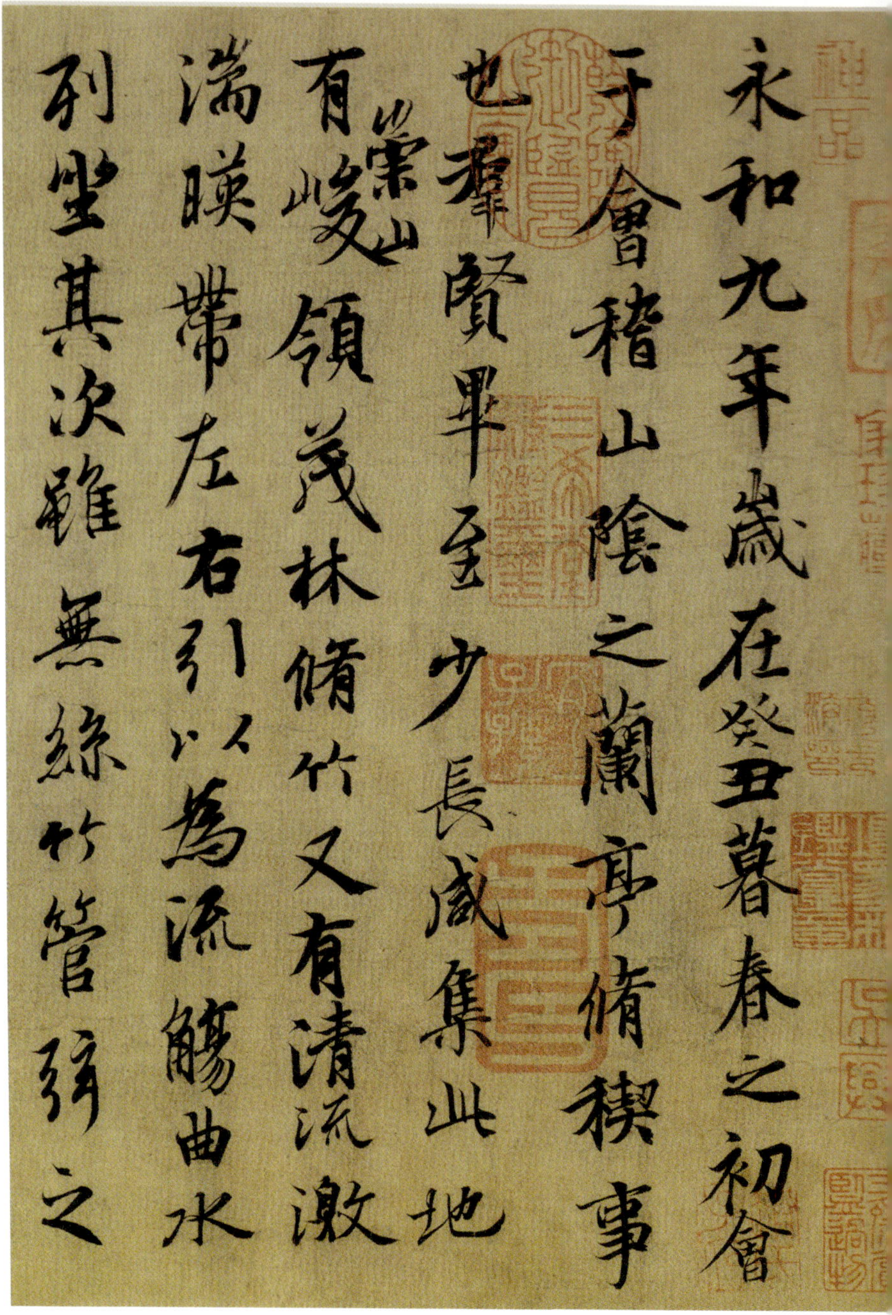
永和九年歲在癸丑暮春之初會
于會稽山陰之蘭亭脩禊事
也羣賢畢至少長咸集此地
有崇山峻領茂林脩竹又有清流激
湍暎帶左右引以為流觴曲水
列坐其次雖無絲竹管弦之

兰亭序摹本

唐，冯承素，故宫博物院藏

门的“兰亭特展”上一一呈现。它们与我近在咫尺，艺术史上那些大家的名字，突然间密密匝匝地排在一起，让我屏住呼吸，不敢大声出气，而面前的玻璃幕墙，又以冰冷的语言告诉我，它们身份尊贵，不得靠近。

这时我突然想到一个问题 —— 历代文人，为什么对一片字纸如此情有独钟，以至于前赴后继地参与到一项重复的工作中？写字，本是一种实用手段，在中国，却成为一种独特的视觉艺术 —— 西方人也讲究文字之美，尤其在古老的羊皮书上，西方字母总是极尽修饰之能势，但他们的书法，与中国人相比，实在是简陋得很，至于日本书法，则完全是从中国学的。世界上没有一种文化，像中国这样陷入深深的文字崇拜。这种崇拜，通过对《兰亭序》的反复摹写、复制，表现得无以复加。

公元6世纪的一天，一个名叫周兴嗣的员外散骑侍郎突然接到梁武帝的一道圣旨，要他从王羲之书法中选取1000个字，编纂成文，供皇子们学书之用，要求是这1000个字不得有所重复。这一要求看上去并不苛刻，实际上难度极高。

周兴嗣煞费苦心，终于完成了领导上交给的光荣任务，美中不足，是全篇有一个字重复，就是“洁”字（洁、絜为同义异体字）。因此，此篇《千字文》实际只收选了王羲之书写的999个字。但不论怎样，中国历史上有了第一篇《千字文》。

从此开始，每代人开蒙之际，都会读到这样的文字："天地玄黄 宇宙洪荒 日月盈昃 辰宿列张 寒来暑往 秋收冬藏……"

琅琅的诵读之声，一直延续到20世纪中叶，在14个世纪里从未中断。于是，每个人在学习知识的起始阶段，都会与那个遥远的王羲之相遇，王羲之的字，也成为每一代中国人的必修课，贯注到中国人的生命记忆和知识体系中。古老的墨汁，在时光中像酒一样发酵，最终变成血液，供养着每个生命个体的成长。后来，千字文又不断变形，仿佛延续着一项古老的文字游戏，出现了《续千字文》《叙古千字文》《新千字文》等不同版本。

中国人把自己对文字的这种崇拜，毫无保留地寄托到王羲之的身上。原因是文字在中国文化中占有绝对的中心地位，它的地位，比图像更加重要，也可以说，文字本身就是图像，因为汉字本身就是在象形的基础上创造出来的。李泽厚说："汉字书法的美也确乎建立在从象形基础上演化出来的线条章法和形体结构之上，即在它们的曲直适宜，纵横合度，结体自如，布局完满。"[1]

中国人把对世界、对生命的全部认识都容纳到自己的文字中，黑白二色，犹如阴阳二极，穷尽了线条的所有变化，而线

1　李泽厚：《美的历程》，北京：生活·读书·新知三联书店，2009年，第43页。

条飞动交会时的婉转错让，也容纳了宇宙的云雨变幻、人生的聚散离合。即使在宗教的世界，文字的权威也显露无遗，比如佛教史上重要的北京房山石经山雷音洞，并不像一般佛教洞窟那样，在洞壁上进行彩绘，而是以文字代替图像，在洞壁上镶嵌了大量的刊刻佛经，秘密恰在于文字是中国文化的核心。密密麻麻的文字，以中文讲述着来自印度的佛教经典，这种“以文字代替图像的做法”，也被“视为佛教中国化的另一种方式”[1]。

除了摹本，《兰亭序》还以刻本、拓本的形式复制、流传。刻本通常是刻在木板或石材上，而将它们捶拓在纸上，就叫拓本。仅北京故宫博物院收藏的《兰亭序》刻本，数量超过三百，刻印时间从宋代一直延续到清代，源远流长，仅“定武兰亭”系统，就分成“吴炳本”“孤独本”（均为日本东京国立博物馆藏）、“落水兰亭”“春草堂本”“玉枕兰亭”（均为北京故宫博物院藏）、“定武兰亭真拓本”（台北故宫博物院藏）等诸多支脉，令人眼花缭乱。

画家也是不甘寂寞的，他们不愿意在这场追怀古风的运动中落伍。于是，一纸画幅，成了他们寄托岁月忧思的场域。仅《萧翼赚兰亭图》，就有多件流传至今，其中有台北故宫博物院藏唐代阎立本《萧翼赚兰亭图》卷、北京故宫博物院藏

1　［德］雷德侯：《雷音洞》，见《汉唐之间的视觉文化与物质文化》，北京：文物出版社，2003 年，第 264 页。

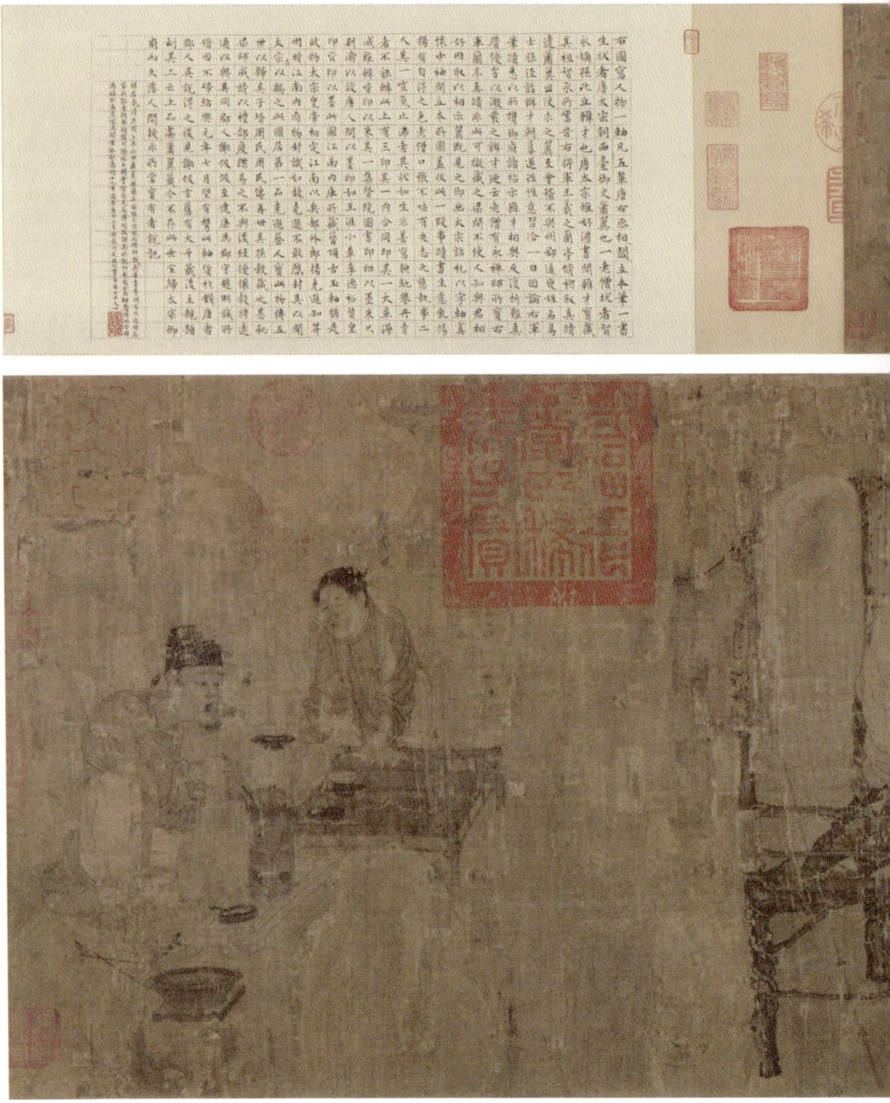

萧翼赚兰亭图卷

唐，阎立本，故宫博物院藏

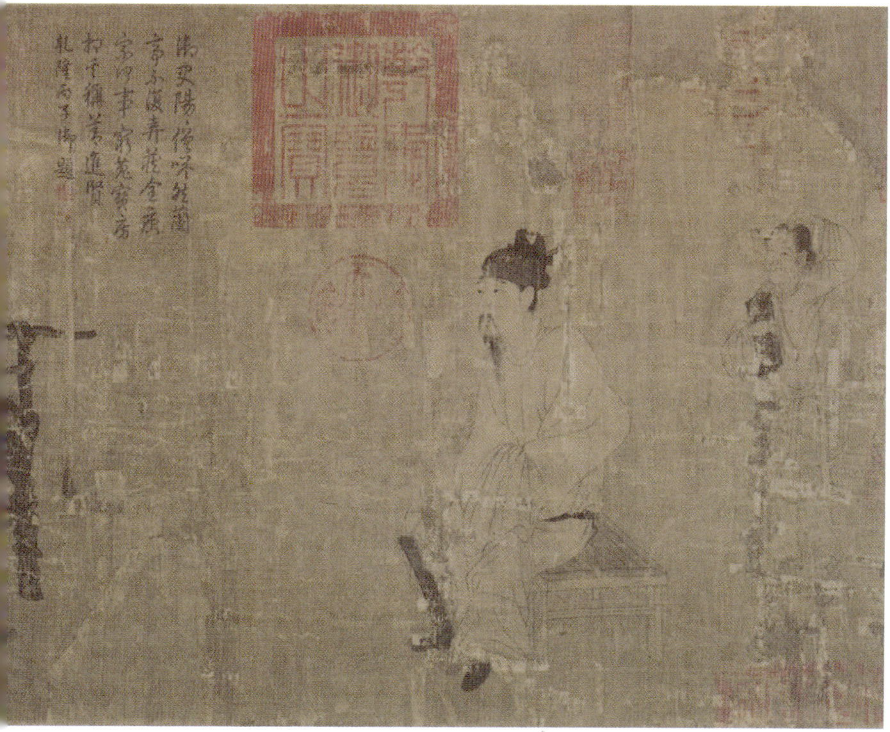

宋人《萧翼赚兰亭图》卷、辽宁省博物馆藏宋人《萧翼赚兰亭图》卷、北京故宫博物院藏明人《萧翼赚兰亭图》轴。四幅不同朝代的同题作品，在午门的“兰亭大展”上完美合璧。此外，还可看到北京故宫所藏宋代梁楷的《右军书扇图》卷、台北故宫博物院藏南唐巨然《兰亭修禊图》卷、宋代郭忠恕《摹顾恺之兰亭燕集图》卷、宋代刘松年《曲水流觞图》卷、元代王蒙《兰亭雪霁》图卷、明代李宗谟《兰亭修禊图》卷、文徵明《兰亭修禊图》卷、仇英《修禊图》卷、《兰亭图》扇面、赵原初《兰亭图》卷、尤求《修禊图》卷、许光祚《兰亭图》卷等画作，不断对这一经典瞬间进行回溯和重放，在各自视觉空间中挽留属于东晋的诗意空间。还有更多的兰亭画作没有流传到今天，比如，宋徽宗命令编撰的、记录宫廷藏画的《宣和画谱》中，就记录了颜德谦的《萧翼取兰亭》图卷，“风格特异，可证前说，但流落未见”[1]。

画家的参与，使中国的书法史与艺术史交相辉映。这至少表明照搬西方的学科分类对中国艺术进行分科，是不科学的，因为中国书法和绘画，是那么紧密地缠绕在一起，像骨肉筋血，再精密的手术刀也难以将它们真正切割。

《兰亭序》的辐射力并没有到此为止。在北京故宫博物院

1 《宣和画谱》，长沙：湖南美术出版社，1999年，第93页。

的藏品中，除了兰亭墨迹、法帖、绘画外，还有一些宫殿器物，延续着对兰亭雅集的重述。它们有一部分是御用实物器物，如御用笔、墨、砚等；也有一部分是陈设性和纯装饰性器物，如明代漆器、瓷器等。有关兰亭的神话，就这样一步步升级，并渗透到宫廷的日常生活中。

北京故宫博物院所藏御用实物器物中，清乾隆款剔红曲水流觞图盒堪称精美绝伦。此盒为蔗段式，子母口，平底，通体髹红漆，盒内及外底髹黑漆，盖面雕《曲水流觞图》，盖面边沿雕连续回纹，盖壁和盒壁均刻六角形锦纹，盖内中央刀刻填金楷书“流觞宝盒”器名款，外底中央刀刻填金楷书“大清乾隆年制”款。

清代宫廷版的兰亭器物也很多，文房用品中，有一件乾隆时期的竹管兰亭真赏紫毫笔，笔管上刻有蓝色“兰亭真赏”四字阴文楷书，笔管逐渐微敛。以兰亭为主题的墨、砚也很多。兰亭的精气神，就这样通过笔墨得到了表现。

这些文房用具中，我最喜欢的，是那件清小松款竹雕《羲之题扇图》笔筒，此筒为圆体，筒壁很薄，镶木口，口稍稍外倾，筒身上以细腻的镂雕和浅浮雕方式，刻画出王羲之坐在榻上、凝神写字时的形象，他的身旁，有一位侍女捧茶侍立，还有一位鹑衣妇人提插扇竹器，在一旁静候。背面雕着池水，有两只鹅在水中游弋，一小童在池边洗砚，还有

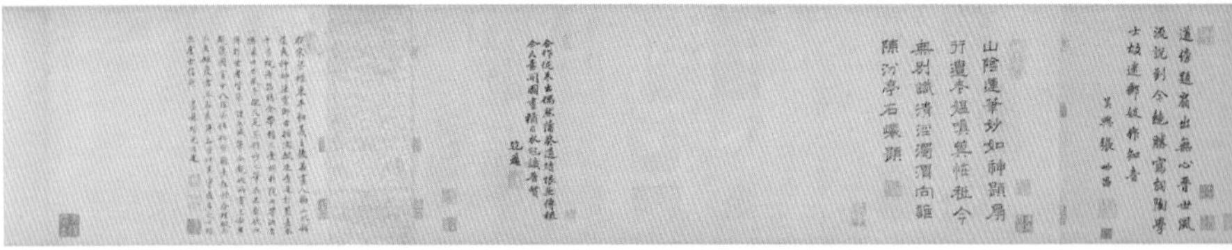

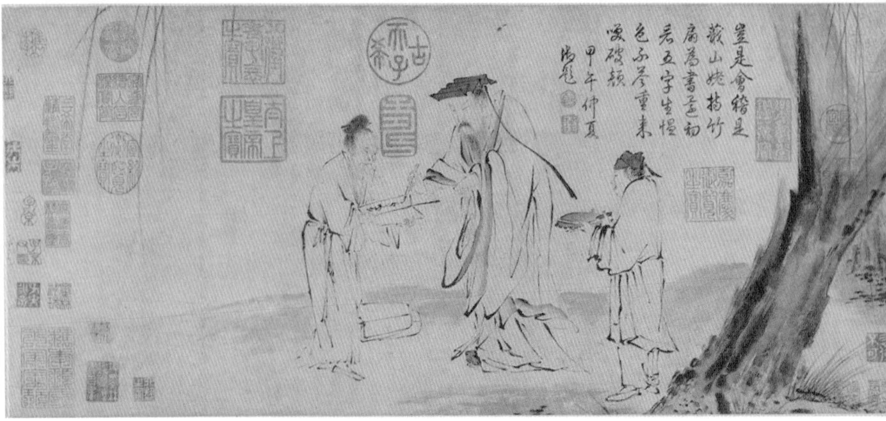

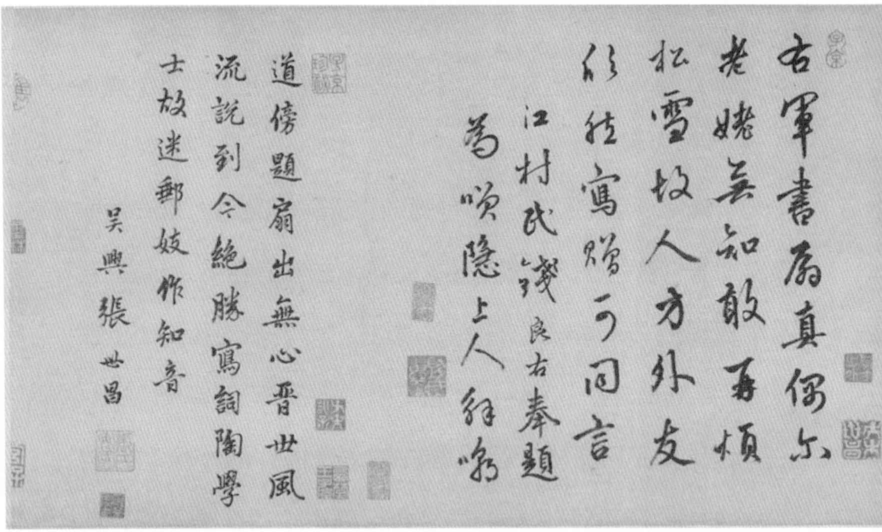
道傍題扇出無心
晉世風流說到今
絕勝寫詞陶學士
故迷郵妓作知音
吳興張世昌

右军书扇图

宋，梁楷，故宫博物院藏

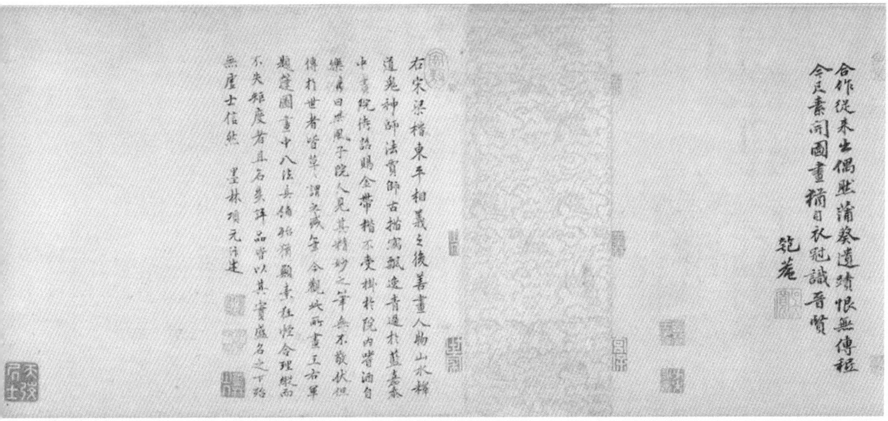

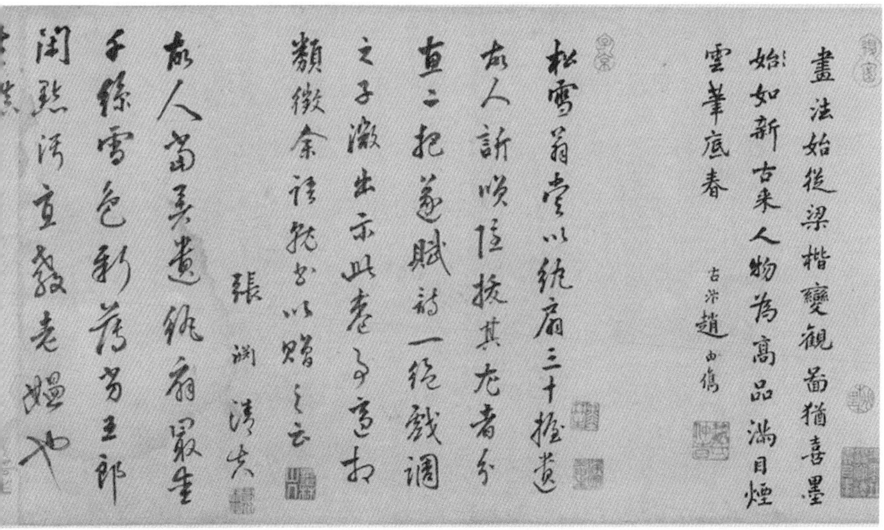
畫法始從梁楷變觀畫猶喜墨
始如新古来人物為高品滿目煙
雲筆底春
古汴趙由儁

一小童正在扇火烹茶，一缕一缕的烟气在升腾，白鹤在云烟里飞舞出没。湖石上有两个阴刻篆书“小松”，盘旋在笔筒的外壁上。雕刻中的人物分为三组，或相携而行，或亭榭聚谈，或临水饮酒，样貌生动无比。笔筒全身的雕刻繁复精密，镂空处琢磨细腻光润，极富立体效果。尤其随着视角的变化，各场景相互勾连，巧妙错落，使画面有如梦境一般变化无穷。

除了上述实物器物，还有一些装饰性器物，如兰亭玉册、兰亭如意、玉山子、插屏、漆宝盒等。这些器物，大多是螺蛳壳里做道场，于细微中见精深。比如那件青玉《兰亭修禊图》山子（即玉石雕刻），雕刻的人物众多，形态各异，最宽处却只有31.5厘米；而那件雕刻了《兰亭序》从文的乾隆款碧玉兰亭记双面插屏，也只有18厘米。它们不是以宏大来征服人，而是以小来震撼人。

《兰亭序》，一页古老的纸张，就这样形成了一条漫长的链条，在岁月的长河中环环相扣，从未脱节。在后世文人、艺术家的参与下，《兰亭序》早已不再是一件孤立的作品，而成为一个艺术体系，支撑起古典中国的艺术版图，也支撑着中国人的艺术精神。它让我们意识到，中国传统文化是一个强大的有机体，有着超强的生长能力，而中国的朝代江山，又给艺术的生长提供了天然土壤。

在这样一个漫长的链条上，摹本、刻本、拓本（除了书法之外，上述画作也大多有刻本和拓本传世），都被编入一个紧密相连的互动结构中。白纸黑字的纸本，与黑纸白字的拓本的关系，犹如昼与夜、阴与阳，互相推动，互相派生和滋长，轮转不已，永无止境。中国的文字和图像，就这样在不同的材质之间辗转翻飞，摇曳生姿，如老子所说："一生二,二生三,三生万物"[1]，周而复始，生生不息。

中文的动词没有时态的变化，那是因为在中国人的精神结构里，时间的概念是模糊不清的；过去、现代、未来的关系，有如流水，很难被斩断；所有的过去，都可能在现实中翻版，而所有的现实，也将无一例外地成为未来的模板。

西方人则不同，他们对于时态的变化非常敏感。对他们来说，过去是过去，现在是现在，将来是将来，它们是性质不同的事物，各自为政，不能混淆、替代。在他们那里，时间是一个科学的概念，它是线性的，一去不回头。而对于中国人来说，时间则更像一个哲学的概念。

于是，中国人在循环中找到了对抗死亡的力量，因为所有流逝的生命和记忆都在循环中得以再生。《兰亭序》的流传过程，与中国人的时间观和生命观完全同构——每一次死亡，都只不过是新一轮生命的开始。

1 ［先秦］老子：《老子》，郑州：中州古籍出版社，2008年，第101页。

对中国人来说，时间一方面是单向流动的，如孔子所说：“逝者如斯夫，不舍昼夜”；另一方面，又是循环往复的，它像水一样流走，但在流杯渠中，那些流走的水还会流回来。因此，面对生命的流逝，中国人既有文学意义上的深切感受，又能从过去与未来的二元对立中解脱出来，获得哲学意义上的升华超越。

“思笔双绝”的王沂孙曾写：“把酒花前，剩拚醉了，醒来还醉。”一场醉，实际上就是一次临时死亡，或者说，是一次死亡的预演，而醉酒后的真正快乐，则来源于酒后的苏醒，宛若再生，让人体会到来世的滋味。也就是说，在死亡之后，生命能够重新降临在我们身上。

面对着这些接力似的摹本，我们已无法辨识究竟哪一张更接近它原初的形迹，但这已经不重要了，永和九年暮春之初的那个晴日，就这样在历史的长河中被放大了，它容纳了一千多年的风雨岁月，变得浩荡无边，一代又一代的艺术家把个人的生命投入进去，转眼就没了踪影，但那条河仍在，带着酒香，流淌到我的面前。

艺术是一种醉，不是麻醉，而是能让死者重新醒来的那种醉，这一点，已经通过《兰亭序》的死亡与重生，得到清晰的印证。在这个世界上，还找不出一个人能够真正地断送《兰亭序》在人间的旅程。王羲之或许不会想到，正是他对良辰美景的流连与哀悼，对生命流逝、死亡降临的愁绪，使一纸《兰亭序》从时间的囚禁中逃亡，获得了自由和永生。而所有浩荡无边的岁月，又被压缩、压缩，变得只有一张纸那么大，那么地轻盈可感。

它们的轻，像蝉的透明翅膀，可以被一缕风吹得很远，但中国人的文化与生命，就是在这份轻灵中获得了自由，不像西方，以巨大的石质建筑，宣示与自然的分庭抗礼。

中国文化一开始也是重的，依托于巨大的青铜器和纪念碑式的建筑（比如长城），通过外在的宏观控制人们的视线，文字也附着在青铜礼器之上，通过物质的不朽实现自身的不朽，文字因此具有了神一般的地位，最早的语言——铭文，也借助于器物，与权力紧紧地结合在一起。

纸的发明改变了这一切，它使文字摆脱了权力的控制，与每个人的生命相吻合，书写也变成均等的权力。自从纸张发明的那一天，它就取代了青铜与石头，成为文字最主要的载体，汉字的优美形体，在纸页上自由地伸展腾挪。在纸页上，中国文字不再带有刀凿斧刻的硬度，而是与水相结合，具有了无限舒展的柔韧性，成了真正的活物，像水一样，自由、潇洒和率性。它放开了手脚，可舞蹈，可奔走，也可以生儿育女。它们血脉相承的族谱，像一株枝丫纵横的大树，清晰如画。

当一场展览将这十几个世纪里的字画卷轴排列在一起，

我们才能感觉到文字水滴石穿一般的强大力量。纸张可以腐烂、焚毁，但那些消失的字，却可以出现在另一张纸上，以此类推，一步步完成跨越千年的长旅。文字比纸活得久，它以临摹、刻拓的方式，从死亡的控制下胜利大逃亡。仅从物质性上讲，纸的坚固度远远比不上青铜，但它使复制和流传变得容易，文字也因为纸的这种属性而获得了真正意义上的永恒。当那些纪念碑式的建筑化作了废墟，它们仍在。它们以自己的轻，战胜了不可一世的重。

“繁华短促，自然永存；宫殿废墟，江山长在。”[1] 那一缕愁思、一握柔情，都凝聚在上面，在瞬间中化作了永恒。一幅字，以中国人的语法，破解了囿于时间和死亡的哲学之谜。

六

王羲之死了，但他的字还活着，层层推动，像一只船桨，让其后的中国艺术有了生生不息的动力，又似一朵浪花，最终奔涌成一条波澜壮阔的大河。那场短暂的酒醉，成就了一纸长达千年、淋漓酣畅的奇迹。《兰亭序》不是一幅静态的作品、一件旧时代的遗物，而是一幅动态的作品，世世代代的艺术家都在上面留下了自己的生命印迹。如果说时间是流水，那么这一连串的

1　李泽厚：《美的历程》，北京：生活·读书·新知三联书店，2009 年，第 43 页。

《兰亭》就像曲水流觞，酒杯流到谁的面前，谁就要端起这只杯盏，用古老的韵脚抒情。而那新的抒情者，不过是又一个王羲之而已。死去的王羲之，就这样在以后的朝代里，不断地复活。

由此我产生了一个奇特的想象——有无数个王羲之坐在流杯亭里，王羲之的身前、身后、身左、身右，都是王羲之。酒杯也从一个王羲之的手中，辗转到另一个王羲之的手中。上一个王羲之把酒杯递给了下一个王羲之，也把毛笔，传递给下一个王羲之。这不是醉话，也不是幻觉，既然《兰亭序》可以被复制，王羲之为何不能被复制？王羲之身后那些接踵而来的临摹者，难道不是死而复生的王羲之？大大小小的王羲之、长相不同的王羲之、来路各异的王羲之，就这样在时间深处济济一堂，摩肩接踵。很多年后，我来到会稽山阴之兰亭，迎风坐在那里，一扭身，就看见了王羲之，他笑着，把一支笔递过来。这篇文章，就是用这支笔写成的。

2012年10月于北京

11月6日一改

11月15日二改

2013年1月13日三改

5月3日四改

2018年1月16日五改

纸上的李白

写诗的理由完全消失

这时我写诗

——顾城

一

很多年中，我都想写李白，写他唯一存世的书法真迹《上阳台帖》。

我去了西安，没有遇见李白，也没有看见长安。

长安与我，隔着岁月的荒凉。

岁月篡改了大地上的事物。

我无法确认，他曾经存在。

二

在中国，没有一个诗人像李白的诗句那样，成为每个人生命记忆的一部分。“举头望明月，低头思故乡”；“长安一片月，万户捣衣声”；“黄河之水天上来，奔流到海不复回”；“两岸猿声啼不住，轻舟已过万重山”。中国人只要会说话，就会念他的诗，尽管念诗者，未必懂得他埋藏在诗句里的深意。

李白是“全民诗人”，是真正意义上的“人民艺术家”，忧国忧民的杜甫反而得不到这个待遇，善走群众路线的白居易也不是，他们是属于文学界、属于知识分子的，唯有李白，他的粉丝旷古绝今。

李白是唯一，其他都是之一。

他和他以后的时代里，没有报纸杂志，没有电视网络，他的诗，却在每个中国人的耳头心头长驱直入，全凭声音和血肉之躯传递，像传递我们民族的精神密码。中国人与其他东亚人种外观很像，精神世界却有天壤之别，一个重要的边界，是他们的心里没有住着李白。当我们念出李白的诗句时，他们没有反应；他们搞不明白，为什么中国人抬头看见月亮，低头就会想到自己的家乡。所以我同意历史学家许倬云先生的话：“（古代的）‘中国’并不是没有边界，只是边界不在地理，而在文化。”[1]李白的诗，是中国人的精神护照，是中国人天生自带的身份证明。

李白，是我们的遗传基因、血液细胞。

李白的诗，是明月，也是故乡。

没有李白的中国，还能叫中国吗？

1　许倬云：《说中国——一个不断变化的复杂共同体》，桂林：广西师范大学出版社，2015 年，第 54 页。

上阳台帖局部

唐，李白，故宫博物院藏

三

然而李白，毕竟已经走远，他是作为诗句，而不是作为肉体存在的。他的诗句越是真切，他的肉体就越是模糊。他的存在，表面具象，实际上抽象。即使我站在他的脚印之上，对他，我仍然看不见，摸不着。

谁能证实这个人真的存在过？

不错，新旧《唐书》，都有李白的传记；南宋梁楷，画过《李白行吟图》——或许因为画家自己天性狂放，常饮酒自乐，人送外号“梁疯子”，所以他勾画出的是一个洒脱放达的诗仙形象，把李白疏放不羁的个性、边吟边行的姿态描绘得入木三分。但《旧唐书》，是五代后晋刘昫等撰，《新唐书》，是北宋欧阳修等撰，梁楷，更比李白晚了近五个世纪，相比于今人，他们距李白更近；但与我一样，他们都没见过李白，仅凭这一点，就把他们的时间优势化为无形。

只有那幅字是例外。那幅纸本草书的书法作品《上阳台帖》，上面的每一个字，都是李白写上去的。[1]它的笔画回转，

1 关于《上阳台帖》真伪，历来聚讼不一。徐邦达先生认为，此帖时代不早于五代，比较接近北宋，前隔水上瘦金书“唐李太白上阳台”标题一行，为赵佶即位（20岁）以前所作，参见徐邦达：《古书画伪讹考辨》，一，见《徐邦达集》，第十册，北京：故宫出版社，2015年，第126页。曾收藏此帖的张伯驹先生则断为李白真迹，而宋徽宗题字为伪。张伯驹先生说：“余曾见太白摩崖字，与是帖笔势同。以时代论墨色笔法，非宋人所能拟。《墨缘汇观》断为真迹，或亦有据。按绛帖有太白书，一望而知为伪迹，不如是卷之笔意高古。”参见张伯驹：《烟云过眼》，北京：中华书局，2014年，第73页。

通过一管毛笔，与李白的身体相连，透过笔势的流转、墨迹的浓淡，我们几乎看得见他的手腕的抖动，听得见他呼吸的节奏。

四

这张纸，只因李白在上面写过字，就不再是一张普通的纸。尽管没有这张纸，就没有李白的字，但没有李白的字，它就是一片垃圾，像大地上的一片枯叶，结局只能是腐烂和消失。那些字，让它的每一寸、每一厘，都变得异常珍贵，先后被宋徽宗、贾似道、乾隆、张伯驹、毛泽东收留、抚摸、注视，最后被毛泽东转给北京故宫博物院永久收藏。

从这个意义上说，李白的书法，是法术，可以点纸成金。

李白的字，到宋代还能找出几张。北宋《墨庄漫录》载，润州苏氏家，就藏有李白《天马歌》真迹，宋徽宗也收藏有李白的两幅行书作品《太华峰》和《乘兴帖》，还有三幅草书作品《岁时文》《咏酒诗》《醉中帖》，对此，《宣和书谱》里有载。到南宋,《乘兴帖》也漂流到贾似道手里。

只是到了如今，李白存世的墨稿，除了《上阳台帖》，全世界找不出第二张。问它值多少钱，那是对它的羞辱，再多的人民币，在它面前也是一堆废纸，丑陋不堪。李白墨迹之少，与他诗歌的传播之广，反差到了极致。但幸亏有这幅字，让我们穿过那些灿烂的诗句，找到了作家本人。好像有了这张纸，李白的存在就有了依据，我们不仅可以与他对视，甚至可以与他交谈。

一张纸，承担起我们对于李白的所有向往。

我不知该谴责时光吝啬，还是该感谢它的慷慨。

终有一张纸，带我们跨过时间的深渊，看见李白。

所以，站在它面前的那一瞬间，我外表镇定，内心狂舞，顷刻间与它坠入爱河。我想，九百年前，当宋徽宗赵佶成为它的拥有者，他心里的感受应该就是我此刻的感受，他附在帖后的跋文可以证明。《上阳台帖》卷后，宋徽宗用他著名的瘦金体写下这样的文字：

> 太白尝作行书，乘兴踏月，西入酒家，不觉人物两望，身在世外，一帖，字画飘逸，豪气雄健，乃知白不特以诗鸣也。

根据宋徽宗的说法，李白的字，“字画飘逸，豪气雄健”，与他的诗歌一样，“身在世外”，随意中出天趣，气象不输任何一位书法大家，黄庭坚也说：“今其行草殊不减古

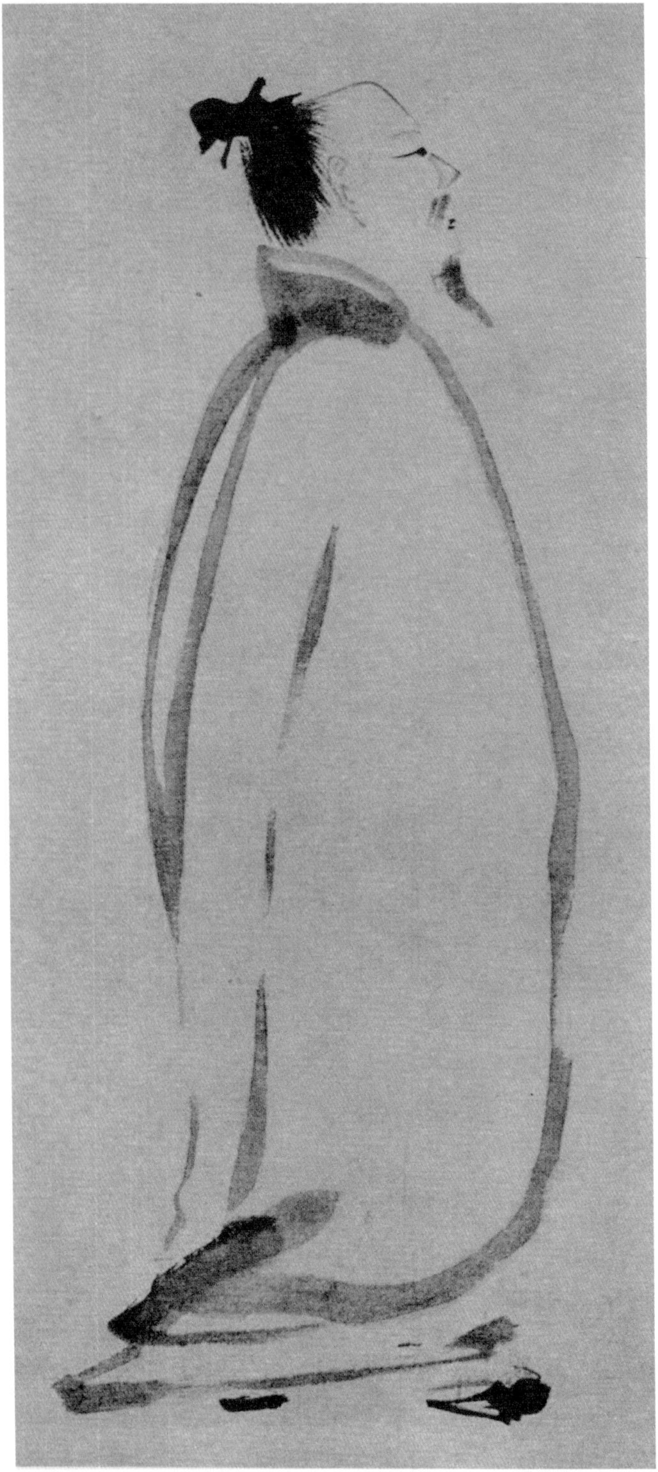

李白行吟图轴

五代，梁楷，台北故宫博物院藏

人”[1]，只不过他诗名太盛，掩盖了他的书法知名度，所以宋徽宗见了这张帖，才发现了自己的无知，原来李白的名声，并不仅仅从诗歌中取得。

五

那字迹，一看就属于大唐李白。

它有法度，那法度是属于大唐的，庄严、敦厚，饱满、圆健，让我想起唐代佛教造像的浑厚与雍容，唐代碑刻的力度与从容。这当然来源于秦碑、汉简积淀下来的中原美学。唐代的律诗、楷书，都有它的法度在，不能乱来，它是大唐艺术的基座，是不能背弃的原则。

然而，在这样的法度中，大唐的艺术，却不失自由与浩荡，不像隋代艺术，那么拘紧收压，而是在规矩中见活泼，收束中见辽阔。

这与北魏这些朝代做的铺垫关系极大。年少时学历史，最不愿关注的就是那些小朝代，比如隋唐之前的魏晋南北朝，两宋之前的五代十国，像一团麻，迷乱纷呈，永远也理不清。自西晋至隋唐的近三百年空隙里，中国就没有被统一过，一直存在着两个以上的政权，多的时候，甚

1 〔北宋〕黄庭坚：《山谷题跋》，见《山谷题跋校注》，上海：上海远东出版社，2011 年版。

至有十来个政权。但是在中华文明的链条上，这些小朝代却完成了关键性的过渡，就像两种不同的色块之间，有着过渡色衔接，色调的变化，就有了逻辑性。在粗朴凝重的汉朝之后，之所以形成缛丽灿烂、开朗放达的大唐美学，正是因为它在三百年的离乱中，融入草原文明的活泼和力量。

我们喜欢的花木兰，其实是北魏人，也就是鲜卑人，是少数民族。她的故事，出自北魏的民谣《木兰诗》。这首民谣，是以公元391年北魏征调大军出征柔然的史实为背景而作的。其中提到的“可汗”，指的是北魏道武帝拓跋珪。“万里赴戎机，关山度若飞。朔气传金柝，寒光照铁衣。”这首诗里硬朗的线条感、明亮的视觉感、悦耳的音律感，都是属于北方的，但在我们的记忆里，从来不曾把木兰当作“外族”，这就表明我们并没有把鲜卑人当成外人。

这支有花木兰参加的鲜卑军队，通过连绵的战争，先后消灭了北方的割据政权，统一了黄河流域，占据了中原，与南朝的宋、齐、梁政权南北对峙，成为代表北方政权的“北朝”。从西晋灭亡，到鲜卑建立北魏之前的这段乱世，被历史学家们称为“五胡乱华”。

“五胡”的概念是《晋书》中最早提出的，指匈奴、鲜卑、羯、羌、氐等在东汉末到晋朝时期迁徙到中国的五个少数民族。历史学家普遍认为，“五胡乱华”是大汉民族的一场灾难，几近亡种灭族。但从艺术史的角度上看，“五胡乱华”则促成了文明史上一次罕见的大合唱，在黄河、长江文明中的精致绮丽、细润绵密中，吹进了“天苍苍，野茫茫，风吹草低见牛羊”的旷野之风，李白的诗里，也有无数的乐府、民歌。蒋勋说：“这一长达三百多年的‘五胡乱华’，意外地，却为中国美术带来了新的震撼与兴奋。”[1]

到了唐代，曾经的悲惨和痛苦，都由负面价值神奇地转化成了正面价值，成为锻造大唐文化性格的大熔炉。就像每个人一样，在他的成长历程中，都会经历痛苦，而所有的痛苦，不仅不会将他摧毁，最终都将使他走向生命的成熟与开阔。

北魏不仅在音韵歌谣上，为唐诗的浩大明亮预留了空间，书法上也做足了准备，北魏书法刚硬明朗、灿烂昂扬的气质，至今留在当年的碑刻上，形成了自秦代以后中国书法史上的第二次刻石书法的高峰。我们今天所说的“魏碑”，就是指北魏碑刻。

在故宫，收藏着许多魏碑拓片，其中大部分是明拓，著名的，有《张猛龙碑》。此碑是魏碑中的上乘，整体方劲，章

1 蒋勋：《美的沉思》，长沙：湖南美术出版社，2014 年，第 118 页。

法天成。康有为也喜欢它，说它“结构精绝，变化无端”，“为正体变态之宗”。也就是说，正体字（楷书）的端庄，已拘不住它奔跑的脚步。从这些连筋带肉、筋骨强健、血肉饱满的字迹中，唐代书法已经呼之欲出了。难怪康有为说：“南北朝之碑，无体不备，唐人名家，皆从此出……”[1]

假若没有北方草原文明的介入，中华文明就不会完成如此重要的巨变，大唐文明就不会迸射出如此亮丽的光焰，中华文明也不会按照后来的样子发展到后来，一点点地发酵成李白的《上阳台帖》。

或许因为大唐皇室本身就具有鲜卑血统，唐朝没有像秦汉那样，用一条长城与“北方蛮族”划清界限，而是包容四海、共存共荣，于是，唐朝人的心理空间，一下子放开了，也淡定了，曾经的黑色记忆，变成簪花仕女香浓美艳，变成佛陀的慈悲笑容。于是，唐诗里，有了“前不见古人，后不见来者”的苍茫视野，有了《春江花月夜》那样地浩大宁静。

唐诗给我们带来的最大震撼，就是它的时空超越感。

这样的时空超越感，在此前的艺术中也不是没有出现过，比如曹操面对大海时的心理独白，比如王羲之在兰亭畅饮、

1　康有为：《广艺舟双楫（外一种）》，北京：中国人民大学出版社，2010年，第13页。

融天地于一体的那份通透感，但在魏晋之际，他们只是个别的存在，不像大唐，潮流汹涌，一下子把一个朝代的诗人全部裹挟进去。魏晋固然出了很多英雄豪杰、很多名士怪才，但总的来讲，他们的内心是幽咽曲折的，唯有唐朝，呈现出空前浩大的时代气象，似乎每一个人，都有勇气独自面对无穷的时空。

有的时候，是人大于时代，魏晋就是这样，到了大唐，人和时代，彼此成就。

六

李白的出生地，我没有去过，却很想去。吉尔吉斯斯坦北部城市托克马克，我想，这座雪水滋养、风物宜人的优美小城里，大唐帝国的绝代风华想必早已风流云散，如今一定变成一座中亚与俄罗斯风格混搭的城市。但是，早在汉武帝时期，这里就已纳入汉朝的版图，公元7世纪，它的名字变成了碎叶，与龟兹、疏勒、于阗并称大唐王朝的安西四镇，在西部流沙中彼此勾连呼应。那块神异之地，不仅有吴钩霜雪、银鞍照马，还有星辰入梦。那星，是长庚星，也叫太白金星，今天叫启明星，是天空中最亮的星星，亮度足以抵得上15颗天狼星，这颗星，古希腊人和古罗马人分别用爱与美的女神阿佛洛狄忒和维纳斯的名字来命名；梦，是李白母亲的梦。《新唐书》说："白之生，母梦长庚星，因以命之"[1]，就是说，李白的名字，得之于他的母亲在生他时梦见太白星。因此，当李白一入长安，贺知章在长安紫极宫一见到这位文学青年，立刻惊为天人，叫道："子，谪仙人也！"[2]原来李白正是太白星下凡。

李白在武则天统治的大唐帝国里长到五岁。五岁那一年，武则天去世，唐中宗复位，李白随父从碎叶到蜀中，二十年后离家，独自仗剑远行，一步步走成我们熟悉的那个李白，那时的唐朝，已经进入了唐玄宗时代。在那个交通不发达的年代，仅李白的行程，就是值得惊叹的。由此我们可以理解李白诗歌里的纵深感。他会写"明月出天山，苍茫云海间"，也会写"兰陵美酒郁金香，玉碗盛来琥珀光"。假如他是导演，很难有一个摄影师，能跟上他焦距的变化。那种渗透在视觉与知觉里的辽阔，我曾经从俄罗斯文学中——从托尔斯泰、屠格涅夫、陀思妥耶夫斯基的作品里领略过，所以别尔嘉耶夫声称，"俄罗斯是神选的"[3]。但他们都扎堆于19世纪，而至少在一千多年前，这种浩大的心理空间就在中国的文学中存在了。

---

1 〔北宋〕欧阳修、宋祁：《新唐书》，北京：中华书局，2000年，第4411页。

2 〔北宋〕欧阳修、宋祁：《新唐书》，北京：中华书局，2000年，第4411页。

3 〔俄〕别尔嘉耶夫：《俄罗斯的命运》，昆明：云南人民出版社，1999年，第1页。

我记得那一次去楼兰，从巴音布鲁克向南，一路穿越塔克拉玛干沙漠时，我发现自己变得那么微小，在天地间，微不足道，我的视线，也从来不曾像这样辽远。想起一位朋友说过："你就感到世界多么广大深微，风中有无数秘密的、神奇的消息在暗自流传，在人与物与天之间，什么事是曾经发生的？什么事是我们知道的或不知道的？"[1]

虽然杜甫也是一生漂泊，但李白就是从千里霜雪、万里长风中脱胎出来的，所以他的生命里，有龟兹舞、西凉乐的奔放，也有关山月、阳关雪的苍茫。他不会因"茅屋为秋风所破"而感到忧伤，不是他的生命中没有困顿，而是对他来说，这事太小了。

他不像杜甫那样，执着于一时一事，李白有浪漫，有顽皮，时代捉弄他，他却可以对时代做个鬼脸。毕竟，那些时、那些事，在他来说都太小，不足以挂在心上、写进诗里。

所以，明代江盈科《雪涛诗评》里说："李青莲是快活人，当其得意时，无一语一字不是高华气象。……杜少陵是固穷之士，平生无大得意事，中间兵戈乱离，饥寒老病，皆其实历，而所阅苦楚，都于诗中写出，故读少陵诗，即当得少陵

1　李敬泽：《小春秋》，北京：新星出版社，2010 年，第 132 页。

年谱看。”[1]

李白也有倒霉的时候，饭都吃不上了，于是写下“余亦不火食，游梁同在陈”。骆驼死了架子不倒，都沦落到这步田地了，他还依然嘴硬，把自己当成在陈蔡绝粮、七天吃不上饭的孔子，与圣人平起平坐。

他人生的最低谷，应该是流放夜郎了，但他的诗里找不见类似“茅屋为秋风所破”这样的郁闷，他的《早发白帝城》，我们从小就会背，却很少有人知道，这首诗就是在他流放夜郎的途中写的，那一年，李白已经58岁。

白帝彩云、江陵千里，给他带来的仿佛不是流放边疆的困厄，而是顺风扬帆、瞬息千里的畅快。当然，这与他遇赦有关，但总的来说，三峡七百里，路程惊心动魄，让人放松不下来。不信，我们可以看看郦道元在《水经注》里的描述：

> 自三峡七百里中，两岸连山，略无阙处。……有时朝发白帝，暮到江陵，其间千二百里，虽乘奔御风，不以疾也。……每至晴初霜旦，林寒涧肃，常有高猿长啸，属引凄异，空谷传响，哀转久绝。

1 〔明〕江盈科：《雪涛诗评》，转引自《丛说二百二十则》，见〔清〕王琦注：《李太白全集》，下册，北京：中华书局，2011年，第1316页。

故渔者歌曰："巴东三峡巫峡长，猿鸣三声泪沾裳！"[1]

郦道元的三峡，阴森险怪，一旦遭遇李白，就立刻像舞台上的布景，被所有的灯光照亮，连恐怖的猿鸣声，都是如音乐般，悦耳清澈。

这首诗，也被学界视为唐诗七绝的压卷之作。

七

李白并不是没心没肺，那个繁花似锦的朝代背后的困顿、饥饿、愤怒、寒冷，在李白的诗里都找得到，比如《蜀道难》和《行路难》，他写怨妇，首首都在写他自己：

箫声咽，秦娥梦断秦楼月。秦楼月，年年柳色，灞陵伤别。

乐游原上清秋节，咸阳古道音尘绝。音尘绝，西风残照，汉家陵阙。

李白的诗，我最偏爱这一首《忆秦娥》。那么地凄清悲

1 〔南北朝〕郦道元：《水经注》，见朱东润主编：《中国历代文学作品选》，上编，第二册，上海：上海古籍出版社，1979 年，第 463 页。

怆，那么地深沉幽远。全诗的魂，在一个“咽”字。当代词人毛泽东是爱李白的，而毛泽东的词中，我最喜欢的，是《忆秦娥·娄山关》：

西风烈，长空雁叫霜晨月。霜晨月，马蹄声碎，喇叭声咽。

雄关漫道真如铁，而今迈步从头越。从头越，苍山如海，残阳如血。

毛泽东的《忆秦娥》，看得见李白《忆秦娥》的影子。词中同样出现一个“咽”字，也是该词最传神的一个字，不知是巧合，还是毛泽东在向他心仪的诗人李白致敬。

只是李白不会被这样的伤感吞没，他目光沉静，道路远长，像《上阳台帖》里所写：“山高水长，物象千万”，一时一事，困不住他。

他内心的尺度，是以千里、万年为单位的。

他写风，不是“八月秋高风怒号，卷我屋上三重茅”。小小的“三重茅”，不入他的法眼，他写风，也是“长风万里送秋雁，对此可以酣高楼”，是“黄河捧土尚可塞，北风雨雪恨难裁”。

杜甫的精神，只有一个层次，那就是忧国忧民，是意志坚定的儒家信徒。李白的精神是混杂的、不纯的，里面有儒家、道家、墨家、纵横家等等。什么都有，像《上阳台帖》所写，“物象千万”。

我曾在《永和九年的那场醉》里写过，儒家学说有一个最薄弱、最柔软的地方，就是它过于关注处理现实社会问题，发展成为一整套严谨的社会政治学，却缺少提供对于存在问题的深刻解答。然而，道家学说早已填补了儒学的这一缺失，把精神引向自然宇宙，形成一套当时儒家还没有充分发展的人格 — 心灵哲学，让人“从种种具体的、繁杂的、现实的从而是有限的、局部的‘末’事中超脱出来，以达到和把握那整体的、无限的、抽象的本体”[1]。

儒与道，一现实一高远，彼此映衬、补充，让我们的文明生生不息，左右逢源。但儒道互补，出现在一个人身上，就不多见了。李白就是这样的浓缩精品。

所以，当官场试图封堵他的生存空间，他一转身，就进入了一个更大的空间。

1　李泽厚：《中国古代思想史论》，北京：生活·读书·新知三联书店，2008年，第203页。

八

河南人杜甫，思维注定属于中原，终究脱不开农耕伦理。《三吏》《三别》，他关注家、田园、社稷、苍生，也深沉，也伟大；但李白是从欧亚大陆的腹地走过来的，他的视野里永远是“明月出天山，苍茫云海间”，是“山随平野尽，江入大荒流”，明净、高远。他有家——诗、酒、马背，就是他的家。所以他的诗句，充满了意外——他就像一个浪迹天涯的牧民，生命中总有无数的意外，等待着与他相逢。

他的个性里，掺杂着游牧民族歌舞的华丽、酣畅、任性。

找得见五胡、北魏。

而卓越的艺术，无不产生于这种任性。

李白精神世界里的纷杂，更接近唐朝的本质，把许多元素、许多成色搅拌在一起，绽放成明媚而灿烂的唐三彩。

这个朝代，有玄奘万里独行，写成《大唐西域记》；有段成式，生当残阳如血的晚唐，行万里路，将所有的仙佛人鬼、怪闻异事汇集成一册奇书——《酉阳杂俎》。

在李白身边，活跃着大画家吴道子、大书法家颜真卿、大雕塑家杨惠之。

而李白，又是大唐世界里最不安分的一个。

也只有唐代，能够成全李白。

假若身处明代，杜甫会死，而且死得很难看，而李白会疯。

张炜说：“‘李白’和‘唐朝’可以互为标签——唐朝的李白，李白的唐朝；而杜甫似乎可以属于任何时代。”[1]

我说，把杜甫放进理学兴盛的宋明，更加合适。

他会成为官场的“清流”，或者干脆成为东林党。

杜甫的忧伤是具体的，也是可以被解决的——假如遇上一个重视文化的领导，前往草堂送温暖，带上慰问金，或者让杜甫享受“国务院特殊津贴”，杜甫的生活困境就会迎刃而解。

李白的忧伤却是形而上的，是哲学性的，是关乎人的本体存在的，是“人如何才能不被外在环境、条件、制度、观念等等所决定、所控制、所支配、所影响即人的‘自由’问题”[2]，是无法被具体的政策、措施解决的。

他努力舍弃人的社会性，来保持人的自然性，“与宇宙同构才能是真正的人”[3]。

这个过程，也必有煎熬和痛苦，还有孤独如影随形。在

1 张炜：《也说李白与杜甫》，北京：中华书局，2014 年，第 193 页。

2 李泽厚：《中国古代思想史论》，北京：生活·读书·新知三联书店，2008 年，第 191 页。

3 李泽厚：《华夏美学·美学四讲》，北京：生活·读书·新知三联书店，2008 年，第 85 页。

一个比曹操《观沧海》、比王羲之《兰亭序》更加深远宏大的时空体系内，一个人空对日月、醉月迷花，内心怎能不生起一种无着无落的孤独？

李白的忧伤，来自于“花间一壶酒，独酌无相亲。举杯邀明月，对影成三人”。

李白的孤独，是大孤独；他的悲伤，也是大悲伤，是“大道如青天，我独不得出”，是“白发三千丈，缘愁似个长”，是“高堂明镜悲白发，朝如青丝暮成雪”。

那悲，是没有眼泪的。

九

李白的名声，许多来自他第二次去长安时，皇帝降辇步迎，以七宝床赐食，御手调羹，此后“置于金銮殿，出入翰林中”[1]这段非凡的履历。这记载来自唐代李阳冰的《草堂集序》。李阳冰是李白的族叔，也是唐朝著名的文学家和书法家，有同时代见证者在，我想李阳冰也不敢太忽悠吧。

李白的天性是喜欢吹牛的，或者说，那不叫吹牛，而叫狂。吹牛是夸大，而至少在李白看来，不是他自己虚张声势，而是他确实身手了得。比如在那篇写给韩朝宗的“求职信”

1 〔唐〕李阳冰：《草堂集序》，见〔清〕王琦注：《李太白全集》，下册，北京：中华书局，2011 年，第 1231 页。

《与韩荆州书》里，他就声言自己："十五好剑术，遍干诸侯。三十成文章，历抵卿相。虽长不满七尺，而心雄万夫。"假如韩朝宗不信，他欢迎考查，口气依旧是大的："请日试万言，倚马可待。"[1]

李白的朋友，也曾帮助李白吹嘘，人们常说的"天子呼来不上船，自称臣是酒中仙"，就是杜甫《饮中八仙歌》中的句子，至于"天子呼来不上船"这事是否真的发生过，已经没有人追问了。

但杜甫的忽悠产生了非同寻常的历史影响，明代画家万邦治绘有《醉饮图》卷（广东省博物馆藏），完全根据杜甫《饮中八仙歌》诗意而作，画出八位饮者坐在流泉旁、林阴下畅饮之态，是万邦治的传世佳本。

其实，当皇帝的旨意到来时，李白有点找不着北，他写："仰天大笑出门去，我辈岂是蓬蒿人。"等于告诫人们，不要狗眼看人低，拿窝头不当干粮。

李白的到来，确是给唐玄宗带来过兴奋的。这两位艺术造诣深厚的唐代美男子，的确容易一拍即合，彼此激赏。唐玄宗看见李白"神气高朗，轩轩若霞举"[2]，一时间看傻了眼。

1 〔唐〕李白：《与韩荆州书》，见〔清〕王琦注：《李太白全集》，下册，北京：中华书局，2011 年，第 1055—1056 页。

2 〔唐〕段成式：《酉阳杂俎》，转引自《李太白年谱》，见〔清〕王琦注：《李太白全集》，下册，北京：中华书局，2011 年，第 1360 页。

李白写《出师诏》，醉得不成样子，却一挥而就，思逸神飞，浑然天成，无须修改，唐玄宗都想必在内心里叫好。所以，当兴庆宫里、沉香亭畔，牡丹花盛开，唐玄宗与杨贵妃在深夜里赏花，这良辰美景，独少了几曲新歌，唐玄宗幽幽叹道："赏名花，对妃子，焉用旧乐辞焉！"[1]于是让李龟年拿着金花笺，急召李白进园，即兴填写新辞。那时的李白，照例是宿醉未解，却挥洒笔墨，文不加点，一蹴而就，文学史上于是有了著名的《清平调》：

云想衣裳花想容，
春风拂槛露华浓。
若非群玉山头见，
会向瑶台月下逢。

一枝红艳露凝香，
云雨巫山枉断肠。
借问汉宫谁得似，
可怜飞燕倚新妆。

1 《李翰林别集序》，见〔清〕王琦注：《李太白全集》，下册，北京：中华书局，2011 年，第 1240 页。

名花倾国两相欢，
长得君王带笑看。
解释春风无限恨，
沉香亭北倚阑杆。[1]

李白说自己“日试万言，倚马可待”，看来不是吹牛。没有在韩朝宗面前证明自己，却在唐玄宗面前证明了。

园林的最深处，贵妃微醉，翩然起舞，玄宗吹笛伴奏，那新歌，又是出自李白的手笔。这样的豪华阵容，中国历史上再也排不出来了吧。

这三人或许都不会想到，后来安史乱起、生灵涂炭，此情此景，终将成为“绝唱”。

曲终人散，李白被赶走了，唐玄宗逃跑了，杨贵妃死了。

说到底，唐玄宗无论多么欣赏李白，也只是将他当作文艺人才看待的。假如唐朝有文联、有作协，唐玄宗一定会让李白做主席，但他丝毫没有让李白做宰相的打算。李白那副醉生梦死的架势，在唐玄宗李隆基眼里，也是烂泥扶不上墙，给他一个供奉翰林的虚衔，已经算是照顾他了。对于这样的照顾，李白却一点也不买账。李白不想当作协主席，不想获

1 《清平调词三首》，见〔清〕王琦注：《李太白全集》，上册，北京：中华书局，2011 年，第 266—268 页。

诺贝尔文学奖，连出版文集的打算也没有。他的诗，都是任性而为，写了就扔，连保留都不想保留，所以，在安徽当涂，李白咽气前，李阳冰从李白的手里接过他交付的手稿时，大发感慨道：“当时著述，十丧其九，今所存者，皆得之他人焉。”[1] 也就是说，我们今天读到的李白诗篇，只是他一生创作的十分之一。

李白的理想，是学范蠡、张良，去匡扶天下，完成他“安社稷、济苍生”的平生功业，然后功成身退，如他诗中所写：“事了拂衣去，深藏身与名”，但这充其量只是唐传奇里虬髯客式的江湖侠客，而不是真正的儒家士人。

更重要的，是他自视太高，不肯放下身段，在官场逶迤周旋，不甘心“摧眉折腰事权贵，使我不得开心颜”，对官场的险恶也没有丝毫的认识和准备。他从来不按规则出牌，所谓“贵妃研墨，力士脱靴”，固然体现出李白放纵不羁的个性，但在官场眼里，却正是他的缺点。所以，唐玄宗对他的评价是：“此人固穷相。”

以这样的心性投奔政治，纵然怀有“天生我材必有用”的自信，有“乘风破浪会有时”的豪情，下场也只能是惨不忍睹。

1 〔唐〕李阳冰：《草堂集序》，见〔清〕王琦注：《李太白全集》，下册，北京：中华书局，2011 年，第 1232 页。

“慷慨自负、不拘常调”[1]的李白，怎会想到有人在背后捅刀子？而且下黑手的，都不是一般人。一个是张垍，是旧丞相张说的儿子、唐玄宗的驸马，曾在翰林院做中书舍人，后来投降了安禄山。此人嫉贤妒能，李白风流俊雅，才不可挡，让他看着别扭，于是不断给李白下绊。还有一位，就是著名的高力士了，李白让高力士为他脱靴，高力士可没有那么幽默，他一点也不觉得这事好玩，于是记在心里，等机会报复。李白《清平调》一写，他就觉得机会来了，对杨贵妃说，李白这小子，把你当成赵飞燕，这不是骂你吗？杨贵妃本来很喜欢李白，一听高力士这么说，恍然大悟，觉得还是高力士向着自己。唐玄宗三次想为李白加官晋爵，都被杨贵妃阻止了。

李林甫、杨国忠、高力士这班当朝人马的“政治智商”，李白一个也对付不了。假若李白参演《权力的游戏》，恐怕他第一集就死翘翘了。他没有现实运作能力，这一点，他是不自知的。他生命中的困局，早已打成死结。这一点，后人看得清楚，可惜无法告诉他。

李白的政治智商是零，甚至是负数。一有机会，他还要从政，但他做得越多，就败得越惨。安史乱中，他投奔唐玄

1 〔唐〕范传正：《唐左拾遗翰林学士李公新墓碑》，见〔清〕王琦注：《李太白全集》，下册，北京：中华书局，2011 年，第 1247 页。

宗的第十六个儿子、永王李璘，目的是抗击安禄山，没想到唐玄宗的第三子、已经在灵武登基的唐肃宗李亨担心弟弟李璘坐大，一举歼灭了李璘的部队，杀掉了李璘，李白因卷入皇族之间的权力斗争，再度成了倒霉蛋儿，落得流放夜郎的下场。

政治是残酷的，政治思维与艺术思维，别如天壤。

好在除了政治化的天下，他还有一个更加自然俊秀、广大深微的天下在等待着他。所幸，在唐代，艺术和政治，还基本上是两条战线，宋以后，这两条战线才合二为一，士人们既要在精密规矩的官僚体系内找到铁饭碗，又要有本事在艺术的疆域上纵横驰骋，涌现出范仲淹、晏殊、晏几道、欧阳修、苏洵、苏轼、苏辙、司马光、张载、王安石、沈括、程颢、程颐、黄庭坚等一大批公务员身份的文学艺术大家。

所以，当李白不想面对皇帝李隆基，他可以不面对，他只要面对自己就可以了。

终究，李白是一个活在自我里的人。

他的自我，不是自私。他的自我里，有大宇宙。

李白是从天上来的，所以，他的对话者，是太阳、月亮、大漠、江河。级别低了，对不上话。他有时也写生活中的困顿，特别是在凄凉的暮年，他以宝剑换酒，写下“欲邀击筑悲歌饮，正值倾家无酒钱”，依然不失潇洒，而毫无世俗烟火气。

他的世界，永远是广大无边的。

只不过，在这世界里，他飞得太高、太远，必然是形单影只。

十

这样写下去，有点像《回忆我的朋友李白》了，所以还是要收敛目光，让它回到这张纸上。然而,《上阳台帖》所说的阳台在哪里，我始终不得而知。如今的商品房，阳台到处都是，我却找不到李白上过的阳台。至于李白是在什么时候、什么状态下上的阳台，更是一无所知。所有与这幅字相关的环境都消失了，像一部电影，失去了所有的镜头，只留下一排字幕，孤独却尖锐地闪亮。

查《李白全集编年注释》，却发现《上阳台帖》（书中叫《题上阳台》）没有编年，只能打入另册，放入《未编年集》。《李白年谱简编》里也查不到，似乎它不属于任何一个年份，没有户口，来路不明，像一只永远无法降落的鸟，孤悬在历史的天际，飘忽不定。

没有空间坐标，我就无法确定时间坐标，推断李白书写这份手稿的处境与心境。我体会到艺术史研究之难，获得任何一个线索都不是件简单的事，在历经了长久的迁徙流转之后，有那么多的作品，隐匿了它们的创作地点、年代、背景，甚至对它们的作者都守口如瓶。它们的纸页或许扛得过岁月的磨损，它们的来路，却早已漫漶不清。

很久以后的一个雨天，我坐在书房里，读唐代张彦远《历代名画记》，书中突然惊现一个词语：阳台观，让我眼前一亮，豁然开朗。

就在那一瞬间，我内心的迷雾似乎被大唐的阳光骤然驱散。

根据张彦远的记载，开元十五年（727），奉唐玄宗的谕旨，一个名叫司马承祯的著名道士上王屋山，建造阳台观。司马承祯是唐朝有名的道士，当年睿宗李旦决定把皇位传给李隆基之前，就曾经召见了司马承祯，向他请教道术。睿宗之所以传位，显然与道家清静无为的思想有关。

司马承祯是李白的朋友，李白在司马承祯上山的三年前（724）与他相遇，并成为忘年之交，为此，李白写了《大鹏遇希有鸟赋》（中年时改名《大鹏赋》），开篇即写："余昔于江陵见天台司马子微，谓余有仙风道骨，可与神游八极之表"[1]，司马子微，就是李白的哥们儿司马承祯。

1 〔清〕王琦注：《李太白全集》，上册，北京：中华书局，2011年，第1页。

《海录碎事》里记载，司马承祯与李白、陈子昂、宋之问、孟浩然、王维、贺知章、卢藏用、王适、毕构，并称“仙宗十友”[1]。

《上阳台帖》里的阳台，肯定是司马承祯在王屋山上建造的阳台观。

唐代，是王屋山道教的兴盛时期，有一大批道士居此修道。笃爱道教的李白，一定与王屋山有着千丝万缕的联系。李白曾在《寄王屋山人孟大融》里写：“愿随夫子天坛上，闲与仙人扫落花。”

可能是应司马承祯的邀请，天宝三载（744）冬天，李白同杜甫一起渡过黄河，去王屋山。他们本想寻访道士华盖君，但没有遇到。这时他们见到了一个叫孟大融的人，志趣相投，所以李白挥笔给他写下了这首诗。

那时，他刚刚鼻青脸肿地逃出长安。但《上阳台帖》的文字里，却不见一丝一毫的狼狈。仿佛一出长安，镜头就迅速拉开，空间形态迅猛变化，天高地广，所有的痛苦和忧伤，都在炫目的阳光下，烟消云散。

因此，在历史中的某一天，在白云缭绕的王屋山上，李白抖笔，写下这样的文字：

---

1 《海录碎事》，转引自《外记一百九十四则》，见〔清〕王琦注：《李太白全集》，上册，北京：中华书局，2011 年，第 1387 页。

山高水长，物象千万，非有老笔，清壮何穷。

十八日，上阳台书，太白。

那份旷达，那份无忧，与后来的《早发白帝城》如出一辙。

长安不远，但此刻，它已在九霄云外。

十一

只是，在当时，很少有人真懂李白。

尽管李白一生，并不缺少朋友。

最典型的，是那个名叫魏万（后改名魏颢）的铁粉。为了能见到李白，他从汴州到鲁南、再到江浙，一路狂奔三千多里，找到永嘉的深山古村，没想到李白又回天台山了，后来追到广陵[1]，才终于找到了李白。

李白说他："东浮汴河水，访我三千里。"

那时没有飞机，没有高铁，三千里地，想必是一段艰难的奔波。

出现在李白面前的魏万，"眸子炯然，哆如饿虎；或时束

1　今江苏省扬州市广陵区。

带，风流蕴藉”[1]，李白一看就喜欢，两人从此成为莫逆。李白把自己的所有诗文交给他，还说将来魏万成名，不要忘了李白和他的儿子明月奴。上元中，魏万中进士，编成《李翰林集》，这是李白的第一部个人作品集，可惜没有留存到今天。

魏万尝居王屋山，号王屋山人，李白到王屋山，上阳台观，不知是否与魏万有关系。

还有汪伦，他与李白的友谊，因那首《赠汪伦》而为天下闻。其实，李白写《赠汪伦》之前，二人并不认识，只因汪伦从安徽泾县县令职位上卸任后，听说李白寄居在当涂李阳冰家里，相距不远，因慕李白诗名，贸然给李白写了封信，邀请他来一聚。信上写：“此处有十里桃花”“此处有万家酒店”，他知道，李白见信，必来无疑。

李白果然中招，去了泾县，发现那里既没有十里桃花，也没有那么多的酒店，他是被汪伦忽悠了。汪伦却很淡定，告诉李白，所谓十里桃花，是指这里有十里桃花潭，所谓万家酒店，是指有一家酒店，店主姓万，李白听后，开怀大笑，被汪伦的盛情所感动。几天后，李白要乘舟前往万村，从那里登旱路去庐山，在东园古渡登舟时，汪伦在岸边设宴为李白饯行，并拍手踏脚，唱歌相送，此时恰逢春风桃李花开日，

1　魏颢：《李翰林集序》。

满目飞红，远山青黛，潭水深碧，美酒香醇，一首《赠汪伦》，在李白心里应运而生：

李白乘舟将欲行，
忽闻岸上踏歌声。
桃花潭水深千尺，
不及汪伦送我情。

这段故事，记录在清人袁枚《随园诗话》里。文字里，让我们看见了他们性情的丰盈与润泽，也看见了彼此间的期许与珍惜。

那份情谊，令千古动心。

最值一提的，还是李白与杜甫的友谊。杜甫对李白，一日不见，如隔三秋，一段日子不见，他就写诗。

春天到了，他想念李白，写《春日忆李白》：

白也诗无敌，
飘然思不群。
清新庾开府，
俊逸鲍参军。
渭北春天树，

江东日暮云。
何时一尊酒，
重与细论文。[1]

天凉了，他想念李白，写《天末怀李白》：

凉风起天末，
君子意如何。
鸿雁几时到，
江湖秋水多。
文章憎命达，
魑魅喜人过。
应共冤魂语，
投诗吊汨罗。[2]

冬天到了，他想念李白，写《冬日有怀李白》：

寂寞书斋里，

1 〔唐〕杜甫：《春日忆李白》，见《杜甫诗选注》，北京：人民文学出版社，2017年，第16页。
2 〔唐〕杜甫：《天末怀李白》，见《杜甫诗选注》，北京：人民文学出版社，2017年，第137页。

终朝独尔思。

更寻嘉树传，

不忘角弓诗。

短褐风霜入，

还丹日月迟。

未因乘兴去，

空有鹿门期。[1]

不只白天想，晚上还会梦见李白：

死别已吞声，

生别常恻恻。

江南瘴疠地，

逐客无消息。

故人入我梦，

明我长相忆。

君今在罗网，

何以有羽翼。

恐非平生魂，

1 〔唐〕杜甫：《冬日有怀李白》，见《杜甫诗选注》，北京：人民文学出版社，2017 年，第 137 页。

路远不可测。

魂来枫林青，

魂返关塞黑。

落月满屋梁，

犹疑照颜色。

水深波浪阔，

无使蛟龙得。[1]

杜甫一生中为李白写过许多诗，而李白为杜甫写的诗，却是少之又少，只有《鲁郡东石门送杜二甫》《沙丘城下寄杜甫》，在他为数众多的赠友诗里，实在不算起眼。

不是李白薄情，相反，他十分重视友情。

年轻时，李白与友人吴指南一起仗剑游走，吴指南死在洞庭，李白扶尸痛哭，让过路的人都深为感动。他守着尸体，不肯离去，甚至老虎来了，他都不躲一下。很久以后，他还借了钱，回到埋葬吴指南的地方，把他重新安葬。

李长之先生在《李白传》中说："我们不能因此就断言李白比杜甫薄情，这因为他们的精神形式实在不同故，在杜甫，深而广，所以能包容一切；在李白，浓而烈，所以能超

1 〔唐〕杜甫：《梦李白二首》，见《杜甫诗选注》，北京：人民文学出版社，2017 年，第 134 页。

越所有。”[1]

李白的精神世界，是在另外一个维度里的。

李白是生在宇宙里的，浓浓的友情，抹不去李白巨大的孤独感。

这种孤独感与生俱来，在他诗中时隐时现，比如那首《独坐敬亭山》：“众鸟高飞尽，孤云独去闲。相看两不厌，只有敬亭山。”

一片青山中，坐着一个渺小的人影。

那人，就是李白。

李白的内心世界越是广大，孤独就越是深入骨髓。

他的路上，没有同行者。

十二

反过来说，一个真正的诗人，并不惧怕痛苦和孤独，而是会依存于甚至陶醉于这份孤独。就像一个流浪歌手，越是孤独，他走得越远，他的世界，也越发浩大。

年少时迷恋齐秦，自己也在他的歌里一路走向目光都无法企及的天边。齐秦的歌词，我至今不忘：

1　李长之：《李白传》，北京：东方出版社，2010 年，第 22 页。

想问天问大地，或者是迷信问问宿命，放弃所有，抛下所有，让我漂流在安静的夜夜空里……

那时我不懂李白，只会背诵他几句朗朗上口的诗句。那时我心里只装着齐秦那忧郁孤独的歌声。这不同时代的歌者，固然没有可比性，但是他们在各自的音符里，藏着某种相通的路径。

只有在绝对的孤独里，才找得见绝对的自我。

就像佛教徒的闭关面壁，孤独也是一种修行。

最伟大的艺术，无不在最大的孤独里，实现了自我完成。

李白喜醉，不过是在喧嚣中逃向孤独的一种方式而已。

他要在那一缕香醇里，寻找到内心的慰藉。

所以，李白的诗、李白的字，与王羲之自有不同。王羲之《兰亭序》，是喜极而泣、悲从中来，在风花雪月的背后，看到了生命的虚无与荒凉，那是因为，美到了极致，就是绝望；李白则恰好相反，他是悲着悲着，就大笑起来，放纵起来，像《行路难》，在“欲渡黄河冰塞川，将登太行雪满山”的茫然和惆怅后面，竟然是“长风破浪会有时，直挂云帆济沧海”的万丈豪情。王羲之是从宇宙的无限，看到了人生的有限，李白却从人生的有限，看到宇宙的无限。李白不是无知者无畏，他是知道了，所以不在乎。

从某种意义上说，李白的孤独里，透着某种自负。

这样的自负，从他的字里，看得出来。

元代张晏形容《上阳台帖》:“观其飘飘然有凌云之态，高出尘寰得物外之妙。”

他把这段话写进他的跋文，庄重地裱在《上阳台帖》的后面。

十三

有人说，李白是醉游采石江，入水捉月而死的。

这死法，有美感。

不像杜甫，可怜到没有饭吃，被一顿饱饭撑死。[1]

死都死得很现实主义。

五代王定保《唐摭言》、宋代洪迈《容斋五笔》、元代辛文房《唐才子传》里，都写成李白为捉月而死。

明代谢时臣，画有《谪仙玩月图》，画出李白乘舟、举杯邀月的形象，此画现存北京故宫。

金陵采石矶，至今有捉月亭，纪念李白因捉月而死。

但洪迈在讲述这段传奇时，加上“世俗言”三个字，意思是，坊间传说的，不当真。

1　这种说法在唐中叶以后流传甚广，但并无确凿证据证明。根据冯至《杜甫传》的说法，杜甫于唐代宗大历五年（公元770年）冬天，死于湘江舟中。

《演繁露》说："谓（李）白以捉月自投于江，则传者误也。"[1]

其实，李白的晚境，比杜甫好不了多少。

李白走投无路之际，在当涂当县令的族叔李阳冰收留了他。

或许，李白是最普通的死法 —— 死在病床上。

时间为宝应元年（762），那一年，他62岁。

虽才华锦绣，却终是血肉之躯。

但李白的传奇，到此并没有结束。

它的尾声，比正文还长。

一代代的后人，都声称他们曾经与李白相遇。

公元9世纪（唐宪宗元和年间），有人自北海来，见到李白与一位道士，在高山上谈笑。良久，那道士在碧雾中跨上赤虬而去，李白耸身，健步追上去，与道士骑在同一只赤虬上，向东而去。这段记载，出自唐代传奇《龙城录》。[2]

还有一种说法，说白居易的后人白龟年，有一天来到嵩山，遥望东岩古木，郁郁葱葱，正要前行，突然有一个人挡在面前，说：李翰林想见你。白龟年跟在他身后缓缓行走，不久就看见一个人，褒衣博带，秀发风姿，那人说：

1 〔南宋〕程大昌：《演繁露》，转引自《附录六 外记一百九十四则》，见〔清〕王琦注：《李太白全集》，上册，北京：中华书局，2011年，第1408页。

2 《龙城录》，转引自《附录六 外记一百九十四则》，见〔清〕王琦注：《李太白全集》，上册，北京：中华书局，2011年，第1410页。

“我就是李白，死在水里，如今已羽化成仙了，上帝让我掌管笺奏，在这里已经一百年了……”这段记载，出自《广列仙传》。[1]

苏东坡也讲过一个故事，说他曾在汴京遇见一人，手里拿着一张纸，上面是颜真卿的字，居然墨迹未干，像是刚刚写上去的，上面写着一首诗，有“朝披梦泽云，笠钓青茫茫”之句，说是李白亲自写的，苏东坡把诗读了一遍，说：“此诗非太白不能道也。”[2]

在后世的文字里，李白从未停止玩“穿越”。从唐宋传奇，到明清话本，李白的身影到处可见。

仿佛每个人都会在自己的路上遭遇李白。这是他们的“白日梦”，也是一种心理补偿——没有李白的时代，会是多么乏味。

李白，则在这样的“穿越”里，得到了他一生渴望的放纵和自由。

“人生在世不称意，明朝散发弄扁舟”，李白的意思是说：“你们等着，我来了。”

他会散开自己的长发，放出一叶扁舟，无拘无束地，奔

1 《广列仙传》，转引自《附录六 外记一百九十四则》，见〔清〕王琦注：《李太白全集》，上册，北京：中华书局，2011年，第1410页。

2 《御选唐宋诗醇》，卷八，见〔清〕王琦注：《李太白全集》，上册，北京：中华书局，2011年，第1226页。

向物象千万，山高水长。

此际，那一卷《上阳台帖》，正夹带着所有往事风声，在我面前徐徐展开。

静默中，我在等候写下它的那个人。

2015年6月29日—7月12日写

7月21日一改

7月24—25日二改

8月13日三改

2018年6月19日四改

月下的李白

山水是他尘世的故乡，

明月就是他远方的故乡。

——题记

一

唐诗流传最广的一首，应当是《静夜思》:“床前明月光，疑是地上霜，举头望明月，低头思故乡。”这诗，似乎不需教，中国人天生会背，连黄口小儿都能背诵如流，好像是先天的遗传。记忆不能遗传，但在我看来，有些文化记忆是可以遗传的。它是，甚至是先验的，它是我们生存的背景与前提，这个前提中，就包括李白的《静夜思》。

在唐朝的某一个晚上，李白将睡未睡之际，看见了床前的月光，一片洁白，犹如天寒之际，落了满地清霜。在月光的提示下，他禁不住抬起头，寻找那光感的来源。在深蓝的夜空中，他看见一轮明月，在兀自发光。蓦地，他想到了远方，想到了远方的人，想到了他遥远的故乡。

月亮跟故乡有什么关系？要在二者之间建立起关系，恐怕要写一篇长长的论文，涉及文化学、心理学、民俗学、历史学等复杂的学科。但对于中国人来说，这样繁琐的论证过程完全不需要，完全可以省略掉，因为二者之间的关系是不言而喻的，是自然而然的。大地无边，人各一方，在遥远的古代，没有电脑，没有手机，只有月亮可以成为共同的媒介。在漆黑而冗长的夜晚，对于不同空间里的人们来说，月亮是他们唯一的焦点，也是他们视线的唯一落点。因此，对于中国人来说，月亮不只是一个布满环形山的荒寂星球，而是亲人们相遇的地方。一看见月亮，中国人的心里就会涌起某种复杂的情感，既庄重又亲切，既喜悦又忧伤。在每一夜晚，当你遥望着月亮，想念着故乡，以及故乡的亲人，亲人也在望着月亮，想念着你。

这首诗之所以深植在中国人的记忆里，是因为它看上去平淡无奇，实际上触动着人们最深的感情。中华文明是农业文明，而农业文明是建立在血缘基础上的，所以没有哪个民族像我们民族一样重视一个人与另一个人之间的感情。这感情可能是亲情、友情，也可能是爱情；是最普通，又最深沉的情。用今天的话说，是“普世价值”。

“静夜思”，实际上是“静夜相思”。

很多年后，苏东坡在密州，想到自己多舛的命途，愈发

李白藏云图局部

明，崔子忠，故宫博物院藏

想念自己的弟弟子由，写下“但愿人长久，千里共婵娟”的著名词句。“婵娟”，就是月亮；“千里共婵娟”，是说他们虽然相隔千里，却仰望着一个相同的月亮，共享着一片相同的月光。月光洒满大地，成为天下人共处的空间。因为有了这样的一个“公共空间”，所有的分离就都不存在了，大家都被容纳在同一片月辉之下、一个相同的空间里。

在月光下，一个人与他生长的土地联系起来。无论一个人身在何方，他都不再是孤独的，所有人将相互照耀与映衬。有月光的日子，就是亲人团圆的节日，就是重返故乡的日子。

苏东坡这首《水调歌头》，可能受到了李白《静夜思》的影响，也可能，那本身就是中国人的本能。

二

《静夜思》只有二十个字，却两次出现明月（当然第一个“明”是动词，第二个“明”是形容词”）。二十个字中，有四个字是重复的，重复率高达五分之一。在唐诗中，这很少见，但李白不在乎。他的心里，从来没有那么多的条条框框，羁羁绊绊，只要他想写，他就敢写。所以李白是李白。所以不是李白的成不了李白。

所以清代学者沈德潜在《唐诗别裁集》里评说他的诗：

“大江无风，波浪自涌；白云从空，随风变灭。此殆天授，非人可及。”[1]

他写诗，潇洒而任性，落拓而不拘，这是他的天性，是老天给他的，别人学不来。

查中华书局《李太白全集》，发现这首诗的版本竟与我记忆里的不同。

诗是这样写的：“床前看月光，疑是地上霜。举头望山月，低头思故乡。”[2]

不是“明月光”而是“看月光”，不是“望明月”，而是“望山月”。

中华书局《李太白全集》依据的是清代王琦注本，而我们自小背诵的版本（“明月光”版），出自明代李攀龙《李诗选》及清代蘅塘退士《唐诗三百首》，应当是这首诗在口口相传的过程中被流传者“修改”过，形成的“约定俗成”的版本。这“约定俗成”里，透露出阅读者的“集体无意识”。

这“集体无意识”是什么？

是节奏感。在古代中国，诗不是用来发表的，而是口

1 〔清〕沈德潜：《唐诗别裁集》，上海：上海古籍出版社，1979年，第183页。
2 〔唐〕李白：《静夜思》，见《李太白全集》，上册，北京：中华书局，2011年，第300页。

口相传的，这就要求诗歌有节奏感。而这节奏感，恰恰来自适当的重复。比如《木兰诗》，就巧妙地运用了重复："将军百战死，壮士十年归。归来见天子，天子坐明堂"，诗中的"归""天子"，都是重复的。不是因词语枯竭，而完全自出蓄意。重复让诗句有了一种铿锵感，像草原上的马蹄声，简洁，明朗，有力。

更主要的原因，我以为是"看"与"望"，强调了人，而忽视了月。在这首诗中，月才是主角，人是配角，是为了引出并凸显月的存在。人看或不看，月都在那里，一直在那里"明"着，亘古如斯。月光是强大的，人是渺小的；月光是永恒的，人生是短暂的。一个"明"字，把读者的目光自然引向了诗的主体——月亮，旗帜鲜明。看到了月亮，中国人就能够超越暂时的孤苦与疼痛，而遁入一种宗教般的静默与永恒。

李白的原诗就这样被修改了。文艺评论家经常说，一个好的作品是由作者和读者共同完成的。历史中的李白不是单打独斗的，在李白背后，潜伏着一个激情无限的巨大群体，由无数热爱李白的无名者组成。他们共同塑造了李白，也造就了李白诗里的月光。

三

其实唐诗一开场，就遭遇了一片浩大的月光，明亮、迷离、恍惚。有点像电影中的黑落黑起，之前是一片黑暗——汉魏六朝，长达三百多年的战争，整个中国陷入一段伸手不见五指的黑暗时代，然后，历史有了一点光感，像蜡烛的光晕，那光亮再一点点放大，画面越来越明亮，越来越清晰，我们看到一大片清澈的江水，悠缓无声地流动着，看到淡淡的山影、驳杂的花树，听到了鸟鸣，还有人影晃动、人声嘈杂。一个万籁霜天、生机勃勃的世界，终于回归了它原初的样子。

一首名为《春江花月夜》的鸿篇巨制，为唐诗的盛大演出开了场。尽管写这诗时，张若虚不知道还有王维、李白、高适、杜甫、白居易、李贺、李商隐、杜牧一干人等将接续出场。张若虚很"虚"——他的身前是一片虚空，身后也是一片虚空，只不过那虚空，很快被接踵而至的诗人们填实了。他们如群星闪耀，照亮"历史的天空"——他们才是真正的"明星"，今天的演员怎么也能叫"明星"？所有的星中，李白是最亮的那颗星——太白星，也称作长庚星，人们更熟悉的名字，是启明星，天亮前最亮的一颗星。李白出生时，他母亲就梦到了长庚星，所以用太白星的名字给他起了名字。这很像传说，像小道消息，但它确确实实地写进了

《新唐书》。李白后来由四川进入长安，贺知章仰慕李白之名，到客舍去看他，见他外表清奇，又请他作诗，李白一挥而就，写了那首名垂文学史的《蜀道难》，贺知章读诗，还没读完，就惊叹不已，称李白是“天上谪仙人”，就是天上的仙人下凡到了人间，还解下自己身上佩带的金龟，为李白换酒吃，这事记在唐朝人孟启的《本事诗》里。贺知章去世时，李白痛哭流涕，写下：“四明有狂客，风流贺季真。长安一相见，呼我谪仙人。昔好杯中物，今为松下尘。金龟换酒处，却忆泪沾巾。”[1]所以贺知章不仅“知”文“章”，还“知”李白。

李白是星，是明星，因此，对月亮，他自然不会陌生。他（它）是同一维度上的事物，所以对月亮格外有认同感，他（它）们的对话，也自然而然。

所以李白写：“花间一壶酒，对酌无相亲。举杯邀明月，对影成三人。”[2]他跟月亮从来就没见外过，把自己当作月亮的朋友，可以一起喝酒。我想起汉字的“朋”字，不就是两个月亮吗？所以，月亮就是他的哥们儿，而且，比哥们儿还哥们儿。李白本身就是宇宙空间中的物体，是“来自星星

---

1 〔唐〕李白：《对酒忆贺监二首》，见《李太白全集》，下册，北京：中华书局，2011年，第923页。

2 〔唐〕李白：《月下独酌》，见《李太白全集》，下册，北京：中华书局，2011年，第904页。

的你”。

他还写过一首《把酒问月》：“青天有月来几时？我今停杯一问之。”意思大致相同，也是和月亮一起喝酒。苏东坡后来写“明月几时有？把酒问青天”[1]。不知是否从李白老师那里偷了灵感。当然，文学创作，大家都是相互启发的，李白《把酒问月》里写“今人不见古时月，今月曾经照古人”，这样的追问，也隐隐可见张若虚“江畔何人初见月？江月何年初照人”[2]的影子。

四

说李白是仙人下凡，我觉得不算夸张。李白出生在碎叶，就是今天吉尔吉斯斯坦首都比什凯克以东、楚河（Chu Rever）流域的托克马克城。有人说李白是“华侨”，“从小生长在国外”[3]，这种说法我不赞同。李白居住的碎叶，当时在大唐王朝的版图之内，是唐代“安西四镇”（龟兹、疏勒、于阗、碎叶）之一，也是中国历代王朝在西部地区设防最远

1 〔唐〕李白：《把酒问月》，见《李太白全集》，下册，北京：中华书局，2011年，第802页。

2 〔唐〕张若虚：《春江花月夜》，见《唐诗选》，上册，北京：中华书局，1978年，第49页。

3 李长之：《道教徒诗人李白及其痛苦》，北京：生活·读书·新知三联书店，2013年，第13页。

的一座边陲城市，李白是地地道道的唐朝“公民”，却是不可置疑的。碎叶城地处“丝绸之路”两条干线的交会处，中西商人汇集于此，东西使者的必经之路，考古学家还在这里发掘出铸有“开元通宝”和“大历通宝”字样的钱币。也就是说，李白是在帝国的边疆出生的，五岁时跟着父亲，沿着天山进入中原。他是从天山来的，在我眼里，那就是从天上来的。

去天山以前，天山对我来说只是一个地理名词。中国不知有多少名山，天山不过是其中之一吧。只有到过天山，才对天山有发言权，才知道那里的天多么高，地多么远。人和大地，和天空，是那么地不成比例。从来不曾有一座山，像天山那样，给我带来如此巨大的空间感。天山山脉横亘于欧亚大陆腹地，是一座连接中国与中亚的国际山脉，连接着中国、哈萨克斯坦、吉尔吉斯斯坦和乌兹别克斯坦四国，全长约两千五百公里，是世界七大山系之一。在天山，像“漫长”“巨大”这些概念都要被刷新。我们在天山脚下拍摄，剧组从一个地方向另一个地方转场，有时好几天都不见一个人影。我们开着越野车，在大漠上奔走，只有天山在视线的远处连绵起伏，对我们不离不弃。后来读《王蒙自传》，读到这样的话：“到了新疆以后，空间与时间的观念会有所变化，二十世纪六十年代，从自治区首府乌鲁木齐到伊犁，走三天。

到喀什，走六天。到和田，走九天。”[1]我会心一笑。王蒙先生计算路程，是以乌鲁木齐为中心的，而我们，有时在新疆西部拍摄完成后（比如拍摄完巴楚县秋天的胡杨林），在乌鲁木齐过路不停，直接赶到东部（比如哈密）拍摄。不知道有多少天，我们的视野里出现的，除了公路，还是公路。我想，在唐代，一个人在丝绸之路上行走，就像掉进了大海，他的眼里是一片空茫，只有天山，自天边蔓延过来，可以成为他唯一的参照物。那时的丝绸之路其实不是一条路，而是一片路，天山以北的广阔草原，天山以南的辽阔大漠，那里根本没有路，但又都是路。在旷野上，大漠中，你就撒欢儿走吧。但所有的路，都必须有一个参照物，横亘在大地上的天山，就是最天然、最便捷的参照物，所有人都要循着天山走才不会在大地上迷失。2014年，由中哈吉三国联合申报的丝绸之路“长安一天山廊道的路网”，被正式列入世界文化遗产名录。所以“丝绸之路”离不开天山，所有在这条路上经过的人，都不可能对天山视而不见。

我应国务院新闻办公室和中央电视台之邀，担任纪录片《天山脚下》总导演。这是我十年来参与创作的唯一一部与故宫无关的纪录片，我之所以答应下来，是因为我对天山怀

1　王蒙：《王蒙自传》，第一部，北京：人民文学出版社，2000年，第262页。

有巨大的好奇心。事后我才发现，我认识天山的开始，也是我认识李白的开始、我认识故宫博物院收藏的那件《上阳台帖》的开始。没有目睹过天山，就不可能真正走进李白的世界。李白是沿着天山从西域走向中原的，那时他还不是一位大诗人，而只是祖国的花朵，但天山巨大的投影，还是映射进他后来的诗里。弗洛伊德说，一个人的性格，百分之九十是由他五岁以前的经历决定的，而李白与天山相遇，刚好不到五岁。天山为李白后来的诗歌创作提供了一个巨大的空间坐标，也使李白的诗里呈现出中国文学中前所未有的空间感。天山的宁静与浩大，使他的心里注定装不下蝇营狗苟。他的眼神是干净的，崔宗之说他“双眸光照人”[1]；他的心，更一尘不染。当他在俗世红尘里现身，他真的像一个仙人，自雪山来到凡间。

成年以后，他再也不曾回过天山，但天山的巨大影像并未从他的心头抹去。很多年后，他这样描述天山：“五月天山雪，无花只有寒。笛中闻折柳，春色未曾看。”[2]

那次行旅给李白留下的最深刻的印象，应该就是天山月了。天山为月亮提供了一个无与伦比的巨型舞台，月出天山，

1 〔唐〕崔宗之：《赠李十二》，见郁贤皓选注：《李白选集》，上海：上海古籍出版社，2013年，第61页。

2 〔唐〕李白：《关山月》，见《李太白全集》，上册，北京：中华书局，2011年，第193页。

该是多么地庄严和盛大。所以他在《关山月》里写："明月出天山，苍茫云海间。长风几万里，吹度玉门关。"[1]那月，是以天山为布景、以云海为参照的，那风，是以万里为单位的，连遥远的玉门关，都被裹挟在这长风里。

五

我在《纸上的李白》中强调了李白诗歌的游牧文化背景，他与中原人杜甫，思维方式注定不同。写这话时，我还想到一件事，就是李白对月亮的热衷，是否与穆斯林文化的影响有关呢？在唐朝，经历了三百多年的战乱与民族融合，加之唐朝实行与少数民族"和亲"政策，使得"华""夷"之别已经淡化，各民族之间的关系越来越紧密。李白诗里不是写了吗：

五陵年少金市东，
银鞍白马度春风。
落花踏尽游何处，
笑入胡姬酒肆中。[2]

1 〔唐〕李白：《关山月》，见《李太白全集》，上册，北京：中华书局，2011 年，第 193 页。

2 〔唐〕李白：《少年行》，见《李太白全集》，上册，北京：中华书局，2011 年，第 297 页。

李白出生在西域，通晓西域文字，因此才有机会替唐玄宗起草《答蕃书》，使他“干戈不动远人服，一纸贤于百万师”。王瑶先生说：“西北一带民族杂处，风俗习惯已在互相影响了。”[1]而他后来旅居的长安城，更是各民族兄弟甚至各国人民共同居住的国际化大都市，他们带来了各自的宗教和文化，其中，就包括穆斯林。

伊斯兰教在公元7世纪中叶自西亚、中东传入中国[2]。穆斯林，就是信仰伊斯兰教的人，意思就是“顺从真主者”“实现和平者”。穆斯林在炎热的沙漠上生活，夜晚对他们有着神奇的魅力，而在夜晚的事物中，月亮无疑是最引人注目的。在《古兰经》中，提到月亮的篇章很多，有的篇章干脆就以“月亮”为名。霍达老师的著名小说《穆斯林的葬礼》，主人公的名字就叫新月，小说共十六章（包括序曲和尾声），有八章的名字用了“月”字，分别是：月梦、月冷、月清、月明、月晦、月

1　王瑶：《李白》，北京：生活·读书·新知三联书店，2013年，第16页。

2　据《旧唐书》与《册府元龟》记载，唐朝永徽二年（651），伊斯兰教第三任哈里发奥斯曼派使节到唐朝首都长安，觐见了唐高宗并介绍了伊斯兰教教义和阿拉伯国家统一的经过。阿拉伯帝国第一次正式派使节来华，对后来中阿两国在政治、经济和文化上的广泛交流，以及穆斯林商人的东来都产生了重大影响，故历史学家一般将这一年作为伊斯兰教传入中国的开始。另外，关于伊斯兰教传入中国的时间，中国史料中还有“隋开皇中”“唐武德中”“唐贞观初年”“八世纪初年”等诸种说法。

情、月恋、月落、月魂。在穆罕默德看来，新月代表一种新生力量，从新月到月圆，标志着伊斯兰教功行圆满、光明世界。

这只是一种猜测而已，但可以肯定的是，自从李白在天山见到明月，他与月的情分就注定了。他只有一个妹妹，名字叫月圆；他的一个儿子，名叫明月奴，这显然不是汉人的名字，而且无独有偶，这两个名字都与月亮有关（“明月奴”在胡语中是“月光”的意思）。月，无疑在他心底打上了深刻的印记，也在后来的日子里成为他诗歌中最闪亮的徽章。此后几十年，他的创作几乎都被那一片月光所笼罩，月亮几乎成为李白诗歌中“永恒的主题”，成了他诗歌乃至生活里的家常便饭，李白不嫌烦，他的诗歌读者，一千数百年也没烦过，因为他没有自我重复过。他的月，在文字间生长，在岁月里辗转，从那个天文学的月亮，变成文学的月亮，就像传说中法力无边的月光宝盒，让人惊叹和痴迷。

李白的月亮，既超越了时间（“今人不见古时月，今月曾经照古人。古人今人若流水，共看明月皆如此”[1]），又超越了空间（“举头望明月，低头思故乡”）。假如说天山是连接中国与中亚的地理纽带，难道李白的诗，不是连接了不同文明的精神纽带吗？

---

1 〔唐〕张若虚：《春江花月夜》，见《唐诗选》，上册，北京：中华书局，1978年，第49页。

六

李白不是最早写月的诗人，但李白或应是写月最多的诗人。

我没有统计过李白现存的诗中，有多少写到过月。我可以去统计，但我没有那样做，我觉得那样的统计没有什么意义。文学不是数学，数字有时不那么重要，重要的是我们的直觉。诗歌的影响力不在它的数量，而要看它有多少能抵达我们的心头。乾隆作诗四万多首，一人可敌《全唐诗》，但那些诗，从传播的角度上看，基本上是没有意义的。李白不是这样，李白的诗歌，十不存一，但它们那么强烈地存在着。在那些诗里，月光在每一次诵读中被擦亮，一千多年中，它的光芒没有丝毫折损。那个时代的其他诗人也写过月亮，最著名的，是王昌龄的"秦时明月汉时关"，但不知为什么，月亮成了李白的标识，李白的月亮，在我们心里占的位置很重。

李白写："小时不识月，呼作白玉盘。又疑瑶台镜，飞在青云端。"[1]

这说明他从很小就对月亮发生了兴趣。我想起当代天才

1 ［唐］李白：《古朗月行》，见《李太白全集》，上册，北京：中华书局，2011年，第193页。

诗人顾城的一首诗：

树枝想去撕裂天空
但却只戳了几个微小的窟窿
它透出了天外的光亮
人们把它叫作月亮和星星

这首诗的名字，叫《星月的由来》。顾城写这首诗时，只有十二岁。

这应该是顾城的诗歌处女作了吧，有意思的是，它的内容，同样跟月亮有关。

似乎没有什么事物，比月亮更能启发一个孩子的想象力。

有多少诗人，创作生涯都是从夜晚、从月亮开始。

李白五岁到四川，二十岁开始在四川境内漫游，亚热带中国奇诡的山水植物，培养了他对诗歌的热情。岷江—长江流域奇异的自然景象，落在他的纸页上，变成这样的诗句："犬吠水声中，桃花带露浓"[1]"暮雨向三峡，春江绕双流"[2]。但给他留下最深印记的，却是峨眉之月：

1 〔唐〕李白：《访戴天山道士不遇》，见《李太白全集》，上册，北京：中华书局，2011年，第918页。

2 〔唐〕李白：《登锦城散花楼》，见《李太白全集》，上册，北京：中华书局，2011年，第384页。

峨眉山月半轮秋，

影入平羌江水流。

夜发清溪向三峡，

思君不见下渝州。[1]

我们今天已然漠视月亮，原因是我们已经习惯了在夜里闭门不出，即使出门，也是去酒吧、餐馆、影院，去热闹的商业中心。我们走在人工的街景里，关闭了与自然相通的孔道，假如不是上元中秋，谁会注意到天上的月亮呢？但古人不是这样，古人不是离自然很近，而是他们就生活在自然当中，他们的举手投足都与自然息息相关，就连他们的爱恨情仇，都要借助自然来表达。像杜甫所说的："感时花溅泪，恨别鸟惊心"[2]，花与鸟，牵动着他们的泪、他们的心。

古人日出而作、日落而息，但他们同样没有疏离夜晚。古人的"夜生活"是丰富的，只不过古人的"夜生活"，是与自然在一起的。比如，古人有时是在夜晚行船的，所以他们能接触到夜晚最神秘、最有魅力的那一部分。"月落乌

1 〔唐〕李白：《峨眉山月歌》，见《李太白全集》，上册，北京：中华书局，2011 年，第 227 页。

2 〔唐〕杜甫：《春望》，见《杜甫诗选注》，北京：人民文学出版社，2017 年，第 76 页。

啼霜满天，江枫渔火对愁眠”[1]，这首《枫桥夜泊》，写的就是夜晚，以及夜晚的行船。因为有行，才有泊。有了泊，才得以感受到夜晚的万类霜天。开元十二年（724），二十四岁的李白，就在这样的夜里，舟行在平羌江（即青衣江）上，一路都有月亮相随，尤其夜深时分，月上中天，月影映在江面上，四周是紧簇的山影，它们带来的那种剧场感，在嘈杂纷扰的白天是没有的。因此我们可以理解，当李白夜宿清溪，在第二天早上出发，向三峡行进时，不再有月亮相随（即诗中所说的“思君不见”），他的心里感到的是无尽的怅然。

峨眉是李白漫游世界的开始，也是他认识世界的开始。峨眉山月，犹如天山之月，给李白的心理造成的冲击是强烈的，只不过天山之月是阳刚的，而峨眉山月自带一点阴柔。这正是月的魅力所在，在不同时间、空间里，不同心境下，它的样貌是不同的，正像李白一样，冰炭同炉。也正因如此，李白这位语言的魔法师，只凭二十几个汉字，就可以变幻出百般心情、万种风流。

到了晚年，峨眉山的月色仍然在他的心底反刍。上元元年（760），李白作《峨眉山月歌送蜀僧晏入中京》，诗中写：

1　喻守真编注：《唐诗三百首详析》，北京：中华书局，1957年，第298页。

我在巴东三峡时，

西看明月忆峨眉。

月出峨眉照沧海，

与人万里长相随……[1]

那一年，李白已经六十岁，依旧在困顿中疲于奔命。他的命，只剩下最后两年。他又想到了峨眉山的月亮，想到了江船上那个初识世界、年轻潇洒的自己。唯有月亮，能够跨越空间，又穿越时间，把这“两个”李白，重叠在一起。

七

西域文化的影响，在李白的心中，或有，或无，但我相信，李白的精神世界，像月光一样，有着含纳万物的包容力，所以我们把那月亮称为“万川之月”。但作为诗人，李白热衷于月亮的最重要的原因，应是月光给诗人带来的梦幻感。

白日的世界是写实的、绚灿的、热烈的，这很符合唐代艺术的风格。你看唐代绘画、彩塑、歌舞、书法，哪一种不是五彩绚烂，让人目眩神迷？杜甫说：“白日放歌须纵酒”，

1 〔唐〕李白：《峨眉山月歌送蜀僧晏入中京》，见《李太白全集》，上册，北京：中华书局，2011年，第386页。

白天就是用来放歌纵酒的，不用说五陵少年，纵然是贵族女性，也不甘心藏在深宫无人识，而是像唐代画家张萱《虢国夫人游春图》卷（辽宁省博物馆藏）里所画的，被满目春光所迷惑，忍不住要骑马游春，出门嘚瑟嘚瑟。李白骨子里是奔放的，他的诗歌，像《行路难》《将进酒》，就是慷慨飞扬的，很适合濮存昕这样的演员朗诵；他的书法，像《上阳台帖》，也是飞起来的，那样地纵放自如，那样地快健流畅，那样地蓬勃多姿，那样地意兴阑珊，都是属于白天的。只有白天，才看得见“山高水长”，体会得到“物象千万”。

但飞扬与奔放，那只是李白的一面，甚至只是他的表面，《上阳台帖》，让我想到的是李白的另一面——安静的、优雅的、禅意的，甚至是悲伤的一面。李白不只属于白天，他不只在白日里放歌纵酒，仰天大笑，他更属于夜晚。就像一张负片，把所有的绚丽，都收束在沉郁的黑暗里了。所以，黑是世界上最丰富的色彩，它容纳了所有的色彩。那时的李白，或许才是最真实的李白。所以李白写“手舞石上月，膝横花间琴”[1]；写“长川泻落月，洲渚晓寒凝”[2]；写“箫声咽，

1 〔唐〕李白：《独酌》，见《李太白全集》，上册，北京：中华书局，2011 年，第 906 页。

2 〔唐〕李白：《秋夜板桥浦泛月独酌怀谢朓》，见《李太白全集》，上册，北京：中华书局，2011 年，第 885 页。

秦娥梦断秦楼月”[1]

与白日相比，夜晚的世界是沉静的、梦幻的、沉思的，既真实，又不真实。当年我出版散文集，讲到了张继的《枫桥夜泊》，出版社编辑把“月落乌啼”改成了“月落鸟啼”，我一看就笑了，深更半夜，鸟儿不早就去睡觉了吗？会在夜里啼叫的鸟，恐怕只有猫头鹰了，但“夜猫子进宅，无事不来”，夜猫子就是猫头鹰，中国民间把它视为凶兆，放到《枫桥夜泊》里，有点驴唇不对马嘴吧。也许有人会反驳我，谁说夜里没有鸟鸣呢？王维诗里不是写了吗，“月出惊山鸟，时鸣春涧中”。我想说的是，鸟鸣涧，是因为月亮出现，把山鸟惊醒了，这正说明鸟儿原本是睡着的。夜晚是宁静的，在唐诗里，那静，经常要由某种声籁来反衬，来凸显。鸟鸣也好，乌啼（鸟不能叫“啼”）也罢，不仅没有打破这种宁静，反而加深了这份静寂（“夜半钟声”也是一样）。

在夜晚，月亮是重要的，因为它是夜色中唯一的光源。它改变了世界的形象，让它退去了白日的喧哗、热烈、一览无余，使它变得朴素、淡雅、神秘莫测。我想，夜晚的世界，不是变得更单调，而是变得更丰富。就像宋代山水画，在舍弃了色彩之后，反而显得更立体，也更显示出洁净高华的

1 ［唐］李白：《忆秦娥·箫声咽》，见《李太白全集》，上册，北京：中华书局，2011 年，第 281 页。

气质。

我们说李白是伟大的浪漫主义诗人，白日里纵酒放歌的李白是浪漫的，夜色里静观沉思的李白更加浪漫，因为在月光的照耀下，李白笔下的世界呈现出某种特异的、超现实的气质。李白入长安，出现在他面前的长安城是当时世界上最大的都市，但李白写长安，不是写它的红尘滚滚、车水马龙，而是写“长安一片月，万户捣衣声”[1]。他首先让我们看到的不是长安城的壮丽全景（像宋代绘画长卷《清明上河图》那样），而只是城市里的一片月光。月光下的城市，广大而深微。我们看不清它的全貌，只有城市里的捣衣之声，此起彼落，层层叠叠。从张萱的另一件绘画名作《捣练图》卷（美国波士顿美术馆藏）里，我们可以看到唐代女性在砧石上捣衣的场面。但在李白的诗里，她们的情态不是看到，而是听到的，好像是《捣练图》的配音版。月色模糊了我们的视线，却突出了我们的听觉，他让我们在这月色、声音里展开对长安城的想象：长安城终归是一座浩大而永恒之城，长安人的岁月（安史之乱以前）是那么地平实而安妥，美好而充盈，像今天人们经常引用的一句话：“现实安稳，岁月静好。”从此起彼落的捣衣之声里，我们听到了它最活跃、沉实，也最持久的

1 〔唐〕李白：《子夜吴歌四首》，见《李太白全集》，上册，北京：中华书局，2011年，第306页。

心跳。《子夜吴歌》开场，只用十个字，就制造出胜过千言的效果。

我想起我的朋友冷冰川，发明了一种与众不同的绘画形式：用刀在涂满墨色的卡纸上的刻画，刻出的线条是白色的，在黑色的背景下更显触目。过去有人把他的作品归入版画，其实这不是版画，版画是可以反复拓印的，而冷冰川的每一幅“黑白画”都是唯一的，一刀下去，无法修改，是名副其实的落刀无悔。后来评论家李陀先生为它起了一个名字：墨刻。

冷冰川的“墨刻”，别有一种浪漫的气质，我想这与它是在黑纸上作画有关。纸是黑的，刻出的线条是白的，使得所有的图案都是“颠倒黑白”，就像是照相的底片，更像是夜晚的梦境，因为人们常说，梦是反的。我尤其注意到，冷冰川的许多作品，都画（其实是刻）着一轮弯月，比如《扑蝶》《晚妆之二》《霜夜里的惊醒》《浓睡觉来莺乱语》，有些作品，不仅画中有月，而且直接以月命名，像《满月》《月背》《秋风落月》（均见冷冰川新出版的画集《荡上心》）。这无疑是在突出他绘画的梦幻性质，正如李白笔下的城市、山川与人，都具有某种迷幻的、忧郁的、哲思的气质。尤其那幅《箫声断处》，让我立刻想起李白的那首《忆秦娥》：“箫声咽，秦娥梦断秦楼月……”

八

李白是从天山，从一个宏远的时空体系中走来的，走向长安，走向朝廷的政治中心。但政治的空间太狭小，容不下李白，长安城只容得下李林甫、杨国忠、高力士，他们政治野心大，房产面积与他们的政治野心成正比。《旧唐书》说："林甫京城邸第、田园水硙，利尽上腴。城东有薛王别墅，林亭幽邃，甲于都邑，特以赐之，及女乐二部，天下珍玩，前后赐与，不可胜纪。"[1] 自我膨胀的他们，把长安城塞得满满的，没有给李白这样的人留下空间。

但李白的心更大，相比之下，长安城又显得太小。李白的心里，装着万里长风、白云沧海，小小长安城，岂入他的法眼？对于朝廷的排挤，李白只能一笑而过。套用时下小品里的话说，就是："讨厌我的人多了，你算老几？"

李白的世界很大，几乎大到无限，朝廷里的蝇营狗苟、阴谋算计，不过是那广大世界里的几粒尘埃而已，在李白的世界里，无足轻重。李白是太白星，是"谪仙人"，他来到人间的路程，是以光年为单位的。

他一生旅程的起点，是遥远的碎叶，之后，他过天山

1 〔后晋〕刘昫等撰：《旧唐书》，北京：中华书局，2000 年，第 2195 页。

(《关山月》)，入蜀地(《别匡山》)，上峨眉(《峨眉山月歌》)，宿巫山(《宿巫山下》)，渡荆门(《渡荆门送别》)，望庐山(《望庐山瀑布》)，下金陵(《夜下征虏亭》)，览姑苏(《苏台览古》)，居安陆(《静夜思》)，去襄阳(《襄阳歌》)，到太原(《太原早秋》)，游齐鲁(《游泰山》)，入长安(《清平调》)，往洛阳(《赠崔侍卿》)，别济南(《奉饯高尊师如贵道士传道箓毕归北海》)，访扬州(《留别广陵诸公》)，玩金陵(《登金陵凤凰台》)，赴幽州(《北风行》)，返洛阳(《古风》其四十六)，至宣城(《独坐敬亭山》)，会泾县(《赠汪伦》)，登华山(《古风》其十九)，隐庐山(《赠王判官时余归隐庐山屏风叠》)，败丹阳(《南奔书怀》)，囚浔阳(《在浔阳非所寄内》)，流夜郎(《南流夜郎寄内》)，走江陵(《早发白帝城》)，观洞庭(《与夏十二登岳阳楼》)，还江夏(《峨眉山月歌送蜀僧晏入中京》)，归南昌(《豫章行》)，最终客死当涂(《献从叔当涂宰阳冰》)。

他一生的行旅，横贯了天山东西，跨越了长江流域与黄河流域，北抵燕山(“燕山雪花大如席，片片吹落轩辕台”[1])，南达夜郎。大唐帝国的版图，他来来回回，用脚步丈量好几遍。把他的行路旅程加起来，恐怕不一定输给玄奘吧。

1 〔唐〕李白：《北风行》，见《李太白全集》，上册，北京：中华书局，2011年，第189页。

关于路程，他说：“何处是归程？长亭更短亭。”[1]

十里一长亭，五里一短亭，不知凡几，永无止境。

唐朝的版图有多大，他就能走多远。

九

“举头望明月，低头思故乡。”俯仰之间，李白看见了远方，也想起了故乡。

细究起来，李白并没有真正的故乡。远在天边的碎叶、后来迁居的四川江油，以及他娶妻安家的安陆，其实都不是他的故乡。

《李太白诗集》的集注者、清人王琦说，李白自出蜀之后绝无思亲之句。

不是李白无情，在他的心里，故乡从来都不是地图上的某一个具体的地名，不是风帘翠幕的安乐窝。对于四海为家家万里的李白，流浪，就是他的故乡。李白走到哪里，哪里就是他的故乡。他的故乡很大，大到了跟唐朝的版图一样大，跟天下一样大，跟宇宙一样大。

因此，李白真正的故乡，是那些已经到达、和未曾到达的远方。故乡和远方，在他心里成了两个相等的概念。“举头

1 〔唐〕李白：《菩萨蛮》，见《李太白全集》，上册，北京：中华书局，2011 年，第 280 页。

望明月，低头思故乡”，他是从一个远方走向另一个远方，从一个故乡走向另一个故乡。

假如找一个物质上的标志，那就只有一个事物能够同时代表远方和故乡，那就是天上的一轮明月。

明月是真正的远方，比李白到达的所有地方都远；更是他的故乡，他心灵的寄托，他精神上的乌托邦。

是物质，更是精神。

李白诗里的明月，纯净、圆润、皎洁，在漆黑的夜里，它是万物中最明亮者，辉映千山，也照亮人心，让人心因宇宙自然的奇幻与伟大而变得明亮和通透。

归根结底，月是他的理想国，无论现实多么困厄，那枚理想之月永远悬在他的头上，抬头可见。也只有在那一片月光里，他才能得到真正的自由，就像一个人，在他自己的故乡一样。

他在诗里写：

对酒不觉暝，
落花盈我衣。
醉起步溪月，
鸟还人亦稀。[1]

1 〔唐〕李白：《自遣》，见《李太白全集》，上册，北京：中华书局，2011年，第917页。

他又写：

我歌月徘徊，
我舞影凌乱。
醒时相交欢，
醉后各分散。[1]

他歌，他舞，他醉，他醒，他徘徊，他撒娇。他与月亮，配合得那么默契，那么相得益彰。

“望明月”，本身就是“思故乡”——那是他的来处，也终将成为他的归宿。

他这一生，始终在跟着月亮走，月亮也跟着他走，彼此间不离不弃。

像他诗里写的：“暮从碧山下，山月随人归。”[2]

他与月亮，永远步调一致。

1 〔唐〕李白：《月下独酌四首》，见《李太白全集》，上下册，北京：中华书局，2011 年，第 904 页。

2 〔唐〕李白：《下终南山过斛斯山人宿置酒》，见《李太白全集》，下册，北京：中华书局，2011 年，第 794 页。

十

李白并非不识人间烟火，他的诗，也有描述人间的：“络纬秋啼金井阑，微霜凄凄簟色寒。孤灯不明思欲绝，卷帷望月空长叹。”[1]他也有自己的痛苦，但他知道，“大圣犹不遇，小儒安足悲！”[2]像孔子那样的圣人都难以施展抱负，何况他这个平头小百姓了。但天地之大，让他随时可以调整焦距，去面向一个更寥廓深远的穹宇。

这不是李白的消极处，而恰恰是他的积极处。他能够在天地苍穹的背景下，去重新确立自我的价值，完成自我的人格。

唐代是中国诗歌的鼎盛期，这鼎盛，除了我在《纸上的李白》中所说，得自隋唐以前那战乱的三百年中南北文化的大交流以外，还有一个很强大的文化背景，就是佛教在那三百年中传入了中国，在佛教兴盛的压力下，道教文化又在竞争中崛起。这两种宗教话语，都先后超越了生活的具体形骸，而进入了一个形而上的世界，进入了“对宇宙的本原与

1 〔唐〕李白：《长相思》，见《李太白全集》，上册，北京：中华书局，2011年，第171页。

2 〔唐〕李白：《书怀赠南陵常赞府》，见《李太白全集》，上册，北京：中华书局，2011年，第551页。

人生的依据的形而上的思索”[1]。佛教文化在唐代走向兴盛，如杜牧所说：“南朝四百八十寺，多少楼台烟雨中”[2]，道教文化在唐代也受到从皇室到民间的广泛尊崇，包括李白，还有李白的朋友司马承祯，都是道教的狂热拥趸，他们也因此受到皇室的关注。正是这样的文化背景，撑开了唐诗的表达空间，使它能够超越人生具体的悲欢苦乐，进入宇宙的寂寥浩大。

比较典型的例子，是杜甫的《绝句》：

两个黄鹂鸣翠柳，
一行白鹭上青天。
窗含西岭千秋雪，
门泊东吴万里船。[3]

镜头从特写（黄鹂、翠柳）开始，一下转向了白鹭、青天，继而又转向千秋雪、万里船，延伸向浩渺无穷的时空。

这样的镜头移动，在李白的诗里也屡见不鲜。你看：

1　葛兆光：《中国思想史》，第一卷，上海：复旦大学出版社，第 369 页。

2　〔唐〕杜牧：《江南春绝句》，见《杜牧选集》，上海：上海古籍出版社，2016 年，第 173 页。

3　〔唐〕杜甫：《绝句四首》，见《杜甫诗选注》，北京：人民文学出版社，2017 年，第 229 页。

故人西辞黄鹤楼，

烟花三月下扬州。

孤帆远影碧空尽，

唯见长江天际流。[1]

他的视线，由具体的人、帆，转向更宽广的长江和更高远的天空。

所有的伤感，都将消融在这无尽的江天之中。

唐诗之美，美在“境”。

这“境”，就是天地之心。

就是《独坐敬亭山》中，独对远山苍穹的那一份专注。

就是“浮四海，横八荒，出宇宙之寥廓，登云天之渺茫”[2]。

读到过一段话，写得好，我觉得可以用来形容李白：

在古时，人是那么小，静悄悄的，在山水中。人也是虚的，无我，只剩下几根虚虚的线条。很小、很虚的人，道通天地，就立即变大了，参天地之化

1 〔唐〕李白：《黄鹤楼送孟浩然之广陵》，见《李太白全集》，上册，北京：中华书局，2011 年，第 627 页。

2 〔唐〕李白：《代寿山答孟少府移文书》，见《李太白全集》，下册，北京：中华书局，2011 年，第 1038 页。

育。一个一个，顶天立地，头角峥嵘。虚虚的线条，都变成了铮铮铁骨。[1]

这天地之心，在唐代绘画里很难找出对应的图像。唐代绘画，大多聚焦在具体的人与事，画面色彩浓艳，人影晃动，像《宫乐图》卷、《游骑图》卷、《虢国夫人游春图》卷，固然明媚炫目，然而看久了，不免有壅塞胀腻之感。到宋代，山水画大兴，色彩开始褪淡，画面才开始透气起来，李白、王维诗歌如李白诗里的这份高旷清逸之“境”，也才在宋代山水画里得以延续，使宋代绘画有了宇宙的广度、哲学的深度，有了超越命运束缚的内在力量。虽然宋画并不直接描绘月亮，但诚如画家韦羲所说：“宋文明的气质如月亮，山水画在月光下进入它最神秘伟大的时期，力与美，悲伤与超然凝为一体。汉文明向内的一面又走到前来，要在一切事物里寻找永恒的意味。永恒是冷的。永恒的月光照耀山水，再亮，也还是黑白的、沉思的。”[2]

芦汀密雪，万壑松风，宋代山水画，让我们领略了自然的伟岸，更让我们从这伟岸中汲取无尽的生机与活力、青春

1　文河：《小满》，见庞培、赵荔红主编：《书写中国：二十四节气》，上海：上海文艺出版社，2018年，第126页。

2　韦羲：《照夜白——山水、折叠、循环、拼贴、时空的诗学》，北京：台海出版社，2017年，第346页。

与血气，犹如万物蓬勃，永不衰老。

唐代诗人，与宋代画家，形成了有趣的对话关系。

我把宋画，当作唐诗的隔世回音。

十一

唐代宗广德元年（763）春天，宣城的杜鹃花开了，远在宣州（宣城）当涂县的李白，真的想家了。

他写下《宣城见杜鹃花》：

蜀国曾闻子规鸟，
宣城还见杜鹃花。
一叫一回肠一断，
三春三月忆三巴。[1]

子规鸟、杜鹃花，原本都是四川的标志，却在安徽宣城与它们不期而遇，怎不让他思乡断肠？

这一次，故乡真的远了，远到了他已无法抵达。

冬天来临的时候，在病榻上辗转的李白，写下了他生命中最后一首诗，是关于飞翔的。

1 〔唐〕李白：《宣城见杜鹃花》，见《李太白全集》，下册，北京：中华书局，2011年，第991页。

诗的名字，叫《临路歌》(一说应为《临终歌》)：

大鹏飞兮振八裔，
中天摧兮力不济。
馀风激兮万世，
游扶桑兮挂左袂。
后人得之传此，
仲尼亡兮谁为出涕？[1]

“大鹏飞兮”，让我想到《李太白全集》的第一首诗，就是《大鹏赋》。他赋里的大鹏，曾经抟摇直上，雄风万里，如今那大鹏已然死去。从今以后，是否有人像孔子当年痛哭麒麟那样，为大鹏之死而黯然流泪？

如今，在将死之际，李白又想起了大鹏。

《庄子·逍遥游》说：“北冥有鱼，其名为鲲。鲲之大，不知其几千里也；化而为鸟，其名为鹏。鹏之背，不知其几千里也。”[2]

以大鹏自喻的李白，终于可以逍遥了。

---

1 〔唐〕李白：《临路歌》，见《李太白全集》，上册，北京：中华书局，2011年，第393页。

2 《庄子》，北京：中华书局，2011年，第2页。

《临路歌》，是李白对人世的最后告白。

他的道路，至此戛然而止。

在我看来，当涂，其实就是“当途”。

李白死得太窘迫，不仅客死他乡，而且寄人篱下。

在很多人看来，他的死，不能没有诗，没有酒，没有月，那样不合逻辑——不合李白的逻辑，也不合李白拥趸的逻辑，于是，有人杜撰了他醉游江中、入水捉月而死的传说，让他的死，像他的生一样（“白之生，母梦长庚星”），变成一个传奇。

王瑶先生说：水中捉月而死的传说，“从唐末五代就盛行起来了”。这个传说“富于浪漫气息，因为月亮在李白的诗中是一种高尚皎洁的象征，这传说本身就表示了他对于一种高洁理想的追求，也表示了他在后人心目中的印象”。[1]

十二

曾有一个月夜，李白和他的朋友、“饮中八仙”之一的崔宗之溯流过白璧山，在月色中饮酒赏月。那一天，李白身穿宫锦袍坐在船里，“顾瞻笑傲，旁若无人”[2]，引来许多吃瓜群众好奇围观，但李白心无旁骛。他的心里，只有月色：

1　王瑶：《李白》，北京：生活·读书·新知三联书店，2013年，第120页。

2　［后晋］刘昫等撰：《旧唐书》，北京：中华书局，2000年，第3439页。

沧江溯流归，

白璧见秋月。

秋月照白壁，

皓如山阴雪。[1]

月光之美，照耀着人之美。

崔宗之也是美的，“玉树临风”这个成语就因他而产生，杜甫曾称他为“潇洒美少年”，在《八仙歌》中写他：“举觞白眼望青天，皎如玉树临风前。”[2]

其实杜甫自己也是帅哥，他名字里的“甫”字，就是对男子的美称，何况，杜甫的字，是子美。

他们的美，不只在外表，更在精神。

那一班人，全都符合“五讲四美”。

不美之人，会玷污这样的月色。

李白是月的信徒，月就是他的宗教。甚至连他自己，都要变成明月。他自天上来，终归要回到天上去，就像后世苏东坡所说的那样，“我欲乘风归去”，用李白自己的话说，是

1 〔唐〕李白：《自金陵溯流过白璧山，玩月达天门，寄句容王主簿》，见《李太白全集》，上册，北京：中华书局，2011 年，第 597 页。

2 〔唐〕杜甫《八仙歌》，见《杜甫诗选注》，北京：人民文学出版社，2017 年，第 14 页。

“欲上青天揽明月”[1]。

李白研究专家李长之先生说：“在李白看，白云明月固然像自己一样是天地间有生命的东西了，但是他自己也何尝不像天地间的一朵白云一样？一轮明月一样？所以他是自己宇宙化，宇宙又自己化了。”[2]

李白的生命中容纳了太多的痛苦，但他的幸福也来得简单，一袭月色，就能将他心中的阴霾一扫而光。

他在人间经历的所有困顿与伤痛，都在月光中得到了补偿。

2018年4月25日至2019年12月5日

1 ［唐］李白：《宣州谢朓楼饯别校书叔云》，见《李太白全集》，下册，北京：中华书局，2011年，第737页。

2 李长之：《道教徒诗人李白及其痛苦》，北京：生活·读书·新知三联书店，2013年，第58页。

最好的时代，最坏的时代

那是最美好的时代，那是最糟糕的时代；那是智慧的年头，那是愚昧的年头；那是信仰的时期，那是怀疑的时期；那是光明的季节，那是黑暗的季节……

——［英］狄更斯《双城记》

一

我们已经习惯于抱怨自己所处的时代，因为在这个时代里有太多的事物值得抱怨，比如无所不在的噪声，覆盖了世界本初的声音——风声雨声、关雎鹿鸣；我们需要走很远的路才能看见蓝天，由于霾的存在，我已无法分辨白昼与黄昏，即使在中午，我的房间也需要开灯，当年宋徽宗把青瓷的颜色定位为“雨过天青云过处”，那样的颜色，也只能从旧日瓷器上寻找了；苏丹红、瘦肉精、地沟油、三聚氰胺，这些原本不属于这个世界的物质被“发明”出来，让我们的生存时时处于险境；更不用说各种诈骗手段加深了人们彼此间的不信任，在任何公共场合，每个人都会下意识地捂紧自己的钱包；面对他人的求助，大多数人都会装聋作哑，落荒而逃。

有些事情一时难分好坏，比如登月、填海造陆、武器不断升级……人们总是有很多理由，把这个时代里的勾当说成正当，把无理变成合理。人心比天高，尽管上帝早就警告人类的自信不要无限膨胀，但是建一座登天之塔（巴别塔）的冲动始终没有熄灭，人们总是要炫耀自己的智商，这恰恰是缺乏智商的表现。我引一段王开岭的话："二十世纪中叶后的人类，正越来越深陷此境：我们只生活在自己的成就里！正拼命用自己的成就去篡改和毁灭大自然的成就！""可别忘了：连人类也是大自然的成就之一！"[1]

连作家都对我们这个时代失去了信心，文学似乎与农业文明有着天然的联系，当世界失去了最真实的声音与光泽，蒙在世界上的那一层魅被撕掉了，文学也就失去了表达的对象，也失去了表达的激情。流行的网络文学已经是工业生产的一部分，对此，大多数作家都持抵抗的态度。所谓"纯文学"，除了用"纯"字来表示自身的纯度外，几乎要在市场环境中沦陷。我听到不止一位朋友抱怨说，发表即终结，也就是说，一部精心构筑的作品发表在刊物上那一天，就是它死

1　王开岭：《夜泊笔记》，见《第十六届百花文学奖散文奖获奖作品集》，天津：百花文艺出版社，2015年，第5页。

亡的那一天，因为已经没有人再去阅读文学刊物，所以对于一部作品，连骂的人都没有。还有各种各样的禁忌、雷区限制着他们的笔，让他们无法真实地表达，只能避重就轻，把他们与国外大师们放在一个平台上比较，那才是国际玩笑。

站在这样一个时代里，我想起清末学人梁济与他的儿子梁漱溟的一段对话。梁漱溟年轻时是革命党，曾参加北方同盟会，参与到推翻清朝的革命中；而梁济则是保皇党，对推翻清朝的革命持坚决的反对态度。中国近代史上的这爷俩，真是一对奇葩。辛亥革命成功后，梁济这样问自己的革命党儿子："这个世界会好吗？"年轻的梁漱溟回答说："我相信世界是一天一天往好里去的。"梁济说："能好就好啊！"三天之后，梁济在北京积水潭投水自尽。

二

在儒家知识分子心里，最好的时代不在将来，而在过去。对于孔子，理想的时代，就是已经逝去的周代，是那个时代奠定了完善的政治尺度和完美的道德标准，所以他一再表示自己"梦见周公""吾从周"。同理，在当代，在有些知识分子心里，最好的时代是民国时代。他们把那个时代假想为一个由长袍旗袍、公寓电车、报馆书局、教授名流组成的中产阶级世界，似乎自己若置身那个时代，必定如鱼得水，岂不知在那个饿殍遍野、战乱不已的时代，一个人在生死线上挣扎的概率恐怕更大。当然，对过往朝代的眷恋往往被当作对现实的一种谈判策略，这就另当别论了，与那个朝代本身无关。

相比之下，喜欢宋代的人可能最多。宋代，几乎成了大家可以接受的最大公约数。很多年前有人做过“你最愿生活在哪个朝代”的网络民调，宋代位居第一。有网友说：

> 这个时代之所以高居榜首，我的想法很简单，是因为这一百年里，五个姓赵的皇帝竟不曾砍过一个文人的脑袋。我是文人，这个标准虽低，对我却极具诱惑力。于是文人都被惯成了傻大胆，地位也空前地高。
>
> “想想吧，如果我有点才学，就不用担心怀才不遇，因为欧阳修那老头特别有当伯乐的瘾；如果我喜欢辩论，可以找苏东坡去打机锋，我不愁赢不了他，他文章好，但禅道不行，却又偏偏乐此不疲；如果我是保守派，可以投奔司马光，甚至帮他抄抄《资治通鉴》；如果我思想新，那么王安石一定高兴得不得了，他可是古往今来最有魄力的改革家；如果我觉得学问还没到家，那就去听程颢讲课好了，体会一下什么叫“如坐春风”。

当然，首先得过日子。没有电视看，没有电脑用，不过都没什么关系。我只想做《清明上河图》里的一个画中人，又悠闲，又热闹，而且不用担心社会治安……高衙内和牛二要到下个世纪才出来。至于这一百年，还有包青天呢。[1]

前不久，从微信视频里看到台湾艺术史家蒋勋先生的一段谈话，说“宋朝是中国历史最有品位的朝代”。他说：“宋朝是中国和东方乃至全世界最好的知识分子典范。读圣贤书，所学何事？读书的目的是让自己找到生命存在的意义和价值，让自己过得悠闲，让自己有一种智慧去体验生命的快乐，并且能与别人分享这种快乐。”[2]

对此我不持异议，因为宋代人的生活中，有辞赋酎酒，有丝弦佐茶，有桃李为友，有歌舞为朋。各门类的物质文明史，宋代都是无法绕过的环节。比如吃茶，虽然在唐代末期因陆羽的《茶经》而成为一种文化，但在宋代才成为文人品质的象征，吃茶的器具，也在宋代登峰造极，到了清代，仍被模仿。又如印刷业的蝴蝶装，到宋代才成为主要的装订形

1 《时光倒流，你愿意生活在哪个时代？》，http://www.u148.net/tale/13810.html。

2 《蒋勋：宋朝是中国历史最有品位的朝代》，见腾讯视频，2015年11月12日。

式，它取代了书籍以“卷”为单位的形态，在阅读时可以随便翻到某一页，而不必把全“卷”打开。我们今天最广泛使用的字体 —— 宋体，也是用这个朝代命名的，这是因为在宋代，一种线条清瘦、平稳方正的字体取代了粗壮的颜式字体，这种新体，就是“宋体字”，可见那个朝代影响之深远。更不用说山水园林、金石名物、琴棋书画、民间娱乐，都在宋代达到高峰。欧阳修自称“六一居士”，意思是珍藏书籍一万卷、金石遗文一千卷、琴一张、棋一局、酒一壶，加上自己这个老翁，刚好六个“一”。他把自己的收藏编目并加以解说，编成一本书，叫《集古录》。后来宋徽宗有了规模更大的收藏，也编了一本书，叫《宣和博古图录》。

但这只是泛泛地说，具体到某一个人，情况就不这么简单了。比如，在苏轼看来，自己身处的时代未必是最好的时代，甚至，那是一个很差的时代。

三

我们就拿苏轼来说事儿吧。

北宋嘉祐元年（1056）暮春三月，当苏轼离开自己生活了近二十年的故乡眉州[1]，自阆中上终南山，和父亲苏洵、弟

1　今四川省眉山市。

弟苏辙一起，走上褒斜谷迂回曲折、高悬天际的古栈道，准备经大散关进入关中，再向东进入河洛平原，抵达首都汴京参加科举考试时，他心里满满的，都是治国平天下的儒家理想。起初他很顺利，比如他在参加了礼部初试后，互为敌手的两位政坛大佬欧阳修和张方平居然一致推举他。时任礼部侍郎兼翰林侍读学士的欧阳修甚至对自己的儿子说："记着我的话，三十年后，无人再谈论老夫。"还说："老夫当退让此人，使之出人头地。"

后来欧阳修升任参知政事（副宰相），又推荐年轻的苏轼、苏辙兄弟参加皇帝主持的特别考试——制科特考，宋仁宗看了苏轼的卷子后，意气风发地回到后宫，对曹后说："吾今日又为子孙得太平宰相两人。"他说的太平宰相，就是指苏轼、苏辙，可见苏轼、苏辙兄弟在皇帝心中的地位。

然而即使有皇帝、宰相的赏识，仕宦生涯也绝不会一帆风顺。甚至，皇帝和宰相越是赏识，他所受到的攻讦和迫害就越多，因为那会对别人的生存构成威胁。更何况苏轼性格耿直，是一个有一说一的严守一，不会曲意迎合，这使他中枪的概率更高——才华熠熠、飘逸俊秀的苏轼，天生就是一个众矢之的。

轼的意思，是车上供人凭倚之横木，《左传》中有"凭轼而观"之语。苏洵当年给儿子起名苏轼，是希望他含蓄内敛，为他人提供倚靠。他最怕的是儿子苏轼锋芒毕露，不会藏拙，曾忧心忡忡地说："轼乎，吾惧汝之不外饰也。"而对苏辙，他却省心得多，说："是辙者，善处乎祸福之间也"[1]，意思是：你办事，我放心。

苏轼的政治生涯高开低走，尽管曾经担任过帝国的礼部郎中、翰林侍读学士，官居三品，但他更多的时光，是在贬谪中度过的。他的政治生涯，是从失败走向失败，从一次陷害奔向另一次陷害，支撑他生命的家国理想被无情地封堵，让他的人生一次次陷入绝境。就在这个星光灿烂的宋朝，党争成了绞杀人性的机器，最终埋葬了这个精致耀眼的朝代。苏轼一生处在一个无物之阵中，他的对手，前仆后继，层出不穷。

四

有人说，苏轼在官场上的所有失败，都是由小人造成的。

所以，苏轼要"突围"。

然而，奠定了苏轼一生政治悲剧的，并不是小人，相反是一位高士。他就是苏轼最大的政敌 —— 王安石。

当时的宋朝，虽承平日久，外表华美，但内部的溃烂，已经越来越难以掩饰。早在十多年前，王安石就曾写下长达万言的《上仁宗皇帝言事书》，痛陈国家积弱积贫的现实：经

1 〔北宋〕苏洵：《名二子说》，见《苏洵集》，郑州：中州古籍出版社，2010 年，第 275 页。

济困窘、社会风气败坏、国防安全堪忧。

宋神宗赵顼是在治平四年（1067）即位的，第二年改年号为熙宁元年。由于对疲弱的政治深感不满，且他素来都欣赏王安石的才干，故立即命王安石推行变法，以期振兴北宋王朝，史称“王安石变法”（又称“熙宁变法”）。

王安石是一位高调的理想主义者，日本讲坛社《中国的历史》称他为“伟大的改革设计师”[1]，并评价“王安石变法”是“滴水不漏的严密的制度设计”[2]。然而，在苏轼（时任判官告院兼判尚书祠部）眼里，它看上去很美，实际上千疮百孔。他不是反对变法，而是反对王安石的急躁冒进和党同伐异。他知道，无论多么优美的纸上设计，在这块土地上都会变得丑陋不堪——惠及贫苦农民的青苗法，终于变成盘剥农民的手段，而募役法，本意是让百姓以付税代兵役，使人民免受兵役之苦，但在实际操作中，又为各级官吏搜刮民财提供了堂皇的借口，每人每户出钱的多寡，根本没有客观的标准，而全凭地方官吏一句话。王安石心目中的美意良法，等于把血淋淋的割肉刀，递到各级贪官污吏的手中。

苏轼敏锐地意识到，目今正是一个危险而黑暗的时代。

1 ［日］小岛毅：《中国思想与宗教的奔流：宋朝》，桂林：广西师范大学出版社，2014年，第93页。

2 ［日］小岛毅：《中国思想与宗教的奔流：宋朝》，桂林：广西师范大学出版社，2014年，第193页。

那时的他，纵然有宋神宗赏识，却毕竟人微言轻。他可以明哲保身，但他是个任性的人，明知是以卵击石——击的是王安石这块石，却仍忍不住要发声。

熙宁九年（1076），王安石虽然辞去相职，心情黯然地离开朝廷，但在这场厮杀中，富弼、欧阳修、司马光这些股肱之臣，病的病，死的死。

自此，小人们在帝国政坛上可以横行无忌。

这些人，包括吕惠卿、曾布、舒亶、邓绾、李定等，而且，排名不分先后，因为他们都是货真价实的小人。而这一群小人，都是王安石一手提拔的。

王安石的识人术，天下无双。

五

这浮华的世上，人心不如鬼。那个写《梦溪笔谈》的沈括，对苏轼的才华始终怀有深深的嫉妒，专门跑到苏轼那里骗来了诗稿，然后从中寻找“反动言论”，向朝廷检举揭发；李定为了逃避回乡为逝去的母亲丁忧[1]尽孝，竟然隐瞒了母亲去世的事实，被司马光骂为“禽兽不如”，恰巧苏轼写了一

1 根据儒家传统的孝道观念，朝廷官员在位期间，如若父母去世，则无论此人任何官何职，从得知丧事的那一天起，必须辞官回到祖籍，为父母守制二十七个月，称为“丁忧”

首诗，歌颂弃官寻母的朱寿昌，被李定当成指桑骂槐，针对自己，准备好了小鞋，等着给苏轼穿。当然，他们如此凶狠，除了嫉妒，还有恐惧 —— 苏轼深得皇帝赏识，说不定哪天会得到重用，那样对他们来说，都是极大的威胁。

他们为苏轼定制的罪名，是“讥讪朝政”“滥得时名”。

苏轼才华熠熠，道德完美。口无遮拦，这是他唯一的软肋。

朝廷上的一片“废苏”之声，让宋神宗感到无奈和无力。终于，为了维护朝廷的“安定团结”，宋神宗下令御史台查办苏轼。

苏轼是在湖州太守任上被抓的。目击者形容苏轼当时的场面时说:“顷刻之间，拉一太守，如驱犬鸡。”[1]

那一年，是元丰二年（1079）。

历史中所说的“乌台诗案”,“乌台”，就是御史台。它位于汴京城内东澄街上，与其他官衙一律面南背北不同，御史台的大门是向北开的，取阴杀之义，四周遍植柏树，有数千乌鸦在低空中回旋，造成一种暗无天日的视觉效果，所以人们常把御史台称作乌台，以颜色命名这个机构，直截了当地指明了它的黑暗本质。“诗”，当然是指苏轼那些惹是生非的诗了。

1 〔北宋〕孔平仲：《孔氏谈苑》，转引自王水照、崔铭：《苏轼传》，天津：天津人民出版社，2013 年，第 151 页。

根据苏轼后来在诗中的记述，他在御史台的监狱，实际上就是一口百尺深井，面积不大，一伸手，就可触到它粗糙的墙壁，他只能蜷起身，坐在它的底部，视线只能向上，遥望那方高高在上的天窗。这是一种非人的身体虐待，更是一种精神的折磨。九百年后，我在奥斯维辛集中营，看到了大致相同的监狱。

他终于知道了大宋政坛的深浅。那深度，就是牢狱的深度。

黑暗、陡峭、寒冷。

那是他一生命运的最低点。

假如不是宋太祖定下了不得杀戮持异议大夫的法规，此时的苏轼，恐怕早已身首异处了。

十二月二十八日，苏轼终于在监狱里听到了朝廷的判决。

宋神宗没有舍得把他处死，而是把他贬到黄州。

保留公职，以观后效。

六

苏轼生命中的低潮，自黄州开始。11世纪，那个收留了苏轼的黄州，实际上还是一片萧索之地。这座位于大江之湄的小城，距武汉市仅需一个小时车程，如今早已是满眼繁华，而在当时，却十分的寥落荒凉。

在那里，苏轼虽为团练副使，却没有任何实权，连工资都停发了，只有一份微薄的实物配给可领。苏轼虽然做了二十多年官，但如他自己所说，“俸入所得，随手辄尽”，是名副其实的“月光族”，没有多少积蓄，即使维持着最低标准的生活，苏轼带到黄州的钱款，也只用一年就消耗殆尽了。按照黄州当时的物价水平．一斗米大约二十文钱，一匹绢大约一千二百文钱，再加上各种杂七杂八的花销，一个月下来也得四千多文钱。对于苏轼来说，无疑是一笔巨款。

或许，从他发现黄州城东那片荒芜的山坡的那一刻，他就决计进行生产自救了。那个山坡，大约百余步长短，曾经做过营地。南宋诗人范成大在《吴船录》里描述它：“郡东山垄重复，中有平地，四向皆有小冈环之。”

这个山坡，本无名字，苏轼以“东坡”命名，因为它位于城东，而他心仪的诗人白居易当年贬谪到忠州做刺史时，也居住在城东，写了《东坡种花二首》，还写了一首《步东坡》，所以，苏轼干脆把这块地，称为“东坡”。

他也从此自称“东坡居士”。

假如我们能够于公元1082年在黄州与苏轼相遇，这个男人的面容一定会让我们吃惊——他不再是二十年前初入汴京的那个俊美少年，也不像三年前离开御史台监狱时那样面色憔悴苍白，此时的苏轼，瘦硬如雕塑，面色如铜，两鬓皆白，像他自己词里曾说的，“尘满面，鬓如霜”。

1082年，四月初四，寒食节，苏轼在一片凄风苦雨中写下著名的《寒食帖》。这份现藏台北故宫博物院的著名行书墨稿，被艺术史家称为“天下行书第三”。

《寒食帖》的内容如下：

自我来黄州，
已过三寒食。
年年欲惜春，
春去不容惜。
今年又苦雨，
两月秋萧瑟。
卧闻海棠花，
泥污燕支雪。
暗中偷负去，
夜半真有力，
何殊病少年，
病起头已白。

春江欲入户，
雨势来不已。

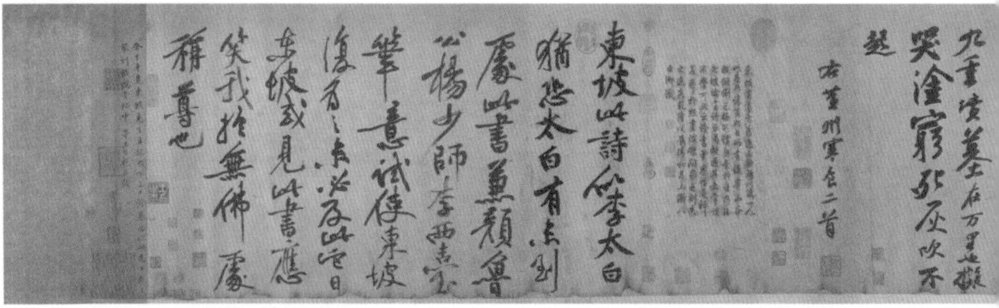

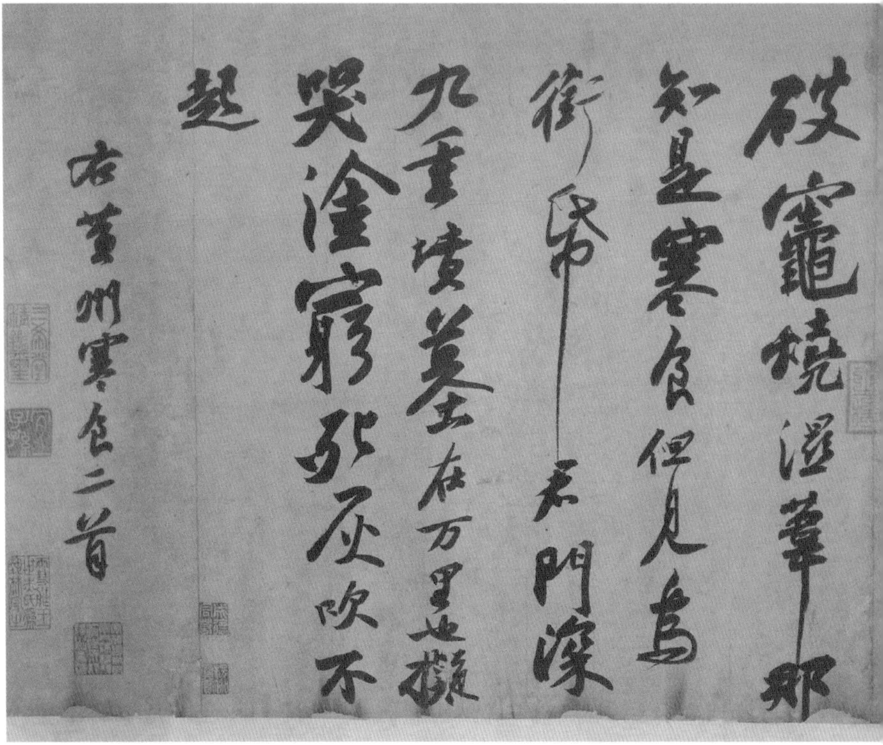

寒食帖

北宋，苏轼，台北故宫博物院藏

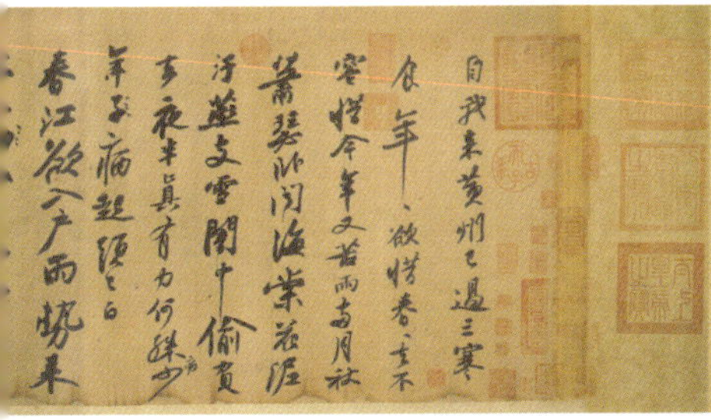

雪堂
餘韻

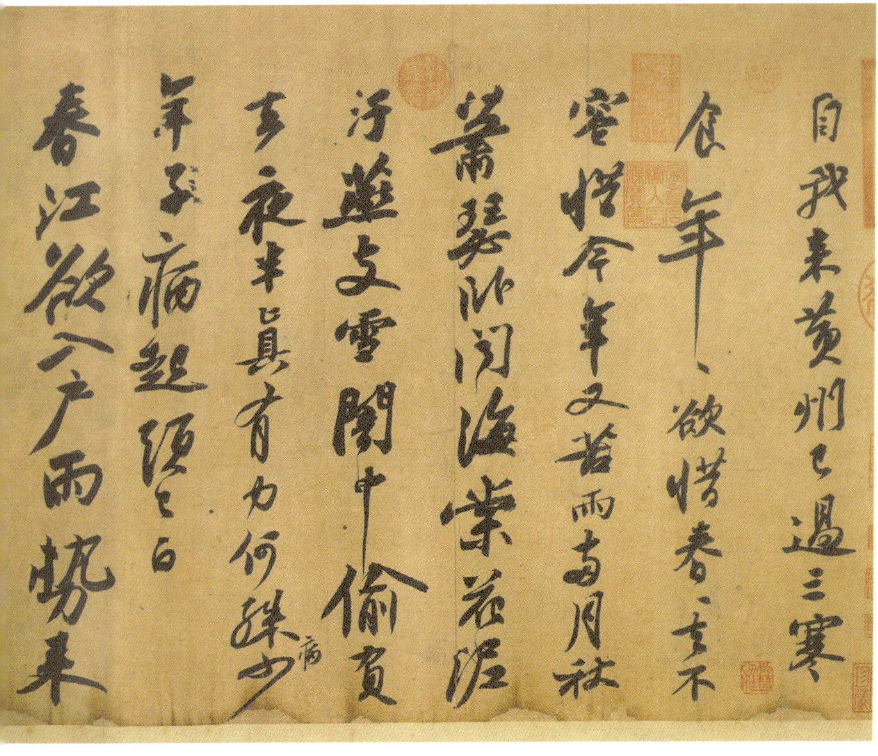

小屋如渔舟，

蒙蒙水云里。

空庖煮寒菜，

破灶烧湿苇。

那知是寒食，

但见乌衔纸。

君门深九重，

坟墓在万里。

也拟哭途穷，

死灰吹不起。

面对苏轼的这幅帖时，我的心会陡然收紧，仿佛上面的每个字都在战栗，在九百多年前的那场凄风苦雨中瑟瑟发抖。这诗、这字，饱含痛感。那个“纸”（帋）字，“氏”下的“巾”字，竖笔拉得很长，仿佛音乐中突然拉长的音符，或者一声悠长的叹息。那是那个时代强加在苏轼身上的最真实的疼痛，即使经过了九百多年的时光，依然会在一瞬间，把我们的内心穿透。

七

但对苏轼来说，在黄州的岁月还不算是最惨的。他的人生悲剧，深不见底。尽管在“元祐更化”中，随着当年被王安石排挤的重臣司马光等重返政坛，苏轼一度被重新起用，官升礼部郎中，获赐金带、金镀银鞍辔马，后来又先后被任命为中书舍人和翰林学士，成为帝国的三品大员，相当于正部级领导，可谓扶摇直上，身入玉堂，但苏轼独立不倚、危言孤行的“毛病”没有改。他就像李敬泽写过的伍子胥，永远没有办法让上级喜欢，永远不能苟且将就，永远像他的小妾朝云形容的那样“一肚子不合时宜”。司马光、吕公著两位宰相从一个极端走向另一个极端，哪怕王安石一些行之有效的新法也都尽行废除。苏轼却挺身为王安石辩护。苏轼不喜欢二元对立，他喜欢一切从实际出发，具体问题具体分析，因此，他不仅对司马光有意见，而且在政事堂上与司马光急赤白脸地大吵一架，回到家气还没消，连骂：“司马牛！司马牛！”

后来一直欣赏他的宋神宗、一直保护他的高太后去世，年少的宋哲宗在一群误国小人的忽悠下，开始疯狂打击元祐大臣，四面楚歌的苏轼又开始了一路被贬的历程，由杭州，到颍州[1]，到定州[2]，到英州[3]，到惠州[4]，最后终结在海南岛“百物皆无”的儋州[5]，越贬越远，再贬，就贬出地球了。

---

1 今安徽省阜阳市。

2 今河北省定州市。

3 今广东省英德市。

4 今广东省惠州市。

5 今海南省儋州市。

但他的政治对手们一刻也没有忘记他。他到惠州后，他从前的朋友、当时已官居相位的章惇一心想搞死他。由于宋太祖不得杀文臣的最高指示，他只能采取借刀杀人的老套路，于是派苏轼的死敌程之才担任广南提刑，让苏轼没有好日子过。苏轼过得好了，他们便过不好。苏轼的原配夫人王弗和继室王闰之去世后，一直照顾苏轼的侍妾朝云，就是在26岁时染瘟疫，死在惠州的。后来，已是白发老人的苏轼又被贬到更遥远的儋州，除了最小的儿子苏过陪伴，身边“百物皆无”，不要说报纸网络，连一本书都找不到，只有无边的苦寂与孤独，像茫漠的大海，与他相伴。

八

中国历史上的文人艺术家，论个人境遇，很难找出比苏轼更悲惨的。假若我替苏轼回答梁济的提问，我一定会说，他所置身的时代，是一个最坏的时代，压抑得透不过气来，看不到一点希望。我们今天的知识分子，无论身处何等的尴尬与荒谬中，都与苏轼的困境不可同日而语。苏轼的文字——像前面提到的《寒食帖》，有尖锐的痛感，却没有怨气。

我不喜欢怨气重的人，具体地说，我不喜欢愤青，尤其是老愤青。年轻的时候，我们对很多事物心怀激愤，还可以理解。但人到中年以后，仍对命运愤愤不平，就显得无聊、无趣，甚至无理了。怨气重，不是表明一个人的强大，而是在表明一个人的猥琐与虚弱。苏轼不是哀哀怨怨的受气包，不是絮絮叨叨的祥林嫂。倘如此，他就不是我们艺术史上的那个苏轼了。他知道“月有阴晴圆缺，人有悲欢离合，此事古难全”，夜与昼、枯与荣、灭与生，是万物的规律，谁也无法抗拒，因此，他决定笑纳生命中的所有阴晴悲欢、枯荣灭生。他不会像屈原那样自恋，把自己当作香草幽兰，只因自己的政治蓝图无法运行，就带着自己的才华与抱负投身冰冷的江水，纵身一跃的刹那也保持着华美的身段与造型，就像奥运会上的跳水运动员那样；他不会像魏晋名士那样装傻充愣，一副嬉皮士造型；也不会像诗仙李白那样“皇帝呼来不上船”，醉眼迷离爱谁谁，一旦不得志，随时可以挥手与朝廷说拜拜 —— 要不他怎么叫李白呢。

假如一个人无法改变他置身的时代，那就不如改变自己 —— 不是让自己屈从于时代，而是从这个时代里超越。这一点，苏轼做到了，当然，是历经了痛苦与磨难之后，一点一点地脱胎换骨的。木心说：“李白、苏东坡、辛弃疾、陆游的所谓豪放，都是做出来的，是外露的架子。”[1] 这话有点随

1　木心：《文学回忆录》，桂林：广西师范大学出版社，2013 年，第 231 页。

便了。假如豪放那么好做，那就请木心先生做来看看。实际上，豪放不是做出来的，而是在炼狱里炼出来的，既有文火慢熬，也有强烈而持久的击打。苏轼的豪放气质，除了天性使然，更因为苦难与黑暗给了他一颗强大的内心，可以笑看大江东去，纵论世事古今。他豪放，因为他有底气，有强大的自信。“大江东去，浪淘尽，千古风流人物。”无论周公瑾、诸葛亮还是曹孟德，那么多的风云人物，那么多的历史烟云，都终被这东去的江水淘洗干净了。神马都是浮云，都是雪泥鸿爪——雪泥鸿爪这词，就是苏轼发明的。一个人的高贵，不是体现为惊世骇俗，而是体现为宠辱不惊、安然自立。他画墨竹（《潇湘竹石图》），画石头（《枯木怪石图》），都是要表达他心中的高贵。他热爱生命，不是爱它的绚丽、耀眼，而是爱它的平静、微渺、坦荡、绵长。

他的心是宽阔的，所以他爱儒，爱道，也爱佛，最终把它们融汇成一种全新的人生观——既不远离红尘，也不拼命往官场里钻。他是以出世的精神入世，温情地注视着人世间，把自视甚高的理想主义，置换为温暖的人间情怀。他知道自己人微言轻，但他无论当多么小的官，他都不会丧失内心的温暖。他灭蝗，抗洪，修苏堤，救孤儿，权力所及的事，他从不错过，他甚至写了《猪肉颂》，为不知猪肉可食的黄州人发明了一道美食，使他的城郭人民，不再“只见过猪跑，没吃过猪肉”。那道美食，就是今天仍令人口水横流的东坡肉。它的烹食要领是：五花肉的肉质瘦而不柴、肥而不腻，以肉层不脱落的部位为佳；用酒代替水烧肉，不但去除腥味，而且能使肉质酥软无比……

还是在黄州，每当日暮时分，他从东坡的农田荷锄回家，过城门时，守城士卒都知道这位满面尘土的老农是一个大诗人、大学问家，只是对他为何沦落至此心存不解，有时还会拿他开几句玩笑，苏轼都泰然自处，有时还跟着他们开玩笑。

在儋州——他的末日时光里，他还不忘调侃自己几句，说自己年纪大了，再也不能和小姑娘眉来眼去了。在他的生命里，不再有崎岖和坎坷，只有云起云落，月白风清。

那是一种能够笑纳一切的达观，像海明威所说，对于一切厄运，都要“勇敢而有风度地忍受”。

十个世纪以后，一位名叫顾城的年轻诗人写了一句诗，可以被看作是对这种文化人格的回应。他说：

“人可生如蚁而美如神。”

九

无论一个人的地位多高，在上帝眼里，他终不过是一只蚂蚁。在中国艺术史上，很少有人像苏轼这样深深地堕入凡尘，就像《寒食帖》里所写，“卧闻海棠花，泥污燕支雪”，美艳的“花”转眼之间就会堕入泥土，但纵然是泥土，也有它的价值与尊严。他的生命，一头连着最凡俗、最卑微的生活，另一头却连着最深邃、精致、典雅的精神世界。真正提升了宋代精神的品质，带动了宋代艺术风气的，不是那些身处华屋高堂的名人大腕，却是置身青灯孤馆、野店鸡号中的苏轼——

词本是文人们遣兴抒怀的游戏笔墨，是流行歌曲，如林语堂所说的，“内容歌咏的总是‘香汗’‘罗幕’‘乱发’‘春夜’‘暖玉’‘削肩’‘柳腰’‘纤指’等”[1]，到了苏轼手里，才真正有了文学的气象，如叶嘉莹先生说：“一直到了苏氏的出现，才开始用这种合乐而歌的词的形式，来正式抒写自己的怀抱志意，使词之诗化达到了一种高峰的成就。”[2]

他的散文，超越了那些虚无高蹈的文章策论，它不是为朝廷、为帝王写的，而是为心，为一个人最真实的存在而写的。这是一种拒绝了格式化、拒绝了宫殿语法，因而更朴素、更诚实，也更干净，它也因这份透明，而不为时空所阻，在千人万人的心头回旋。

他的书法，既不像唐代楷书那样强调法度，拘紧理性，

1 林语堂：《苏东坡传》，长沙：湖南文艺出版社，2012年，第142页。

2 叶嘉莹：《唐宋词名家论稿》，石家庄：河北教育出版社，1997年，第119—120页。

也不像唐代草书那样叛逆，那样张牙舞爪，而是将自己的个性挥洒得那么酣畅淋漓，无拘无束。苏轼最恨怀素、张旭，在诗里大骂他们：“有如市娼抹青红，妖歌嫚舞眩儿童。”他追求历经世事风雨之后的那份从容淡定，喜欢平淡之下的暗流涌动，喜欢收束于简约中的那种张力。他写：“回首向来萧瑟处，归去，也无风雨也无晴。”他的字，不是为纪念碑而写的，不见伟大的野心，却正因这份性之所至、文心剔透而伟大。

他的绘画，传到今天的，只有两幅，一幅叫《潇湘竹石图》，还有一幅，叫《枯木怪石图》，但他倡导的文人画理论，却影响了金元明清，余绪至今未断。苏轼看不起那些院体画家，认为他们少文采、没学问，因而只知照猫画虎，不见风神与性情。文人画在两汉魏晋就开始起源，但有了唐代王维，文学的气息才真正融入到绘画中，纸上万物，才活起来，与画家心气相通。至宋代，欧阳修、王安石都确立了文人画论的主调，但在苏轼手上，文人画的理论才臻于完善。妖娆绚丽的唐代艺术，到了他们手上，立即退去了华丽的光斑，变得素朴、简洁、典雅、庄重。后来的宋代画家，把复杂多变的世界，都收容在这看似单一的墨色中，绘画由俗世的艳丽，遁入哲学式的深邃、空灵。

如今，已经很少有人磨墨了，而是用墨汁代替。然而墨汁永远不可能画出宋代水墨的丰富，因为墨汁里边掺了太多的化学物质，所以它的黑色，是死掉的黑，可是在宋画里，我们看到的不是黑，而是透明。墨色的变化中，我们可以看到光的游动。

苏轼带来了中国艺术史上最重要的一场观念革命，他因此成为北宋继钱惟演、欧阳修之后的第三位文坛领袖，成为中国艺术史上独一无二的艺术大师，也成为我的心头最爱。

十

这份美，被北宋著名画家李公麟画在一幅图卷里。这幅艺术史上的名画，记录了元祐二年（1087）五月，苏轼在“元祐更化”中返京，与朋友们在王诜的西园举行雅集的情况——王诜不仅是当朝驸马，也是著名画家，2015年北京故宫博物院举办“皇家秘藏·铭心绝品——《石渠宝笈》故宫博物院九十周年特展”，展出有王诜的名作《渔村小雪图》。那次聚会，参加者有：苏轼、苏辙、黄庭坚、秦观、米芾、蔡肇、李之仪、郑靖老、张耒、王钦臣、刘泾、晁补之，还有僧人圆通（日本渡宋僧大江定基）、道士陈碧虚，共16人，加上侍姬、书童，共22人。松桧梧竹，小桥流水，极园林之胜。宾主风雅，或写诗、或作画、或题石、或拨阮、或看书、或说经，极宴游之乐。李公麟以他首创的白描手法，用写实的方式，描绘当时的情景，取名《西园雅集图》。

《西园雅集图》几乎成了中国艺术家迷恋的经典题材，仅李公麟一人，就画过团扇、手卷两种不同的本子。北宋米芾、南宋马远、元代赵孟頫（传）、明代仇英与陈洪绶、清代张翎等著名画家，也都画过同题作品。其中李公麟《西园雅集图》卷现被私人收藏，马远《西园雅集图》长卷收藏在美国纳尔逊·艾金斯博物馆，赵孟頫《西园雅集图》卷和仇英的《西园雅集图》轴分别著录于《石渠宝笈续编》之养心殿第二册中，现收藏在台北故宫博物院。

画中的场面，让我想起文艺复兴画家拉斐尔（Raphael Santi）为教皇宫殿绘制的大型壁画《雅典学院》，一幅以古希腊哲学家柏拉图所建的雅典学院为主题的大型绘画，在这幅画上，汇集着哲学家柏拉图、亚里士多德、苏格拉底，数学家毕达哥拉斯，语法大师伊壁鸠鲁，几何学家欧几里德（一说是阿基米德），犬儒学派哲学家第欧根尼，哲学家芝诺……画家试图在这样一场集会，把欧洲历史的黄金时代永久定格。

《西园雅集图》中，我们可以看到不同的文艺组合，比如“三苏”中的两苏（苏轼、苏辙），书法“宋四家”中的三家（苏轼、黄庭坚、米芾）、“苏门四学士”（黄庭坚、秦观、张耒、晁补之）…… 在中国的北宋，一个小小的私家花园，就成为融汇那个时代辉煌艺术的空间载体。

那一份光荣，丝毫不逊于古希腊的雅典学院。

美丰仪，成为当下时兴的一个热词。但真正的美丰仪，不是《琅琊榜》里的梅长苏、萧景琰，而是真实历史中的苏轼、苏辙、秦观、米芾。他们不仅有肉身之美，更兼具人格之美，一种从红尘万丈中超拔出来的美。中国传统的审美记忆中找不见史泰龙式的肌肉男，而是将这种力量与担当，收束于优雅艺术与人格中，只有文明之国，才崇尚这种超越物理力量的精神之美。

十一

苏轼生活的时代，无论如何不能说是一个最好的时代。他一生历经宋仁宗、宋英宗、宋神宗、宋哲宗、宋徽宗五位皇帝，一茬不如一茬。叶嘉莹说："北宋弱始自仁宗。"[1]宋仁宗当年说"吾今日又为子孙得太平宰相两人"，对苏轼器重有加；宋英宗久慕苏轼文名，曾打算任命苏轼为翰林，因为受到宰相韩琦的阻挠，才没能实现；宋神宗也器重苏轼，却抵不过朝廷群臣的构陷而将苏轼下狱，纵然他寄望于苏轼，也

1 叶嘉莹：《古典诗词讲演集》，石家庄：河北教育出版社，1997 年，第 249 页。

文会图绢本

北宋，赵佶（宋徽宗）、宫廷画家，台北故宫博物院藏

犯不着为苏轼一人得罪群臣；宋哲宗贪恋女色，十四岁就想着以宫中寻找乳婢的名义给自己找女人；宋徽宗玩物玩女人，终致亡国，关于他的故事，留在后面细说。公元1101年，苏轼死在常州，距离北宋王朝的覆灭，只有二十五年。

他敬天，敬地，敬物，敬人，也敬自我，在孤独中与世界对话，将自己的思念与感伤、快乐与凄凉，将生命中所有不能承受但又必须承受的轻和重，都化成一池萍碎、二分尘土、雨晴云梦、月明风袅，留在他的艺术里。在悲剧性的命运里，他仍不忘采集和凝望美好之物，像王开岭所写的："即使在一个糟糕透顶的年代、一个心境被严重干扰的年代，我们能否在抵抗阴暗之余，在深深的疲惫和消极之后，仍能为自己攒下一些明净的生命时日，以不至于太辜负一生？"[1]

我经常说，现实中的所有问题与困境，都有可能从历史中找到答案。许多人并不相信，在这里，苏轼就成为从现实围困中拔地而起的一个最真实的例子。时代给他设定的困境与灾难，比我们今天面对的要复杂得多。苏轼置身在一个称得上坏的时代，却并不去幻想一个更好的时代，因为即使在最好的时代里，也会有不好的东西。

他相信，在这个世界上，没有完美无缺的彼岸，只有良

1　王开岭：《夜泊笔记》，见《第十六届百花文学奖散文奖获奖作品集》，天津：百花文艺出版社，2015年，第17页。

莠交织的现实。因此，苏轼没有怨恨过他的时代，甚至连抱怨都没有。这是因为他用不着抱怨 —— 他根本就不在乎那是怎样的时代，更不会对自己与时代的关系做出精心的设计与谋划。

有的艺术家必须依托一个好的时代才能生长，就像叶赛宁自杀后，高尔基感叹的：他生得太早，或者太晚了。但像苏轼这样的人是大于时代的，无论身处怎样的时代，时代都压不死他。

他给予那个时代的，比他从时代中得到的更多。

木心说，艺术家仅次于上帝。[1]

元丰七年（1084），也就是苏轼写下《寒食帖》之后的第三个春天里，宋神宗把苏轼调任到离汴京不远的汝州[2]。他从黄州出发，顺江而下，过金陵时，他一定要去拜见一下已经辞官、在金陵城与钟山之间的半山园隐居八九年的王安石。闻听苏轼过金陵，王安石等不到苏轼前来晋谒，就已骑上小驴，去江边船上，主动去寻找苏轼了。因为作为一代文宗，王安石一直关注着远在黄州的苏轼。苏轼的诗词、散文、书法、绘画，让王安石深感着迷。艺术在不知不觉中，弥合着二人在政治上的巨大鸿沟。相别时，王安石发出这样

1 木心：《文学回忆录》，上册，桂林：广西师范大学出版社，2013 年，第 499 页。
2 今河南省临汝。

的长叹：

“不知更几百年，方有如此人物！”

王安石不幸言中了。

像苏轼这样仅次于上帝的人，在历史中果然成了绝版，徒留我们这些庸碌之徒，站在自己的时代里，发出千年一叹。

2015年8月31日动笔于北京，10月11日完稿于成都

10月14日—11月4日一改（重写）于北京

11月13日—15日二改于北京

《清明上河图》的矛盾与统一

一

在关于《清明上河图》卷的争论中，有许多是关于时间的，即:《清明上河图》卷所绘，到底是什么时节的景象，对于这等最基本的问题，学术界依旧是一头雾水。有学者认为，《清明上河图》嘛，所绘的自然是清明时分，东京人“上河”的景象。“清明”指清明节，郑振铎先生说:“(《清明上河图》卷所绘的)时节是‘清明’的时候，也就是春天的三月三日，许多树木还是秃枝光杈，并未长叶，只有杨柳的细条已经浅浅地泛出嫩黄色来，天气是还有点凉意，可是严冬已经过去了……我们的画家张择端就选择了这个清明节，布置着他的人物和景色。”[1]

而“上河”，就是到汴河去，这里的“河”，是指汴河。我们今天把到街上去叫“上街”，到学校去叫“上学”，到单位去叫“上班”，这个“上”，其实等同于“上河”的“上”。

1 郑振铎:《〈清明上河图〉的研究》，见《郑振铎全集》，第十四卷，石家庄:花山文艺出版社，1998年，第186页。

作为时间的“清明”，与作为事件的“上河”，是怎样连接的呢？对此，“清明上河学”首倡者、河南大学教授周宝珠有细致的阐述：

> 为什么要清明上河？这是研究《清明上河图》者最关心的一个问题，即使普通观众也会首先问及这一点。汴河牵动黄河三分之一的流量，一年之中，自农历三月始，至入冬前，均可通航。黄河在冬季进入枯水季节，水少断流，或者水浅结冰，无法保证汴河用水。再者，汴河引用黄河水，泥沙沉积严重，河床日益增高，每年冬季的枯水断流之时，都要趁机进行清淤，以保证来年通航，这在宋代已形成一种制度。正由于此，汴河在春季通航时，按宋制规定：“发运司岁发头运粮纲入汴，旧以清明日。”神宗元丰时，导洛入汴成功，又称清汴工程，目的在于使汴河延长通航时间，头运纲船可以提前到二月初前后。由于洛水流量小，还需要黄河水作补充，老问题依然存在。开封冬季天寒，汴河之水也经常结冰，要通航就得破冰而行，颇多不便，终难使汴河一年四季都可使用，故在北宋末不得不恢复旧制。总而言之，在清明前后纲船到来之时，“汴渠

春望漕舟数十里”，形势非常壮观。物资百货源源不断运到东京，商业贸易顿时活跃起来，甚至一个冬季不曾通信或往来的亲友，也有这个时候接通关系，汴河桥头就成为人接亲送友的地方。本来，清明节习俗很多。张择端在画中仅用很少画面去反映上坟、纸马店之类的事物，点明是清明时节即可，而把大量篇幅着重描绘“上河”，这在东京是时俗，也是最能反映东京神韵之所在。如果说，没有对东京生活的高度洞察力，那是绝对画不出《清明上河图》来的。[1]

曾经撰写过专著《宋代东京研究》、对宋代之东京了如指掌的周宝珠教授，从航运的角度解读汴河在清明通航时汴京城的盛大景象，颇有说服力。许多学者也确信，《清明上河图》描绘的是清明时节东京人“上河”的景象无疑。张安治先生说：“选择清明节这一天的活动也是很有意义的。这一个青春的节日给广大人民带来了蓬勃的活力和希望；清明‘踏青’是一个古老的风俗，是为了纪念先人或亲人进行一年一度的扫墓，使长久禁闭在小天地中的封建社会的妇女和儿童

1　周宝珠：《〈清明上河图〉与清明上河学》，原载《河南大学学报（社会科学版）》，1995年第3期。

也能够得到一次郊游的机会。中下层的工商业者和小市民也都呼朋唤友，上柳绿杏红、春水微波、芳草如茵的郊野去呼吸一下春天的气息。”[1]

总之，把《清明上河图》卷表现的内容定位于清明时节，几乎成为艺术史家们的共识，甚至常识，比如薄松年先生在《中国绘画史》中说:《清明上河图》“反映了12世纪初期北宋首都开封清明节时的景况”[2]。

二

但问题依然存在，因为长卷中有许多细节，并非指向清明节，而是其他时节。这一点，也曾引起研究者的注意。总结起来，有以下几个疑点:

疑点一：孔宪易先生指出，在《清明上河图》卷的开场，画着两个赶脚者，赶着五匹驴子，穿过一片枯枝寒树，踽踽而行，而驴子驮负的物资，是过冬用的木炭。[3]《东京梦华录》记:“有司进暖炉炭，民间皆置酒作暖炉会也”[4]，这是每年“十

1　张安治:《张择端〈清明上河图〉研究》，见辽宁省博物馆编:《〈清明上河图〉研究文献汇编》，沈阳：万卷出版公司，2007年，第171页。

2　薄松年:《中国绘画史》，上海：上海人民美术出版社，2013年，第175页。

3　参见孔宪易:《〈清明上河图〉的“清明”质疑》，原载《美术》，1981年第2期。

4　［南宋］孟元老撰、邓之诚注:《东京梦华录注》，北京：中华书局，1982年，第218页。

月一日”的事。农历十月，相当于公历的十一月，此时天气已寒，“宰臣已下受衣着锦袄”[1]了，所以才会烧暖炉以御寒冬。假如像郑振铎先生所说，“严冬已经过去”，春天已然到来，为什么还要运输木炭呢？假如有人要在春季就囤积木炭，不仅要支付春、夏、秋三季的库存费用，而且在秋季出售或者使用的木炭都已经折旧，岂不脑残？而且，北宋已经使用煤炭（当时称石炭），煤的价格是每斤四文钱，而木炭的价格是每斤五六文钱[2]，有谁会在这个天气转暖的季节，去做木炭生意呢？

疑点二：接下来看到一个村庄，茅屋错落，可谓“一望二三里，烟村四五家”。中间的空场上，放着三只石磙，似乎刚刚打过庄稼，而画面上广阔的田垄之间，并无禾麦青青，这不符合汴京为北宋产麦区的情况，如此“踏青”，实在是无“青”可“踏”。

疑点三：孔宪易、高木森等学者都注意到，就是虹桥之南，那座高高耸立的彩楼欢门上悬挂着一面写有“新酒”广告的酒旗。对照《东京梦华录》，可知“诸店皆卖新酒”的时间是在“中秋节前”[3]。《都城纪胜》等书说：“中秋前后沽新酒”，

1 ［南宋］孟元老撰、邓之诚注：《东京梦华录注》，北京：中华书局，1982年，第218页。

2 参见程民生：《宋代物价研究》，南昌：江西人民出版社，2021年，第418页。

3 ［南宋］孟元老撰、邓之诚注：《东京梦华录注》，北京：中华书局，1982年，第215页。

可以佐证，“新酒”上市的时间，当在中秋前后。

韩顺发先生在《〈清明上河图〉中的酒店》一文中说：“宋代除饮新酒外，又有‘老酒’‘小酒’‘大酒’之别。”其中，“‘老酒’是以麦曲酿酒，密封藏之，可数年。”“‘小酒’是一种春秋两季随酿随售的酒。”“大酒”则是比小酒酿造质高未醇的酒。因此，新酒、老酒、小酒、大酒，各自有别，《清明上河图》卷中标出了卖新酒、小酒的酒家，那些没有标出的，像孙羊正店，售卖的就可能是大酒和老酒。[1]

疑点四：在虹桥附近，人群熙攘之处，有许多持扇子的人，比如“十千脚店”里的食客、头戴笠帽骑着马匹的官员、站着听说评词的老人、以扇遮脸的落魄文人……总共不下十个。此外画中有多人头戴草帽、笠帽用来遮阳。在画中，还散布着兜售解暑饮料的小店，比如在虹桥之南，有售卖“饮子”的小摊，等等。这些都说明当时天气暑热，并非春寒料峭时节……

有关《清明上河图》卷画名画意的争论就此展开，“春景论”和“秋景论”都没有妥协的意思，且旁征博引，不断夯实自己的论点。这些争论的好处，是把人们的目光引向《清明上河图》的细节，也引向宋代的市井民情，使“清明上河

1　参见韩顺发：《〈清明上河图〉中的酒店》，原载《河南大学学报》，1986 年第 4 期。

学”沿着“微观研究”的路径一路挺进。“春景说”认为：木炭为一年四季必备之燃料；村庄的空场上未见丰收之谷物，因此不是秋季[1]；卖“新酒”的时间不是中秋节一次，其余节令甚至岁末均有新酒如赵抃诗云：“更上高峰尽高处，黄花新酒醉重阳”，这是重阳节饮新酒，张耒诗云：“家家新酒滴新醉，残岁峥嵘春欲回”，这是岁末饮新酒[2]；关于《清明上河图》卷中的扇子，北宋寒食节、清明节都有以扇子“扑搏”（一种赌博或类似的游戏）和“便面”（文人雅士以扇障面避免寒暄）的习俗，图中的落魄文人与得意官员狭路相逢，他只好以扇遮面，以免显得尴尬，因此，北宋的扇子具有多种用途，并非只为拂暑扇凉之用[3]。

来自美国斯坦福大学的艺术史博士彭慧萍引述气象史文献来考察《清明上河图》卷的季节范围，把孔宪易等人曾经指出的《清明上河图》卷中人物穿着问题引向深入，从而出现了一个更深的疑点。

1 参见周宝珠：《〈清明上河图〉绘的是春景而非秋景》，原载《美术》，1994 年第 8 期。

2 参见周宝珠：《〈清明上河图〉绘的是春景而非秋景》，原载《美术》，1994 年第 8 期。

3 参见沈从文：《中国古代服饰研究》，太原：北岳文艺出版社，2002 年版；周宝珠：《〈清明上河图〉中的扇子》，原载《开封文博》，1993 年第 2 期；周宝珠：《〈清明上河图〉绘的是春景而非秋景》，原载《美术》，1994 年第 8 期；孔庆赞：《谈〈清明上河图〉所绘的气候》，原载《开封大学学报》，1995 年第 12 期。

疑点五：画中穿单衣短褐者多达55人，其中仅着短裤者多达47人，更有多人上身赤膊或赤臂。无论是赤膊上阵，还是轻衫短袖，都不是乍暖还寒时节的穿着。这是否意味着北宋末年，清明节的气温较高，让老百姓纷纷脱下长衫，换上短打？

东、西方历史气象学家对于宋代气候的研究结果完全相反，他们不约而同地发现，在北宋徽宗末年到南宋中期的1110至12世纪90年代这段时间里，正处于一个此前数百年罕见的低温寒潮期，这一时期的异常低温，在中国表现得更加明显，我在《故宫的古画之美》一书中写到《张择端的春天之旅》，开篇即从北宋末年的那场大雪写起。那是因为我在史料中查到了关于当时气候的大量记载。而那时的气候条件，从宋代绘画上也可见端倪。所以我在《风雪》一文中说："一入宋代，中国绘画就呈现出大雪凝寒的气象。"故宫博物院藏《渔村小雪图》《江山归棹图》《芦汀密雪图》这些宋代绘画，无不透露出彻骨的寒意。彭慧萍提示："宣和末至南宋初正好为极冷低温时段，然《清明上河图》却描绘多人赤膊、赤臂或仅着短裤。故凡认为《清明上河图》成绘于宣和末或南宋初清明节者须格外考虑此一问题。"[1]她结合宋代文献中对气象

1　参见彭慧萍：《小冰期时代的赤膊者——〈清明上河图〉的季节论辩与"写实"神话》，见故宫博物院编：《〈清明上河图〉新论》，北京：故宫出版社，2011年，第51—53页。

的记录，得出这样的结论："历史情境中1100—1186年间的寒食节、清明节应较当今更冷更低寒。张择端于初春时节体验目睹的人物穿着，应较《清明上河图》画中所见的赤膊、短袖更为厚实。"[1]

在林林总总的疑点之上，高木森先生对《清明上河图》卷的画名和画意提出新解：所谓"清明"，非指时间，而是一个地名——清明坊。据《宋会要辑稿》，汴京内外城及郊区共分一百三十六坊，外城东之郊区共分作三坊，第一坊就是清明坊，即东水门地区，这正是《清明上河图》所绘制的地区。《东京梦华录》有这样的记载："从东水门外七里曰虹桥，其桥无柱，皆以巨木虚架，饰以丹雘，宛如飞虹"[2]，与《清明上河图》描绘的场景完全吻合。而"上河"，也不是"上河边去"，"上河"不能作为动词解释，而应该作为名词解释，金维诺先生认为，"上河"是"汴河"的别称，"上河"就是"汴河"，"汴河"就是"上河"。如此，《清明上河图》的意思，就是"在清明坊附近的汴河景象"。

还有一种解读，认为"清明"两字既与时间（清明节）

---

1 参见彭慧萍：《小冰期时代的赤膊者——〈清明上河图〉的季节论辩与"写实"神话》，见故宫博物院编：《〈清明上河图〉新论》，北京：故宫出版社，2011年，第54—55页。

2 〔南宋〕孟元老撰、邓之诚注：《东京梦华录注》，北京：中华书局，1982年，第27页。

无关，也与地点（清明坊）无关，而是一种政治寓意，代表着“政治清明”，是对盛世王朝的歌功颂德[1]。但故宫博物院余辉先生多次在有关《清明上河图》卷的专著中指出，《清明上河图》卷里暗藏着许多社会危机[2]，因此，《清明上河图》卷非但不是歌功颂德，反而构成了对那个时代的“盛世危言”。如果把“清明”两字非要往“政治清明”的方向上扯，那么，《清明上河图》卷上描绘的受惊奔逃的马、街上的乞丐、即将撞向桥头的船只、官衙门口坐着的懒散的士兵这些隐含着忧患意识的图景，又该作何解释呢？

三

在《清明上河图》卷上，主张“春景论”的学者们看见了春景，认同“秋景论”的学者们则看见了秋景。《清明上河图》引起纷繁的众议，一个很重要的原因，是《清明上河图》本身就是一个充满矛盾的画卷。一千个人心中有一千个林黛玉，一万个人心中有一万张《清明上河图》。是张择端，给后

1　参见邹身城：《〈清明上河图〉的命名》，原载《河南大学学报（哲学社会科学版）》，1986 年第 4 期；萧琼瑞：《〈清明上河图〉画名意义的再认识》，见辽宁省博物馆编：《〈清明上河图〉研究文献汇编》，沈阳：万卷出版公司，2007 年，第 576 页。

2　参见余辉：《隐忧与曲谏——〈清明上河图〉解码录》，北京：北京大学出版社，2015 年版；《〈清明上河图〉面面观》，北京：故宫出版社，2020 年版；《〈清明上河图〉深度游》，沈阳：辽宁美术出版社，2021 年版。

世的研究者们提供了各取所需的可能。

仔细观察《清明上河图》，我们自会发现，图上不只有春景和秋景，还有冬景和夏景：画卷伊始，枯树寒柳之间，那五只驴子，驮的是过冬的木炭，前面说了，对照《东京梦华录》，知道那是十月，在农历里，十、十一、十二月是冬季；在城乡接合部，有五人在寒风中前行，女主人和男主人骑在驴上，裹着厚衣，头戴风帽，其余几人亦将双手蜷入袖内，一副瑟缩怕冷的样子，这无疑是冬季的景象，至少是冬日将尽，春暖花开的日子还没有到来（或者秋天已过，冬日已经来临）；随着画幅的展开，人们的衣衫愈发单薄，道路两边，雨棚、雨伞渐渐多了起来；而当乡村远去，河流横亘，人们看到的却是水流湍急，尤其在虹桥之下，急流裹挟着一艘大船，即将撞向桥头，成就了全画最紧张、最高潮的段落。那决然不是河水刚刚解冻时的景象，而分明是夏季涨水季的景象。更不用说，画面上越来越多地出现了赤膊或赤臂、仅着短裤者，在衙门外，甚至有衙役脱下裤子，在大树下酣睡纳凉……

如果我们把《清明上河图》分解来看，它的每一个局部都是各自成立的，但放在一起，就出现了逻辑上的混乱，有如“剪辑错了的故事”，出现了太多的“自相矛盾”。画面上的景物与人物，不像处在一个相同的时间之内，而是分散在

各自的时间里，一如林木先生所言：“（对）每一个局部的考证大都能成立，这使得各行各业专家们的《清明上河图》研究都十分成功。但当我们要把这些真实的局部完全拼凑在一起构成一个完整的方位环境图像时，运气就不如前者了，因为很难完全符合文献的记载。《东京梦华录》等古代文献用于全景式考证的原型意义在《清明上河图》研究时往往要失去作用，甚至连以前似乎正确的局部考证也往往会失去其本来的意义，而让这种研究陷入混乱和无意义。”[1]

我们知道，《清明上河图》卷被称为“写实之终极”，画家张择端对于现实的捕捉与再现能力，可以说古今无二。举一个细小的例子：我们看《清明上河图》卷中的缆绳，张择端不是简单地画成一条线，而是画成两条平行线，在这样一幅宏观全景式的巨作之上，人众如蚁，场面宏大，用两条线勾出缆绳的外廓，粗细要均匀，还要带出重量和质感，这不是一件容易的事，在一条船船尾的篷顶上，还散落着几圈缠绕的绳子，也一律是双线勾勒，缠绕的顺序有

1 林木：《〈清明上河图〉研究与中国古典意象艺术体系中的写实传统——从〈清明上河图〉虹桥与城楼的研究置疑“〈清〉学”研究方法》，见故宫博物院编：《〈清明上河图〉新论》，北京：故宫出版社，2011年，第36页。

清明上河图局部

北宋，张择端，故宫博物院藏

条不紊，足见画家对于细节拿捏得多么精准自如，纤毫毕现。

类似的细节，在《清明上河图》卷上不知能找出多少。像《清明上河图》卷这样一幅史诗级的图卷，是由无数个局部的图像汇集成的，每一个局部都是一幅单独的画面，向观者提供丰富动人的细节。《清明上河图》既是宏观的，又是微观的，那些看似微小的细节，让整卷绘画流动起来，生动起来，宛如一条浩荡不息的大河，不知汇进了多少细小的水滴。像张择端这样一位功力深厚的画家，在完成《清明上河图》这样一件浩大而精微的伟大作品之前，必定是经过了漫长的准备、缜密的规划、耐心的经营的，不可能出现如此众多的、没心没肺的"错误"。因此，在我看来，上述这些"混乱"并非来自《清明上河图》卷本身，而是来自我们这些观者。假如画面上出现了如此大面积的"错误"，这很可能说明它们原本就不是什么"错误"，而是我们压根儿就没有读懂。

在我看来，《清明上河图》卷是一部含纳了春夏秋冬四时（古人不说"四季"，只说"四时"）的画卷，有如《诗经》里的《七月》诗，"七月流火，九月授衣……"伴随着时令季节的推进，排布出人世间的沧桑与繁华。

四

我这样讲，不是要当和事佬，为《清明上河图》卷的画名画意之辩和稀泥。我这样说，是基于中国绘画有着特殊的表现形式，并由此延展出中国画家特有的时空意识。

我在《故宫的古画之美》一书中开篇即说：“中国早期找得出画家名字的绘画，大抵上都采取了横卷的形式。”关于“卷”，徐邦达先生有这样的定义：“裱成横长的样式，放在桌上边卷边看的叫作‘卷’。”而竖长的挂轴、条屏，大约到北宋时代才渐渐流行。[1]

也就是说，这种“横卷的形式”，亦即“手卷”，在晋唐之际的绢本或纸本绘画中，成为中国绘画的主流形式。这种横卷或者手卷，又带来了中国人观看绘画的方式的不同：当一个观画者观赏一幅手卷时，他要用左手展放，同时用右手来收卷，于是，他能够看到的画幅，相当于双手之间的长度（约一米左右），不像现在博物馆的画展那样，把古代绘画抻平拉直，放在展厅里，大家观看时，画卷静止，观者走动。因为手卷是在手中一截截地展开的，因此观者看到的画面，永远只是一个局部（这或许就是张择端特别强调局部的

1　参见徐邦达：《古书画鉴定概论》，北京：故宫出版社，2015年，第65—66页。

原因），而那展露的局部，又随着他双手的放—收动作一点点地移动。所以，中国人看手卷与欣赏西方绘画不一样。西方的油画，无论画幅多么巨大，都是一览无余的。观者的目光可以覆盖绘画的全部，因此对油画的观看是一种“共时性”（synchronic）观看，而中国人对于一幅手卷的观赏则不是“共时性”的，不可能在同一个时间里一览无余，新的图景依次出现，看过的图景则被逐渐收卷起来，消失了，因此是“历时性”（diachronic）的，就像我们今天看电影那样，要在一个时间的跨度内才能完成观看，看画也不能称为“看”（一下子就完成的“看”），而是“赏”（较长时间一直在看），因此我把手卷称为古代的“电影”。

中国古代许多人物画长卷，如东晋顾恺之《洛神赋图》卷（北京故宫博物院藏）、五代顾闳中《韩熙载夜宴图》卷（北京故宫博物院藏）、南宋李唐《晋文公复国图》卷（美国纽约大都会艺术博物馆藏），都是表现重大题材的电影大片，其中《洛神赋图》卷，还是表现人神之恋的玄幻大片。《洛神赋图》卷，故事贯穿三天两夜，因此，烛光在长卷中出现了两次。在这样一个时间长度中，男女主人公（曹植与洛神）展开了他们的爱情故事，画面上的剧情，也可以大致分成四幕：相遇、相伴、相思、相别。《韩熙载夜宴图》卷也是同理，可以分成听琴、观舞、休闲、清吹、调笑五场大戏，把南唐末年的一场夜宴一点点推向高潮。它是一出五幕话剧，或者一部情节跌宕的电影，而不是电影中的一个镜头。

不仅人物画如此，山水画也有类似的情况。比如北宋王诜《烟江叠嶂图》卷（上海博物馆藏），我们看到的，是云山高叠、丛林茂盛的夏日图景，但仔细看，可以发现瀑布下的树丛间，点染秋天的红叶，透露出秋天的消息。由于现存的残卷只是原卷的四分之一，假若其余四分之三尚在，或许我们还会看到其他季节的景象。

因此，中国古代许多绘画长卷，里面都包含了一个时间的长度，这使绘画长卷有了很强的叙事性，可以完整讲述某个事件发生、发展的过程。它们不是像一张照片、一个镜头，只抓取瞬间的影像，而是像电影（纪录片）一样，记录了一个较长时段的影像。西方古典绘画，无论他们的透视学多么发达，也只描绘一个“3D”（三维）的世界，只能包含事物的长、宽、高，而中国古代绘画，不只是“3D”（三维）的，更是“4D”（四维）的，那多出来的一“D”（一个维度），就是时间。至于哪种绘画更加优越，已经无须多言了。这正是中国古代艺术赋予我们文化自豪感的原因之一。因此，只有通过“历时性”的观看，才能真正理解其中的内容，否则，画中的人物（如《洛神赋图》卷里的曹植与洛神、《韩熙载夜宴图》卷里的韩熙载）为什么会反复出现，对时间的暗示为什么不一致，就显得不可理解了。

因此，当我们面对长达5.28米、包含着684个人物、122座房屋、29艘船艇的《清明上河图》卷，我们不应当仅从“规模宏大”的意义上去理解它，而是要把它放在“历时性”观看的原则下去解读。也就是说，这一长卷的长度，所展现的不只是物理的长度，还是时间的长度。它是一部电影，更准确地说，是一部纪录片。就像《韩熙载夜宴图》卷的镜头从夜宴初起持续到意兴阑珊，就像《洛神赋图》卷的故事贯穿了相遇与别离一样，这部名叫《清明上河图》的纪录片，记录的不是某一天（如清明节）的生活，而是包含了一年的四时，记录了汴河两岸各阶层百姓的劳作与生息、光荣与苦难。在此，我不妨做一个大胆的推测：卷首的枯木寒林，描绘的是一片荒芜的冬景；从踏青返城的队伍（轿上插柳是清明节的标志）到木船在汴河中平稳航行，杨柳依依，春水漫漫，是清明前后的图景；从水流湍急的虹桥一直到画尾，是喧嚣热闹的夏日（当然,《清明上河图》卷的时节转换是渐变的，不宜寻找一个准确的地标，在此姑妄言之）；而长卷在赵太丞家附近戛然而止，结束得甚为唐突，我相信《清明上河图》卷的结尾是被截去的，而那截去的部分，应当是汴京城的秋天。

五

关于《清明上河图》卷尾是否有被截去的部分，也是长期困扰学术界的一个问题。郑振铎先生认为："这个长卷到了这里截然中止，令人有'不足'之感。"[1]孙机先生说："(《清明上河图》卷）经过一处十字路口，画卷就戛然而止，分明是一个残卷。"[2]余辉先生则认为《清明上河图》全卷基本完整，缺少的是卷首部分，约在一尺以内[3]，"由于该卷在北宋装裱后又经过数次重裱，这种被装裱师数次切边造成卷首、卷尾有残缺的现象是比较多见的，树干虽有残缺，但树的重心特别是树枝纷纷向画幅内斜倚，显然，这里已经是结尾了"[4]。

在这里，我与余辉先生的看法略有不同。我认为《清明上河图》卷尾是被裁切截断的，因为《清明上河图》卷从荒疏到繁密，从寂静到热烈，有一个渐变的过程。无论我们把《清明上河图》卷当作一首交响曲还是一部电影，它的整个

1　郑振铎：《〈清明上河图〉的研究》，见《郑振铎全集》，第十四卷，石家庄：花山文艺出版社，1998 年，第 186 页。

2　转引自戴立强：《也说〈清明上河图〉的"全""残""补"》，见辽宁省博物馆编：《〈清明上河图〉研究文献汇编》，沈阳：万卷出版公司，2007 年，第 760 页。

3　余辉：《隐忧与曲读——〈清明上河图〉解码录》，北京：北京大学出版社，2015 年，第 198 页。

4　余辉：《〈清明上河图〉面面观》，北京：故宫出版社，2020 年，第 76 页。

叙事是有节奏、有线条感的。这个节奏，在整幅画卷进入到高潮部分的时候突然中止，这是不正常的。赵太丞家门口的街巷，怎么看怎么不像整个长卷的结尾。至于余辉先生说到“树枝纷纷向画幅内斜倚”，那也只是整棵树被截去一半之后的残余姿态而已，并不像是画家有意的收尾。

之所以说“略有不同”，是因为我认为《清明上河图》卷尾虽被裁掉了，但裁掉的部分，并不像郑振铎先生、孙机先生估计的那么多。郑振铎先生、孙机先生认为，“《清明上河图》的场面还应该向前展开，要画到金明池为止”[1]，那样，《清明上河图》就会变成一幅没有边际、包罗万象的超级长卷，是不现实的。明代李东阳一生中曾三次观览《清明上河图》卷，并且两次留下跋文。他在公元1510年所写的跋文上已经写明了，《清明上河图》“长二丈有奇……其卷轴完整如故”，也就是说，李东阳看到过《清明上河图》的“完整版”，它的长度是二丈多，按明代一裁尺约合今34.1厘米计算，二丈就是682厘米，“二丈有奇”，有可能达到7米多，比目前残存的5.28米《清明上河图》卷要长1米多。

如此算来，《清明上河图》卷是少了一段的。至于它何时被截断，为什么要截断，已经无法知道，那被截掉的一段，

1　郑振铎：《〈清明上河图〉的研究》，见《郑振铎全集》，第十四卷，石家庄：花山文艺出版社，1998年，第186页。

也在岁月中消失了。被截断的长度，不算长也不算短，大约1米多。那消失的1米多，很可能就是一段被裁掉的秋天。有了那个秋天，汴河岸边那座大城就有了完整的四季，画中因季节而出现的矛盾，都因为我们把时间尺度由“一天”放大到了“一年”，而不再成为矛盾。

《清明上河图》容纳了汴京城一年中的季节变换，它可以是某一个特定的年份，也可以是任何一个年份。假若我们把《清明上河图》卷首和（已消失的）卷尾连接起来，就会形成一个闭环，像一圈完整的年轮，让汴京城的春夏秋冬运转轮回，永无止境。仿佛张择端已经预见了后来的灾患，于是以这样的方式，让这座喧嚣盛大、繁华耀眼的大城，在绢上得以永恒。

2021年8月24日至9月4日

原载《光明日报》2021年10月22日

宋徽宗的光荣与耻辱

一

宋徽宗赵佶端详着《清明上河图》，半天没有说话。那些楼与船、词与物、光与影，一定让他的心里震了一下。一瞬间，他看见了属于自己的辉煌时代。它凝聚在那条河上，即使在夜里，依旧光芒耀眼。他感到一阵恍惚，对于河流所代表的岁月无常，他没有，或者说不愿太多去想。那时的他一定不会相信，他目力所及的繁华，转眼之间就会蒸发掉，甚至连这座浩大的城——包括那些苍老的城墙、笨重的石像，居然也会消逝无踪。很多年后，它们只能带着日暮的苍凉和大雪的清芬，定格在他的记忆里，供他在饥寒交迫的五国城，一遍遍地反刍。

明代陈霆《渚山堂词话》中记载，徽钦二帝被金人押解着一路北上，一天夜里，他们露宿林中，在凄冷如刀的月光下，听见有胡人吹笛，赵佶悲从中来，口占一首《眼儿媚》，那份悲凉凄切，丝毫不输给南唐后主李煜的《虞美人》：

玉京曾忆昔繁华，
万里帝王家。
琼楼玉殿，
朝喧弦管，
暮列笙琶。
花城人去今萧索，
春梦绕胡沙。
家山何处，
忍听羌笛，
吹彻梅花。

陈霆说当时宋钦宗应和了一首，只是因为“意更凄凉”，所以他不忍心录下。[1]

此时的宋徽宗，面对着《清明上河图》，对于那场逃不过的劫难却没有丝毫的预感。他仿佛亲身穿过了一个又一个古老的街区，踌躇满志地在辉煌的都城里漫步。对于眼前这个翰林画院里的年轻画师，他没有放在眼里，除了用瘦金体为这幅画题了“清明上河图”五个字，再轻轻钤上自己的双龙小印，以体现皇恩浩荡，就再也没有对他多瞟过一眼。

1　参见〔明〕陈霆：《渚山堂词话》，见《景印文渊阁四库全书》，总第一四九四卷，集部，第四三三卷台北：台湾商务印书馆，1983年，第545、546页。

如果他仔细看那幅画，定会看见在繁华的背后，凶险早已暗潮汹涌，各种不同型号的陷阱，正等着人们投奔。对此，张择端已经通过那艘即将撞向桥侧的大船做出了委婉的暗示。一种不安的情绪在城市里晃动，并且正向城市的每一个角落扩散——有商人在经历了千辛万苦的跋涉后，在城门口与税官大声争吵；有乘轿者和骑马者在虹桥上躲闪不及即将迎面相撞；有人用车推着尸体，尸体上遮盖的，竟然是被撕成碎片的名人书法；有人在“赵太丞家”的药铺里，面孔焦虑地求药……没有人知道所有事情的来龙去脉，但即使是片断，也让人悚然心惊。只是这些纷乱的场景，被繁华浩大的城市景象裹藏起来了，只有细心的人才能把它们遴选出来。

这个华丽的时代犹如一个巨大的黑洞，把所有的呼喊都吸住了，或者说，他们的呼喊，在一片歌舞升平中显得无足轻重。他们就像默片里的演员，想奋力挣扎呼喊，却发不出丝毫的声音。张择端想为他们代言，但身为帝国画师，他不能把这一切都挑明，只能把这些暗示当作密码，编进《清明上河图》，等待着皇帝自己觉悟。

张择端不能明言，是因为对于任何政治上的反对派，赵佶都不留情面，尤其在蔡京掌权以后，他们一君一臣配合默契、珠联璧合，堪称黄金搭档。蔡京的艺术造诣不俗，被赵佶视为艺术上的知音，赵佶在做端王的时候，就曾花费两万贯买过蔡京的书法作品，可见他的热衷程度，蔡京的青云直上，无疑是“知识改变命运”的杰出范例。然而，宋朝政治家中，艺术大师比比皆是，蔡京之所以脱颖而出，主要还是因为他有非同寻常的“政治头脑”，在北宋复杂的“路线斗争”中能见风使舵、左右逢源，从而在风云变幻的官场上站稳脚根，尤其当赵佶急于摆脱司马光一党的影响时，曾经唯司马光“马”首是瞻的蔡京更是挺身而出，成为赵佶坚定的政治盟友。实际上，无论昔日司马光清算王安石，还是今日宋徽宗对司马光展开“大批判”，蔡京都站对了“立场”。他立场转得飞快，表明他根本就没有“立场”。皇帝需要什么，他的立场就是什么；或者说，头上的乌纱帽，是他唯一的立场。

王朝的政治，在这种陀螺似的转向中，不仅没有了稳定感，更没有了庄严感，即使宋徽宗决心为王安石变法张目，仍然成了一场滑稽戏，原因是他把这种“拨乱反正”当作了党同伐异的政治手段，或者说，他的心里没有原则，只有权术。

他先是将司马光、吕公著等120人打为奸党，继而又下诏追查各级官员在元符末年的政治言论，据此将所有官员分为“正”“邪”两种，“正等”重用提拔，“邪等”打翻在地。如同一切政治运动一样，这场轰轰烈烈的划线运动同样会“扩大化”，也可以说，这种“扩大化”是有意为之的，因为只有这样，才能给政治上的对立面安上罪名，名正言顺地消灭掉。比如章惇、曾布等人，本不是司马光的同党，只因反对过赵佶即位（赵佶是神宗第十一子，嫡庶礼法，本无继位的资格）、揭露过蔡京等人的丑行，就被打入“奸党”行列；户部尚书刘拯因对这种“斗争扩大化”的做法抱有微词，也被朝廷放逐，朝廷的言路，就这样被他们封堵得严严实实。宋徽宗还下诏，禁止党人讲学，禁止他们的子弟进入都城；更凶狠的是，他把司马光所有支持者的著作、文稿一律毁版焚烧，其中包括苏洵、苏轼、苏辙、黄庭坚、秦观等人的文集。那些精湛绝伦的宋刻本，就这样在历史中永远地消失了，变成了崇宁年间一缕缕浓黑的烟雾，造成了汴京城严重的空气污染；他们的书法真迹，则变成一堆堆的碎片和垃圾，其中一片被张择端拾起来，悄悄放在《清明上河图》里那辆收尸车上，变成用来遮盖尸体的苫布。

那具被遮盖起来的尸体，或许就是元祐党人的政治遗骸。

对于张择端的叙事阴谋，宋徽宗无动于衷。

二

或许是《水浒传》里“杨志押送金银担，吴用智取生辰纲”给我的印象太深了，说到宋徽宗赵佶，我最强烈的印象，还是他对石头的偏爱。他苦心营造的皇家园林——艮岳，位于汴京的东北部，方圆十余里，高达八九十步，有泗滨、淋滤、灵璧、芙蓉诸峰耸立，有洞庭、湖口、慈溪、仇池之渊错落。为了看到云雾缭绕的景色，宋徽宗还下令有司制作油绢囊，用水浸湿，清晨悬挂在峰峦之间，吸入雾气，等皇帝驾临时，再将卷囊打开，被吸收的云雾就会徐徐释放出来，于是有了一个专有名词:“贡云”。

差不多与此同时，一座辉煌的建筑群体新延福宫也在建设之中。胜利是需要纪念的，而纪念的最好方式，就是营建巨大的宫殿。原因很简单，宫殿是权力的最大载体，而这个载体，不仅是不可抹杀的，而且是最直观的——它比文字更直观，也更有传播力，更能广而告之，更带有某种公告的性质。它不可置疑的权威，是通过它的空间感，而不是文字的修辞来实现的。无须通过阅读，每个人都能在第一时间感受到宫殿的威严。因此，没有任何事物比宫殿更具有“纪念碑性”（monumentality）。

蔡京毕竟在复杂的政治斗争中经过风雨、见过世面，他知道皇帝此刻最需要什么。于是，当这场轰轰烈烈的政治运动取得了“阶段性成果”，蔡京就不失时机地提出了“丰亨豫大”的口号，意思是要大力宣扬繁荣昌盛的帝国景象。赵佶也一改宋太祖艰苦朴素的低调作风，把太祖有关“糖衣炮弹”的谆谆教诲全部当作耳旁风，启动了一系列国家重点工程，决心让帝王的意志在中原大地上爬升到顶点，其中最著名的工程，就是在汴京大内北拱宸门外修建的新延福宫。

根据历史的记载，新延福宫由五个风格各异的区域组成，故称“延福五位”。为更好地完成这一光荣的政治任务，朝廷成立了以蔡京为首的工程领导班子，内侍童贯、杨戬、贾祥、何䜣、蓝从熙等五位大太监，分别监造五大区域。宫内殿阁亭台，连绵不绝，凿池为海，引泉为湖。文禽奇兽等青铜雕塑，千姿百态；嘉葩名木及怪石幽岩，穷奇极胜。

宋徽宗有着强烈的恋物癖，他的宫苑，也很快成为存放精器美物的大仓库。宋徽宗收藏有一万多件商周秦汉时代的钟鼎神器，还有数千工匠精心制作的象牙、犀角、金银、玉器、藤竹、织绣珍品。俞剑华先生在1937年由商务印书馆出版的两卷精装本《中国绘画史》中评价他说：“政事之暇，惟好图画。内府所藏，百倍先朝。”[1]郑欣淼先生在论述两岸故宫文物藏品的专著《天府永藏》中也特别提到：“中国历代宫廷都收藏有许多珍贵文物，到宋徽宗时，收藏尤为丰富。《宣和书谱》《宣和画谱》《宣和博古图录》，就是记载宋朝宣和内府收藏的书、画、鼎、彝等珍品的目录。”[2]这些收藏，倒是为今天两岸故宫的文物收藏奠定了基础。仅他收藏的端砚，就有

1　俞剑华：《中国绘画史》，上册，上海：商务印书馆，1937年，第164、165页。

2　郑欣淼：《天府永藏——两岸故宫博物院文物藏品概述》，北京：紫禁城出版社，2008年，第3页。

听琴图轴

北宋，赵佶，故宫博物院藏

三千余方，著名墨工张滋制作的墨块，竟超过十万斤。

如果说宫殿凸现了帝王的权力，那么苑囿则创造了一个游戏性的空间，可以从容地安顿琴瑟、舞蹈、欢宴、嬉戏、书画、弈棋、做爱。

宫殿与园林形成了一种神奇的对偶，因为宫殿政治本身就是一场游戏，而苑囿里的游戏，本身也是权力的延伸。假如说前者是一个凸起在大地上的阳性的空间，那么后者就是一个以水池湖泊为代表的阴性的空间。一阴一阳，相互交替，构成了帝王生活的最重要的节律。

但宋徽宗似乎更加偏好山水林苑的阴性生活。这似乎与他的经历有关。赵佶出生在深宫，自小与妇人为伍，在他的成长历程中，后宫的世界就是他的世界，后宫的哲学就是他的哲学，这必然使他性格里缺乏剽悍气质，而变得阴柔婉转，甚至小肚鸡肠。他没有大开大合的政治气象，就像园林里的亭台楼阁、假山叠石，“制造出空间的变形、弯曲、交叠和自我缠绕”[1]。皇帝的后花园，是他精心打造的微观宇宙；皇帝通过它来实现着对世界的意淫。

于是，为了打造他的理想园林，他不惜代价，甚至到了丧心病狂的程度。一船一船的“花石纲”，从汴河运往京师。

1　朱大可：《乌托邦》，北京：东方出版社，2013 年，第 18 页。

蔡京的亲信朱勔掠到一块太湖石，高达四丈，为了运到汴京，专门制造了一艘大船，光纤夫就达数千人，途经之处，拆水门、毁桥梁、破城墙，为了宋徽宗一人的趣味，不知浪费了多少国有资产。宋徽宗不仅不动怒，相反给朱勔加官晋爵，并将这块巨大的奇石命名为“神运昭功石”。

明人林有麟《素园石谱》是一本有意思的书、一部图文并茂的“石头记”。里面记录的石头中，就有“宣和六十五石”。这些被纳入皇家的石头，如同后宫嫔妃，不仅形态妖娆，而且每块都有香艳的名字，诸如：瑞霭、巢凤、蕴玉、堆青、积雪、凝翠、吐月、宿雾……

到了明末，张岱还在吴门徐清之家见过一块巨石，高丈五，当年朱勔也是试图把它运至京师，可惜一搬至船上，巨石就沉入太湖底，令朱勔大失所望。类似无法搬运的花石纲，在江南遗落了很多。[1]

梁思成说：“艮岳为亡国之孽，固非无因也。”[2]艮岳初名“万岁山”，而明朝末代皇帝崇祯吊死的景山也叫“万岁山”，万岁之山，成为万岁的死穴，或许，这并非历史的巧合。

赵佶性格里游戏的天性，就这样因为他的艮岳而得到了

---

1 参见〔明〕张岱：《陶庵梦忆》，见《陶庵梦忆·西湖梦寻》，杭州：浙江古籍出版社，2012 年，第 24 页。

2 梁思成：《中国建筑史》，见《梁思成全集》，第四卷，北京：中国建筑工业出版社，2001 年，第 89 页。

最大程度上的激发。从某种意义上说，赵佶本性还是一个顽童，还停留在被妇人们看护和调教的未成年人阶段，不同的是，他此时已贵为皇帝，掌握着生杀大权，已没有人能够真正控制他的行为了。于是，他在艮岳这个大幼儿园里嗷嗷待哺，又为所欲为。他被身边的宠臣们围绕着，饮宴的时候，这些帝国要员居然一个个穿上“短衫窄裤，涂抹青红”，和艺人一起，满口市井浪语淫词，连起码的自尊都顾不上了。有一次，宋徽宗扮作一个参军上场，蔡攸在一旁喝彩：“好一个伟大的神宗皇帝！”宋徽宗用杖鞭抽打他，说：“你也是一个操蛋的司马光！”假若当年的韩熙载能够看到这样一幕，一定会愕然无语。

李煜身上携带的历史病菌早已传染给宋徽宗，他病入膏肓。李煜是死于宋徽宗赵佶的老祖宗、宋太宗赵光义（赵炅）之手。如果李煜打算复仇，最好的办法就是让赵光义的后代重蹈自己的覆辙。后来的事实没有让李煜失望，宋徽宗的宫苑很快成为整个帝国的腐化中心。只有如此巨大的空间，才能安放赵佶不断膨胀的欲望，这些宫殿园林刚好可以使他的欲望长驱直入。赵佶就像一枚快乐的精子，在宫殿的廊道内纵情游走。只有在它子宫般的温暖里，他才能感受生命的意义，哪管在与世隔绝的九重宫门之外，早已是狼烟四起，满目疮痍。

三

赵佶的瘦金体，简直就是从这样的人间仙境中生长出来的植物。

每次面对赵佶的墨迹，我都会想到植物，固然纤弱，固然任性，却如修竹兰草，有山林草泽的味道，也有植物的纤维感。

瘦金体以瘦命名，让我脑海里映出唐代颜真卿字体之肥。颜真卿的楷书，笔触圆润肥实，有敦实厚重之感，宋代米芾说他："如项羽挂甲，樊哙排突，硬弩欲张，铁柱将立，昂然有不可犯之色。"[1]实在有气势。据说颜真卿写字，一点一画、起止转折都不轻率，他多用圆笔，力求浑厚；在结体上力求饱满，多取向包围之势。颜真卿书法上的"对立面"，应该是柳公权，因为与颜真卿相反，柳公权变肥为瘦，结体奇险，出锋锐利，赵佶的字更极端，他走了一步险棋，让笔画更加瘦硬，在结体上却下方疏阔，长画外扬，在平常中穿插布局，在不经意间恣意伸展，使体态丰盈摇曳，妖娆多姿，绝无僵直、刻板之感。

对于书法来说，偏肥和偏瘦，都是极端，风险极大，弄

1 〔宋〕米芾：《海岳书评》，引自《中国古代书法品评理论》，济南：山东教育出版社，2018 年，第 116 页。

不好就砸锅，但赵佶与颜真卿，都“弄”出了佳境。他们都是书法史上的极端主义分子，他们的书法，是艺术领域里面的“环肥燕瘦”。在故宫闲来无事，我常翻阅《文渊阁四库全书》里面收集的书论，翻到明代项穆的《书法雅言》，刚好看到一段关于“肥瘦”的文字，堪称佳论：

> 若专尚清劲，偏乎瘦矣，瘦则骨气易劲，而体态多瘠；独工丰艳，偏乎肥矣，肥则体态常艳，而骨气每弱。犹人之论相者，瘦而露骨，肥而露肉，不以为佳。瘦不露骨，肥不露肉，乃为尚也。使骨气瘦峭，加之以沉密雅润，端庄婉畅，虽瘦而实腴也；体态肥纤，加之以便捷遒劲，流丽峻洁，虽肥也实秀也。瘦而腴者，谓之清妙，不清则不妙也；肥而秀者，谓之丰艳，不丰则不艳也。所以飞燕与王嫱齐美，太真与采蘋均丽。譬夫桂之四分，梅之五瓣，兰之孕馥，菊之含丛，芍药之富艳，芙蕖之灿烁，形同翠殊，实共芳也。临池之士，进退于肥瘦之间，深造乎中和之妙，是犹自狂狷而进中行也，慎毋自暴自弃哉。[1]

---

1 〔明〕项穆：《书法雅言》，见《景印文渊阁四库全书》，总第八一六卷，子部，第一二二卷，台北：台湾商务印书馆，1983 年，第 248 页。

瘦金体之瘦，瘦中有腴，犹如今日的巴黎名模，瘦成了风尚，用项穆的话说，是瘦得“清妙”。所以《中国书法风格史》评价赵佶：“他是继唐代颜真卿以后的又一人。而其瘦金书的风韵情趣，又足以使他作为宋代尚意书风中的一个大家。”[1]如果说颜真卿楷书在后世不乏继承者，那么瘦金体则是中国艺术史上的孤本，这种字体，在前人的书法作品中从未出现过[2]；后代学习这种字体的人虽然前赴后继，然而得其骨髓者依然寥寥无几。难怪清代陈邦彦在《秾芳诗》卷后的观款中写道：“宣和书画超轶千古，此卷以画法作书，脱去笔墨畦径，行间如幽兰丛竹，冷冷作风雨声，真神品也。”

赵佶的字，两岸故宫都有。北京故宫博物院藏有《闰中秋月》和《夏日诗帖》册页等，这两幅都是纸本，大小也几乎一致，纵约35厘米，横44.5厘米。台北故宫博物院藏有《秾芳诗》，此为绢本，朱丝阑瘦金体书，它的特出之处在于，宋徽宗的瘦金书多为寸方小字，唯独《秾芳诗》为大字，凡20行，每行仅写2字，用笔畅快淋漓，锋芒毕露，傲气十足，有断金割玉的气势。诗的末行以小字书“宣和殿制”款，钤

1　徐利明：《中国书法风格史》，郑州：河南美术出版社，1997年，第341页。

2　与褚遂良的瘦笔相比，它只有小部分相同，大部分则不一样；它与唐朝薛曜的字最为接近，或许赵佶是从薛曜的《石淙诗序》变格而来的，但他的创造显然比薛曜成熟得多，也更富于个性。

“御书”葫芦印一枚。

这首诗是这样写的：

秾芳依翠萼，

焕烂一庭中。

零露沾如醉，

残霞照似融。

丹青难下笔，

造化独留功。

舞蝶迷香径，

翩翩逐晚风。

舞蝶、迷香、残霞、晚风，自然的美轮美奂，似乎尽在赵佶的掌握之中，不费吹灰之力，就从他的笔端流淌出来。

园林是书写的最佳场合。宫殿并不适合书写，宫殿适合朗诵，将皇帝的意志大声地朗诵出来，布告天下，因而宫殿高大雄伟，尽可能地敞开，而四周的配殿和宫墙，则恰到好处地增加了它的音响效果。舒适的后宫适合书写，许多皇帝都有在后宫办公的习惯，比如紫禁城养心殿，自雍正到溥仪，清朝共有8位皇帝把这里当作寝宫，但即使在后宫，书写的内容也大抵与朝政有关，清朝由于不设宰相，皇帝事必躬亲，

祥龙石图卷局部

北宋，赵佶（宋徽宗），故宫博物院藏

所以在这里，皇帝每天要面对堆成山的奏折，完成他的“家庭作业”。唯有苑囿，才适合写些诗意文字。如果说宫殿建筑还有某种公共性，为朝廷政治服务，那么皇家园林则只为皇帝一人服务，连大臣进入，都要经过特别的许可，这个空间内所讲述的，已不是皇帝与大臣之间的官方关系，而是男人与女人之间的私人关系，因而更私密、更个人化，更适合于宋徽宗式的游戏人生，而书法本身，就并不纯然以实用为目的，而更像是一种艺术上的游戏。

像艮岳这样的皇家园林，必会长出瘦金体这样的文字植物，反过来说，瘦金体只能在艮岳这样的土壤上生长，只能由艮岳的甘泉浇灌，因为一种书法风格的形成，是与环境密不可分的，甚至于，一种风格，就是对一个世界的精确表达。儒家讲“格物”，通过“格物”来“致知”，物质世界与人的内心世界具有某种同构性，人们需要从物质世界中去穷究“物理”。那么，作为艺术的书法也是一样。赵信的书法，不仅仅是书法，也是音乐，是建筑，是花卉，是美食与美器，是上述一切事物的混合物、综合体。它们都是赵信的一部分，互相酝酿，互相生成，无法拆分。

瘦金体是典型的帝王书法，它是和帝王的极端主义美学品位相联系的。它是皇帝的专利，甚至于，连皇帝也很难写出来——中国历史上83个王朝559个皇帝，也只有宋徽宗一人写出这样的字。没有一个人能像宋徽宗那样，拥有一个如此强大、丰饶、富丽的气场，也没有一个人像赵佶那样善于从这个庞大的气场上冶炼出书法的金丹。瘦金体，几乎成为中国艺术中的孤品，空前绝后，独领风骚。在宫殿、苑囿、印玺之上，它成为无与伦比的皇权徽章，甚至，它远比君权还要不朽。

很多人说，赵佶是入错了行，他应该只做艺术家，不做皇帝，假如不做皇帝，就不会有后来悲惨的下场。但在我看来，没有帝王尤其是宋代帝王极端绮丽的生活品质，他也很难创造出这种极端主义的字体。这是他的悖论，是上天早已安排好的悲剧。上天是大戏剧家，早已为每个人安排好了角色，他无从躲闪。

人生不忍细说，还是看他的字罢。面对《秾芳诗》，我不止一次地在心里复原着他写字时的样子。他写字的时候，他的神态应当是专注的，凝神静气。在他的身边，龙涎的香气缭绕着，在空气中漫漶成繁复的花纹。对于这种似有若无的奇香，后人有这样的描述："焚之则翠烟浮空而不散，坐客可用一剪以分烟缕，所以然者入蜃气楼台之余烈也。"[1]龙涎香的烟缕，竟然是有形状的，可以用剪刀剪开，丝丝缕缕，如赵

1 〔明〕周嘉胄：《香乘》，见《景印文渊阁四库全书》，总第八四四卷，子部，第一五〇卷，台北：台湾商务印书馆，1983年，第390页。

佶的笔在笔洗里漫漶出的墨痕。我想象着，在龙涎的芳香中，赵佶的脸上出现了迷醉的神色，有点像太白醉酒后的那种陶醉感，又像做爱时的兴奋，只不过不是与女人做爱，而是与纸做爱。冰肌雪骨的纸，柔韧地铺展着，等待他的耕耘。赵佶的笔，就这样将龙涎香的烟纹一层层地推开，落在纸上。他以行书笔调来运笔，使他的一切动作都富有节奏韵律的美感，所以不仅他的字是美的，他写字的过程也一定是美的。瘦金体的字迹，仿佛身体深处升起的一种电击般的兴奋，一层层地荡漾出去。

他用的是一种细长的狼毫，很难掌握，但它提供了一种塑性的抵抗力，赋予笔画以一种锋利之力，能在细微的差异中传达出书写者的鲜明个性。将近九百年后，末代皇帝溥仪也在自己的宫殿里试图复制这种笔，他偏爱赵佶的书法，紫禁城里更是搜集了许多赵佶的真迹，其中就有《秾芳诗》。他一遍遍地模仿，揣摩赵佶的心境，每当此时，他就感觉“中国书法的巨人在引导着他的手，授权给了他每一笔、每一画、每一个字中存在的书法秘诀”；他写坏了许多支笔，于是为这些笔制造了一个笔冢，为每一支笔都修了一个小小的棺木，立了碑，还写了碑文，包括制笔者的姓名、开笔和封笔的日期等等，不过这些都是据说。唯一可以确认的，是溥仪如同赵佶一样，从这些笔墨出发，走向了囚徒的营地。

皇权帮了他的艺术，他的艺术却挖了皇权的墙脚。

四

血红的宫墙分出了天堂与地狱的界限。根据物质的守恒定律，当帝国的财富源源不断地集中到少数人的身边，在更大面积的国土上，则必然出现物质匮乏、饥馑甚至死亡。当宋徽宗的宫殿每夜都要消费数百支名贵的龙涎香，当蔡京的府上做一碗羹要杀掉数百只鹌鹑，这个帝国早已是“两河岸边，死丁相枕，冤苦之声，号呼于野”。其实，早在公元1100年，赵佶登基之初，就有一个名叫钟世美的大臣上奏：“财用匮乏，京师累月冰雪，河朔连年灾荒，西贼长驱寇边，如入无人之境”[1]。但庭院深深，门禁森严，宋徽宗沉浸在他的艺术世界里，永远听不到宫墙外面的呻吟与呼喊。在如此浩大的宫苑中，所有不合时宜的声音都会半途夭折。宋徽宗置身人间仙境，觉得生活很美好，生命很快乐，他不明白方腊、宋江为什么要揭竿而起，不明白为什么总是有人和这个朝廷过不去。

他喜欢炫富，不炫富他就浑身难受。倘若向别人炫富也罢，可他偏偏要向金国的使者炫富。但饱汉子不知饿汉子饥，

1 〔南宋〕陈均：《皇朝编年纲目备要》，北京：中华书局，2006年，第623页。

宋徽宗不计后果的炫富，对于物资匮乏的金国来说构成多么大的刺激。根据古气象学家的研究，唐末至北宋初期（公元800—1000年）是气候温暖、冬温少雪的“中世纪温暖期”（Mediaeval Warm Period），而从宋徽宗时代开始，一直到南宋中叶（公元1110—1200年）则气温低寒，雪灾频繁，冬季漫长，是典型的“小冰期”（Little Ice Age），也是中国历史近三千年来的第三个寒冷期（Cold Period）。来自中亚细亚内陆沙漠的冬季干燥季风掠过中原，使北宋出现大面积沙漠化。宋徽宗政和元年（1111），淮南旱；政和三年，江东旱；政和四年又旱，皇帝下诏，“赈德州流民”[1]。

与中原农耕民族相比，北方草原游牧民族对气候的依赖性更大。公元1110年，辽国（当时金国还未建立）大饥，“粒食不阙，路不鸣桴”[2]。北宋政和四年即公元1114年，女真首领完颜阿骨打率领2500人，在涞流水起兵反辽，一年后草创大金国，十年后灭掉大辽国，然后挥刀直指北宋。

在物质丰饶时代，享乐或许是个人的权利；但在民不聊生的岁月，奢侈就是罪孽，不仅需要承担道德上的责任，甚至应当承担法律上的责任。宋徽宗享乐的直接后果是：公元1120年，方腊率众在歙县七贤村起义。起事时，方腊的老婆

1 〔元〕脱脱等：《宋史》，北京：中华书局，2000年，第975页。

2 《宋史全文续资治通鉴》，第一四卷，第899页。

浓妆艳抹，前胸缀嵌着一个大铜镜，对着太阳行走，远远望去，光芒耀目，在无数百姓眼里成为无须置疑的祥瑞之兆，于是纷纷入伙。方腊之乱，惨死者超过了200万人。

金国也面临着普遍的饥荒。公元1124年，金国派人向宋乞粮，被拒绝。公元1125年，“冬寒倒卧人更不收养，乞丐人倒卧街衢辇毂之下，十目所视，人所嗟恻”。公元1126年正月，更是“冻死者枕藉”[1]。这一年十月，完颜阿骨打下令两路攻宋：西路以完颜宗翰为主帅，率兵6万，自云州下太原、攻洛阳；东路以完颜宗望为主帅，也率6万兵马，自平州入燕山、下真定。它们像一对铁钳，向北宋都城汴京逼来。

宫殿里的宋徽宗面对着城池接连沦陷的军报，内心比“小冰期”里的天气还凉。但他并不知道，是自己的“嘚瑟”，终于“嘚瑟”出麻烦了。宋室宫苑的豪华奢靡，官场的腐败无能，军队的不堪一击，早就被金国使节看在眼里，记在心上。从某种意义上说，是宋朝自己敞开了城门，等着金国来抢。其实早在九月，大宋帝国就获知了金军即将南下的情报，但当时朝廷正在准备郊祀大典，大臣们认为这样不利的情报会破坏喜庆祥和的气氛，对这一朝廷盛事产生不利影响，所以故意压下不报。官僚主义害死人，在这个当口，金军早就

1 〔宋〕徐梦莘：《三朝北盟会编》，卷三〇，见《景印文渊阁四库全书》，第350—352册，台北：台湾商务印书馆，1983年版。

迅速挺进了。靖康元年（1126）大年初二，大宋的禁军已经抵达黄河北岸御敌，大敌当前，主帅梁方平却只顾饮酒作乐，既不侦察敌情，也不做任何战略部署，敌军一来，就慌忙向南岸跑，一边跑，一边烧掉浮桥，以至于身后还有几千宋兵没来得及通过浮桥，就做了金军的活靶子，被一个个活活砍死。已撤回南岸的军队，也纷纷逃亡，黄河就这样成了不设防的防线，金军只凭搜来的几条小船，花了整整五天五夜，从容地渡过黄河，没有受到任何阻击，连金军的将领都对此困惑不解，议论道："南朝可谓无人矣，若有一二千人守河，吾辈岂能渡哉！"

万般无奈，宋徽宗只好颁布一道"罪己诏"，承认自己应负的责任，试图挽回人心，平息众怒。"罪己诏"写："民生潦倒，奢靡成风。灾异屡现，而朕仍不觉悟；民怨载道，朕无从得知。追思所有的过失，悔之何及！"[1]

宋徽宗并不是一个敢于承担责任的人。公元1125年12月23日，在冰雪围困的宫殿里，宋徽宗拉着蔡攸的手说："没想到金人会如此背信弃义！"他说得激愤，突然间一口气没上来，头晕目眩，从御榻上重重地跌了下来。大臣们惊慌失措，七手八脚地把他搀扶到保和殿东暖阁，掐人中灌汤药，折腾

1 《续资治通鉴》，卷95，宋纪95。

了半天，宋徽宗终于缓缓地睁开眼睛，欠起身，示意索要纸笔，然后以他精绝的瘦金体写下四个大字："传位东宫。"

这个皇帝，他做不下去了，他决定把这个烂摊子交给自己的长子赵桓，只要宫中有了这个皇帝，自己就可以卷铺盖逃跑了。那个倒霉的"替罪羔羊"，就是宋钦宗。

五

其实当时的东路金军，虽已渡过黄河，却是孤军深入，没有后援，加之他们虽号称6万，但基本上是由契丹、奚人组成的杂牌军，实在是强弩之末，战斗力并不强，宋军完全有机会将敌军彻底歼灭。宋徽宗完全是吓怕了，所以压根儿没打抵抗的主意。明朝大学者黄宗羲、王夫之在谈论这段历史的时候都说，如果当时徽钦二帝能够放弃汴京，转入内地，寻求战略大后方，诱敌深入，与金军打一场持久战，完全可以再造国家，而不至于落得双双被擒的下场，唐玄宗李隆基就是一个著名的先例。

唐玄宗的艺术才华，丝毫不输给后世的李煜和赵佶。他的一生，被政治和艺术分为两截——他用自己的前半生完成了"开元之治"这件杰作，成为一代英主；后半生却寄情深宫，终日沉浸在诗词曲赋、管弦丝竹，弃朝廷于不顾。他的五律，骨气峥嵘；他的赋，潇洒飘逸；他的书法，八分法堪称绝品；他的音乐造诣，更是史上无双，他创作的《霓裳羽衣曲》是名副其实的经典，他创建了皇家的音乐舞蹈团体，名曰“梨园”，也因此被后世艺伶尊为梨园鼻祖；他与杨贵妃的爱情故事，更是一件艺术品，千古流传，被白居易一首《长恨歌》唱得缠绵凄凉。然而，艺术上的纵横驰骋，换来的却是国破家亡，他的帝国，从此万马齐喑，一败涂地。

艺术这东西够绝，别人沾得了，唯皇帝不能沾，仿佛一道悬崖，一个咒语，向前一步，便是粉身碎骨。乾隆也试图以艺术家自诩，工作之余笔耕不辍，作诗41863首，几乎比得上一部《全唐诗》，却才华平平，顶多是个“发烧友”，或许正因如此，乾隆才有幸成为“十全老人”，在政治上全身而退。

艺术家是浪漫主义者，在幻想的世界里生存，并把它当作全部的真实。宋徽宗即是如此。虽然王室兴建苑囿至少从周代就开始了，楚国云梦泽，方圆900里，珍禽异木，麇集其中，楚王驾着四驳（神马），坐在雕玉的车中，在园中围猎。但宋徽宗这位浪漫主义者把它当作真实的世界，而不是人工的天堂。园林不是山林，而只是对山水自然的凝聚、压缩、变形、重构。它并不是一个真实的世界，而只是一个虚构的世界。宋徽宗忽略了园林的虚构性（fictionality），而整日生活在云遮雾罩之中。虚无缥缈的“贡云”，就是对他生存状态的最佳写照。

而他的朝廷，实际上就是一个放大的艮岳 —— 赵佶画的《瑞鹤图》，就是这种虚构景观在纸页上的表达。这幅画构图非同一般，他故意略去了宫殿的大部分，只留下一个屋顶，如一条浮动的大船，在一片祥云中若隐若现，把更大的面积，留给了天空，天光云影之间，群鹤飞翔起舞。赵佶以腾空飞扬的群鹤，完成着他对盛世太平的想象，成为他为自己准备的一首颂歌。在他的带动下，朝廷的颂歌自然层出不穷，他被形形色色的“贡云”团团围住，让他有了腾云驾雾之感。所有的大臣都是报喜不报忧。而他们所报之喜，更是浮夸到了极致，牛皮吹到天上。为了配合皇帝在迷幻花园里产生的各种幻想，各地纷纷呈上有关各种“祥瑞之象”的汇报 ——

蕲州[1]呈报：方圆二十五里漫山遍野长满了灵芝；

海州[2]、汝州[3]等地呈报：满山的石头都变成了玛瑙；

益阳[4]呈报：该地的山间小溪居然流出大量黄金，最大的一块重达四十九斤；

乾宁呈报：八百里黄河突然变清了，在长达七昼夜的时间里清澈见底……

1　今湖北蕲春县。

2　今江苏连云港。

3　今河南汝州。

4　今湖南益阳市。

政和二年（1112），民间进献一块一尺有余的玉石，经过蔡京“鉴定”，认为这是大禹用过的玄圭，宋徽宗得到它，证明宋徽宗治理天下已达到了大禹的水平，所以苍天有眼，把如此至宝授予皇帝。

在皇帝的带动下，官员们的艺术想象力得到了空前的激发，大宋朝廷的官方文书，都弥漫着一种魔幻现实主义的风格。在这一连串油嘴滑舌、不负责任的忽悠面前，宋徽宗连自己姓什么都不知道了，立刻在大庆殿举行了隆重的受元圭仪式，同时大赦天下，还遣官到先祖陵墓，向老祖宗们报喜。

孔子说：“巧言令色鲜矣仁！”[1]意思是话说得越好听，脸色越好看，“仁”的含量就越低。那些批发给宋徽宗的谎言，毫无技术含量，稍有常识的人就可能识破，皇帝之所以相信，是因为他愿意相信，唯有坚信不疑，才能证明自己的光荣伟大。一位朋友曾经说过：“天才是唯一敢向造物主挑衅的人。他们不凡的手笔常常令老头子自愧弗如。”[2]赵佶是艺术家，在他的天才面前，老天爷也只能无语了。

艺术是反逻辑、反理性，甚至是反常识的。一个理性过强的人当不了艺术家，而政治家却恰恰离不开理性。政治家需要“具体问题具体分析”，需要外科医生式的冷静、细致、

1　齐冲天、齐小平注译：《论语》，郑州：中州古籍出版社，2008年，第36页。

2　王开林：《灵魂在远方》，北京：中央编译出版社，1996年，第23页。

瑞鹤图

北宋，赵佶（宋徽宗），辽宁省博物馆藏

耐心，政治最怕的是浪漫主义的狂热，因此，有学者认为，政治的最佳架构是现实主义在朝、浪漫主义在野[1]，这样可以把在朝者的现实操作的能力，和在野者的大胆幻想都发挥到极致。

不幸的是，大宋皇帝赵佶，偏偏是一位浪漫主义者、一位艺术大师。宫殿与园林、现实与虚幻、理性与非理性，两个世界在宋徽宗赵佶的内心里始终在纠缠、撞击、搏斗，使他处于严重的人格分裂之中。他在山水、园林、纸页上得到的舒畅自由，后来在人生中完全失去了。或者说，正是前期的自由，为后期的不自由埋下了伏笔——这是命运的能量守恒。壮丽的艮岳，为他的游戏、幻想、梦，划出了一个最大的边界，超出这个边界，他的世界就是一地鸡毛。人能获得自由吗？卡夫卡曾经给出一个令人绝望的答案：不能。他说："他被拴在一根链条上，但这根链条的长度只容他自由出入地球上的空间，只是这根链条的长度毕竟是有限的，不容他越出地球的边界。"

上帝为每个人公平地分配了一根链条，只是每个人的链条长度各有不同。这是一根透明的链条，我们看不到它，也

1 朱学勤在与李辉的对谈《两种反思、两种路径和两种知识分子》中阐述了这一观点，见李辉、应红：《世纪之问——来自知识界的声音》，郑州：大象出版社，1999 年，第 153 页。

感觉不到它的重量。在链条的长度内，人们通常感觉不到链条的存在；然而一旦超出链条的长度，链条就会紧紧地捆住我们，动弹不得。即使贵为皇帝，自由也不是绝对的，而是相对的，这一点从宋徽宗的身上得到具体的印证。宋徽宗的链条，只够他在自己的逻辑里活动。他沉浸在自己的空间里，游刃有余，他没有想到，一旦走出他的艺术逻辑，那根链条就会像孙悟空的紧箍咒一样把他紧紧地限制住，让他痛苦不堪。

在中国历史上，也很少有人像宋徽宗赵佶那样，将伟大与渺小、雄健与柔弱、光荣与耻辱，如此严丝合缝地合于一身。他不能解决，只能逃避。因此，逃，成为他生命中的核心意象。先是逃到艮岳的湖光山色之间，战事一起，就向大后方疯狂逃窜，靖康元年（1126）大年初二，金军刚刚逼近黄河，他就紧紧张张地出了通津门，登上一艘小船，顺汴河向东南方向逃跑，金兵占领浚州（今安徽滑县东北），他又惊慌失措地登上小舟，顺汴河连夜出逃，甚至嫌汴河流速太慢，船划不快，于是弃舟登岸，以加快逃亡步伐。马拉松长跑，铁人三项，他都不在乎了。一路上饥寒交迫，脱下靴子烤火，为冻僵的脚趾取暖。他只顾自己跑，却置百姓于不顾，甚至连自己的儿子宋钦宗赵桓他都不管不顾了。

大难临头，父子之间连最后一点情面都没能剩下。

六

宋徽宗赵佶的人间仙境在靖康二年即公元1127年灰飞烟灭了。攻入汴京城的金军变成了“强拆队”，把所有能拆的构件全都拆下来，连艮岳里的“花石纲”都没落下。从正月里刮起的大风，一直刮到四月还没有停止，“大风吹石折木”[1]。在大风扬起的巨大尘埃里，宋徽宗赵佶和宋钦宗赵桓这一对父子，被捆绑着，与他们的官吏、内侍、工匠、倡优挤在一起，踏上了前往北国的路途。透过滚滚的尘烟，他们看着自己王朝历代积累的法驾、卤簿、车辂、冠服、礼器、法物、大乐、教坊乐器、祭器、八宝、九鼎、圭璧、浑天仪、铜人、刻漏，古器、图书、地图、库府蓄积等，被无数辆车马装载着，组成一条望不到头的财富河流，向北延伸。不知那时，崇尚道教的宋徽宗是否会想起《道德经》里的那句话：“金玉满堂，莫之能守；富贵而骄，自遗其咎。”[2]不久之后，那些奇木异石将在金国的中都北京重新组装起来，去装饰另一个王朝的盛世神话。金人目睹了汴京城的绮丽繁华，极欲仿效，金中都（今北京）的建筑，处处渗透着汴京城的影响。时至今日，我们仍然能够从北海公园白塔山上堆叠的太湖石，辨认出当年

1 〔元〕脱脱等：《宋史》，北京：中华书局，2000年，第995页。

2 〔先秦〕李耳：《老子》，郑州：中州古籍出版社，2008年，第58页。

艮岳的旧物。北京故宫钦安殿，曾收存有一件金徽宗亲笔题写的玉册中的一片，上面用瘦金体写着“太上开天执符御历含真体”11个字，这是这位信奉道教的皇帝所写的祭祀祝词，应当共有35片，故宫钦安殿收存的这一片，应当位于玉册的尾端，它之所以出现在北京故宫，想必也是金朝留下来的。

显然，金朝也只是过路财神，因为没有一个朝代能够比这些珍宝更长命。螳螂捕蝉，黄雀在后，这些文物又先后落入元朝、明朝和清朝的宫廷，虽有聚散，但主体仍在，最后变成一笔盛大的遗产，被1925年成立的故宫博物院全盘接收。

清朝的时候，一个名叫曹雪芹的贵族后裔写了一部奇书，名叫《红楼梦》，它的另一个名字，就是《石头记》，讲述的，恰恰是一块石头的前世今生。

七

徽钦二帝最先是押解到金国的上京会宁[1]，金太宗吴乞买封宋徽宗为“昏德公”，封宋钦宗为“重昏公”，意思是父子俩加在一起，就是一昏再昏。几年后，公元1130年，他们被移送五国城[2]。

1 今黑龙江哈尔滨市阿城区。

2 今黑龙江依兰县。

我不曾到过那里，散文家王充闾先生曾经这样描述：“古城遗址在县城北门外，呈长方形，周长两千六百米。现存几段残垣，为高4米、宽8米左右的土墙，上上下下长着茂密的林丛。里面有的地方已经辟为粮田、菜畦，其余依然笼罩在寒烟衰草之中。”[1]

无论当时的城池怎样，有一点可以肯定，即使在北国，那里也是偏远的边陲小镇。来自北方的飞雪狂沙将他记忆里的艮岳一层一层地覆盖起来，光怪陆离的奇幻花园，从此变成眼前望不到尽头的荒原。

“贡云”的麻醉效果早已失效，在呜呜的北风中，现实一点点地显露出它嶙峋的瘦骨。

如果说艮岳里的日子像梦，飘忽、轻盈，那么五国城的寒风就像刀刃，切割着他的肌肤，用疼痛来提醒他现实的真实性。

关于“坐井观天”的遗闻，王充闾先生分析，他们很有可能是住在北方人习惯的“地窨子”里。所谓“地窨子”，是在地下挖出长方形土坑，再立起柱脚，架上高出地面的尖顶支架，覆盖兽皮、土或草而成的穴式房屋。根据古书记载，至少在一两千年前，东北地区就有了“夏则巢居、冬则穴处”

1　王充闾：《土囊吟》，见《沧桑无语》，上海：东方出版中心，1999年，第210页。

的居住习俗。这种地穴或半地穴式的房子一直延续到民国以后，满、赫哲、鄂伦春等民族冬季住宅都曾有这种形式。至于徽钦二帝不是住在“井”里而是住在“地窨子”里，王充闾先生是这样分析的：“莫说是800年前气温要大大低于现在，即使今天，在寒风凛冽的冬日，把两个身体孱弱的人囚禁在松花江畔的井里，恐怕过不了两天也得冻成僵尸。相反，那种半在地上半在地下的‘地窨子’，倒是冬暖夏凉，只是潮湿、气闷罢了。”[1]

透过赵佶当年写的诗，可以依稀辨识他生存的环境：

彻夜西风撼破扉，
萧条孤馆一灯微。
家山回首三千里，
目断天南无雁飞。

假如是在井里，恐怕是无“扉”可“撼”的。

“萧条孤馆一灯微”，这句诗让我想起民国时期海上才子白蕉的一句诗：“忆向美人坠别泪，江山如梦月如灯”，那份痛感，同样地深刻。北国荒地的夜晚，寂然无梦无歌，只能

1 王充闾：《土囊吟》，见《沧桑无语》，上海：东方出版中心，1999年，第215页。

用叹息和泪水填充。他绵长的叹息凝聚成诗，而那些诗，不是用墨，而是蘸着泪写的。

依旧是瘦金体。

或许，这是他保持与故国联系的唯一方式。

在长达九年的羁旅生涯中，他没有一天停止过书写。

但梦，终还是有的。只要有生命，就会有梦，哪怕只是些残梦。

他的梦，只用两个字就可以描述 —— 回家。

与宫殿苑囿里各种绚烂的梦比起来，他的梦已经变得无比微薄。

赵佶没有一天不梦想自己回到大宋。他或许可以忍受这干硬而贫寒的山水，可以忍受每日重复的生活，可以习惯眼前一成不变的景象，却无法忍受如影随形的寂寞。那寂寞总是乘虚而入，比刀子还要锋利，深深地刺入他的骨髓，让他内心失血，无力反击。

只有家、国，带着巢穴般的温暖，给他以生存下去的希望。

最不希望看到他回到大宋的，其实不是金国皇帝，而是自己的亲生儿子、此时的南宋皇帝 —— 赵构。原因很简单，皇帝的名额只有一个，假如徽钦二帝返回中原，无论谁复位，他这个替补皇帝都得靠边站。

他早已成为别人的噩梦。

但愿赵佶没有想到这一层，因为这比死还残忍。

他守着这个不可能实现的梦，独立在雪国的风中，一年一年地变老，直到满头的青丝变成荒原上的雪色。公元1135年，赵佶死于五国城，终年54岁，至死没能实现回家的梦想。

两年后，他的死讯才传到南宋都城临安，宋高宗赵构立刻摆出一副悲痛不已的表情，暗地里一定是松了一口气。他慷慨地为他谥号“圣文仁德显孝皇帝”，庙号徽宗。

又过了五年，他的梓宫才由遥远的北方运到临安，在会稽安葬，几百年前，另一位书法家王羲之正是在这里会聚朋友，临流赋诗，写下不朽的《兰亭序》。这，或许是对这位书法巨人的最后慰藉。

他的儿子、宋高宗赵构的哥哥、北宋的末代皇帝赵桓，死于公元1156年，时年57岁。那一年，金国皇帝、海陵王完颜亮兴之所至，突然想让北宋末代皇帝赵桓和大辽帝国末代皇帝耶律延禧来一场比赛，PK一下马球。这是宋、辽、金三国皇帝为数不多的“高峰会晤”，只不过他们此时的身份非常微妙，其中两个皇帝是另一个皇帝的囚犯，他们早已丧失了与金国皇帝平起平坐的机会，而必须通过惨烈的角斗来博得主子一笑。辽国是马背上的政权，耶律延禧自然比赵桓更精于马术。但耶律延禧无心恋战，他意识到，这是他逃跑的唯一的机会，于是冷不防地纵马冲出赛场，夺路而逃。在他的身后，金兵万箭齐发，利箭挟带着风声追赶着他，在划过无数道优美的弧线之后，带着一连串沉闷的声响，准确地降落在他的后背上，转眼之间，就把他扎成了一个血刺猬。赵桓吓得脸色大变，加之患有严重的风疾，慌乱中从马上跌下来，被马蹄踏成一堆不规则的肉饼。

辽宋两个皇帝居然在同一天死去，而且死得这样难看。历史是位真正的艺术家，因为没有一个艺术家有此等的想象力。

八

在北国，每逢过节的时候，金人都会赏赐徽钦二帝一些好菜好饭，让他们打打牙祭。酒足饭饱之后，金人会要求宋徽宗以他著名的瘦金体写一些“谢表”，就是感谢信，感谢大金国的恩德。对于昔日的大宋皇帝来说，这无异于莫大的侮辱，然而此时，食不果腹的赵佶也顾不了许多，从前的狂放与傲慢也荡然无存，居然卑躬屈膝地向金国皇帝大唱赞歌，所图的，不过是一顿饱饭。

拍马屁是一种语言贿赂，只不过赵佶由受贿者变成了行贿者。

漫长的囚徒生活，让他的浪漫主义彻底沦陷，一头扎进了现实主义，深不见底。

甚至，他比任何人都要“现实”。

因为胃是“现实”的，它可以随时提醒主人：理想不靠谱。

对于这位饥寒交迫的帝王来说，脸面并不比饱暖更重要。

金国人把这些声情并茂的“谢表”装裱成册，拿到金宋边境榷场（贸易集市）上出售，既能为金国赚取“外汇”，又能挫伤大宋臣民的自尊心，让宋徽宗的苟且偷安暴露于全国人民面前，成为对他和他的帝国的第二道侮辱。

据说这些字的销路很好，这项买卖，一直持续了很久。

高高在上的大宋皇帝沦为金朝王族脚下的一只臭虫，只要想让他死，他不可能多活一个时辰。然而，有一件事物，却是他们永远也无法征服的，那就是赵佶的瘦金体。在这一绝美的字体面前，所向披靡的大金皇帝们一筹莫展。他们拿惯了马鞭和刀剑的手怎么也摆弄不好手中的毛笔。命运的那根链条，在这里显示了它的公平。大金王朝把大宋王朝打得屁滚尿流，在文化上却对宋朝高山仰止，筑宫室，造园林，学书画，邯郸学步，而且学都学不正宗。明代陶宗仪在《书史会要》中评价海陵王的墨迹时，说他“长于用笔结字，短于精神骨立”[1]。金章宗曾竭尽全力模仿宋徽宗的瘦金体，从宋廷抢来的书画名作，其中包括传为赵佶所摹的《虢国夫人游春图》，他居然学着宋徽宗的样子，用瘦金体题字，其笔势纤弱，形质俱差，一看就是赝品。

假如赵佶看到金章宗的字，一定会在鼻子里喷冷气，做梦都在发笑。

假如，刀兵入库、马放南山，宋金间的战争全凭纸笔来拼杀，那么双方的胜负关系定然会颠倒过来。

纸页上的赵佶，笑傲江湖，天下无敌。

2013年6月25日至7月1日于北京

1 〔明〕陶宗仪：《书史会要》，见《景印文渊阁四库全书》，总第八一四卷，子部，第一二〇卷，台北：台湾商务印书馆，1983年，第675页。

空山

风烟俱净，天山共色。从流飘荡，任意东西。
自富阳至桐庐，一百许里，奇山异水，天下独绝。
水皆缥碧，千丈见底；游鱼细石，直视无碍……

——［南朝梁］吴均：《与宋元思书》

一

有一天，朱哲琴来故宫，告诉我在著名建筑师王澍设计的富春山馆，她展出了一个声音装置，希望我有时间去看——或者说，去听。我问声音装置是啥，朱哲琴说，是她采集的富春江面和沿岸的声音素材，加工成的声音作品。她还说，那声音是可以被看见的，因为她还采集了富春江水，声音让水产生震动，光影反照在墙上，形成清澈变幻的纹路。她给这一作品起了个名字，叫《富春山馆声音图》。

我敬佩朱哲琴对声音的敏锐，她让《富春山居图》这古老的默片第一次有了声音，但我想，《富春山居图》里，原本是有声音的，只不过黄公望的声音，不是直接诉诸听觉，而是诉诸视觉，通过空间组织来塑造的。其实黄公望本身就是一个作曲家，徐邦达先生说他“通音律，能作散曲”[1]。黄公望的诗，曾透露出他对声音的敏感：

水仙祠前湖水深，

岳王坟上有猿吟。

湖船女子唱歌去，

月落沧波无处寻。[2]

元至正七年（1347），黄公望与他的道友无用师一起，潜入苍苍莽莽的富春山，开始画《富春山居图》。这著名的绘画上，平林坡水、高崖深壑、幽蹊细路、长林沙草、墟落人家、危桥梯栈，无一不是发声的乐器。当我们潜入他的绘画世界，我们不只会目睹两岸山水的浩大深沉，也听见隐含在大地之上的天籁人声。也是这一年，黄公望画了《秋山图》,《宝绘录》说他“写秋山深趣长卷，而欲追踪有声之画”。

黄公望把声音裹藏在他的画里，朱哲琴却让画（光影图

1　徐邦达：《古书画过眼要录》，元明清绘画卷，见《徐邦达集》，第九册，北京：故宫出版社，2015 年，第 119 页。

2　〔元〕黄公望：《西湖竹枝集》，见〔明〕钱谦益：《列朝诗集》，明诗，甲集前编第七之下，北京：中华书局，2007 年版。

像）从声音里脱颖而出，这跨过七百年的山水对话，奇幻、精妙，仿佛一场旷日持久的共谋。

二

但我想说的，却是另一件很重要的事情——《富春山居图》（包括古往今来的中国山水画），之所以与音乐合拍，有一个原因：中国的山水画，有很强的抽象性。

绘画，本来是借助形象的，但赵孟𫖯老先生一句话，为绘画艺术定了性。他说："书画同源"（赵孟𫖯原话为"书画本来同"）。这句话，一句顶一万句，因为它不仅为中国书法和绘画——两门最重要的线条艺术，溯清了源头，解释了它们在漫长文明中亲密无间、互敬互爱的关系，更为它们指明了未来的路径，尤其是绘画，本质功能是写意（像书法一样），而不是为现实照相。

中国画，起初是从图腾走向人像的，唐宋之后，中国画迎来了巨大变革：

首先，山水画独立了，不再依附于人物画充当背景和道具，如东晋顾恺之《洛神赋图》里的山水环境，还有五代顾闳中《韩熙载夜宴图》里的山水屏风。

其次，色彩的重要性减弱，水墨的价值凸显，这过程，自唐代已开始，经荆浩、关仝、董源、巨然、米氏父子、马远、夏圭，形成“水墨为尚”的艺术观念。于是，“草木敷荣，不待丹碌之彩。云雪飘扬，不待铅粉而白。山不待空青而翠，凤不待五色而綷”[1]，因为墨色中，包含了世间所有的颜色，所谓“墨分五色”（张彦远的说法是“运墨而五色具”），水墨也从此在中国画家的纸页间牵连移动、泼洒渲染，缔造出素朴简练、空灵韵秀的水墨画。

再次，这份素朴简练，不仅让中国画从色彩中解放出来，亦从形象中解放出来，从而更具抽象性，更适合宋人的哲思玄想。

当然，那是有限度的抽象，是在具象与抽象之间进进退退，寻求一种平衡。

水墨山水是中国的，也是文人的。欣赏水墨，需要审美修养的积累，因为它超越了色与形，而强调神与气。金庸写《射雕英雄传》，有黄蓉与郭靖谈画的一段，很有趣：

> 只见数十丈外一叶扁舟停在湖中，一个渔人坐在船头垂钓，船尾有个小童。黄蓉指着那渔舟道：“烟波浩渺，一竿独钓，真像是一幅水墨山水一般。”郭靖问道：“什么叫水墨山水？”黄蓉道：“那便是只

1 〔唐〕张彦远：《历代名画记》，杭州：浙江人民美术出版社，2011 年，第 28 页。

用黑墨，不着颜色的图画。”郭靖放眼但见山青水绿，天蓝云苍，夕阳橙黄，晚霞桃红，就只没黑墨般的颜色，摇了摇头，茫然不解其所指。[1]

总之，绘画由彩色（青绿）时代进入黑白（水墨）时代，这是中国艺术的一个巨大进步，或曰一场革命，这一过程，与由黑白时代进入彩色时代的摄影艺术刚好相反。

大红大紫的青绿山水，也没有从此退场，在历史中不仅余脉犹存，且渐渐走向新的风格。青绿与水墨，在竞争、互动中发展，才有各自的辉煌历史。

也因此，今人用材料指代绘画，一曰水墨，一曰丹青。

三

为此我们要回看两张图，一是北宋王希孟的《千里江山图》，一是南宋米友仁的《潇湘奇观图》。

其实王希孟与米友仁，年代相差不远。

王希孟生于北宋绍圣三年（1096），很小就进了宋徽宗的美术学院（当时叫“画学”，是中国历史上最早的宫廷美术教育机构，也是中国古代唯一由官方创办的美术学院），但

1　金庸：《射雕英雄传》，第二册，广州：广州出版社、花城出版社，2003 年，第 443 页

他毕业后没有像张择端那样，入翰林图画院当专业画家，而是被“分配”到宫中的文书库，相当于中央档案馆，做抄抄写写的工作。或许因为不服，他18岁时创作了这卷《千里江山图》，被宋徽宗大为赞赏，宋徽宗亲自指导他笔墨技法，并将此画赏赐给蔡京。王希孟从此名垂中国画史，迅即又在历史中销声匿迹，不知是否死于靖康战乱。

米友仁是米芾长子，生于北宋熙宁七年（1074），比王希孟还年长22岁，画史却常把他列为南宋画家，或许因他主要绘画活动在南宋，而且受到宋徽宗的儿子宋高宗的高度赏识。宫廷里书画鉴定的活儿，宋高宗基本交米友仁搞定，所以今天，在很多古代书画上都可看见米友仁的跋尾。

富春山居图无用师卷局部

元，黄公望，台北故宫博物院藏

王希孟《千里江山图》与米友仁《潇湘奇观图》，一为青绿、一为水墨，一具象、一抽象（相对而言），却把各自的画法推到了极致，所以这是两幅极端性的绘画，也是我最爱的两张宋画。

这两张图，好像是为了映照彼此而存在。

它们都存于故宫博物院，不知什么时候，它们可以同时展出，同时被看见。

先说《千里江山图》吧。这幅画上，群山涌动、江河浩荡，夹杂其间的，有高台长桥、松峦书院、山坞楼观、柳浪渔家、临溪草阁、平沙泊舟，这宏大叙事的开阔性和复杂性自不必说，只说它的色彩，至为明丽，至为灿烂，光感那么

千里江山图局部

北宋，王希孟，故宫博物院藏

江山千里望
無垠元氣淋
漓運以神北
宋院畫鮮二
本三唐法紹
芾多皴可驚
當世王和趙
已矣一堂君
與臣易不自
愚作人者爾
時銅鼎作何
人
丙午新正月
御題

强烈，颇似修拉笔下的《大碗岛的星期日下午》，阳光通透，空间纯净，青山依旧，水碧如初，照射古老中国的光线，照亮了整幅画，使《千里江山图》，恍如一场巨大的白日梦，世界回到了它原初的状态，那份沉静，犹如《春江花月夜》所写：

江天一色无纤尘，
皎皎空中孤月轮。
江畔何人初见月？
江月何年初照人？[1]
……

有评者曰："初唐诗人张若虚只留下一首《春江花月夜》，清代王闿运评为'孤篇横绝，竟为大家'。现代闻一多誉之为'诗中的诗，顶峰中的顶峰'。北宋王希孟的青绿山水卷《千里江山图》可比《春江花月夜》，孤篇压倒两宋，而论设色之明艳，布局的宏远，说前无古人，后无来者，也不为过。"[2]

然而，假如从这两幅画里再要选出一幅，我选《潇湘奇

1 〔唐〕张若虚：《春江花月夜》，见《中国历代文学作品选》，中编第一册，上海：上海古籍出版社，1980 年，第 18 页。

2 韦羲：《照夜白——山水、折叠、循环、拼贴、时空的诗学》，北京：台海出版社，2017 年，第 226—227 页。

观图》。虽然王希孟的视野与胸怀已经有了超越他年龄的博大，但他的浪漫与天真，还带有强烈的“青春文学”印记，他对光和天空的神往、透露出青春的浪漫与伤感，还有失成熟和稳定。

这只是原因之一，更深刻的原因在于，比起王希孟《千里江山图》，米友仁《潇湘奇观图》更加深沉凝练、简约抽象，且因抽象而包罗万象。米友仁不仅舍弃了色彩，他甚至模糊了形象——《千里江山图》的焦距是实的，它截取的是阳光明亮的正午，每一个细节都清晰毕现;《潇湘奇观图》的焦距则是虚的，截取的烟雾空蒙的清晨——有米友仁自题为证:“大抵山水奇观，变态万层，多在晨晴晦雨间。”与《千里江山图》的浓墨重彩相比,《潇湘奇观图》是那么淡，那么远，那么虚，全卷湮没于烟雨迷蒙中，山形在云雾中融化、流动、展开，因这份淡、远、虚而更见深度，更加神秘莫测。在“实体”之外，山水画出现了“空幻”之境。

《潇湘奇观图》，才是北宋山水画的扛鼎之作。

四

但绘画走到元朝，走到黄公望面前，情况又变了。

那被米友仁虚掉的焦距，又被调实了。

看元四家（黄公望、吴镇、王蒙、倪瓒），云烟空蒙的

潇湘奇观图

南宋，米友仁，故宫博物院藏

效果消失了，山水的面目再度清晰，画家好像从梦幻的云端，回到了现实世界。

但仔细看，那世界又不像现实，那山水也并非实有。

它们似曾相识，又似是而非。

就像这《富春山居图》，看上去很具象，画面上的每一个细节，似乎都是真实的，但拿着《富春山居图》去富春江比对，我们永远找不出对应的景色。

可以说，《富春山居图》是黄公望精心设置的一个骗局，以高度的“真实性”蒙蔽了我们，抵达的，其实是一个“非真实”的世界。

那仍然是一种抽象 —— 具象的抽象。

或者说，它的抽象性，是通过具象的形式来表现的。

很像小说中的魔幻现实主义，细节真实，而整体虚幻。

王蒙后来沿着这条路走，画面越来越繁（被称“古今最繁”），画面却呈现出“一种难以言喻的超现实氛围，像是一个乌有之境”[1]。

那真实，是凭借很多年的写生功底营造出来的。

《富春山居图》，黄公望78岁才开始创作，可以说，为这张画，他准备了一辈子，而且一画，就画了七年。80岁老人，依旧有足够的耐心，犹如托尔斯泰在61岁开始写《复活》，不紧不慢，一写就写了十年。他们不像当下的我们那样活得着急，连清代“四王”之一的王原祁都在感叹：

> 古人长卷，皆不轻作，必经年累月而后告成，苦心在是，适意亦在是也。昔大痴画《富春》长卷，经营七年而成，想其吮毫挥笔时，神与心会，心与气合，行乎不得不行，止乎不得不止，绝无求工求奇之意，而工处奇处斐亹于笔墨之外，几百年来神采焕然。[2]

黄公望活了85岁，他生命的长度刚刚够他画完《富春山

1 韦羲：《照夜白——山水、折叠、循环、拼贴、时空的诗学》，北京：台海出版社，2017年，第59页。

2 〔清〕王原祁：《麓台题画稿》，转引自温肇桐编：《黄公望史料》，上海：上海人民美术出版社，1963年，第50页。

居图》，这是中国艺术史的大幸。

可以说，他活了一辈子，就是为了这张画。

放下黄公望一生的准备不谈，只说画《富春山居图》这七年，他兢兢业业，日日写生，“五日画一山，十日画一水”，如他在《写山水诀》中自述：“皮袋中置描笔在内，或于好景处，见树有怪异，便当模写记之，分外有发生之意。”[1]

李日华在《六研斋笔记》中记录：“黄子久（黄公望，字子久）终日只在荒山乱石、丛木深筱中坐，意态忽忽，人莫测其所为，又每往泖中通海处，看激流轰浪，虽风雨骤至，水怪悲诧，亦不顾。”[2]

因此，《富春山居图》上，画了十数峰，一峰一状，数百树，一树一态，“雄秀苍莽，变化极矣”[3]。明代大画家董其昌看到，彻底服了，简直要跪倒，连说：“吾师乎，吾师乎，一丘五岳，都具是矣。”这赞美，他写下来，至今裱在《富春山居图》的后面。

在这具象的背后，当我们试图循着画中的路径，进入他

1 〔元〕黄公望：《写山水诀》，见《黄公望集》，杭州：浙江人民美术出版社，2016年，第27页。

2 〔明〕李日华：《六研斋笔记》，转引自温肇桐编：《黄公望史料》，上海：上海人民美术出版社，1963年，第45页。

3 〔清〕恽格：《瓯香馆画跋》，转引自温肇桐编：《黄公望史料》，上海：上海人民美术出版社，1963年，第60页。

描绘的那个空间，我们一定会迷失在他的枯笔湿笔、横点斜点中。《富春山居图》里的那个世界，并不存在于富春江畔，而只存在于他的心里。那是他精神世界的一部分，而不是现实世界的一部分。那是他的梦想空间，他内心里的乌托邦，只不过在某些方面，借用了富春江的形骸而已。

但在他其他的山水画中，山的造型更加极端，比如故宫博物院藏《快雪时晴图》卷、《九峰雪霁图》轴，还有云南省博物馆藏的《郯溪访戴图》轴。就说《快雪时晴图》卷吧，这幅画里的山，全是直上直下的悬崖，基本上呈直角。它不像王希孟《千里江山图》那么明媚灿烂，不像米友仁《潇湘奇观图》那样如诗如梦，甚至不像《富春山居图》那么温婉亲切，在这里，黄老爷子对山的表现那么决绝，那么粗暴，那么蛮横。他画的，是人间没有的奇观，那景象，绝对是虚拟的。显然，黄公望已经迷恋于这种对山水的捏造，就像夏文彦所说："千丘万壑，愈出愈奇，重峦迭嶂，越深越妙。"[1]

我们在现实中找，却听见黄公望在黑暗中的笑声。

五

自我们今天能够见到的最古老的山水画——隋代展子

1 〔元〕夏文彦：《图绘宝鉴》，转引自温肇桐编：《黄公望史料》，上海：上海人民美术出版社，1963 年，第 36 页。

虔《游春图》（故宫博物院藏）开始，中国画家就没打算规规矩矩地画山。中国画里的山，像佛塔，像蘑菇，像城堡，也像教堂。古人画山，表现出充分的任性，所以中国山水画，从来不是客观的地貌图像，即使作者为他的山水注明了地址——诸如“潇湘八景”“剡溪访戴”“洞庭奇峰”“灞桥风雪”，也大可不必当真。五代董源《潇湘图》与南宋米友仁《潇湘奇观图》，画的是同一个潇湘（潇江与湘江），却几乎看不出是相同的地方。中国山水画里的山形，大多呈纵向之势，一副“欲与天公试比高”的架势，仿佛大自然积聚了万年的力量喷薄欲出。这样的山，恍若想象中的“魔界”，适合荆浩《匡庐图》、范宽《溪山行旅图》（皆藏台北故宫博物院）。这样的画轴，即使像北宋张先《十咏图》、王诜《渔村小雪图》、宋徽宗《雪江归棹图》、王希孟《千里江山图》、南宋赵伯驹《江山秋色图》（以上皆藏故宫博物院）、元代黄公望《富春山居图》这样的横卷，也不例外。如此汪洋恣肆、逆势上扬的山形，在现实中难以寻见（尤其在黄公望生活的淞江、太湖、杭州一带），除了梦境，只有在画家的笔下才能见到。

中国古人从来不以一种“客观”的精神对待山川河流、宇宙世界。中国古人的精神世界，没有像西方那样，经历过“主”“客”二分，世界没有分裂成“主体”（subject）和“客体”（object）两个部分，而外部世界（自然）也没有成为与主观世界（自我）相对（甚至对立）的概念，不是一个独立于自我之外的“他者”，因此也不仅仅是一个“看”的对象。自然就是自我，二者如身体发肤，分割不开，如庄子所说：“天地与我并立，而万物与我为一”，大千世界，变化万千，一滴水、一粒沙、一片叶、一只鸟，其实都是人类感觉器官的延伸。

人类对世界的探索与发现，其实就是对自我的探索与发现。庄子说：“朝菌不知晦朔，蟪蛄不知春秋。”朝菌是朝生夕死，所以它不知月（月初为朔，月底为晦），蟪蛄过不了冬，所以不知年（春秋）。他说的不只是自然界的两种小虫子，而是说人类自己——我们自己就是朝菌、蟪蛄，我们所能知道的世界，比它们又多得了多少？当然，庄子不会以这样的虫子隐喻自己，在他眼里，自己是美丽的蝴蝶，所以庄周梦蝶，不知道是自己梦见蝴蝶，还是蝴蝶梦见自己。李白独坐敬亭山，说：“相看两不厌，只有敬亭山。”山即人，人即山。这山，不只是敬亭山，而是包括了天底下所有的山，当然也包括南宋词人辛弃疾在江西信州[1]所见的铅山，所以他说：“我见青山多妩媚，料青山见我应如是。”人与自然、“自

1　现为江西省上饶市信州区。

我”与“他者”，在古人那里，完全是重合的，它们的界限，在古人那里并不存在。

这种“天人合一”的观念，几乎构成了中国古代思想和艺术的核心观念。魏晋时代，山水绘画与山水文学几乎同时起步，历经宗炳、王微，到唐代李思训手里初步完成，引出山水画大师王维，再经五代荆浩、关仝、董源、巨然的锤炼打造，在宋元形成山水画的高峰，有了前面说到的米芾、王诜、王希孟、米友仁的纵情挥洒，有了赵孟頫的铺垫，才有黄公望脱颖而出；历经倪瓒、吴镇、王蒙，在明清两代辗转延续，自然世界里的万类霜天，才在历代画家的画卷上，透射出新鲜活泼的生命感。那“无机”的世界，于是变得如此“有机”，山水画才能感人至深（哪怕倪瓒的寂寞也是感人的），月照千山，人淡如菊，连顽石都有了神经，有悲喜、有力量。

徐复观先生在《中国艺术精神》里说：“中国的风景画较西方早出现一千三四百年之久。”[1]我相信这只是一种大而化之的说法，实际上，古代中国没有风景画——在古代中国人的心里，山水不只是风景，山水画也不是风景画。风景是身体之外的事物，是“观看”的对象，山水则是心灵奔走的现

1 徐复观：《中国艺术精神》，桂林：广西师范大学出版社，2007年，第168页。

场——山重水复中，既包含了痛苦的体验，也包含着愿望的实现。人不是外置于“风景”，而是内化于“风景”，身体是“风景”的一部分，“风景”也是身体的一部分、生命的一部分。因此，“风景”就不再是“风景”，中国人将它命名为：山水。山水不是山和水的简单组合，或者说，它不只是一种纯物质形态，而是一种精神的体现。正因如此，在千年之后，我们得以透过古人的画卷，看见形态各异的山水，比如董源的圆转流动，范宽的静穆高远，王希孟的青春浪漫，赵孟頫的明净高古……

在西方，德国古典哲学自17世纪开始使用“主体”与“客体”概念。有了“主”“客”二分，人类才能“认识世界”和“改造世界”，以研究和改造客观世界为目标的西方近代科学才应运而生，而西方风景画，就是“主体”观察、认识和表现“客体”的视觉方式，所以它的方法也是科学的，比如人体解剖，比如焦点透视。西方的风景画，也美，也震撼，比如俄罗斯巡回画派大师希施金（Ivan I. Shishkin），以生动的笔触描绘出俄罗斯大自然，亦伟大，亦忧伤，但他所描绘的，是纯粹的风景，是对自然的“模仿”与“再现”。相比之下，中国山水画不是建立在科学之上，所以中国山水画里，没有极端的写实，也没有极端的抽象，它所描述的世界，介于二维与三维之间。

西方风景画是单点透视，无论画面多么宏大，也只能描绘自然的片段（一个场面），中国山水画里则是多点透视——高远、平远、深远的“三远”图式，在唐代就已流行，北宋郭熙说：“自山下而仰山巅谓之高远，自山前而窥山后谓之深远，自近山而望远山谓之平远。”[1] 而这仰望、窥视与远望，竟然可以运用到同一幅画面中。

这是最早的“立体主义”，因为它已不受单点透视的局限，让视线解放出来，它几乎采用了飞鸟的视角，使画家自由的主观精神最大限度地渗透到画面中，仿佛电影的镜头，“空间可以不断放大、拉近、推远，结束了又开始，以至于无穷尽，使观者既有身在其中的体验，又获得超乎其外的全景的目光。山水画表现空间，然而超空间；描绘自然，然而超自然。”[2]

西方人觉得，中国画是平面的，缺乏空间感，岂不知中国画里藏着更先进的空间感。以徐复观先生的说法，中国画领先西方现代派一千三四百年，又是成立的。但“主”“客”不分的代价是，中国人强调了精神的蕴含而牺牲了对“物理”的探索。像黄公望这些画家，一生中大部分时间在云游，但

1 ［北宋］郭熙：《林泉高致》，见《中国古代画论类编》，上册，北京：人民美术出版社，2014 年，第 639 页。

2 韦羲：《照夜白——山水、折叠、循环、拼贴、时空的诗学》，北京：台海出版社，2017 年，第 90 页。

兴趣点，却不在地理与地质。古代中国人的世界观，是经验的，而不是逻辑的；是哲学的，而不是科学的。著名的“李约瑟难题”，即“为何近代科学没有产生在中国，而是在17世纪的西方，特别是文艺复兴之后的欧洲”，我想其秘密就藏在：中国人的思想世界，没有像西方人那样，经历过“主体”与“客体”的分家。这一看似微小的差别，在17世纪以后被迅速放大，经过几百年的发酵，中国与西方的历史，已判若云泥。

六

关于中国山水画的抽象性，我说得有点抽象了，还是回到黄公望吧。

他究竟是怎样一个人呢?

黄公望的履历，至为简单——他几乎一生都在山水中度过，没有起伏，没有传奇。

他的传奇，都在他的画里。

他一生中最大的转折，出现在47岁那年。那一年，黄公望进了监狱，原因是受到江浙行省平章政事张闾的牵连。四年前，黄公望经人介绍，投奔张闾，在他门下做了一名书吏，管理田粮杂务。但这张闾是个贪官，他管理的地盘，“人不聊生，盗贼并起”，被百姓骂为“张驴”。关汉卿《窦娥冤》里有一个张驴儿，不知是否影射张闾，从时间上看，《窦娥冤》创作的时间点与张闾下狱基本吻合，因此不能排除这种可能性。总之在元延祐二年（1315），张闾因为逼死九条人命而进了监狱，黄公望也跟着身陷囹圄。关键的是，正是这一年，元朝第一次开科取士，黄公望的好朋友杨载中了进士，热衷功名的黄公望，则失去了这一“进步”的机会。

人算不如天算，出狱后的黄公望，渐渐断了入仕的念头，只能以两项专业技能为生——一是算卦，二是画画。还有两件事值得一说：首先是他在50岁时成为赵孟頫的学生，从此自居“松雪斋中小学生”——显然，他上“小学”的时间比较晚，这也注定了黄公望大器终将晚成；其次，是他在60周岁时，与28岁的小鲜肉倪瓒携手加入了一个全新的道教组织——全真教，从此改号：“一峰道人”。

诗人西川在长文《唐诗的读法》里说：“唐以后的中国精英文化实际上就是一套进士文化（宋以后完全变成了进士一官僚文化）。”他提到，北宋王安石编《唐百家诗选》中近90%的诗人参加过科举考试，进士及第者62人，占入选诗人总数的72%。而《唐诗三百首》中入选诗人77位，进士出身者46人。

据此，西川说：“进士文化，包括广义上的士子文化，在古代当然是很强大的。进士们掌握着道德实践与裁判的权力、审美创造与品鉴的权力、知识传承与忧愁抒发的权力、钩心斗角与政治运作的权力、同情 — 盘剥百姓与赈济苍生的权力、制造舆论和历史书写的权力。你要想名垂青史就不能得罪那些博学儒雅但有时也可以狠刀刀的、诬人不上税的进士们。”[1]

但任何理论都是模糊的，比如黄公望，就是这“进士文化”的漏网之鱼，在这规模宏大的“进士文化”中，黄公望只能充当一个“路人甲”。而且，在元代，“进士文化”的漏网之鱼，还不止黄公望一个[2]，吴镇、倪瓒、曹知白等，都未考科举，未当官，王蒙只在朱元璋建立明朝以后当过一个地方官（泰安知州），后来因胡惟庸案而惨死在狱中，他在元朝也基本没当过官（只在张士诚占据浙西时帮过一点小忙）。在道教界，这样远离科举的人就更多，仅黄公望的朋友中，就有画家方从义、张雨，以及著名的张三丰。

尽管元朝统治者希望像《尚书》里教导的那样，做到“野无遗贤，万邦咸宁”，但在帝国的山水之间，还是散落着那么

1 西川：《唐诗的读法》，原载《十月》，2016 年第 6 期。

2 黄公望未参加过科举考试，有人说他“十二三岁时，就在本县参加了神童考试”，实际上南宋亡国前（景定、咸淳中）已废童子科考试，元初并未恢复，因而黄公望也不可能参加此项考试。至于做官，黄公望当过吏，没有当过官。吏是具体办事人员，没有决策权。在元代，吏与官的区别是很严格的。

多的“文化精英”。他们不像唐朝李白，想做官做不成（西川文中说李白没有参加科举考试的资格），但他承认自己“我志在删述，垂辉映千春”，心里是想着当官的，这些元朝艺术家，对科举一点兴趣没有，也不打算搭理什么鸟皇帝。所以，清代孙承泽《庚子销夏记》说：“元季高人不愿出仕。”这样的一个精英文化阶层，成为元朝的一个“文化现象”，也是“进士文化”传统的一个例外。

由此我们可以知道，黄公望的内心世界，与当了大官的赵孟頫截然不同。当然他们也不是“竹林七贤”，躲在山水间，装疯卖傻；也不像李白，张扬、自傲，甚至有点跋扈。黄公望内心的纯然、宁静、潇洒，都是真实的，不是装给谁看的，当然，也没有人看。

所以，才有了黄公望对山水的痴迷。

他也才因此成了“大痴”。

他在王蒙《林泉清话图》上题诗：

霜枫雨过锦光明，
涧壑云寒暝色生。
信是两翁忘世虑，
相逢山水自多情。

他的内心，宁静澄澈、一尘不染。

他的心里，有大支撑，才不为功名所诱引，不为寂寞所负累。

山是他的教堂，是他的宫殿。

是不绝如缕的音乐。

他晚年在富春山构筑堂室，说："每春秋时焚香煮茗，游焉息焉。当晨岚夕照，月户雨窗，或登眺，或凭栏，不知身世在尘寰矣。"

现实的世界，"人太多了，太挤了，太闹了。但人群散去，天地大静，一缕凉笛绕一弯残月，三五人静坐静听"[1]，敬泽说的是张岱。

也适用于黄公望。

七

黄公望或许就像《射雕英雄传》里黄蓉她爹黄药师，隐居桃花岛，"桃花影落飞神剑，碧海潮生按玉箫"。巧合的是，黄公望不仅像黄药师那样，有一套庞杂的知识结构，所谓上通天文，下通地理，五行八卦、奇门遁甲、琴棋书画，甚至农田水利、经济兵略等亦无一不晓，亦曾隐居于太湖，而且，

1　李敬泽：《小春秋》，北京：新星出版社，2010 年，第 146 页。

也喜欢一种乐器，就是一支铁笛。

有一次黄公望与赵孟頫等人一起游孤山，听见西湖水面上隐约的笛声，黄公望说："此铁笛声也。"于是摸出身上的铁笛吹起来，边吹边朝山下走去。湖中的吹笛人听见笛声，就靠了岸，吹着笛上了山。两处笛声，慢慢汇合在一起。两人越走越近，错身而过，又越走越远，那笛声，在空气中荡漾良久。

黄公望为人，直率透明，如童言般无忌。74岁那年，危素来看他，对着他刚画完的《仿古二十幅》，看了许久，十分眼馋，便问："先生画这组册页，是为了自己留着，还是要送给朋友，传播出去呢?"黄公望说："你要是喜欢，你就拿走吧。"危素大喜过望，说："这画将来一定值钱。"没想到黄公望闻言大怒，劈头盖脸骂了一顿："你们敢用钱来评价我的画，难道我是商人吗?"

其实危素虽然小黄公望34岁，却是黄公望最好的朋友之一。他曾官拜翰林学士承旨，参与过宋、辽、金三史的编修，他曾珍藏二十方宋纸，从不示人，他向黄公望求画，就带上这些宋纸，因为在他心里，只有黄公望的画能够配得上（《宝绘录》说："非大痴笔不足以当之。"）对危素求画，黄公望从未拒绝，仅60岁那一年，黄公望就给危素画了《春山仙隐图》《茂林仙阁图》《虞峰秋晚图》《雪溪唤渡图》四帧画作，而且，在画末，还有柯九思、吴镇、倪瓒、王蒙的题诗。黄吴倪王“元四家”在相同的页面上聚齐，这危素的人品，也太好了。

关于黄公望的个性，元代戴表元形容他“其侠似燕赵剑客，其达似晋宋酒徒”[1]。关于他喝酒，有记载说，当他隐居山中，每逢月夜，都会携着酒瓶，坐在湖桥上，独饮清吟，酒罢，便扬手将酒瓶投入水中。

那种潇洒，有如仙人。

以至于很多年后，一个名叫黄宾虹的画家仍在怀念：“湖桥酒瓶，至今犹传胜事。”[2]

我不知道黄公望的山水画里，包含了多少道教的眼光，但仙侠气是有的。所以看他的山水画，总让我想起金庸的武侠世界，空山绝谷之间，不知道有多少绝顶高手在隐居修炼——《丹崖玉树图》轴的右下角，就有一人在木桥上行走，可见这座大山，就是他的隐居修炼之所。只是在他的大部分山水画里，像前面说过的《快雪时晴图》卷、《九峰雪霁图》轴，看不到人影，到处是直上直下的叠嶂与深渊，让人望而生畏。

1 〔元〕戴表元：《一峰道人遗集·黄大痴像赞》，转引自〔清〕孙承泽：《庚子销夏记》，杭州：浙江人民美术出版社，2012 年，第 38 页。

2 黄宾虹：《古画微》，杭州：浙江人民美术出版社，2013 年，第 44 页。

假如我们将黄公望的山水画卷（如《富春山居图》《快雪时晴图》）一点点展开，我们会遭遇两种相反的运动——手卷是横向展开的，而画中的山峰则是在纵向上跃动，一起一落，表现出强烈的节奏感，如咚咚咚的鼓点，气势撼人，又很像心电图，对应着画家的心跳，还像音响器材上的音频显示，让山水画有了强烈的乐感。

其实，在山势纵向的跃动中，还掺杂着一种横向的力量——在山峰的顶部，黄公望画出了一个个水平的台面。好像山峰被生生切去一块，出现一个个面积巨大的平台，与地平线相呼应，似乎暗示着人迹的存在。这样的“平顶山”，在以前的绘画中虽亦有出现，但在黄公望那里却被夸大，成为他笔下最神奇的地方，在《岩壑幽居图》轴、《洞庭奇峰图》轴、《溪亭秋色图》轴、《溪山草阁图》轴、《层峦曲径图》轴（皆藏台北故宫博物院）等画作中反复出现，仿佛由大地登天的台阶，一级级地错落，与天空衔接。那充满想象力的奇幻山景，有如为《指环王》这样的大片专门设计的布景。那里是时间也无法抵达的高处，是人与天地对话的舞台。

又俨然一位纸上建筑师，通过他的空间蒙太奇，完成他对世界的想象与书写。又像一个孩子在搭积木，自由、率性、决然地构筑他想象中的城堡。

西川在《唐诗的读法》中说，唐人写诗，“是发现、塑造甚至发明这个世界，不是简单地把玩一角风景、个人的小情小调”[1]。其实，中国画家（包括黄公望在内）描绘山水，也是在缔造、发明着一个属于自己的世界。他如此肆意妄为地塑造、捏合着山的形状，透露出画家近乎上帝的身份——他是真正的“创世者”，在纸页上、在想象中，缔造出一种空旷而幽深、静穆而伟大的宇宙世界，并将我们的视线、精神，从有限引向无限。

黄公望笔下的富春山，山峰起伏，林峦蜿蜒，平岗连绵，江山如镜。

那不是地理上的富春山。

那是心理上的富春山。

是一个人的意念与冥想。

是彼岸，是无限。

是渗透纸背的天地精神。

“宇宙便是吾心”。

在高处，白发长髯的黄公望，带着无限的慈悲，垂目而坐，远眺群山。

1　西川：《唐诗的读法》，原载《十月》，2016年第6期。

八

《富春山居图》，原本是无用师的“私人定制”。他似乎已经意识到，自己将得到的，注定是一件伟大的作品。它在绘画史上的地位，可比王羲之《兰亭序》在书法史上的地位，如明代邹之麟在卷后跋文中说：“至若《富春山居图》，笔端变化鼓舞，右军之《兰亭》也，圣而神矣。”

这幅浩荡的长卷，不仅收容了众多山峰，它自身也将成为无法逾越的高峰。所以，他为黄公望提前准备了珍稀的宋纸，然后，耐心地等待着杰作的降临。只是，他没有想到，这一等，就等了七年。

我想，这七年，对无用师来说，是生命中最漫长的七年。想必七年中的日日夜夜，无用师都在煎熬中度过。因为无用师并不知道这幅画要画七年，不知道未来的岁月里，会有怎样的变数。在《富春山居图》完成之前，一切都是那么不确定。为了防止有人巧取豪夺，无用师甚至请黄公望在画上先署上无用师本号，以确定画的所有权。

黄公望似乎并不着急，好像在故意折磨无用师，他把无用师等待的过程，拖得很长。实际上，黄公望也在等，等待一生中最重要作品的到来。尽管他的技巧已足够成熟老辣，尽管生命中的尽头在一点点地压迫他，但他仍然从容不迫，不紧不慢。

此前，黄公望已完成了许多山水画，全是对山水大地的宏大叙事，比如，他76岁画的《快雪时晴图》、77岁画的《万里长江图》。与《富春山居图》同时，79岁时，他为倪瓒画了《江山胜览图》，80岁，画了《九峰雪霁图》《剡溪访戴图》《天涯石壁图》，85岁，画了《洞庭奇峰图》……

他的生涯里，只缺一张《富春山居图》。

但那张《富春山居图》注定是属于他的，因为那图，已在他心里酝酿了一辈子，他生命中的每一步，包括受张闾牵连入狱，入赵孟頫室为弟子，加入全真教，在淞江、太湖、虞山、富春江之间辗转云游，都让他离《富春山居图》越来越近。

《富春山居图》，是建立在他个人艺术与中国山水画长期渐变累积之上的。

它必定成为他艺术生涯中最完美的终点。

于是，那空白已久的纸上，掠过干瘦的笔尖，点染湿晕的墨痕。那些精密的点、波动的抛物线，层层推衍，在纸页上蔓延拓展。远山、近树、土坂、汀洲，就像沉在显影液里的相片，一点点显露出形迹。

到了清代，画家王原祁仍在想象他画《富春山居图》时的样子："想其吮毫挥笔时，神与心会，心与气合，行乎不得不行，止乎不得不止，绝无求工求奇之意，而工处奇处斐亹于笔墨之外，几百年来，神采焕然……”[1]

终于，在生命终止之前，这幅《富春山居图》，完整地出现在黄公望的画案上，像一只漂泊已久的船，“泊在无古无今的空白中，泊在杳然无极的时间里”。

《富春山居图》从此成为巅峰，可以看见，却难以抵达。此后的画家，无不把亲眼见到它当成天大的荣耀；此后的收藏家，也无不把它当作命根，以至于明代收藏家吴问卿，专门筑起一栋“富春轩”安置《富春山居图》，室内名花、名酒、名画、名器，皆为《富春山居图》而设，几乎成了《富春山居图》的主题展，甚至连死都不舍《富春山居图》，竟要焚烧此画来殉葬，所幸他的侄子吴子文眼疾手快，趁他离开火炉，返回卧室，从火中抢出此画，把另一轴画扔进火里，偷桃换李，瞒天过海。可惜此画已被烧为两段，后一段较长（横636.9厘米），人称《无用师卷》（现藏台北故宫博物院），前一段只剩下一座山（横51.4厘米），人称《剩山图》（现藏浙江省博物馆）。2011年，这两段在台北联合展出，展览名曰：“山水合璧”。这是《富春山居图》分割三百多年后的首次重逢。

---

1 〔清〕王原祁：《麓台题画稿》，见温肇桐编：《黄公望史料》，上海：上海人民美术出版社，1963年，第50页。

永远不可能与我们重逢的一段，画着平沙秃峰，苍莽之致。当年烧去、化为灰烬的，大约是五尺左右的平沙图景，平沙之后，方起峰峦坡石。吴问卿的后代曾向恽格口述了他们记忆中的《富春山居图》被焚前的样貌，恽格把它记在《瓯香馆画跋》里。

在元代无用师之后、明代吴问卿之前，两百多年间，这幅画过过好几道手，明代画家沈周、董其昌都曾收留过它。沈周是明代山水画大家，明代文人画“吴派”开创者，与文徵明、唐寅、仇英并称“明四家”。《富春山居图》辗转到他手上时，还没有被烧成两段，虽有些破损，但主体尚好，这让沈周很兴奋，认为有黄公在天之灵护佑，立马找人题跋，没想到乐极生悲，画被题跋者的儿子侵占，拿到市场上高价出售，对沈周，不啻当头一棒。沈周家贫，无力赎回，只能眼睁睁看着它渐行渐远，直至鞭长莫及。痛苦之余，极力追忆画的每一个细节，终于在60岁那年，把黄公望《富春山居图》全图默写下来，放在手边，时时端详，唯有如此，才能让心中的痛略有平复，同时，向伟大的山水传统致敬。

这幅长卷，即《沈周仿富春山居图》，现存故宫博物院。

《富春山居图》，是黄公望用命画出来的，所以它也滋养着很多人的命。

九

我不曾去过王澍设计的富春山馆，但我去过富春江。那是很多年前，我第一次到富春江时，穿过林间小径，看到它零星的光影，待走到岸边，看到那完全倒映的山形云影，猜想着在茂林修竹内部奔走的各种生灵，内心立刻生起一种招架不住的欢欣，仿佛一种死灰复燃的旧情，决心与它从此共度一生。

一个朋友问：

今天的人们，为什么画不出从前的山水画，写不出从前的山水诗？

我说，那是因为山水没了。

变成了风景。

甚至，变成了风景点。

前面说，风景是身体以外的事物，是我们身体之外的一个“他者”。

风景点，则是对风景的商业化。

它是我们的旅行目的地，是投资者的摇钱树。

风景点是一个点，不像山水，不是点，是面，是片，是全部的世界，是宇宙，把我们的身体、生命，严严实实包裹起来。我们存在于其中，就像一个细胞，存在于我们的身体中。我们就是山水间的一个细胞，生命被山水所供养，因此，我们的生命，营养充足。

古人不说“旅行”，只说“行旅”。“行旅”与“旅行”不同，“行旅”不用买门票，不用订酒店，“行旅”是一场“说走就走的旅行”，是在自然中的遨游，是庄子所说的、真正的“逍遥游”。

行旅、渔樵、探幽、听琴、仙隐、觅道，都是生命的一部分。

所以，范宽画《溪山行旅图》。

要画“溪山旅行”，境界立刻垮掉。

“行旅”与“旅行”，见出今人与古人的距离。

黄公望很少画人，像王维所写，“空山不见人，但闻人语响”。

他的山水世界，却成全了他的顽皮、任性、自由。

他的眼光心态，像孩子般透明。

所以董其昌形容，黄公望“九十而貌如童颜”，“盖画中烟云供养也”[1]。

但现在，我们不被山水烟云供养，却被钱供养了。

山水被划级、被申遗、被分割、被出售。

1 〔明〕董其昌：《画禅室随笔》，见温肇桐编：《黄公望史料》，上海：上海人民美术出版社，1963 年，第 44 页。

我们只是在需要时购买。

雾霾压城、堵车难行，都提升了风景的价值，拉动了旅游经济。

后来我们发现，所谓的风景点，早已垃圾满地，堵车的地方，也转移到景区里。

我们或许还会背张若虚的诗：

江天一色无纤尘，
皎皎空中孤月轮。
江畔何人初见月？
江月何年初照人？

心里，却生起一股揪心的痛。

十

空山无人，水流花开。

那空山里有什么？

有“空”。

2017年4月11日至5月5日

吴三桂的命运过山车

苦难不是我们的泪点，幸福才是。

——一位友人

第一节　倾国之灾

康熙十二年（1673）十二月二十一日，有两匹快马冲入北京城，穿过一条条街道和漫天飞舞的冰霰，冲向正阳门内。街上有人循声望去，脸上露出惊愕的表情，嘴巴张成圆形。因为在城里，从来没有人把马骑得如此飞快，到了大清门的下马石前也不见减速。他们根本看不清这骑马人的面孔，只看到疾驰如飞的速度已将他们脑后的长辫拉成一条直线。但见多识广的北京人一定猜得出，千里之外又出大事了。这两匹快马在坚硬如铁的石板地上敲下一连串坚实的马蹄声，有一种催促人心的力量，但没有人猜得出他们带来了怎样的消息，更不会有人知道，建立不到三十年的大清国，倾国之灾已近在眼前。

两匹快马一路奔到兵部衙门前才停下，那两人飞身下马，脚步零乱地冲进去，双手抱着柱子，身体一起一伏，呼吸越来越浑浊和急促，身体深处甚至发出毕毕剥剥的爆裂声，终于，眼睛一翻，昏了过去。

没有人知道，他们已经马不停蹄，疾驰了十一个昼夜。

堂吏认出了他们，一位是兵部郎中党务礼，另一位是户部员外郎萨穆哈。他们是被朝廷派至贵州，备办吴三桂撤藩搬迁所需粮草船只的。他不知他们为何如此急匆匆地赶回北京，只看到他们嘴唇哆嗦着，已经说不出一句话。堂吏急忙送水过去，看他们喉头一耸一耸地把水吞下去，才慢慢地睁开眼，几乎同时说出一句惊天的消息：

"吴三桂……反了！"[1]

我无法想象康熙大帝在宫殿里得知这一消息时的表情，是震惊，是意外，还是愤怒？那一年，康熙才19岁，有一张年轻俊美的面庞，自小在宫殿里长大，使他看上去文弱而俊朗。但后来的历史证明，他是一个经得起大事的人。他8岁登基，14岁亲政，第二年就把权臣鳌拜拿下了。但是此时，他面对的是一个更加凶悍的对手，那就是身经百战的平西王吴三桂。

那或许是年轻的康熙第一次尝到被背叛的滋味，而且，

1 《圣祖仁皇帝实录》，见《清实录》，第四册，北京：中华书局，1985年，第585页。

居然有这么多人背叛他。且不说吴三桂——多尔衮、顺治、康熙三代都未曾亏待他，公元1644年的四月二十二日已卯时分，吴三桂在山海关剃发的那一时刻，多尔衮就以顺治皇帝的名义，授予他平西王的称号，康熙元年（1662），康熙又亲自提名，晋封他为亲王，使吴三桂成为得到清朝亲王爵位的第一位汉人，朝廷对他也达到了赏赐的极限，那位陕西提督王辅臣，也几乎是康熙最爱惜的将军。三年前，王辅臣准备离开京城前往甘肃平凉上任，康熙舍不得他走，对他说："朕真想把你留在朝中，朝夕接见。但平凉边庭重地，非你去不可。"后来，康熙又说："行期已近，朕舍不得你走。上元节就到了，你陪朕看过灯后再走。"临出发那天，康熙突然看见御座边上的一对蟠龙豹尾枪，就对王辅臣说："此枪是先帝留给朕的。朕每次外出，必把此枪列于马前，为的是不忘先帝。你是先帝之臣，朕是先帝之子。他物不足珍贵，唯把此枪赐给你。你持此枪往镇平凉，见此枪就如见到朕，朕想到留给你的这支枪就如见到你一样。"

康熙话音未落，王辅臣早已跪倒在地，泪如雨下，久久不能起身。他抽泣着说："圣恩深重，臣即肝脑涂地，不能稍报万一，敢不竭股肱之力，以效涓埃！"[1]

---

1 〔清〕刘献廷：《广阳杂记》，第四卷，北京：中华书局，2007年，第185—186页。

但王辅臣还是反了，跻身在叛乱的队伍中，与朝廷刀兵相向。康熙想必是被这一连串的“不可思议”打蒙了。他一心治国，却众叛亲离。那段日子里，他一定在苦苦思忖，到底是自己出了问题，还是这个世界出了问题。

第二节　午门以深

当年李自成败亡前，以火烧阿房宫的项羽为榜样，一把火烧了紫禁城。两天后，多尔衮、皇太极的遗孀孝庄皇太后带着七岁的顺治抵达北京，进入紫禁城，看到的只是废墟内部闪烁不定的火焰，和盘旋在上空的几缕青烟。

这个携带着关外的寒气与杀气的王朝，进宫伊始，就充当了消防队员的角色——不只要灭掉紫禁城里的火，还要灭掉全天下的火。顺治在装饰一新的太和门前颁诏天下，太和门的后面却是一片荒凉、一个破败不堪的巨大废墟，像一具被掏去内脏的遗骸，透着阴森和冰凉。

这就是大清王朝最初的舞台。

那时的天下，至少还有三个皇帝。大顺皇帝李自成，正从北京向他黄土高原上的老巢退却，打着东山再起的算盘；在西南的四川，张献忠建立了大西政权；而在江南，大明王朝还有一片残山剩水，供那些养尊处优的明朝官员苟延残喘，崇祯吊死后第二十四天，消息才传到陪都南京，于是在一片吵吵闹闹中把朱由崧推上帝位，要化悲痛为力量，去继承崇祯的遗志。

这是一片盛产皇帝的土地。土地越是贫瘠，当皇帝的冲动就越是不可遏阻。他们眼中闪动着亢奋和凶险的光焰，自告奋勇地充当救世主的角色，不幸的是皇帝的名额只有一个，四海之内，只能有一个真龙天子。为争夺这个法定名额，他们彼此间要打出狗血，把流血和死亡，当作自己的选票。

四个皇帝中，只有七岁的顺治定鼎燕京，入主紫禁城，祈告天地宗庙社稷，取代了原来的明朝皇帝。

紫禁城，是天命之城，因为这座皇城自兴建那天起就是和上天紧紧联系在一起的。“紫”，就是紫微星垣（即北极星）。在中国古代的天象观中，天上的恒星分为三垣（即太微垣、紫微垣和天市垣）和二十八宿，其中紫微星垣居于中天，位置永恒不变，那是天帝的居住地，名字叫紫宫或紫微宫。那么，天帝的人间代表——天子，也自然居住在人世间的中心，“王者受命，创始建国立都，必居中土”[1]，皇帝的宫殿就是中土，是大地的中央，它也必须以“紫”来命名，表明它与天帝的紫微宫处于相同的序列，因此有了“紫禁城”的命名。三大殿，对应的是天上的三垣，而最重要的寝宫乾

1 《五经要义》，转引自乔匀：《紫禁城宫殿建筑与儒学思想》，见《中国紫禁城学会论文集》，第一辑，北京：紫禁城出版社，1997年，第21页。

清宫、坤宁宫，这一乾一坤，也包含了对天、地的隐喻，与乾清宫东面的日精门、西面的月华门，共同组成天、地、日、月。换句话说，偌大的紫禁城，那些星罗棋布、波澜起伏、由无数的直线和曲线组成的宫殿庭院，本身就是一个微缩的宇宙，尤其在夜里，当整个世界都黑暗下来，只有宫殿里灯火繁华，紫禁城就跟这宇宙星系紧紧地融在一起，没有分别了。皇帝就在这天地日月精华中“奉天承运”，他的每一举动，都代表了上天的力量。那条纵贯南北的中央子午线（中轴线），就是人间最重要的权力线，也是帝国内部最敏感的中枢主导神经。紫禁城把上天的意志完美地贯彻到了人间，在它的装饰下，权力不再是野蛮的化身，不再代表暴秦一般的霸权铁律，而是对天意的表达。它纠结（或者说绑架）了上天的力量，使它的主人有了空前的合法性，仿佛一件放大的龙袍，谁穿上谁就是正宗。

李自成也穿上了龙袍，也在紫禁城内登基了，但他没敢或者是没来得及与那条中轴权力线发生联系，因此没有成为真龙天子，他的大顺王朝也没能纳入中国王朝的序列。他在紫禁城西部的武英殿登基，也选择了向西逃亡，西对应着他的生门，同时，也是他的死穴。

顺治皇帝站立在太和门前，成为至高无上的帝王。他不仅接收了明朝皇帝的权威与荣耀，也将他全部的烦恼照单全收，曾经困扰崇祯皇帝的所有难题，如今同样都堆在顺治皇帝的案头，甚至于，他的处境更加堪忧 —— 黄土高原上的李自成、天府之国的张献忠这两个明朝宿敌依旧对清朝虎视眈眈，此外的南明政权，也是一股不容忽视的势力。他三面受敌，或者说，这个王朝诞生伊始，就处在敌人的包围圈中。

在收拾这片旧山河的同时，清朝也开始收拾这片残破的宫殿。建筑工地从午门开始，经三大殿，一路蔓延到东西六宫。[1]这一时期，工匠像战场上的将士一样忙碌。在紫禁城的中央，在中轴线上，有成千上万的民夫在劳作。难道这不是一场声势浩大的行为艺术吗？凡俗而卑微的民夫出现在只有皇帝才能出现的中轴线上，出现在太和殿的中央，甚至出现在摆放龙椅的搭垛上。那搭垛有一个专业的名字，叫作“陛”，实际上是皇帝上下龙椅的木台阶，此时，只有那些身份卑微的民夫才是真正的“陛下”，而皇帝，则只能偏居在紫禁城的一隅，等待着紫禁城的建成。

巨大的宫殿又重新出现在红墙的内部，与原来的部分严丝合缝。午门，顺治四年（1647）建成[2]；乾清宫，顺治十二

1　参见姜舜源：《论北京元明清三朝宫殿的继承与发展》，见《紫禁城建筑研究与保护——故宫博物院建院70周年回顾》，北京：紫禁城出版社，1995年，第89页。

2　〔清〕鄂尔泰、张廷玉编纂：《国朝宫史》，上册，北京：北京古籍出版社，1987年，第187页。

年（1655）建成，而它的真正完成，则是康熙八年（1669），和太和殿工程一道完工的。[1]康熙在保和殿住到15岁，后来又在武英殿住了一年，自乾清宫重修竣工，康熙就移住到乾清宫昭仁殿，在此度过了他生命中的后五十年。

吴三桂反叛的日子里，康熙就住在昭仁殿。昭仁殿在乾清宫的东侧，虽然与乾清宫相连，紧邻紫禁城中轴线，但在乾清宫这座显赫的寝宫面前，这座面阔三间的小殿还是十分不起眼。今天的游客来到乾清宫，看完了金龙盘旋的御座和御座上方康熙手书的"正大光明"匾，就会穿过龙光门，转到它身后的交泰殿和坤宁宫去。

公元1644年三月十八，那个雨雪交加的夜晚，崇祯皇帝得知内城已陷的消息，说了声："大势去矣！"就在昭仁殿，拔剑砍死了自己的亲生女儿昭仁公主。康熙没有住在华丽轩昂的乾清宫，而是选择了偏居一隅的昭仁殿，一个重要的原因，就是清朝在四面楚歌中建立，天生就有忧患意识。康熙住在昭仁殿，那里记录着崇祯亡国的历史，有崇祯的提醒，大清王朝才不会重蹈覆辙。

那时他在昭仁殿里住了仅仅三年。他知道治大国如烹小鲜的道理，三年中的每一天，他都是如履薄冰、小心翼翼地

1 〔清〕鄂尔泰、张廷玉编纂：《国朝宫史》，上册，北京：北京古籍出版社，1987年，第189、204页。

度过的——他每天凌晨四点以前就起床，坐以待旦，以防止帝王的安逸生活会让他趋于慵懒和麻木。

很多年后，康熙皇帝为昭仁殿写下四句诗：

雕梁双凤舞，
画栋六龙飞。
崇高惟在德，
壮丽岂为威？[1]

一个王朝的权威性不是仰仗威严的宫殿建立起来的，而是看它的行为是否受到天下百姓的拥戴。

这样提防着，凶险还是不期而至。

第三节　复仇之刃

说起大清王朝的开国功臣，恐怕没有一个比得上吴三桂的。

那不仅仅是因为在公元1644年，统领大明王朝关外兵马的吴三桂背弃了与李自成已经达成的默契，把潮水般的大清军队放进关内，导致大明王朝彻底倾覆和李自成的功败垂成，

---

1 〔清〕鄂尔泰、张廷玉编纂：《国朝宫史》，上册，北京：北京古籍出版社，1987年，第208页。

更因为他紧紧咬住败退的李自成紧追猛打，直至将他彻底剿灭，在这之后，又替大清王朝铲除了南明政权，用弓弦残忍地绞杀南明政权最后一位皇帝——永历皇帝，让大清王朝终于放下了那颗悬着的心。

吴三桂从山海关跟随清军一路进关，没有进北京城，就向着李自成败退的方向一路追去了。他没有时间进城，多尔衮也不允许他进城，因为他毕竟是汉人，多尔衮不准他先期进城，当然有他的不放心——万一吴三桂入宫，率先坐在紫禁城的龙椅上，大清岂不是前功尽弃？但吴三桂那时也考虑不了这么多，李自成是他最大的仇人，他不能放走他，他要追上他，亲手把他劈成两半。

那时的北京城里，几乎所有的宫殿都冒着黑烟，空气中弥漫着硝磺、桐油、烧焦的木头和人的尸体发出的呛鼻味道。与这座城池擦身而过，吴三桂一定会心情复杂地向城墙上方那片污黑的天际望上一眼。他心情黯然，它或许与街巷中那些仓皇无措的市民无关，甚至与那个走投无路的大明皇帝无关，而只关乎一个女人——他耳鬓厮磨的爱妾陈圆圆。在这个世界上，已经没有什么是让他牵挂的了。他的父亲吴襄是被李自成在永平范家店斩首的，首级挑在竹竿上示众；他全家大小三十四口也在北京二条胡同满门抄斩，一个也没活成；甚至连他的忠诚都死了，大明王朝的纲常名教全是一通鬼话，李自成的大顺王朝更是贪婪到丧心病狂，它们都是一丘之貉，都不值得他去效忠。他的心，死了，再也没有什么人需要他牵挂了，他感到一种彻底的轻松。假如说还有一个例外，那就是陈圆圆。在这个冷漠的世界上，也只有陈圆圆还能牵动他的一缕柔情。那时他一定会想，那个被刘宗敏霸占的陈圆圆，此刻正在何处？大顺军队仓皇逃亡之际，她到底是死是活？是夹杂在流蝇一般纷乱的人群中逃命，还是被大顺军队挟持出走？想到这里，一种深刻的绝望与痛楚一定会深深地扯住他的心，让他感到一阵剧烈的痉挛。

与少帅吴三桂的挺拔凶猛相比，李自成的败亡堪称狼狈。他们人马相撞，在满城飞舞的渣滓和灰烬之间，踉跄着逃出齐化门。然而惊魂未定，前面的战马就倒在地上，马腿绊在马腿上，结果是无数战马如同多米诺骨牌一样接二连三地倒下，一股股的石灰粉扬空而起，眯瞎了人们的双眼，越是双手擦，石灰就越是往眼缝儿里钻。那是吴三桂预先侦察到他们的逃亡路线，在齐化门外的大道上提前挖了数千个陷阱，里面放上大水缸，水缸内装满石灰，又在上面盖好浮土，等着大顺军队马失前蹄。李自成的士兵们惨叫着，与战马绝望的嘶鸣声混合在一起，像漩涡一样在天空中盘旋着，很多年后，有人说每逢大雪之夜出齐化门的时候，还能听到这些恐怖的声音。

吴三桂像一只老鼠夹子，牢牢地夹住李自成部队的尾巴，让它痛不欲生，又甩不掉它。李自成匆匆涉过无定河[1]，出城才三十里，就被吴三桂追上了。那时李自成的队伍带着从宫殿里掳来的物资辎重，还有宫人美女，行动迟缓，于是，李自成传出号令，甩掉那些辎重。吴三桂涉过无定河，一到固安，就看见那些零乱的金银衣甲，有的散落在道旁，有的斜挂在树上，像吊死鬼，随风舞动。

这仿佛是一场奇特的欢迎仪式，自从过了无定河，自固安到涿州再到保定，李自成的人马一路上都为吴三桂准备了金银财宝，挂在路边的树枝上，金光闪耀，吸引着吴三桂部下的视线。只有吴三桂目不斜视，他知道，假如被那些财宝引诱，去争抢“战利品”，就会失去宝贵的追击时机。他不允许自己有丝毫的犹豫，因为在他眼里，最大的战利品无疑是李自成的那颗人头。只有用那颗人头，他才能告慰自己的父亲和全家老小，也才配得上装饰他的战无不胜。

李自成退出北京那天，是四月三十日清晨。四天后，距定州[2]还差十里，吴三桂就远远地望见了前方的大顺军。大顺军负责断后的部将谷大成也看见身后地平线上飞扬的尘土。尘土渐渐消落的时分，铠甲和兵刃在阳光下闪闪发光，奔跑

1　隋代称桑干河，金代称卢沟河，清康熙三十七年改名为永定河。

2　今河北定州市。

的马蹄声也像海浪一样，一层一层地浮起来。他知道追兵到了，立即掉转马头，让队伍后阵变前阵，准备迎击吴三桂。转眼间，吴三桂的队伍就带着巨大的惯性，冲到谷大成阵中，双方厮杀在一起，仿佛两股混浊的漩涡，互相冲击和缠斗。大顺军疲于奔命，饥寒交迫，归心似箭，一心要离开这是非之地，早已无心恋战，更重要的是，在山海关，他们早已领教过吴三桂铁骑的厉害，所以吴三桂的骑兵一冲过来，大顺军的阵势就乱了，人人自保，各自为政，谷大成大叫着，挥刀劈死了几名临阵退缩的士兵，却依旧制止不了颓败的局势。此时吴三桂已杀红了眼，脖子上青筋暴凸，挥刀斩去别人的头颅犹如斩下地里的高粱棵子，定州北十里的清水铺，已然成了一片屠宰场，地上躺满了横七竖八的尸体，鲜血从那些尸体里滋出来，力道强劲，在空气中划过一道道弧线以后，形成一摊一摊的血洼，如同画家在大地上涂下的亮丽油彩。

第四节　乱世佳人

一片兵荒马乱中，陈圆圆就混杂在那群满面血污、衣衫凌乱的女子中。她没有死。从后来的史料推测，李自成下令将吴三桂全家抄斩时，她应该不在北京二条胡同吴宅，而是已被刘宗敏掳至府中，溃逃时，刘宗敏必定是舍不得杀她，就把她和数千女子匆匆带上逃亡之路。吴三桂的队伍杀过来时，陈圆圆一定是远远望见了吴三桂，所以当其他女子纷纷逃命的时候，她却孤身迎着吴三桂的战旗走去……

自从吴三桂在山海关听到陈圆圆被刘宗敏霸占，就再也没有得到过陈圆圆的消息。记忆中那个熟悉的陈圆圆被战火、浓烟和死亡一层层地遮挡起来，像一层厚厚的血痂，把他的心紧紧包裹住，让它变冷、变硬，失去了原有的温度和质感，他整个人都变成一部杀人的机器，幽暗、冷酷，没有了正常人的情感。所以当陈圆圆再度出现在自己面前时，他简直无法判断眼下是梦，是幻，还是无须质疑的真实。

可以想象那一夜会是多么漫长，她美轮美奂的面孔、玉一般的肩膀，乃至馨香入骨的气味，他都是那么熟悉。这些都曾在他的世界里销声匿迹，如今，它们都回来了，在他伸手可触的范围内。当他企图覆盖她的身体，在黑暗中寻找她温热的嘴唇，他才发现自己的动作居然是那么地粗鄙和笨拙。在这凡俗的甚至肮脏的世界中，她就是仙女，让他的生命有了希望和光泽。找到陈圆圆，等于让吴三桂找回了那丢失已久的魂。他那颗孤悬已久的心终于又回到了原来的位置上，有了最初的血流。他不再晕眩，不再迷茫，而终于有了正常的心跳。

这一刻他才发现，深埋已久的爱情居然没有泯灭，他渴望这份爱情能让他的灵魂得到一个安歇之所，但陈圆圆终究不是止痛剂，也不是迷幻剂。时间一久，吴三桂心底的那份疼痛就会幽幽地泛上来。当新一轮的疼痛涌上来时，甚至会比之前更加疼痛。

一个新的问题此时会隐隐地浮上来，把吴三桂的心扯住——被刘宗敏霸占期间，陈圆圆会不会失节？关于这一隐私，我查遍史料，没有找到答案。我想这一秘密一定随着主人进了坟墓，即使时人有记录，也未必靠谱——兵荒马乱，谁会在意一个艺妓的下落呢？而作为当事人，吴三桂和陈圆圆也绝无可能对外人谈及此事。陈圆圆固然曾是吴门名妓，色艺冠时，但中国历史上的名妓展露的通常只是绝技而并非肉体，陈圆圆后来被田弘遇收入府中，也是以歌妓身份供养，便于他结交名士。遇到吴三桂，才两情相许。这份深情，岂容他人染指？因此，他们重逢的喜悦里，一定夹杂着一种深刻的隐痛。我猜想这份疼痛一定折磨着他，撕扯着他，甚至控制着他。最终，那份椎心泣血的疼痛又彻底俘获了他，让他俯首帖耳，驱使他拿起自己的兵刃，继续复仇。从这个意义上说，那个柔情的夜晚又是多么短暂。

芙蓉帐底，连鬓并暖，那绝不是吴三桂此行的终点，而只是他的起点。

天长地久有时尽，此恨绵绵无绝期。[1]

1 ［唐］白居易：《长恨歌》，见《唐诗选》，下册，北京：人民文学出版社，1978 年，第 149 页。

天亮的时候，吴三桂又成为原来的那个吴三桂——那个属于战场的、杀人不眨眼的吴三桂。他的心被仇恨填满了，只有凶狠而持久的杀戮才能消解这份恨。在爱与恨的角逐中，占上风的往往是后者。

吴三桂披挂好铠甲，又上路了。他不知哪里是终点，或许，只有李自成的死路，才是此行的终点。他不知道，他估计得太保守了。这条路越走越长，他出大同，渡黄河，取榆林，逼延安，李自成丢了根据地，拔营南下，奔向湖北，吴三桂咬住不放，击溃刘宗敏、田见秀五千步骑兵，生擒了刘宗敏、宋献策，把李自成一步步逼入九宫山的死地。

李自成死后，仇恨也并没有在他的心中泯灭。他为这仇恨寻找新的猎物，那就是南明王朝的末代皇帝朱由榔。朱由榔是明神宗朱翊钧（万历）的孙子，明熹宗朱由校（天启）、思宗朱由检（崇祯）、安宗朱由崧（弘光）的堂弟。此时，他已是南明政权的第四代领导核心（前三代分别是弘光政权、隆武政权、鲁王监国政权），而那个以明为号的国度，依旧延续着它从前的黑暗。对于这个流亡政权来说，官僚们的既得利益已经很小，但他们依旧死抱不放，每个人都想着自己，没人顾及国家的安危。腐败和党争对他们来说已成习惯，没有它们，他们活不下去，有了它们，他们又注定会灭亡。或许正是这一点，使得吴三桂的背叛有了理直气壮的理由。

永历带着他的一班文武狼狈逃向云南，进入昆明。但没有多久，清军就像奔涌的洪水，尾随而至。永历无路可退，只好越过国境，逃往缅甸。他带着他王朝的人马和百姓刚出昆明城西的碧鸡关，人马就拥挤踩踏，哭声震天，永历不禁下令停车，站起身来，扶住黔国公沐天波的肩头，回首眺望昆明宫阙，一行热泪滚涌而出，带着凄苦的哽咽声说："朕行未远，已见军民如此涂炭，以朕一人而苦万姓，诚不若还宫死社稷，以免生灵惨毒。"[1]说完，放声大哭。

顺治十八年（1661），年仅24岁的顺治皇帝辞世，康熙登基，永历的命运，不会因清朝皇帝的变化而有丝毫的改变。十二月初二，日已西沉，丛林笼罩在一片薄暮中。走投无路的永历，连同太后、皇后，依次坐上缅甸官员备好的轿子，向河岸走去，文武大臣和妻妾子女在他们后面一路跟随，一路哭泣。大约行了五里，就到了河岸，永历看见有几只船早在那里等候，就下轿登舟。船启动了，风从丛林里钻出来，在他耳边拂过，声音凄厉。这时天完全黑了下来，周遭什么也看不见，永历也不知船往哪里去。就在这时，突然有一个

1 ［清］李天根：《爝火录》，下册，杭州：浙江古籍出版社，1986年，第927页。

人涉水来到永历船前，背上永历就走。永历问来者何人，他说：“臣是平西王前锋高得捷。”永历语气平缓地说：“平西王吴三桂吧！现在已到这里吗？”高得捷沉默不语，四周传来他行走时哗哗的水声。

吴三桂就这样与缅甸王合谋擒获了永历。就在这一天夜里，吴三桂前往羁押地见永历，行了一个长揖礼，并没有跪拜。永历问：“来人是谁？”吴三桂沉默着，不敢回答。永历再问，吴三桂扑通一声跪倒，依旧不敢回答。永历第三次问，吴三桂才鼓起勇气，说出了自己的名字。永历叹了一口气，说：“朕本北人，死时要面朝北京的十二陵，你能办得到吗？”[1]吴三桂面如死灰，只答了一个字：“能。”就出去了，从此再也不敢面见永历。

康熙元年四月二十五日，吴三桂下令，在昆明城外的篦子坡，将永历父子用弓弦勒死，然后将遗体运到城北门外火化，消尸灭迹。

据史书记载，永历被勒死的时候，昆明城上空突然响了三声霹雳，大雨倾盆而至，空中突然出现一团黑气，像龙一样飘忽游荡，徘徊良久，才缓缓离去。[2]

---

1 “朕本北人，欲还见十二陵而死，尔能任之乎？”见［清］徐鼒：《小腆纪传》，第六卷，北京：中华书局，1958年，第81页。

2 “风霾突地，屋瓦俱飞，霹雳三震，大雨倾注，空中有黑气如龙，蜿蜒而逝”，参见［清］刘健：《庭闻录》，上海：上海书店，1985年，第22页。

第五节　山河泣血

党务礼和萨穆哈将吴三桂反叛的消息传入宫阙之前，这个帝国正按它固有的节奏有条不紊地行进着，就像一条河流，不徐不疾，却沉实而稳定。在岁月的更替中，康熙取代了顺治，一步步实现了权力的平稳过渡。不久之前，康熙皇帝刚刚根据太皇太后的旨意，加封了顺治的后妃，三位博尔济吉特氏分别被封为恭靖妃、淑惠妃和端顺妃，董鄂氏也被封为宁谧妃[1]。对于那些宫墙深锁、罗幕轻寒的先帝宫妃来说，这样的封赏多少也是一点安慰，至少，她们没有被这宫城孤立、忘掉。

冬至这一天，康熙前往天坛圜丘祭天，又派遣官员前往永陵、福陵、昭陵、孝陵奠拜先祖，苍茫的天地中，他感到一丝孤独和无助，就像一个孩子，要伸手牵住长辈们的衣襟。

之后，康熙又亲率文武大臣侍卫等，前往太皇太后、皇太后所住的慈宁宫行礼，又前往太和殿，接受文武百官上表朝贺。[2]

1　《圣祖仁皇帝实录》，见《清实录》，第四册，北京：中华书局，1985 年，第 582 页。

2　《圣祖仁皇帝实录》，见《清实录》，第四册，北京：中华书局，1985 年，第 580—581 页。

那是宫殿中最重要的三个节日之一[1]，内廷通常要举行隆重的贺仪。昭仁殿外，乾清宫、交泰殿和坤宁宫这后三宫就仿佛微缩的天地，在雪白的台基上展开。天刚微明，内銮仪卫就已经在交泰殿左右设好了仪驾，在交泰殿檐下设中和韶乐，在乾清宫北面的檐下设丹陛大乐。中和韶乐和丹陛大乐，是明清两朝宫廷用于祭祀、朝会、宴会的皇家音乐，融礼、乐、歌、舞为一体，文以五声，八音迭奏，是名副其实的雅乐。乐声中显示出皇家对天神的歌颂与崇敬，也渲染出皇权的神圣与威严。

天色亮时，宫殿的轮廓一层层地自天宇下浮现出来，随着执礼太监的奏请声，皇后着礼服，仪态雍容地走出坤宁宫，到交泰殿升座。她头戴薰貂吉服冠，冠上缀着朱纬，均匀地覆盖着冠顶，冠上缀着的东珠，在冬日的薄阳下熠熠发光，坤宁宫外，皇贵妃、贵妃、妃、嫔等早已在交泰殿前站好。这时，中和韵乐响起，玉振金声，在冰凉的空气中荡远，第一乐章是《淑平之章》，歌词如下：

承天地道光，

嗣徽音兮俪我皇。

1 元旦、冬至和帝后万寿（生日）是皇宫三大节日。

椒宫壶教彰，

万国为仪燕翼昌。

彤管纪芬芳，

春云渥，

环珮锵。

安贞德有常，

敷内政，

应无疆。[1]

……

然而，透过这平和典雅、节奏缓慢的乐曲，在大地的远方，已经荡起一片尘烟。置身太平盛世，转眼就是祸起萧墙、山河泣血。

听到吴三桂谋反的奏报时，康熙皇帝面沉似水。他是那么地年轻，就像他统治的大清国，年轻、冲动，满怀理想与激情，却又要经过太多的迷乱、彷徨甚至挫败。

微小的昭仁殿，谛听得到天地日月运转的声音吗？康熙时常望着门外的风雨，遥想着在重重的宫门之外，在风雨之外，有连绵的战事正在发生。宫殿犹如江山，被凄风苦雨

1 〔清〕鄂尔泰、张廷玉编纂：《国朝宫史》，上册，北京：北京古籍出版社，1987年，第86、87页。

笼罩着，显出一派凄迷的光景。或许那时刚好有一匹载着驿卒的瘦马，跨过河水暴涨的卢沟桥，驰入风雨中的北京城，把来自穷乡僻壤的奏报，一层层地传入宫阙，呈递到他的面前。

康熙皇帝在昭仁殿里迎来了他执政生涯的最大危机。他面色沉稳，他的目光盯紧了帝国的版图，准备在这块巨大的棋盘上与吴三桂好好下一盘棋，看看到底鹿死谁手。康熙派孙延龄守广西，瓦尔喀进四川，停撤平南王尚可喜、靖南王耿精忠两藩，以团结一切可以团结的力量，同仇敌忾。那是一场看不见对手的鏖战，既考验果敢，也考验耐心。康熙和吴三桂，面孔分别深隐在紫禁城昭仁殿和昆明城里平西王府，相距万里，却都能感觉到对方脸上的杀气。他们各自布下的棋子，在楚河汉界排开了阵势，为争夺每一寸土地而殊死拼杀。地图上的荆州，绝对是不能丢失的一个点。这春秋时楚国的大本营，自古是天下的要冲，在江汉平原拔地而起，扼守着长江天险，自它诞生起，就几乎与战争和死亡相伴随。荆州的历史，就是一部浴血史，层层叠叠的死尸，成为它成长的最佳沃土。这里是离死亡最近的地方，大意失荆州，往往会带来满盘皆输。康熙召见议政大臣等，说："今吴三桂已反，荆州乃咽喉要地，关系最重。着前锋统领硕岱，带每佐领前锋一名，兼程前往，保守荆州，以固军民之心，并进据常德，以遏贼势……”[1]

吴三桂棋先一着，康熙紧随其后，落子无悔。他们各自的棋子犹如一场疾雨，在帝国的大地上散开，随即隐没在那一片焦枯的土地上。

一时间，康熙无事可干，他感到极度紧张之后的突然放松。等待不是最好的办法，但有时，除了等待，世界没有更好的办法了。

昭仁殿静谧无声，这寂静，也是一种彻骨的煎熬。

第六节　红亭碧沼

本来，吴三桂用不着再反了。

永历的死，标志着吴三桂的复仇大业已经圆满完成。他心目中的仇人，一个个地从世界上消失了，变成尸体，变成灰渣，变成微量元素。他剿杀了李自成，扫平了山陕等地的贺珍叛乱和甘肃的回民起义，彻底铲除了南明的流亡政权，在完成个人复仇的同时，顺便也帮大清朝荡平了天下。

康熙登基那年，清朝的最后一个政敌——永历，已经被吴三桂在昆明篦子坡活活勒死了。所有的动荡，所有的离乱，似乎都因永历的死而宣告终结。爱也爱了，恨也恨了，

1 《圣祖仁皇帝实录》，见《清实录》，第四册，北京：中华书局，1985年，第585页。

无论吴三桂，还是这个在战火中煎熬已久的国度，都应该歇歇了。

我相信在这段时期，无论昭仁殿里的康熙皇帝，还是镇守云南的吴三桂，都度过了各自生涯中最轻松、最惬意的时光。一座座崭新的宫殿在紫禁城内重新伫立起来，以宏大的规模宣示着这个王朝的野心，吴三桂也不甘落后，建造气势恢宏的平西王府。在遥远的云南红土地上，楼宇派生出楼宇，亭台复制着亭台，值得一提的是，王府的选址不在别的地方，而是恰在永历皇帝的故宫——五华山故宫。

当时有人这样描写吴三桂王府之富丽："红亭碧沼，曲折依泉，杰阁崇堂，参差因岫，冠以巍阙，缭以雕墙，袤广数十里。卉木之奇，运自两粤；器玩之丽，购自八闽。而管弦锦绮以及书画之属，则必取之三吴，捆载不绝，以从圆圆之好。"[1]陈圆圆当年"牵罗幽谷，挟瑟勾栏时"[2]，怎会想到今天的光景！

除了王府，吴三桂还大肆兴建花园，比如王府西面的"安阜园"，广达数十里，流水碧波，有虹桥飞架，园内亭台楼阁，高达百余丈，园中松柏，也高达三丈。他在园中建了一座"万卷楼"，收藏古今书籍，"无一不备"。当然他还收集

1　原文见〔清〕钮琇：《觚賸》，上海：上海古籍出版社，1986年，第72页。
2　〔清〕钮琇：《觚賸》，上海：上海古籍出版社，1986年，第70页。

美女，为此，他派遣专人，到“三吴”地区挑选美女，后宫之选，不下千人。在自己的地盘上，吴三桂建立了一个属于自己的乐土，每逢宴乐，吴三桂就会拿出自己的笛子，幽幽地吹起来，身边的宫人美女们窈窕伴舞歌唱。歌舞罢，吴三桂就命人重金赏赐，看到美女们争抢金银珠玉的身影，吴三桂放声大笑。

但吴三桂毕竟是一个重情义的人，无论他活得多么没心没肺，都没有忘记陈圆圆，因为她是他生死相依的伴侣。即使她曾被刘宗敏霸占，也没有影响他对她的爱意，这份感情，应当说难能可贵了。当朝廷降旨，将亲王的正室以妃相称的时候，吴三桂的第一心思就是把妃的名号赐给陈圆圆，陈圆圆说：“妾以章台陋质，得到我王宠爱，流离契阔，幸保残躯，如今珠服玉馔，依享殊荣，已经十分过分了。如今我王威镇南天，正是报答天恩的时候，假如在锦绣当中置入败絮，在玉几之上落下轻尘，这岂不是贱妾的罪过吗？贱妾怎敢承命？”[1]

的确，陈圆圆所要不多，油壁车、青骢马，几经离乱之后，从前的梦想都化作了现实，化作眼前的良辰美景，她还有什么奢求呢？至于王妃的封号，她是承担不起的，吴三桂

1 〔清〕参见钮琇：《觚賸》，上海：上海古籍出版社，1986 年，第 71—72 页。

这才把它给了自己的正室张氏。

但他还是为陈圆圆专门修建了一座花园，名字叫“野园”，在昆明北城外，是一片浩渺无边的花园。美人似水，佳期如梦，在这繁花似锦的春城，他无须再想死亡和离别。在碧园清风中入睡，睡时陈圆圆在他身边，醒时陈圆圆还在他身边。无论是梦，还是醒，都不能把他们分开了。怀抱陈圆圆的吴三桂，拥有的岂止是美色，更是一番人世有情的温慰。有情人终成眷属，两情缱绻间，他此时的幸福，就像他的权力一样坚固，他可以完全凭借自己的意志来拼搭梦幻的楼台，他的梦没有人能撼动。

那段日子里，吴三桂常来野园，用月光下酒。酒酣时，陈圆圆会唱上一曲。歌声悠扬清婉，那是属于他们自己的“中和韶乐”，不是用来修饰辉煌的仪仗，而是诉说他们内心的幽情。“冲冠一怒为红颜”，那已是二十多年前的旧事了，吴三桂已不是那个怒发冲冠的少年，陈圆圆也已不是当年的美少女。但她虽已年届四旬，却依旧额秀颐丰、容辞闲雅，风韵却丝毫未减。吴三桂听得动情，就会拔出宝剑，随歌起舞。陈圆圆歌唱，吴三桂舞剑，两个人的眼角，都漾着几点泪花。

但吴三桂想错了，他的世界貌似坚不可摧，实际上不堪一击。他的奶酪，并非无人能动。那个人，就是万里之外的康熙大帝。

吴三桂太迷信自己手中的实力，这种实力给他带来一种虚妄的安全感——天高皇帝远，他与康熙至少是井水不犯河水吧。但他穿金戴银，吃香喝辣，搜刮民脂民膏，俨然成了一方诸侯，他的安全感，分分钟就会被皇帝撕碎。

——假若皇帝调虎离山，召他进京述职，哪怕是召他入宫寒暄叙谈，他能抗旨吗？

一入深宫，他岂不就成了皇帝砧板上的鱼肉？

就像孙悟空，终究逃不出如来佛的手掌心。

红亭碧沼，那是吴三桂的乐园，更是他的陷阱。

失乐园，是他无法抗拒的命运。

吴三桂走到了他政治生涯的顶峰，从那顶峰坠落下来，也只是转眼间的事情。

一个朝代，一个人，都是如此。

康熙削藩的圣旨一到，他才如梦初醒。

第七节　鸟尽弓藏

吴三桂纸醉金迷、裘马轻狂，对社稷来说并不是一件坏事，因为一个玩物丧志的开国元勋对于朝廷来说绝对是安全的同义词。吴三桂已经位及亲王，是一个汉族官员所能达到的最高点，又有美人在侧，他应当是无欲无求了。

假如说吴三桂还有什么心愿的话，那就是朝廷能让自己像明朝的沐英，世世代代镇守云南，世袭亲王的爵位。但他想得太简单了。西寺落成时，吴三桂让盐道官赵廷标作诗一首。赵廷标脱口而出一首打油诗：

金刚本是一团泥，
张拳鼓掌把人欺。
你说你是硬汉子，
你敢同我洗澡去！

虽是玩笑，却暗含了一种警示。飞鸟尽，良弓藏；狡兔死，走狗烹，这是千古不易的真理。功高盖主，更是人臣之大忌。因为他的功劳簿记得满满的，皇帝的英明就显不出来。自刘邦麾下悍将韩信到眼前的鳌拜，哪个功高震主的臣子不死得无比难看？更重要的是，昆明城里的万丈楼台，无疑是对紫禁城威严的巨大挑战，因为建筑本身就是野心的纪念碑，建筑的高度，标定着野心的高度。吴三桂的殿宇高达百丈，即使万里之外的北京，也无法视而不见。

危楼高百尺，下一句就是：手可摘星辰。

那颗星辰，就是皇帝朝冠上的那颗璀璨的龙珠。

昭仁殿里，康熙突然感到一阵冷风吹过自己的发际，他下意识摸了一下，头顶那颗龙珠还在。

终于，一种警觉的目光，第一次自紫禁城的深处射来。

只是吴三桂毫无察觉。如花的美景和美女的细腰遮住了他的视野。

人到中年的吴三桂，不再有思考的能力。

十多年前，我的朋友张宏杰曾经写过一篇关于吴三桂的长散文《无处收留》，我十分喜欢这篇散文。在这篇散文中，宏杰将康熙与吴三桂的冲突归结为二者道德原则的冲突，他说："一条噬咬旧主来取悦新人的狗，能让人放心吗？一个没有任何道德原则的人，可以为功，更可以为祸。"

相比之下，"康熙皇帝基本上是在和平环境下长大的，与从白山黑水走来的祖先不同，他接受的是正规而系统的汉文化教育。到了康熙这一代，爱新觉罗家族才真正弄明白了儒臣所说的天理人欲和世道人心的关系。出于内心的道德信条，他不能对吴三桂当初的投奔抱理解态度，对于吴三桂为大清天下立下的汗马功劳，他也不存欣赏之意。对这位王爷的卖主求荣，他更是觉得无法接受。对这位功高权重的汉人王爷，他心底只有鄙薄、厌恶，还有深深的猜疑和不安"[1]。

精辟，深刻，却不完全。

1　张宏杰：《无处收留》，见《大明王朝的七张面孔》，桂林：广西师范大学出版社，2006年，第297—298页。

因为宏杰兄高估了康熙大帝的道德信条，后来的事态发展证明，康熙也并非一个道德的完人，相反，他同样是一个过河拆桥、背信弃义的行家里手。本文开篇提到的王辅臣，本来是康熙派到甘肃去平叛吴三桂造反的，他却因受到陕西经略莫洛欺压，逼他陷入死地，造成部队哗变，愤而叛清，向莫洛军营发起突然袭击，莫洛被流弹打死。从平叛到反叛，王辅臣命运的戏剧性转折让康熙百思不解，急忙召见王辅臣的儿子、大理寺少卿王继贞，劈头一句话就是："你父亲反了！"王辅臣是骁将，他的反叛，无论从心理上，还是战略上，都给了朝廷极大的打击。康熙忧心忡忡地对大学士们说："今王辅臣兵叛，人心震动，丑类乘机窃发，亦未可定。"[1]康熙不幸言中了，王辅臣的反叛，在陕甘引起连锁反应，绝大多数地方将领都加入到反叛的行列。陕西是战略要地，叛军向南可与四川叛军会合，向北可挺进中原，长驱直入帝都北京，而当时的清军正云集在荆州，准备堵住吴三桂这股洪水，北京城虚空，大清王朝已命悬一线。

朝廷实在没有力量再去对付王辅臣了，只能派了一些蒙古兵前往陕西征剿，天寒马瘦，数千蒙古骑兵集结在鄂尔多斯草原上，整装出发。但康熙深知，对王辅臣安抚为上，频

1 《圣祖仁皇帝实录》，见《清实录》，第四册，北京：中华书局，1985 年，第 665—666 页。

频摇动橄榄枝，以求不战而屈人之兵。他不仅派人前往王辅臣营中，让他传达皇帝的旨意，甚至把王辅臣的儿子王继贞都派了过去，临行还叮嘱他："你不要害怕，朕知你父忠贞，决不至于做出谋反的事。大概是经略莫洛不善于调解和抚慰，才有平凉兵哗变，胁迫你父不得不从叛。你马上就回去，宣布朕的命令，你父无罪，杀经略莫洛，罪在众人。你父应竭力约束部下，破贼立功，朕赦免一切罪过，决不食言！"[1]

送走了王继贞，康熙的心里还是忐忑不定。他在昭仁殿里徘徊苦思，然后走到紫檀长案前，提笔给王辅臣写了一封信：

> 去冬吴逆叛变，所在人心怀疑观望，实在不少。你独首创忠义，揭举逆札，擒捕逆使，差遣你子王继贞驰奏。朕召见你子，当面询问情况，愈知你忠诚纯正笃厚，果然不负朕，知疾风劲草，于此一现！其后，你奏请进京觐见，面陈方略。朕以你一向忠诚，深为倚信，而且边疆要地，正需你弹压，因此未让你来京。经略莫洛奏请率你入蜀。朕以为

1 〔清〕参见刘献廷：《广阳杂记》，第四卷，北京：中华书局，2007年，第186页。

你与莫洛和衷共济，彼此毫无嫌疑，故命你同往再建功勋。直到此次兵变之后，面询你子，始知莫洛对你心怀私隙，颇有猜嫌，致有今日之事。这是朕知人不明，使你变遭意外，不能申诉忠贞，责任在于朕，你有何罪！朕对于你，“谊则君臣，情同父子”，任信出自内心，恩重于河山。以朕如此眷眷于你，知你必不负朕啊！至于你所属官兵，被调进川，征戍困苦，行役艰辛，朕亦悉知。今事变起于仓促，实出于不得已。朕惟有加以矜恤，并无谴责。刚刚发下谕旨，令陕西督抚，招徕安排，并已遣还你子，代为传达朕意。惟恐你还犹豫，因之再特颁发一专敕，你果真不忘累朝恩眷，不负你平日的忠贞，幡然悔悟，收拢所属官兵，各归营伍，即令你率领，仍回平凉，原任职不变。已往之事，一概从宽赦免。或许经略莫洛，别有变故，亦系兵卒一时激愤所致，朕并不追究。朕推心置腹，决不食言。你切勿心存疑虑畏惧，辜负朕笃念旧勋之意。[1]

这封信声情并茂，连顽石都能融化，王辅臣的骨头再硬，

1 此为李治亭先生译文，原文见《圣祖仁皇帝实录》，第四十四卷，见《清实录》，第四册，北京：中华书局，1985年，第589页。

当然抵御不了皇帝的催泪攻势，史书记载，皇帝敕书一到，王辅臣就率领众将“恭设香案，跪听宣读”，向北京的方向，长哭不已。疾风夹杂着他们的哭号，听上去更加凄厉。终于，几经周折之后，王辅臣决定归降大清。这一捷报飞报北京，让康熙脸上立刻露出喜悦之色，宣布将王辅臣官复原职，加太子太保，提升为“靖冠将军”，命他“立功赎罪”，部下将吏也一律赦免。[1]

然而，康熙最终还是食言了，吴三桂死后，康熙并没有忘记对王辅臣秋后算账，康熙二十年（1681）盛夏，正当清军如潮水般把昆明城团团包围的时刻，王辅臣突然接到康熙的诏书，命他入京“陛见”，他知道，兔死狗烹的时候到了，从汉中抵达西安后，与部下饮酒，饮至夜半，老泪纵横地说：“朝廷蓄怒已深，岂肯饶我！大丈夫与其骈首僇于刑场，何如自己死去！可用刀自刎、用绳自缢、用药毒死，都会留下痕迹，将连累经略图海，还连累总督、巡抚和你们。我已想好，待我喝得极醉，不省人事，你们捆住我手脚，用一张纸蒙着我的脸，再用冷水噀之便立死，跟病死的完全一样。你们就以‘痰厥暴死’报告，可保无事。”[2]听了他的话，

1 参见《圣祖仁皇帝实录》，见《清实录》，第四册，北京：中华书局，1985年，第796—797页。

2 参见〔清〕刘献廷：《广阳杂记》，第四卷，北京：中华书局，2007年，第186页。

部下们痛哭失声，劝说他不要自寻死路，王辅臣大怒，要拔剑自刎，部下只能依计行事，在他醉后，把一层一层的白纸沾湿，敷在他的脸上，看着那薄薄的纸页如同青蛙的肚皮一样起伏鼓荡，直到它一点点沉落下来，王辅臣的脸上，风平浪静。

王辅臣不露痕迹地死了，朝廷只能既往不咎。他以这样不露痕迹的"病死"假象蒙蔽了康熙，使他逃过了斩首，也保全了自己的全家和部下不被抄斩，但其他降清将领就没有他幸运了，自康熙二十年（1681）年底，清军攻下昆明，到第二年五月，不到半年时间，吴三桂手下大量投诚清朝的将吏被康熙下令处死，其中，从清朝反叛后又归降的李本琛、江义、彭时亨、谭天秘等均被凌迟处死，王公良、王仲礼、巡抚吴谠、侍郎刘国祥、太仆寺卿肖应秀、员外郎刘之延等一大批从吴三桂部队投诚朝廷的将领皆"即行处斩"，为斩草除根，他们超过16岁的子女也在被杀之列，其余家眷亲属，没有死的也都终生为奴，流放到东北的苦寒之地。康熙末年，王一元在辽东为官，沿途看见许多站丁，蓬头垢面，生活极苦，向他们打听，都说是吴三桂的部下，被发配到塞外充当苦役。著名清史学者李治亭先生在撰写《吴三桂大传》时曾经在东北走访当年被流放的吴三桂的部下兵丁后裔，他们说：他们的祖先早就传下话，当年凡副将以上的将领都杀头了。[1]

康熙"赦免一切罪过，决不食言"的庄严许诺言犹在耳，转眼就是一场残酷的血洗，康熙的道德信条，显然也是守不住的。在皇权至上的年代，保持皇位的稳定是最大的道德，在此之上不再有什么别的道德。于是，"宁杀三千，不放一个"就成为中国皇帝最执着的信条。康熙无疑也是一个利益至上的实用主义者，在这一点上，他与吴三桂完全是半斤对八两。

第八节　权力铁律

康熙与吴三桂之间的冲突之所以爆发，根本原因是——在极权社会，存在着一种权力守恒定律，即：权力总量是一定的，一个人的权力增大，就意味着另一个的权力减小。即使在皇帝与臣子之间，这一守恒定律仍然存在。

清朝皇帝虽然成了紫禁城的主人，中轴线上那一连串做工考究的龙椅收容了他们在马背上颠簸已久的屁股。对于执政者来说，这很重要，因为像暴秦那样"仁义不施"、仅凭实力裸奔的时代一去不复返了，天意成为对皇权最合理的解释，天意解决了帝王们对自身政权合法性和可持续性的普遍

1　参见李治亭：《吴三桂大传》，南京：江苏教育出版社，2005 年，第 617 页。

焦虑，但无论皇帝怎样为自己寻找上天这个靠山，在这个一望无边的国土上，他依旧只是一个孤零零的个体，是“孤”，是“寡”，他永远作为一个单数，而不可能以复数的形式存在，那黑压压的多数会让他心生恐惧。显然，要让天下臣服，仅凭虚无缥缈的天意是不够的，还需要做出可靠的制度安排。

集权，还是分权，这是个问题。这个问题和哈姆雷特的问题同样重要，因为这个问题本身就关系到生存还是毁灭这个大主题。朝代就像钟摆一样，在集权和分权的两极间摇摆不定。夏朝和商朝是集权的，大禹创立夏朝，规划出以中央集权为核心的“九州五服”的天下共同体，在中华大地上完成了一次历史性的聚合，但过度集中的权力却导致了帝王们的荒淫无度，导致国家沦亡，这两朝的末代皇帝桀王和纣王，也从此成为暴君的代名词。周朝是分权的，公元前1046年一个春天的夜晚，伐纣的牧野之战结束后两个月，周武王双目低垂，苦苦思索着强大的商朝灭亡的原因，终于从老子“一生二、二生三、三生万物”的理论得到启示，开始实行分封制，“一家的天下”变成“大家的天下”，把单数变成复数，以借此增强帝王权力的稳固性，没想到过度的放权导致了中央权力的“空心化”，使天下大乱，周朝在四面楚歌中彻底灭亡。汉初分王，唐代藩镇，试图建立“你好我也好”的“公天下”，但“七王之乱”“藩镇割据”却又成为各自朝代最恐怖的记忆；宋代生怕皇权旁落，把权力攥出了油，把天下的将军当贼防，但权力集中带来的腐败，最终让这个王朝死无葬身之地，“无限江山，别时容易见时难”。江山传到明清两朝，这一政治困境也击鼓传花似的传到这两代皇帝手里。明朝第二位皇帝朱允炆“削藩”，导致了自己权力的倾覆，清朝为了夺取和巩固政权而分封诸王，封吴三桂为平西王、耿精忠为靖南王、尚可喜为平南王，使他们成为中国历史上最后一批藩王[1]，但仅过了二十多年，“分封”[2]的恶果就显露无遗，藩王们割据一方，尾大不掉，使藩地成为针插不进、水泼不进的独立王国，不仅侵蚀着皇帝的权力，而且所有的行为还都让皇帝买单。这是在吸皇帝的血，榨皇帝的骨髓，让康熙皇帝奋起自卫，开始了“平三藩”的大业。此后的权力钟摆，就只向皇帝一方无限靠近了。天下之事，天下人再也无权染

1 此前的后金天聪七年（1633）、天聪八年（1634），先后从明朝叛降后金政权的孔有德、耿仲明、尚可喜被分别封为“恭顺王”“怀顺王”和“智顺王”，史称“三顺王”。顺治六年（1649），“三顺王”改封号，“恭顺王”孔有德改为定南王，进军广西，后来兵败桂林，自焚而死；“怀顺王”耿仲明改为靖南王，南下时死于江南，其子耿继茂袭爵，后病死，靖南王爵位又由耿继茂之子耿精忠继承；“智顺王”尚可喜为平南王，平定两广，藩守广东。顺治元年（1644）吴三桂在山海关投降清军时，被封为平西王，后来又封为亲王。孔有德死后，剩下吴三桂、耿精忠、尚可喜三王，各据藩地，并称“三藩”。

2 清初的封王与历史上的分封有所不同，“三王”的领地并非封地，封王在各自封地上并不像周代以后的分封诸王那样享有全权，而是只有爵位之名，赐爵号而不赐土。然而，他们因为享有兵权、财权、民政权、人权等诸多权力，实际上却使“三王”成为雄霸一方的诸侯。

指。清朝不仅像明朝一样不设宰相，而且连明朝那样的“内阁首辅”也没有，皇帝赤膊上阵，董事长兼总经理，康熙设立的“南书房”、他的儿子雍正设立的“军机处”，都是皇帝的跟班打杂，目的就是为了集权力于皇帝一人。康熙还不过瘾，又发明了密折制度，全国上下遍布皇帝耳目，普天之下无论官员动态、匪患盗患还是菜价米价、夫妻吵架，都可以写成密折呈入宫中，由皇帝一人亲览[1]，以便未雨绸缪。明代东西厂、锦衣卫固然恐怖，那这是有形的恐怖，它的形状就是东西厂、锦衣卫的形状，而在康熙的时代，告密制度则几乎扩散到整个官场，这是一种无形的恐怖，更加深入骨髓。曹雪芹的爷爷曹寅、父亲曹颙、叔叔曹頫，都成了康熙的情报员，他们主持下的江宁织造，除了充当为皇帝采办丝织品和各种奢侈品的机构，更是一个货真价实的特务机关。

雪片般飘来的密折成为大清皇帝永远做不完的家庭作业，长长短短的句读里，藏着许多人的噩梦，连红极一时的曹家也不例外。

有清一代，中国的皇权专制达到了历史上的峰值。为了维系这种皇权而建立的官僚机构越来越庞大，从而使政府效

1 《钦定大清会典事例》，第一〇四二卷，第 17494—17495 页。

率的降低和腐败在所难免。英国历史学家帕金森曾经提出一条定律，即：行政机构会像金字塔一样不断增多，所以行政人员会不断膨胀，虽然看上去每个人都很忙，但组织效率却越来越低下。其原理是：一个不称职的官员倾向于任用两个（或多个）水平比自己更低的人当助手，以此类推，则庸人越来越多，机构也起来越膨胀，政府变得越来越无用。

这种皇帝权力的最大化固然带来了清初的盛世，但是“一统就死”的效应并未发生改变，空前的盛世，是以空间的禁锢和僵化为代价的，透支了皇权的生命，并最终断绝了皇权的后路。有清一代是中国历史上最后一个皇朝，清朝之后，这种垄断性的权力在这片土地上再无市场。

第九节　低级错误

权力如同喝血，越喝越渴，无论对紫禁城里的康熙，还是平西府里的吴三桂，都不例外。因此，康熙与吴三桂之间为争夺有限的权力资源而爆发的冲突不是偶然的，而是必然的；不是个性的冲突，而是命运的冲突。他们或许都不想冲突，但他们都躲不开。

只不过康熙和吴三桂都犯了低级错误。

在清初的这盘弈局上，年轻的康熙和踌躇满志的吴三桂，都算不得高手。

真正的高手，不是忙着自己出招，而是对对方心里想什么心知肚明。

尽管吴三桂天高地远，乐以忘忧，却不足以打消皇帝对他的顾虑。他自恃有军队，有地盘，更不差钱[1]，就更大错特错，因为他越是如此，在康熙看来就越不顺眼。

但吴三桂最大的错误并不在此，而在他不应该心急火燎地杀死永历。永历已经逃至缅甸，穷途末路，小阴沟里掀不起什么风浪了，但只要他在，朝廷就不敢动吴三桂。可以说，永历非但不是吴三桂的敌人，反而是吴三桂的护身符，吴三桂非但不能抓他、杀他，而且要护他、养他。永历的生老病死，决定着吴三桂的安危。吴三桂的福音，不是出自朝廷的恩典，而是来自永历的赐予。

只要飞鸟不尽，良弓就不会被束之高阁；只要狡兔不死，走狗就不会被红烧了下酒。

水至清则无鱼，包括吴三桂这条体肥肉厚的大鱼。

他的恩师洪承畴在离开云南时曾经忠告吴三桂："不可使连续一日无事。"但吴三桂并没有深刻领会老师这句话的深意。虽然后来不断在云南制造些小乱，借以向朝廷要钱和索

---

1 吴三桂有六万军队，据此向朝廷索要高额军费，云南军费之沉重，在康熙初年也丝毫未减，左都御史王熙愤然指出："就云贵言，藩下官兵岁需俸饷三百余万，本省赋税不足供什一"。参见赵尔巽等撰：《清史稿》，第三十二册，北京：中华书局，1977年，第9694页。

功，但都是小打小闹，亡羊补牢。

在养敌自重这方面，他比不上晚清军机大臣袁世凯的一根手指头。

而康熙的错误则在于，在“平三藩”的问题上过于急躁冒进。那时的康熙，血气方刚，眉宇间闪烁着指点江山的气概。大事不着急，“平三藩”本可以慢慢来。“三藩”之中，平南王尚可喜最乖，在康熙十二年（1673）的春天里上疏康熙，要求放弃兵权，带全家归老辽东。尚可喜自动撤藩，逼得不愿撤藩的吴三桂和耿精忠不得不做出自动撤藩的政治表态，吴三桂自信地说：“皇上一定不敢调我。我上疏，是消释朝廷对我的怀疑。”[1]没想到康熙在他的撤藩申请上批下两个最可怕的字——同意。

在康熙迅疾地写下“会同户、兵二部，确议具奏”[2]的批文之前，他实际上还有更加稳当的选项：既然尚可喜自动撤藩，就先成全他，另两个看情况慢慢来，比如“三藩”之中吴三桂虽然实力最强，但他的年龄也最大，时间站在年轻的康熙一边，他耗得起，只要有足够的耐心，就会把吴三桂活活耗死，等他百年之后，再图撤藩不迟。至于耿

1 〔清〕刘献廷：《广阳杂记》，第一卷，北京：中华书局，2007年，第179页。
2 《圣祖仁皇帝实录》，见《清实录》，第四册，北京：中华书局，1985年，第566页。

精忠，实力远不及吴三桂，吴藩一撤，耿藩也自然成了强弩之末。

但康熙却选择了最不科学的选项，采取“休克疗法”，同时撤掉“三藩”，非但不能团结一切可以团结的力量，反而让他的对手团结起来，同仇敌忾。

康熙批准撤藩的命令传到了云南，吴三桂顿时目瞪口呆。

危楼高百尺，转眼跌下来。

就像今日游乐园里的过山车，从高点瞬间向低处滑行，速度之快，令人头晕目眩。

站在权力的大游戏场里，吴三桂就感觉到一阵前所未有的晕眩。

对吴三桂此时的心境，李治亭先生的分析堪称准确：“他用鲜血和无数将士的生命换来的荣华富贵，苦心经营的宫阙，还有那云贵的广大土地，都将轻而易举地被朝廷一手拿去。一种无限的失落感，使他惆怅难抑，渐渐地，又转为悔恨交加，一股脑儿地袭上了心头！……他意识到自己面临着他一生中又一次重大选择。正像三十年前他在山海关上，面对李自成农民军与清军，做出命运攸关的选择一样，而此次选择，远比那一次更复杂更困难！

“强烈的权势欲驱使他无法安静下来，他不能忍受寂寞，不甘心失去已得到的东西。最使他思想受到震动的是，他感到清朝欺骗了他，撕毁了所有的承诺，把已给他的东西一股脑儿都收回去，这怎能使他心甘情愿！一种自卫的本能不时地鼓励他抗拒朝廷背信弃义的撤藩决定。”[1]

终于，在经历无数个夜晚的撕裂与挣扎之后，一阵阵的鼓角声刺破了康熙十二年（1673）十一月二十一日静谧的晨曦，62岁的吴三桂又一次披挂起戎装。这一次并不是奉旨出征，因为他永远不可能再遵奉清朝皇帝的旨意了，他开始了新一轮的反叛，自称“天下都招讨兵马大元帅”，建国号——周。

在这场弈局上调兵遣将的康熙和吴三桂并不知晓，他们自己实际上也是棋子，是历史棋盘上的棋子，被历史裹挟着，推推搡搡地，在这个历史时刻狭路相逢。如果冲突的双方不是康熙、吴三桂，也必将是另外两个人。这是一场早已注定的大戏，演员可以换，但情节不会改，或者说，老天这位伟大的剧作家早就把情节写好放在那儿了，等着康熙和吴三桂对号入座。

但他们脑子里都没有像我们这么多的观念、理论，他们脑子里只有一个简单的法则——谁赢，这天下就归谁，而且只能一个人赢，没有共赢。在康熙眼中，自己当然是天底

1　李治亭：《吴三桂大传》，南京：江苏教育出版社，2005年，第383页。

下最正宗的皇帝，其他人——从李自成、张献忠、永历到此时冒出来的吴三桂，都是山寨的。而在吴三桂看来，大清的天下是自己送给它的，他能送出去，也能夺回来。

长风吹过旷野，吹动吴三桂蓄起的长发。他头戴汉族的方巾，身穿素服来到永历的墓前，在地上洒了一碗酒，又趴在地上，重重地磕了三个响头，号啕大哭。史书记载，三桂一哭，三军同哭。吴三桂带动了全军的哭声，又在全军的哭声里器宇轩昂地接着哭。他的哭声就像一只小舢板，在哭声的河流中颠簸、颤动和冲撞，就像一曲器宇轩昂的大合唱，吴三桂无疑是那最具权威性的领唱。他的哭声气贯丹田，却不够气贯长虹，因为他的哭声凝聚了太多的愤懑与悲哀，却扛不起天下的道义，更与永历扯不上一毛钱关系——永历是被他残忍绞杀的，他哭永历，岂不是猫哭老鼠？难道在这一刻，他真的尝到了被背叛的滋味而良心发现，试图用眼泪洗刷自身的耻辱？

永历若地下有知，不知作何感想。

这已经是吴三桂一生经历的第三次背叛了。第一次，他背叛了对他寄予厚望的明朝；第二次，他背叛了与李自成达成的协议，阵前倒戈，导致李自成队伍的一溃千里。他的一生，是背叛的一生，是从一次背叛走向新的背叛，生命不息、背叛不止的一生。

还有第四次背叛，那就是他最终背叛了他的爱人——那个与他相依相偎的陈圆圆。

得知吴三桂举起叛旗的消息，陈圆圆默然离开了野园，独自投向无人的荒野。她瘦弱的身影，从此消失在历史云烟中，以至于清朝攻陷昆明以后，在吴三桂的籍簿上也没有发现陈圆圆的名字。

有人说城破时，陈圆圆自缢而死；有人说她独自走到城外，投滇池而死；也有人说她流离他乡，当了道士，在药炉和青灯间打发余生。假如说吴三桂的一生是一辆过山车，那么陈圆圆就跟从着他冲向巅峰和低谷，她无怨无悔。士为知己者死，吴三桂没有做到；女为悦己者容，陈圆圆问心无愧。时人喟叹，陈圆圆这样终了此生，倘在九泉下遇到吴三桂，也算是不负了，只怕是吴三桂抬不起头来，对不住陈圆圆那份刻骨铭心的深情。[1]

三百多年后，有报纸报道在贵州岑巩县水尾乡马家寨发现了一个墓碑，上书“吴门聂氏之墓”六个字，碑文记录了陈圆圆离开昆明后，来此僻居的过程。有人认为碑上“吴门”二字暗指陈圆圆籍贯苏州，“聂氏”不过是陈圆圆为隐瞒身份而编的假姓，旁边有吴三桂心腹大将马宝的衣冠冢，这些痕

1 “遇乱能全，捐荣不御，皈心净域，晚节克终，使延陵遇于九原，其负愧何如矣！”见〔清〕钮琇：《觚賸》，上海：上海古籍出版社，1986年，第70页。

迹似乎都证明了，那一抔温湿的泥土，就是陈圆圆生命的最后归处。[1]

第十节　凄风苦雨

这片浩大的国土上，吴三桂的兵马常来常往，不知杀过几个来回了。当年率清军杀过长江的那份豪情还历历在目，这一次，他几乎是按着原路杀回去的，这逆向的旅程里，似乎包含着他对自己过去历程的否定。对他而言，否定之否定的结果并不是肯定，而是虚无。他的节节胜利，遮掩不住他的迷茫与空虚。

他的心是空的。

没有正义，没有爱。

他的心是空的，即使拥兵二十万也不能给他带来力量感。一望见长江北岸，他立刻感到一阵心虚。

一瞬间，他感到自己就像一个被抽干了血液的行尸走肉，没有勇气再踏上北方的土地了。他不敢再与昨日的自己相遇，更不敢面对康熙的面孔。在军事形势最有利的时候，他突然间崩溃了，只希望长江天险可以保住他的小朝廷。

吴三桂的联合大军很快分崩离析了，因为人们很快看出

1　参见《陈圆圆及其墓地》，原载《中国旅游报》，1986年11月11日。

来，吴三桂起兵的目的，并不是为从前的明朝复仇，而是为他自己。

一切都应验了康熙对吴三桂的咒骂："吴三桂反复乱常，不忠不孝，不仁不义，为一时之叛首，实万世之罪魁……"[1]

吴三桂连一片道义的遮羞布都找不到，他的霸业也就没了支撑。战局很快急转直下，吴三桂从高歌猛进到一败涂地，他的赌博很快失去了成功的希望。

康熙十七年（1678）三月初一，吴三桂在衡州[2]匆匆登上帝位。行衮冕礼时，突然天降大雨，仪仗、卤簿被大雨冲得东倒西歪，看来他的"钦天监"工作不称职，天气预报做得极差，而他那名义上的"帝国"也像凄风苦雨中的典礼一样，草草收场了。

三个月后，郁悒寡欢的吴三桂突然中风，后患上痢疾，狂泻不止，没等孙子吴世璠赶到衡州，就咽了气。

这一年，他68岁。

北京的天气也格外异常，只不过与凄风苦雨中挣扎的衡州相反，帝国的北方不是涝，而是旱。大旱持续了很久，让康熙这位上天之子感到很没面子。显然，上天代理人的角色

---

1 《圣祖仁皇帝实录》，见《清实录》，第四册，北京：中华书局，1985年，第606页。

2 今湖南衡阳。

并不好当，一场自然灾害，就能让“君权神授”这一美丽的神话露出破绽。老天不靠谱，把皇权维系在老天身上更不靠谱。六月里，康熙给礼部的谕旨，几乎成了一份深刻的自我检查：

> 人事失于下，则天变应于上。……今时值盛夏，天气亢旸，雨泽维艰，炎暑特甚，禾苗垂槁，农事甚忧。朕用是夙夜靡宁，力图修省，躬亲斋戒，虔祷甘霖，务期精诚上达，感格天心……[1]

关于旱灾的奏报堆满了康熙的案头，昭仁殿里，康熙终于坐不住了。丁亥这一天，康熙皇帝庄重地穿好礼服，面色凝重地走出昭仁殿，前往天坛祈雨。

《清实录》记录下了这不可思议的一幕 —— 就在康熙行礼时，突然下起了雨。[2]雨滴开始还是稀稀疏疏，后来变成绵密的雨线，再后来就干脆变成一层雨幕，在地上荡起一阵白烟。地上很快汪了一层水，水面爆豆般地跳动着，我猜想那时浑身湿透的康熙定然会张开双臂，迎接这场及时雨，他一

1 《圣祖仁皇帝实录》，见《清实录》，第四册，北京：中华书局，1985 年，第 950 页。

2 《圣祖仁皇帝实录》，见《清实录》，第四册，北京：中华书局，1985 年，第 950 页。

定会想，老天爷没有抛弃自己，或者说，自己的精诚所至，感动了上天，给了这个帝国新一轮的生机。对于战事沉重的帝国，没有比这更好的兆头了，康熙步行着走出西天门，那一刻，他一定是步伐轻快，胜券在握。

三年后（1681）的金秋十月，被城墙阻挡数月的清军终于涌进昆明城。望着黑压压的清军，大周帝位的继任者、年仅16岁的吴世璠将一把利刃干脆利落地插进自己的脖颈，吴家被灭门，包括襁褓中的婴儿，只有吴三桂爱妾们洁白的身体在清朝将军们粗壮的臂膀间蠕动挣扎，屈辱地苟且偷安。

大雪吹寒的时节，又有几匹飞驰的驿马闯过北京深夜无人的街道，向大清门冲去，速度之快，让巡夜兵丁的嘴巴同样张成了圆形。昭仁殿内，康熙在睡梦中骤醒，披衣而起时，太监刚好将快报呈上来。他双手颤抖着将它打开，这一次他看到的，是清军克复昆明的捷报。康熙大帝会喜极而泣吗？他在这座宫殿里苦等了九年，当那个年仅19岁的稚嫩天子已经挺立成了28岁的坚硬汉子时，终于等来了属于自己的胜利。九年中，他几乎没有一夜安寝过，那些断断续续的夜晚，充斥着失望、迷茫、焦躁甚至悔恨，但捷报到来时，所有这一切都烟消云散了。只有穿透那些漫长而污浊的夜晚，年轻的他才能看到天地之澄澈、人生之壮丽。他走到案前，抽出一支笔，挥挥洒洒写下一首七言诗：

洱海昆池道路难，
捷书夜半到长安。
未矜干羽三苗格，
乍喜征输六诏宽。
天末远收金马隘，
军中新解铁衣寒。
回思几载焦劳意，
此日方同万国欢。[1]

此时，“云南等处俱已底定，天下永归太平”。康熙神色庄重地祭告了天地、太庙、社稷，十二月初八，康熙密谕奉天将军安珠瑚，命其筹备圣驾前往盛京，祭拜先祖。密谕中说：

盛京乃祖父初创根本之地，朕不时思念。现值天下无事，欲诣山陵致祭，亦未料定。朕前巡幸，未至永陵，至今悔恨。今若幸彼，必至祖辈旧址观看。[2]

1 《康熙御制诗选》，沈阳：春风文艺出版社，1984 年，第 38 页。

2 中国第一历史档案馆编：《康熙朝满文朱批奏折全译》，北京：中国社会科学出版社，1996 年，第 7 页。

唯一的遗憾，是吴三桂的坟墓，清军一直没有找到。虽有人提供线索，但挖出的都是伪墓。有一天，他们甚至一口气挖出了13副尸骨，因为无法分辨，索性一把火烧了。

吴三桂活不见人，死不见尸，就像一缕青烟，从人间蒸发了。

他消失得如此干净，好像他从来不曾到人世间来过。

又一个春天降临到昆明城时，野园已成了真正的野园，满庭清寂，芳草萋萋，昔日的明眸皓齿、舞袖歌扇早已不见了踪影，只有片片花瓣，从秋千架前，悠然飘过。

2014年6月16—29日于北京

一座书城

一

博尔赫斯在《通天塔图书馆》里设想过一座巨型图书馆，收尽了人间所有的书，而且没有任何两本书是相同的，图书馆配有专职的寻找者，为找到一本书而在图书馆里疲于奔命。人们相信有一本书是所有书的总和，但人们找了一百年也没有找到这本书。

博尔赫斯做过图书馆的馆长，他对图书馆的想象是无穷的。其实，不止一位中国皇帝曾经有过相似的梦想，与博尔赫斯不同的是，他们有能力把梦想变成现实。

永乐元年（1403）七月，刚刚登基的明成祖朱棣就决定编纂一部大型类书。朱棣在诏谕中说："天下古今事物，散载诸书，篇帙浩穰，不易检阅。朕欲悉采各书所载事物类聚之，而统之以韵，庶几考索之便，如探囊取物尔。"[1]

几年之后，书编好了。由于规模太大，难以刻印，所以

1 《明太宗实录》，卷二十，上海书店出版社，2018年版。

由三千文士全部用明代统一的官用楷书——馆阁体一笔一画地抄写成书，入藏南京文渊阁。这部书被永乐皇帝亲自赋予一个响亮的名字:《永乐大典》。

这部前所未有的大书，总共22211卷，装成11095册，共3.7亿字，内容包括经、史、子、集、天文地理、阴阳医术、占卜、释藏道经、戏剧、工艺、农艺，涵盖了中华民族数千年来的知识财富，是我国最大一部类书。《永乐大典》采择和保存的古代典籍有七八千种之多，数量是宋代“四大部书”《太平御览》《册府元龟》《文苑英华》《太平广记》等书的五六倍，就是清代编纂的大型丛书《四库全书》，收书也不过三千多种。《不列颠百科全书》称《永乐大典》为“世界有史以来最大的百科全书”。

英国历史学家加尔文·孟席斯说:“当朱棣指示姚广孝率领2180名学者进行包罗万象、长达4000卷[1]的百科全书——《永乐大典》的编纂工程时，处于文艺复兴前夜的欧洲，对于印刷术还一无所知，实际上，那个时候亨利五世（1387—1422）的图书室里只有六本手抄本，其中三本还是从修道院借来的，当时欧洲最富有的商人Floretine Francesco Datini拥有十二本书，其中八本还

1　孟席斯的数字有误。

都是宗教著作。”[1]

主持编纂《永乐大典》的翰林侍读学士解缙，后来因卷入朱棣之子朱高炽与朱高煦的太子之争而下了诏狱。《明史》曰：“锦衣卫狱者，世所称诏狱也。”[2]永乐十三年（1415），锦衣卫指挥纪纲向明成祖朱棣进呈在狱囚犯籍册，朱棣看见解缙的名字，问：“缙犹在耶？”[3]这话问得有学问，只问解缙还在不在，没说干什么。纪纲心领神会，知道不能让解缙“在”了，回去后，将解缙灌醉，埋在雪堆里，将他活活冻死了。这是一次极具创意的谋杀，死者的身上，没有留下任何凶杀痕迹，看上去极像自然死亡。那一年，解缙四十七岁。

永乐十九年（1421），北京紫禁城已经建成，明成祖朱棣派陈循从南京文渊阁里挑选图书精品一百柜，装在十余艘大船上运到北京，入藏紫禁城，《永乐大典》也一同运来，贮存在太和殿广场东侧的文楼（今体仁阁）内。最辉煌的文化工程，就这样与最壮丽的建筑工程，合二为一。

《永乐大典》是明朝编纂的书籍，此外，还有一些重要的图书是宋元的原版书，明王朝攻下元大都时获得了这批古籍

---

1 〔英〕加尔文·孟席斯：《1421——中国发现世界》，北京：京华出版社，2005年。

2 〔清〕张廷玉等撰：《明史》，北京：中华书局，2000年，第1561页。

3 〔清〕张廷玉等撰：《明史》，北京：中华书局，2000年，第2739页。

秘本，此时皆入藏北京紫禁城文渊阁内，至此，宋代以来皇室旧藏书籍已聚集在北京紫禁城内，其中包括祖制文集及古今经史子集。这一切都被明仁宗时华盖殿大学士、实录总裁官、少傅杨士奇记录在《文渊阁书目》里，证明这不是博尔赫斯式的虚构。

在今天的紫禁城里，我们可以在文华殿后找到一座文渊阁，但那是清代乾隆皇帝为贮存《四库全书》专门建造的，并不是明代的文渊阁。关于明代文渊阁的位置，历史学家们说法不一，甚至有史料认为明朝文渊殿根本不在紫禁城内。于是，那座曾经墨香四溢的文渊阁，就消失在紫禁城的宫阙楼台中，难以辨识了。后来，故宫博物院单士元先生从史料中探寻追踪，终于找出了它的位置："从銮仪卫以西各库直到清内阁大堂，都应属明文渊阁的范围"[1]，这一区域的建筑，包括銮仪卫库、实录库、红本库、银库等，都是"外部包以砖石结构的楼房"，"在砖城楼房之西尽头为内阁大堂"[2]。这与《可斋笔记》中"文渊阁在午门内之东，文华殿南面，砖城，凡十间"[3]的说法吻合，于是我们知道，明代文渊阁，并不像清代文

1 单士元：《文渊阁》，见《单士元集》，第四卷，北京：紫禁城出版社，2009年，第171页。

2 单士元：《文渊阁》，见《单士元集》，第四卷，北京：紫禁城出版社，2009年，第171页。

3 章乃炜等编：《清宫述闻》，上册，北京：紫禁城出版社，2009年，第220页。

渊阁那样是一座单体建筑，而是几座砖石结构的建筑群。

明代文渊阁的区域，目前并没有开放，但站在紫禁城东南角楼附近的城墙上（紫禁城午门向东至神武门的城墙已经开放），可以清晰地看见那几座石质建筑，依然如单士元先生所描述的，“结构都是砖城形式，门为石梁石柱，铁叶包门扇。楼分两层，上层筑长方洞口为窗，石柱边柱以生铁铸成直棂窗，用以采光通风，又可防盗防火”[1]。城墙上游人如织，很少有人知道，那里是明朝的文渊阁，在那里，曾有“秘阁书籍，皆宋、元所遗，无不精美，装用倒摺[2]，四周向外，虫鼠不能损”[3]。只是如今，人已去，楼已空，书不知所终。唯有院子中有几棵柿子树，在这深宫里，兀自开花结果，不知度过了多少春秋。假如在秋天，会看到许多通红的柿子，高高地悬在树端，犹如灯笼，耀眼明亮。

二

以后的时光里，这项宏伟的文化工程和建筑工程都遭遇

1 单士元：《文渊阁》，见《单士元集》，第四卷，北京：紫禁城出版社，2009年，第171页。

2 指蝴蝶装，一种书籍装订方法，始于唐末五代，盛行于宋元，装订时将印有文字的纸面朝里对折，再以中缝为准，把所有页码对齐，用糨糊粘贴在另一包背纸上，然后裁齐成书，翻阅起来就像蝴蝶飞舞的翅膀，故称“蝴蝶装”。

3 〔清〕张廷玉等撰：《明史》，北京：中华书局，2000年，第1567页。

了巨大的挑战，变得命运难卜。嘉靖三十六年（1557），紫禁城燃起大火，三大殿成为一片火海。大火势不可挡，很快向两翼蔓延，存放《永乐大典》的文楼危在旦夕。大火照亮了嘉靖皇帝惊骇的面孔，他连下了三道金牌，命人从大火中抢出大典，于是开始了人与火的赛跑，一阵手忙脚乱之后，终于在文楼被大火吞没之前，大典被抢运出来。

嘉靖皇帝心有余悸，五年后，“殊宝爱之”的嘉靖皇帝决定为《永乐大典》复制一个“备份”，于是下令大学士徐阶、高拱等，招募一百零八名抄写员紧急抄写《永乐大典》。全体抄写人员每人每天抄写三页，历时六年，到隆庆元年（1567），才将《永乐大典》全部抄完，入藏北京皇史宬。

明亡后，《永乐大典》“永乐正本”去向不明，最大的可能是，它消失在李自成离开紫禁城时点燃的那场大火中，为那场“革命”殉了葬。[1]所幸嘉靖“备份”一部副本，使我们今天依然可见《永乐大典》的残卷。

乾隆三十九年（1774），正在参与编修《四库全书》的纂修官黄寿龄私自将六册《永乐大典》带回家校阅，途中遭

1　关于李自成烧毁紫禁城的程度，可参见《朝鲜李朝实录》：“宫殿悉皆烧烬，唯武英殿岿然独存。”见《朝鲜李朝实录中的中国史料》，上编，卷五十八。张怡《謏闻续笔》亦说：“诸宫殿俱为贼毁，惟武英独存”。因此无论《永乐大典》正本存于文渊阁还是如学者张升所说的存在古今通集库，都必将葬身火海了。

窃。乾隆皇帝知道后大怒，说:“《永乐大典》为世间未有之书，本不应该听纂修等携带外出。”将黄寿龄降一级留任，罚俸三年[1]，下令全城搜查，风声鹤唳中，盗书者将书抛在御河边，使这部分《永乐大典》未能遗失。

乾隆时代，四库全书馆开馆时，存放在翰林院的“嘉靖副本”还有9800多册（仅缺千余册）。只不过这“嘉靖副本”，仅仅在时间中“坚持”了两百年，到晚清，就成了强弩之末，再也无力冲破时间的堵截。咸丰、同治、光绪年代，“嘉靖副本”已被管理人员监守自盗，据说文廷式一个人就盗走一百余册。光绪二十年（1894）六月翁同龢入翰林院清查时仅剩八百余册。到光绪二十六年（1900）八国联军侵入北京时只剩下六百余册。这硕果仅存的六百余册，又在义和团和清军攻打使馆的战斗中，被付之一炬。国子监祭酒陆润庠从翰林院废墟上捡回六十四册，运回家中，成为《永乐大典》所剩数量最多的一批。

那些被盗走的《永乐大典》，从此开始了在世界上漂流的旅程。《庚辛记事》记载，庚子之年（1900），北京崇文门、琉璃厂一带的古董店里，“收买此类书物，不知凡几”。萃文书坊出售《永乐大典》八巨册，售价仅一吊而已。

1 参见《纂修四库全书档案》二三七《谕内阁黄寿龄将书携归情尚可原着从宽罚俸三年》，乾隆四十年二月初七日。

故宫武英殿

李少白 摄

今天，全世界只剩下《永乐大典》约四百册（八百余卷，均为“嘉靖副本”），分藏在八个国家和地区的三十个机构中（其中中国国家图书馆161册，台北故宫博物院62册），总量不及全书的百分之四。

三

在雍正皇帝移居养心殿以前，乾清宫一直是明清帝王的寝宫。明朝十四位皇帝，以及清朝的顺治、康熙皇帝，都曾在这里居住、批阅奏章、接见大臣、举行宫廷盛宴。在乾清宫正殿，收藏着两部重要的书籍——《古今图书集成》。这两部《古今图书集成》，一部为殿本开化纸，带红木匣，共50011册，520函；另一部为石印本，538函。

《古今图书集成》的主编是陈梦雷。陈梦雷也是一个神奇的人，他神奇的地方之一，是他曾两度被流放到东北。康熙十二年（1673）春，平西王吴三桂、平南王尚可喜、靖南王耿精忠先后起兵谋反，是为“三藩之乱”。那一年，陈梦雷回福建省亲，被耿精忠强迫加入幕府，他的朋友、同年进士李光地以“父疾”为由得以脱身。陈梦雷于是与李光地密谋，他自己在福州当“卧底”，向朝廷提供耿精忠营垒的情报，由李光地进献给朝廷，同时由陈梦雷主笔，撰写请兵奏稿。但朋友就是用来出卖的，李光地对此深信不疑。李光地不仅贪天功于己有，单独向朝廷上了奏稿，而且当陈梦雷被诬告“附逆”，李光地竟然装傻，一言不发。愤怒之下，陈梦雷给李光地写了《绝交书》，带着全家，走向他的流放地——东北尚阳堡[1]。

在荒寒的尚阳堡，他的父、母、妻先后去世，陈梦雷成了一个无家、无国的人。即使如此，在冰天雪地之间，他的世界仍然不是一片荒寒，依然有一灯如豆，在荒原上孤独地闪亮。那盏灯，就是他读书的灯。就在这流放之地，他依然手不释卷，写下《周易浅述》《盛京通志》《承德县志》《海城县志》《盖平县志》等著作。

康熙三十七年（1698）九月，陈梦雷迎来命运的转机。康熙皇帝巡视奉天，陈梦雷献《神功圣德诗》，康熙皇帝被他的才华所吸引，将他召回京师。第二年，命陈梦雷入内苑，侍奉康熙第三子、诚亲王胤祉读书。胤祉自幼酷爱学术，精于文学、书法、骑射，任命陈梦雷为胤祉老师，可见康熙对陈梦雷的认可。多年流放，一朝恩宠，让陈梦雷心里萌生了一个宏大的梦想，就是编纂一部超越当下类书的超级类书。

他的梦想得到了康熙皇帝的鼓励，不仅赐给他住宅，而且亲赴陈梦雷书斋，为他亲笔写下一联：“松高枝叶茂，鹤老

1　今辽宁省开原市东四十里，一作上阳堡。

羽毛新”，陈梦雷因此晚年自号“松鹤老人”。自康熙四十年（1701）十月起，陈梦雷根据“协一堂”藏书和家藏图书共15000余卷，开始分类编辑。“目营手检，无间晨夕”，康熙四十五年（1706），这部书终于修成，共一万卷，定名:《文献汇编》。

这套书还没来得及刊印，康熙大帝就撒手人寰。我们都知道，继承皇位的，是“皇老四”胤禛，年号：雍正。雍正登基后，对自家兄弟开始进行“政治清洗”，他的三哥胤祉尽管一心编书、无心皇位，仍然被发配到遵化马兰峪为康熙守陵，后来又被夺爵，幽禁于景山永安亭，直到他病逝于斯。身为胤祉的老师，陈梦雷也被裹挟入这场皇位之争中，他的命运，几乎是明朝《永乐大典》主修者解缙的翻版。雍正元年（1723年）一月，陈梦雷被流放到更遥远的地方——黑龙江卜魁[1]，这一年，他已是72岁的老人。

陈梦雷走后,《文献汇编》的命运并没有终止，因为它不是陈梦雷一个人的事业，它的上面，承载着康熙，甚至整个王朝的希望。对明清两代统治者而言，一旦铸甲销戈，天下太平，编修一部空前大书的梦想就立刻浮现，因为与建筑比起来，文字更能成为王朝事业的纪念碑，既象征着王朝的鼎

1 今黑龙江省齐齐哈尔市。

盛与辉煌，又能被后人永久瞻仰铭记。尤其对于清朝而言，搜集、编纂中华古籍，更能彰显它的文化正统地位，如康熙皇帝所说，“自古得天下之正莫如我朝”。雍正对此，自然心知肚明。

假如说雍正一朝有什么政绩可言，没有因人废掉《文献汇编》或许就是其一。雍正下令由经筵讲官、户部尚书蒋廷锡重新编校已经定稿的《文献汇编》，于雍正四年（1726）改名《钦定古今图书集成》终于刊印，只不过刊印时，删掉了至为关键的三个字，就是原编者的名字：陈梦雷。

《古今图书集成》刻印地点，在武英殿。武英殿在紫禁城的前朝，与文华殿东西对称，左文而右武。只不过武英殿一直没有担负与武有关的功能，相反，成为清代重要的皇家印书处。武英殿刻书在乾隆年间达到极致，其中以《十三经注疏》《二十一史》最为著名，清中叶到近代（中华书局“二十四史”点校本普及以前），武英殿刻印的正史成为学人治学的主要依据。武英殿印刷的书籍，简称“殿版书”。

《古今图书集成》目录四十卷，分历缘、方舆、明伦、博物、理学、经济6编；约1.6亿字，1万多幅插图，共10040卷，装成5020册，是现存清宫修最大的类书。该书采撷广博，区分详晰，上至天文、下至地理，中有人类、禽兽、昆虫，乃至文学、乐律等等，克服了以前编排上不科学的地方，如张廷玉所说：“自有书契以来，以一书贯串古今，包罗万有，未有如我朝《古今图书集成》者。”有些被征引的古籍，原书在今天早已佚失，因为编入《古今图书集成》，我们才能看见它们的真实面貌。

《古今图书集成》是此前类书《太平御览》的32倍，《册府元龟》的16倍，在中国图书史上可谓浩瀚之作。更值得一提的是，它是全部用铜活字印成的，印制精美，装潢考究，堪称中国古代印刷史上的巅峰之作。

而它的编者陈梦雷，此时正在帝国北方的衰草枯杨间苟延残喘，在此后的史料中，很难寻到他的踪影。他或许并不知晓《古今图书集成》已经印成，带着浓郁的书香墨香，被安放在乾清宫的书格里。假若他知道，一定会面对苍天，涕泗横流。直到20世纪80年代，清史学者张玉兴先生才考证清楚：陈梦雷已于乾隆五年（1741）死于流放地，终年九十二岁。[1]

1934年，中华书局将《古今图书集成》出版，陈梦雷的名字被郑重地印在封面上，此时，距陈梦雷去世，已过去了将近两百年。

1 张玉兴：《关于陈梦雷第二次被流放的问题》，原载《清史研究通讯》，1984年第2期。

四

到了乾隆时代，编纂大书的冲动并未消泯，建造“通天塔图书馆”的工程更加如火如荼。乾隆三十七年（1772），安徽学政朱筠上奏，要求各省搜集前朝刻本、抄本，认为过去朝代的书籍，有的濒危，有的绝版，有的变易，有的讹误，因此，搜集古本，进行整理、辨误、编辑、抄写（甚至重新刊刻），时不我待，用他的话说：“沿流溯本，可得古人大体，而窥天地之纯”，乾隆觉得这事重要，批准了这个合理化建议，这一年，成立了四库全书馆。

根据张升先生考证，四库全书馆主要有两个办公地点，一处在翰林院，相当于在今天安门广场东侧的位置，主要负责勘阅编辑，另一处在紫禁城武英殿，主要负责缮写校正。[1]

乾隆想象中的这部超级大书，志在囊括中国有史以来所有的文化成果，因此首先要展开的是全国规模的搜集旧书运动。之所以要搜书，是因为当时没有图书馆，留存于世间的古代书籍，除了宫廷收藏之外，亦有许多存于民间，尤其是私人藏书家手里。把它们统统搜集上来，才能进行“整理、辨误、编辑、抄写”，编成一部宏伟的《四库全书》。差不多

1 参见张升：《四库全书馆研究》，北京：北京师范大学出版社，2012年，第45页。

每天都有来自全国各地的图书被运到四库全书馆。四库全书馆不仅负责编书，而且负责烧书，对于具有反清倾向的图书一律烧毁。乾隆三十九年（1774）开始，在武英殿前立起了一个巨大的字纸炉，大量书籍被扔进其中烧毁，在世间永久消失了。章太炎先生在《哀焚书》中统计，武英殿前烧毁的书籍“将近三千余种，六七万卷以上，种数几与四库现收书相埒”[1]。吴晗先生感叹：“清人纂修《四库全书》而古书亡矣！”[2]武英殿里,《四库全书》正被静静地编成；武英殿外，相当于《四库全书》规模的书籍正在消失。这完全是两种相反的运动，一方面用一座通天之塔把传统文化高高地托举起来，一方面又为它掘了一个墓穴，把它深深地埋藏，就像一个人，在抢救另一个人的生命，同时又想把他害死。这看上去十分荒诞，匪夷所思，但这样荒诞的事就在乾隆的时代里发生着，并行不悖。

《四库全书》注定是中国古代规模最大的丛书，它的规模远远超过了《永乐大典》和《古今图书集成》。“四库”，是指它的内容分经、史、子、集四大类；“全书”，就是说它是一套很全的书，内容几乎涵盖了古代中国所有的学术领域，全

1　参见章太炎：《哀焚书》，见《章太炎全集》，第三卷，上海：上海人民出版社，2012年，第322—324页。

2　转印自李建臣：《换一个角度看〈四库全书〉》，原载《文摘报》，2016年1月21日。

书按天、地、人、物、事次序展开，举凡天文地理、人伦规范、文史哲学、自然艺术、经济政治、教育科举、农桑渔牧、医药良方、百家考工等无所不包，规模宏大、分类细密、纵横交错、图文并茂，成为查找古代资料文献的十分重要的百科全书。

对于当时的士人来说，这无疑是一项纪念碑式的国家工程，因为这一浩大的工程，既空前，又很可能绝后。所有参与其中的人，无疑在一座历史的丰碑上刻写下了自己的名字。这座纪念碑，对于以“为往圣继绝学，为万世开太平”为己任的士人们，构成了难以抵御的诱惑。

因此，“皖派”学术大师戴震迈向“四库馆”的步伐义无反顾。乾隆十九年（1754），戴震避仇入京，独居在歙县会馆，生活无着。潦倒之际，与纪晓岚相识，纪晓岚欣赏戴震的文采风华，就把这个“盲流”接到自己家中居住，一起谈书论道。戴震把自己所著《考工记图》给纪晓岚看，纪晓岚钦佩无比，帮助他付梓刊印，还为他写了序。后来四库全书馆成立，纪晓岚向总裁于敏中推荐戴震入馆。

在戴震身后，越来越多的士人奔向“四库馆”。当时的大学者，除戴震外，还有邵晋涵、周永年、余集、杨昌霖。徐珂写《清稗类钞》，将他们五人称为“五征君”。戴震不再孤独，“四库馆”里，成百上千的编书、抄书者仿佛潮水，迅速淹没了他枯寂的身影。

每一个朝代都有自己的文化梦想，其实每一个人也是一样。尤其在明清之际，文网越织越密，士人的空间，已不似唐宋时那样游刃有余。遥远的东北边疆，流放的也不只是陈梦雷一人，如康熙时期的诗人丁介所写：“南国佳人多塞北，中原名士半辽阳。”可见文人流放，也是成规模的，让人想起沙皇时代流放西伯利亚的俄罗斯知识分子。不同国家里的封建帝王，治理思路竟然完全一样。清代《指严笔记》说：“清初康、雍、乾三朝多文字狱，往往一字句之细，钩距锻炼，辄骈戮数十百人。锒铛载络，血肉横飞，其惨酷为历史以来所未闻。”[1]在这种气氛下，编纂《永乐大典》《古今图书集成》这些类书，可以使天下士人在皇权的庇护下“安全地”做学问，也给了他们一个将个人的学术生命与华夏整体文脉相连通的机会，也让他们在帝国的事业里，寻找到了个人的快乐。

编纂《四库全书》，犹如当年编纂《永乐大典》《古今图书集成》一样，对于爱书的士人而言，不啻于一次精神的狂欢。四库全书馆里，他们屏住声息，目光贪婪地在书页间流连，安静地编辑、勘阅、分校、抄写、装潢，那份安静，掩盖不住他们内心的狂喜。

---

1 《指严笔记三则》，见《清代野史》，第三辑，成都：巴蜀书社，1987年，第105页。

这快乐，很大程度上是因为这让他们有机会直面古代的珍本秘籍，对读书人而言，这样的机遇可以构成致命诱惑，如总纂官纪晓岚诗中所写，“汗青头白休相笑，曾读人间未见书”。后来写下《清史列传》的沈叔埏，当年进入四库全书馆，一个“不可告人的”目的就是为了接近那些古代秘籍。在担任武英殿分校期间，他抄了很多书，其中不少是《永乐大典》中的书籍，如《老圃集》《都官集》《东堂集》等[1]，他看见了文人们从未看见过的书，一笔一画都来得那样真切，仿佛在记忆里复现了曾经消失的刺目繁华。

戴震也抄过不少书，但许多是为别人抄。他自己坦白：“予访求二十余年不可得…… 及癸巳夏，奉召入京师，与修《四库全书》…… 吾友屈君鲁亦好是学，愿得《九章》刊之，从予录一本。”[2]这本出自戴震的“手抄本”，是《九章算术》。

还有人抄书，是为探讨学问。比如翁方纲每天抄录数条材料与丁杰商榷，是因为他正与丁杰补正朱彝尊的《经义考》。周永年也每天抄书，因为他正与桂馥编纂《四部考》。

于是，伴随着《四库全书》编纂的进行，出现了一个“新生事物”，就是《四库全书》的“副录本”。这些“副录

---

1 张升：《沈叔埏与〈四库全书〉提要稿》，原载《图书馆研究与工作》，2007 年第 2 期。

2 〔清〕戴震：《戴震文集》，北京：中华书局，1980 年，130 页。

本”源于“手抄本”，然后又被再抄，甚至刊印出版。四库全书馆的生产线上，明面上生产着《四库全书》的正文，暗地里却生产着《四库全书》的“副录本”。《四库全书》编到哪里，“副录本”就跟随到哪里，像双胞胎一样如影随形，不离不弃。当乾隆四十六年（1781）十二月，第一部《四库全书》历经十年而编纂、缮写完成，被郑重地安放在紫禁城文渊阁里，大量“副录本”也在皇城外的琉璃厂活跃招摇，待价而沽。

乾隆四十二年（1777）秋天，一个名叫丁杰的文人从琉璃厂五柳居借抄了《尚书全解·多方》，是明代《永乐大典》中收录的版本；《四库全书》中全盘照录了《永乐大典》，当然也收录了《永乐大典》中的《尚书全解》，而这《四库全书》中的《尚书全解》，丁杰又在第二年（1778）八月里在琉璃厂见到，再一次抄录下来。这让他有机会对《永乐大典》中的《尚书全解》与《四库全书》中的《尚书全解》进行比对分析，发现并且修正了很多错误。

于是，《四库全书》，包括《四库全书》中收录的、只有在宫廷内部才能看到的《永乐大典》，借助这些“副录本”，在宫外广泛传播，被民间文人渴望的目光所看见，又介入了他们的书写，成为新的著述，鸡生蛋，蛋生鸡，往复循环。乾隆、嘉庆年间盛行的以辑佚、辨伪、注释为中心的历史文献学研究以及与之相关的文字、音韵、训诂之学，也因此被推上一个辉煌的高峰，这就是著名的“乾嘉学派”。

固然，有人批评这种琐碎的、烦琐的、没有目的和没有判断的考据学，业已成为一些人标榜智力和卖弄学问的手段，它使知识与思想剥离开来，使知识失去了思想的滋养而变得贫乏，也使思想失去了知识的支持而变得苍白，但是，以戴震为代表的乾嘉学人却告诉我们另一个事实，用葛兆光先生的话说，就是“借用知识表达思想的有意识尝试从来就没有中断过”[1]。他们用自己的学术建树，表达了他们重建常识与规则的理性。因此，胡适先生这样评价戴震：“人都知道戴东原是清代经学大师、音韵的大师，清代考核之学的第一大师。但很少有人知道他是朱子以后第一个大思想家、大哲学家。…… 论思想的透辟，气魄的伟大，二百年来，戴东原真成独霸了！”[2]

乾隆四十二年（1777），戴震在纂修官任上去世，享年只有五十五岁。十多年后，乾隆读到戴震所校《水经注》，心中突然一动，想了解一下这个戴震。身边的官员告诉他，戴震已去世多年。乾隆掩上书卷，半天没有说话。

---

1 葛兆光：《中国思想史——七世纪至十九世纪中国的知识、思想与信仰》，第二卷，上海：复旦大学出版社，2014 年，第 366 页。

2 胡适：《戴东原的哲学》，见《胡适全集》，第六卷，合肥：安徽教育出版社，2003 年，第 481 页。

很多年后，纪晓岚翻读戴震遗著，心中想念故友，挥笔写道：“宦海浮沉头欲白，更无人似此公痴。”

五

乾隆四十一年（1776），第一部《四库全书》缮写完成。这一年，一座绿色宫殿，在紫禁城由黄色琉璃和朱红门墙组成的吉祥色彩中拔地而起，像一只有着碧绿羽毛的凤凰，栖落在遍地盛开的黄花中。它以冷色为主的油漆彩画显得尤其特立独行，显示出藏书楼静穆深邃的精神品质。它，就是文渊阁。

文渊阁是乾隆皇帝下江南时看到宁波范氏家族的天一阁受到启发而建成的。它面阔六间，这在紫禁城内也是绝无仅有的，因为紫禁城内的宫殿，开间全为单数。这是取“天一生水，地六成之”之意，表明它以水压火、保护藏书的意图，而这样的开间数里，也暗含着它与“天一阁”的联系。

文渊阁从外面看是两层，里面实为三层。下层中央明间设宝座，是经筵赐茶的地方，《四库全书》主要藏在上下层的中间三间及中层的全层，其余地方放置《四库全书考证》和《古今图书集成》。如今文渊阁《四库全书》已去了台湾，空留那些金丝楠木书柜，在空空楼阁里发着幽暗的光。这些制作精制的书柜，依旧照原样摆放着，如今已成古物。

当年，中国古代三部皇家巨作——《永乐大典》（收录在《四库全书》内）、《古今图书集成》和《四库全书》，全部在文渊阁里贮齐。文渊阁也因此成为清宫最大的藏书处。这座貌似低调的楼阁，承载了一个帝国的光荣与梦想。那些在大火和灾变中消失的纸页，又随新王朝的建立而再生。一个王朝，不仅是在现实的废墟上建立起来的，也要通过纸页和文字来建立。这是因为文字始终是中华文明的核心，文字的载体——纸，虽有脆弱的一面，在火灾、虫蛀乃至战争面前常常不堪一击，但纸从本质上来说又是强悍的，因为纸源于木（树），木的特质，则在于它的生长性。也就是说，纸张与文字可以消泯，但消泯的一切都将附着在纸页上再生，我们的文明，也因此而生生不息。于是，在宋代“四大部书”、明代《永乐大典》之后，清朝又开始了全新的修纂事业，犹如兑现一个古老的诺言。而《古今图书集成》《四库全书》这类超大型书籍的最终完成，则无疑是为王朝的强盛而准备的盛大典礼。

乾隆编《四库全书》，历史上毁誉参半。为了编《四库全书》，就要搜集天下古籍，再按照统一体例校勘编订，对于“禁书”，则要统一销毁，自乾隆三十九年（1774）开始，在武英殿前立起一座字纸炉，不分昼夜地销毁从民间搜来的“禁书”，总量达六七万卷之巨。因此章太炎说，乾隆修了一

故宫文渊阁

李少白 摄

部《四库全书》，也烧了一部《四库全书》。没烧的古籍，也进行了删削、挖改，使得被编入《四库全书》的古书不复原貌。鲁迅对此痛切地写道：“乾隆朝的纂修《四库全书》，是许多人颂为一代之盛业的，但他们却不但捣乱了古书的格式，还修改了古人的文章”，甚至认为：“清人纂修《四库全书》而古书亡。”[1]

但总的来说，《四库全书》是一项伟大的文化工程，它体现了中华文明的纪念碑品质——博大沉雄，穿透古今。乾隆相信，“知识就是力量”，因此他无比看重这套书的编修，《四库全书》总纂修纪晓岚说他：

> 巨目鸿纲，皆由钦定，每乙夜亲观，厘定鲁鱼，典学之勤，实为自古帝王所未有。[2]

作为中华传统文化最丰富最完备的集成之作，中国文、史、哲、理、工、农、医，几乎所有的学科都能够从中找到它的源头和血脉，几乎所有关于中国的新兴学科都能从这里找到它生存发展的泥土和营养。

1　鲁迅：《病后杂谈之余》，见《鲁迅全集》，第六卷，北京：人民文学出版社，1981年，第185页。

2　〔清〕纪昀等：《四库全书总目提要》，台北：台湾商务印书馆，1983年版。

文渊阁《四库全书》陈列

乾隆四十七年（1782），第一套《四库全书》修成，全套36000册，被郑重放入文渊阁。美国哈佛大学费正清研究中心主任欧立德（Mark C. Elliott）说："这可能是人类历史上最宏大的手写本丛书。"[1]

这一刻，无疑是中华文明史上的重要一刻。乾隆在文渊阁设宴，犒赏参与《四库全书》编纂的全体人员。时隔两百多年，我们几乎可以听见他爽朗的笑声。

乾隆皇帝对古代书籍被焚的先例心有余悸，于是又下令为《四库全书》加抄了六个"备份"，心里才算踏实。到乾隆五十五年（1790），前后七部《四库全书》全部抄完，分别藏在七座藏书阁内，其中四座，分别在北京紫禁城内的文渊阁、承德避暑山庄的文津阁、圆明园内的文源阁、盛京（沈阳）故宫的文溯阁，这"北四阁"，全部在皇家禁地，另有"南三阁"，分别是镇江金山寺的文宗阁、扬州天宁寺的文汇阁、杭州西湖孤山南麓的文澜阁，因为它们都在江苏、浙江，因此也被称为"江浙三阁"。

乾隆或许已经意识到这种宫廷藏书的缺撼，就是它虽然保存了古籍，却同时将知识固化，把它们像货物一样封存于仓库里，与整个社会相隔离。于是，乾隆将《古今图书集成》

1 ［美］欧立德：《乾隆帝》，北京：社会科学文献出版社，2014年，第154页。

作为最高奖赏赠给了宁波范氏天一阁等四家藏书楼，“南三阁”也基本对民间士人开放，允许当地士子“就近观摩誊录”，成为公益性图书馆。于是有无数士子，如朝拜一般走进“南三阁”，用手指小心翼翼地捻动书页。这些文人士子中，就有金世宗第二十四代后裔完颜麟庆。嘉庆十四年（1809），他造访文汇阁的时候，满眼的“名花嘉树，掩映修廊”，让他有了一种梦幻般的恍惚感。很多年后，当他在《鸿雪因缘图记》里“回忆当年充检阅时”，仍“不胜今昔之感。”[1]

由于《四库全书》规模过于宏大，翻检不便，乾隆四十三年（1778），乾隆皇帝又命令挑选《四库全书》的精华，编定《四库全书荟要》，收书463种，共20828卷，11178册，一共抄写两部，一部贮藏在御花园的摛藻堂，另一部贮存在圆明园东墙外长春园内的味腴书屋。

六

当然，如同《永乐大典》一样，《四库全书》的未来旅程同样不会一帆风顺。尤其乾隆皇帝去世以后，虽有嘉庆皇帝苦心维持，但道光、咸丰以后，帝国的气运急转直下，日渐衰微，有太多的灾厄，等待着《四库全书》。

1 〔清〕完颜麟庆：《文汇读书》，见《鸿雪因缘图记》，第二集，杭州：浙江人民美术出版社，2012年，第638页。

咸丰三年（1853）早春二月，镇江城破，太平军蜂拥而入，一把火把金山烧了。雕梁画栋的镇江、堆金砌玉的镇江，立刻就成了一片起伏的火海。文宗阁里那些美轮美奂的藏书和书盒，也被裹挟在火中，化作一缕缕的青烟。之后太平军挥师北向，剑指扬州，文汇阁在炮火与厮杀中化为乌有。咸丰十年（1860）李秀成攻入杭州、破江南大营时，文澜阁还安然无恙。第二年，李秀成再破杭州，这一次，文澜阁劫数难逃。《扬州画舫录》里记载的藏书“千箱万帙”的江浙三阁，至此“全军覆没”。

“北四阁”中，圆明园文源阁《四库全书》在咸丰十年英法联军侵入圆明园时被毁。联军的士兵们不懂汉字，当然也不懂这些汉字所承载的价值。在他们眼里，它们百无一用。书架被推倒，书册散落一地，乾隆皇帝曾经小心翻动的纸页，被纷至沓来的皮靴反复踩踏着，留下一道道零乱的鞋印。也有人发现了它们的“价值”，把纸页撕扯下来，在寒冷的秋夜里点燃烤火……

其余三套《四库全书》中，沈阳故宫《文溯阁四库全书》被占为己有，由伪满洲国政府封存，日本投降后，沈阳《文溯阁四库全书》回到中国政府手中，后来又藏入甘肃省博物馆；避暑山庄《文津阁四库全书》，1915年藏入京师图书馆，教育部佥事鲁迅参加了接收，历尽颠沛之后，一直保存到今天，成为国家图书馆的镇馆之宝；而原藏紫禁城的《文渊阁四库全书》则经历了抗战古物南迁的八千里路云和月，于1948年运去台湾，现藏于台北故宫博物院。

除此，还有一套《四库全书》存在人间。

就在杭州文澜阁被李秀成的部队毁坏的第二年，在杭州城西的西溪避祸的丁申、丁丙兄弟，偶逛旧书店，赫然发现了用于包书的纸张竟是钤有皇家玺印的《四库全书》。他们出身书香门第，是八千卷楼（与皕宋楼、铁琴铜剑楼和海源阁合称“清末四大藏书楼”）的主人，一眼就看出那些包书纸，正是落难的《四库全书》。他们大惊失色，于是在书店里大肆翻找，发现店铺里成堆的包装用纸上，竟然一律盖有乾隆皇帝的玉玺。

就在那一瞬间，他们意识到，文澜阁的藏书并没有彻底消失。他们决心一页一页地把它们找回来，雇人每天沿街收购散失的书页。半年后，他们共得到阁书8689册，占全部文澜阁藏本的四分之一。

对于失踪的四分之三文澜阁藏本，他们决定进行抄补。这是没有皇帝发动，而全凭民间文人自觉进行的一次抄书行动。最多，他们取得了浙江巡抚谭钟麟的支持。他们当然知道那个黑洞有多么巨大——那无疑是在他们的天上戳了一个大窟窿，他们要像女娲一样，炼石补天。他们没有丝毫的犹豫，因为他们知道，此时不补，那个黑洞会变得更大，蔓延成伸手不见五指的长夜。丁氏兄弟于是“节食缩衣，朝蓄夕求”，从宁波天一阁、卢氏抱经楼、汪氏振绮堂、孙氏寿松堂等江南十数藏书名家处借书，招募一百多人抄写，组织抄书26000余册。《四库全书》在编撰过程中编撰官员曾将一些对清政府不利的文字删除，或将部分书籍排除在丛书之外，还有部分典籍漏收，丁氏兄弟借此机会将其收录补齐。经过七年的努力，终于使文澜阁之“琳琅巨籍，几复旧观”[1]。

光绪八年（1882），文澜阁重修完成，丁氏兄弟将补抄后的《四库全书》全部归还文澜阁。

这部《四库全书》（即《文澜阁四库全书》），现藏浙江省博物馆。

七

文渊阁是紫禁城内最大的一个藏书处，除此，紫禁城内存放书籍的地点多如繁星，紫禁城，实际上就是一座书城。其中有一些私密的藏书空间，比如在昭仁殿，就有一个很小的密室，是乾隆皇帝珍爱的善本书室。它有一个好听的名字：天禄琳琅。

1 陈训慈：《丁氏兴复文澜阁记》，转引自郭伯恭：《四库全书纂修考》，长沙：岳麓书社，2010年，第179页。

乾隆九年（1744），乾隆皇帝为这间小室题写了“天禄琳琅”匾。“天禄”是指汉代的皇家档案室“天禄阁”，“琳琅”是指宫廷藏书琳琅满目。乾隆说：“皇祖（康熙皇帝）在御时，常寝兴于此，予不敢居，因以贮‘天禄琳琅’诸善本”，从此创立了内府善本专门书库，“内藏宋、辽、金、元、明版旧书，难得罕睹”[1]。

所谓“善本”，是说内容善，即校勘严格，错字漏字很少的版本，渐渐，年代久远、传世稀少的“珍本”，在概念上也与“善本”合流。简单地说，善本，就是好的版本。

《中国古籍善本书目》把善本的时间界限划在明末（公元1644年）之前，但“最好的版本”，无疑是宋版书，因为雕版印刷虽然发轫于隋唐，但到宋代才迎来它的黄金时代。宋版书“纸坚刻软”“字画如写”，凝结了宋人的审美，体现了宋人的生活状态和美学追求，让宋代的文采风流，在纸页间弥漫流动，尤其北宋刻本，留存到今天的，全世界不到一百本。在当下，拥有宋版书，成为许多藏书家追求的目标之一。

在我看来，“善”既是对书的描述，也是对书的定性，因为大千世界，万事万物，最美最好的事物，就是书。书之美，

---

1 《国朝宫史续编》，转引自章乃炜等编：《清宫述闻》，下册，北京：故宫出版社，2009年，第502页。

不只寄寓于雠校、刻印、装潢的意义上，更存在于书的本质意义中——书的存在本身就是美的（尤其是好书），因为人类的记忆、情感、知识、思想、信仰，贮存于我们的肉身之内，而肉身只是短暂的存在，有了书，它们才找到了长久的贮存器，让人类的记忆、情感、知识、思想与信仰历久弥新，也让不同的思想情感可以交流激荡。因此，书是人的生命的延伸，是我们人类超越自我极限的最佳方式。因此，才有一代代知识精英投身到书的事业中，纵然粉身碎骨，依然至死无悔。

世间有“一页宋版，一两黄金”的说法，当年李自成一把大火，不知烧掉了多少两黄金，那些美轮美奂的纸，变成了一股股的青烟，就在这个世界上消失了，再也不可能把它们找回来。所以说，黄金可求，而古书难觅。曾为纪晓岚“阅微草堂”题写匾额的清代学术大师桂馥说，这些善本古籍，“藏之一地，不能藏于天下；藏之一时，不能藏于万世”。又说：“天下之物，未有私之而可以长据，公之而不能长存者。”他眼里的“公之”，就是归朝廷所有，紫禁城，就是天下古书的最佳存放地，那里最安全，也最能使古书得以“长存”，万载永传。其实，紫禁城的“安全”也是相对的，这世界上就没有一个地方是金石永固、牢不可破的，这座皇家宫殿与世界上任何一个地方一样，也经历着世事的变幻与无常，那一场场把古籍烧净的大火就证明了这一点。更何况，这世界上万事万物，都有生有灭，古书也不例外。纸寿千年绢八百，无论我们怎样不舍，那些书也终有一天会化为尘土，重新融入大地。

但无论怎样，我们看到的事实是，当清朝建立，伴随着大规模的图书编纂，又开始了新一轮的搜求古籍运动。所幸，在民间，依旧散存着许多珍贵书籍版本，于是，很多善本秘籍，又渐渐汇聚在紫禁城中。据于敏中、王际华、彭元瑞等人编成的《天禄琳琅书目》(即《书目前编》)记载，“天禄琳琅”藏有宋版71部、金版1部、影宋抄本20部、元版85部、明版252部，总共著录善本书429部。

嘉庆二年(1797)十月二十一日晚上，太监用火不慎，引燃了乾清宫，火势凶猛，很快吞没了乾清宫和交泰殿，与乾清宫毗连的昭仁殿“天禄琳琅”藏书也全部葬身火海。

化为灰烬的古籍中，有许多旷世珍本。比如宋版《两汉书》，就是凤毛麟角的传世名本，董其昌说，宋版书“历来最为人所珍重者有三”，一部是《杜诗》，一部是《六臣注文选》，还有一部就是宋版《两汉书》，这三部书，“鼎足海内者也”。明代王世贞曾用一座花园来换一部宋版《两汉书》，钱谦益也曾花一千二百两金购得此书。但这部珍贵的宋版书，在嘉庆二年的那场大火中，永远消失了。

已做太上皇的弘历眼睁睁看着大火夺走了他心爱的名贵古籍，但他不认㞞，他不相信幻灭，他像一个不认输的小孩，决定重建乾清宫，同时恢复往日的特藏。短短一年，乾清宫巨大的轮廓又重新屹立在天宇下。“天禄琳琅”的匾额，又重新悬挂在昭仁殿内。古籍善本，又重新汇聚在昭仁殿中。它们的来路，有征集、采购，也有抄没。七个月后，大学士彭元瑞重新编好《钦定天禄琳琅书目后编》，收藏从宋至明的善本共650部，比以往的任何时候都更加宏富。[1]

从《钦定天禄琳琅书目后编》中的古籍中，溥仪挑选了最珍贵的宋元刻本带到东北伪满洲国，使得国民党逃台时，这部分最好的版本未能带走，今天台北故宫博物院收藏的“天禄琳琅”书目，大多是明代刻本。被溥仪带走的宋元刻本，则在战争中历经流散，现分藏于中国、日本、美国、荷兰、瑞典等国的博物馆、图书馆中，甚至同一部书，都分散在不同国家，比如明刻本《学海》，分藏在十一个国家，加在一起还不完整。1959年，故宫博物院院长吴仲超将故宫重新收藏的两百余部“天禄琳琅”古籍一并拨给北京图书馆（现中国国家图书馆）收藏。值得庆幸的是，《钦定天禄琳琅

1　这六百多部善本中，有三百多部仍藏在故宫博物院，其余三百部，被溥仪赏赐给弟弟溥杰，并由溥杰带出紫禁城，经过战争流离，一部分被各大博物馆和图书馆收藏，还有一些湮没无闻。

书目后编》所藏书籍，如今能够查到下落的，达到百分之九十。

八

除了“天禄琳琅”这样的“特藏室”，紫禁城里还有一些宫中机构的藏书处，比如在内阁大库，藏有大量明清档案；在国史馆、方略馆、会典馆等，藏有大量宫廷旧档、文件、书籍、舆图等；在太医院，藏有大量医书和医档；在慈宁宫花园，藏有大量佛经，包括《大乘妙法莲花经》《楞伽经》《无量寿佛经》等；在钦安殿、玄穹宝殿，藏有大量道经。

乾隆皇帝居住的养心殿里，正殿悬“中正仁和”匾[1]，后墙的书格上，储有《宛委别藏》等书籍。嘉庆朝官员阮元在巡抚浙江时，苦心搜访《四库全书》未收之书，先后求得175种，编成《宛委别藏》，其中包括在中土早已失传的珍本秘籍，如《皇宋通鉴纪事本末》《难经集注》等。《宛委别藏》中，源于宋刻者三十余种，源于元刻者十余种，具有极高的版本价值。嘉庆十分看重这部丛编，用夏禹登宛委山，得金简玉字之书的典故，将其命名为《宛委别藏》。

1　王子林先生考证，养心殿“中正仁和”匾原为康熙所书，雍正八年（1730）取下，雍正重写“中正仁和”匾，并钤“雍正御笔之宝”印。

养心殿，其实就是一个由书房组成的迷宫。三希堂以北是长春书屋，“长春居士”，是雍正皇帝给乾隆的赐号，再北，是乾隆的小书房无倦斋。如宋代诗人苏舜钦所言：“明窗净几，笔砚纸墨皆极精良，亦自是人生一乐。”

在东暖阁西南角上，原来有一小间格，上悬一横额，写着“明窗”二字。这里是乾隆皇帝冬季读书处，冰冷的冬季里，皇帝会窝在这里，沐浴着玻璃窗透进来的阳光，等待春天。每当元旦（即今春节）来临，皇帝都会在这里“明窗开笔”。他面前的案上，屠苏酒的芬芳自金瓯永固杯中漫溢而出，皇帝会亲自点燃玉烛，从熏笔炉上取下毛笔，笔管上镌有“万年青管”或者“万年枝”几字，然后饱蘸朱墨，在朱红描金云龙绢上写下吉语数字，祈祷新的一年政和事理，这是清代皇室迎接春天到来的庄重仪式。

春花烂漫时节，乾隆皇帝喜欢在园林中读书，所以紫禁城四大花园，几乎都有他的读书处——御花园有绛雪轩，建福宫有敬胜斋、碧琳馆，乾隆花园有云光楼、倦勤斋……

或许，在某一天，年迈的乾隆闲览《四库全书总目提要》，目光落在《白云樵唱》集上，这正是明代参与编纂《永乐大典》的“闽中十才子”之一王恭在《大典》编成后功成身退，归隐林泉，在福建七岩山上砍柴度日时写的诗集。三百年前的落山风，直吹起乾隆的缕缕白发，他浑浊的目光也随之明亮了几许。于是，明媚的春光里，他读出这样几句诗：

草径茅扉带软沙，
隔林鸡犬几人家。
青山尽日垂帘坐，
落尽棕榈一树花。

山寺闲居

一

那年和友人凸凹一起，躲进了京郊房山的云居寺，小住了一些时日。凭借凸凹的关系，我们俩同住一间小小的僧房，读书、聊天、写作。有时，僧人们都去佛堂诵经，我们就坐在殿前的台阶上，遥望对面的青山，想着各自的心事，长久地不发一语。那时我们都处于困顿之中，想从烦闷的现实中挣脱出来，透一口气。我们不约而同，都想到了这里。不是遁世，而是让内心获得喘息和再生的机会，在沉默中重新积聚能量和勇气。

洁白的云在我们头顶，半天不挪动一步。在这里，我们把时间分解，哪怕是时间最小的刻度，似乎都能够容纳下无限的事物，诸如风的喘息、草虫的鸣叫、草梗间汁液的滚动。寺院实在是思想的最佳场所，令人抛弃了世俗生活的累赘，思想可以自由地展开，像山野间的风，随意去来。

在寺里待得久了，话题渐渐发生了一些改变。那些平日里占满了头脑的俗念，那些斤斤计较的得失，仿佛都成了前尘往事，不值一提或者不屑一提。曾经读过周作人在香山养病时写下的《山中杂信》，那么空灵剔透，禅味十足，仿佛人世间一切伤痛，都在木鱼的敲击声中化为虚无。在寺院的青石板路上走过，我的步态轻快了许多。蓦然抬头，正好望见几棵树，在风中晃动着叶子，如同洁净的鸟群，在天空下翻飞着翅膀。

寺院是我的沉思之地。我并非佛教徒，我的参悟也难求正果，但是这些日子里的静思默想，正是我需要的。我想起一位友人的话：或许你并没有想清楚你所有的困惑，但思想本身就是一种修炼，就是一种清醒的觉悟。

二

我第一次到云居寺就深深地喜爱上它。那是在读大学的时候，我和朋友一起蹬着自行车，从北京城里一口气跑了六十多公里，来到白带山的山脚下。那是一段喜欢旅行的岁月，恰同学少年，风华正茂，背着背包，到处乱跑。旅行就这样，融进我的青春记忆。

云居寺给我的第一印象就是它的超凡脱俗。按说，中国的寺院，建筑布局大同小异。山门、大雄宝殿、配殿、钟楼、鼓楼、僧房、佛塔，都有着固定的程式、固定的位置，十分格式化，只是因时代与地域不同略有差别。“南朝四百八十寺，多少楼台烟雨中”[1]，中国的寺庙，从北到南，我去过很多。这些寺庙大都坐落于名山秀水之间，比如庐山、华山、五台山、西湖、舟山群岛…… 占尽了地理上的先机，吸引人们不远千里，前去拜谒。

云居寺坐落在大山的隐秘处，绝不嚣张，如同一位隐者，守望着无涯的时空。山色青青，一峦连接着一峦，像无数个朝代一样真实而悦目。拒马河带着银亮的光泽，在远方划过一条优美的弧线，如一条抛出去的水袖。除了寥落的香客，这里鲜有人至，只有僧人们宽袍大袖，时而在殿宇廊柱间，一闪而过。

我想起李书磊对寺庙的一段描述：“每到清晨，大钟敲响，佛堂里做早课的僧人肃然聆听，这激扬而悠远的钟声召唤着他们心中的智慧。钟声是他们与永恒和真谛的一种沟通…… 然而，觉生寺大钟对寺院周围的市民来说却具有完全不同的含义：清晨，钟声可以报时；节日，钟声代表喜庆。他们甚至不知道这座近在咫尺的寺院叫觉生寺，他们只是按自己的眼光为它取了诨名叫‘大钟寺’。‘觉生寺’是僧人们的寺院，‘大钟寺’则是市民们的寺院：每到过年，这里就是热闹非凡的庙会，一直闹到正月十五；大钟是和尚们的法器，

1 〔唐〕杜牧：《江南春绝句》，见《杜牧选集》，上海：上海古籍出版社，2016 年，第 173 页。

对市民们来说则是京城一景，一种茶余饭后的谈资。”[1]应当说，佛教本身就具有一种人间关怀，圣洁的寺院也正因这点世俗气息而显得可爱。

云居寺虽然遗世独立，但它仍旧不失人间的温度，它和所有其他寺院一样，从不拒绝来客。那尊铜铸的韦驮像，双臂平抬，双手上下叠放，表示此寺可容纳行者来此歇宿，不取分文。第一次来到这里，我就发誓，一定要选个适当的时机，在这里住上一段日子，悉心体味山中无日月的空灵，然后，带着一颗干净的心，轻松下山。

三

我们常说“宗教般的迷狂”，也就是说，在我们的日常话语中，宗教是和迷狂发生着经常性联系的。少年时曾经看过电影《农奴》，那阴森的佛堂，令人感到一种彻骨的阴冷。汪曾祺的小说《受戒》，笔调固然清雅，但它对那个因爱欲而破戒的小和尚的命运描述，依然令人慨叹寺中岁月的苦寂。孙郁说：“如果佛是威逼人世，且专造就地狱让人跳下去的，还不如远离他好吧 …… 我惊异于那样的世界，以为中华民族何以那么长久地受到西域神学的影响，它给人带来的，除了

1　李书磊：《钟声悠远》，见《膜拜的年龄》，北京：北京师范大学出版社，1992 年，第 171 页。

更深的惶惑外，几乎没有什么新的内容。”他还说道：“我去南方的时候，看见雕刻得十分阴郁的殿堂，心里压抑得很，仿佛遇见了鬼气。在佛像前，如不敬畏地点上一炷香，自己似乎也要被鬼气压倒了一般。这样的时候，我便想，释迦牟尼的初衷，不是这样吧？如果是真正热爱他的人，寺庙应更明亮些，空旷些。去那里，人应当不是沉下去，而应是升腾起来，在和那颗不息之灵魂一同地交流着，感悟着。几千年来，一些凡夫俗子以浅薄的方式规范佛学，造就了一批又一批迷信的而缺乏崇高感的愚民，这实是一种罪过。”[1]

同孙郁一样，我曾经目睹过很多佛教壁画，并由此陷入对宗教的深深怀疑。尤其是北魏洞窟中，充满了割肉贸鸽、舍身饲虎、强盗剜目这类血淋淋的故事，令人不寒而栗。其中最有名的是“舍身饲虎”，讲的是摩诃国的三位王子相偕出行，在山下看到一只母虎气息奄奄，周围七只幼虎嗷嗷待哺。最小的王子于是主动投身虎口。但母虎已经无力去吃他，他于是用刀子割开自己的血肉，又从高山上跳下，摔到虎边。饥饿中的老虎舔食着王子流出的鲜血，恢复了精力，把王子吃下。两位哥哥来找他时，地上只剩下一堆骨殖和毛发。他们于是为他造了一座塔，来弘扬他的精神。这样的壁

1　孙郁：《佛性》，见《亵渎偶像》，北京：中华工商联合出版社，1999 年，第 168—169 页。

画，场面阴森而狰狞，它固然宣扬一种忘我的崇高，然而这种崇高却令人望而却步。每当那些对于人性的绝对化的、近乎残忍的要求成为众生的紧箍咒，它就会沦落成一种可怕的专制。

然而在云居寺，佛恢复了他的本来面目——端庄慈爱，仪态万方。塑像和壁画的线条也都舒展而沉静。这也许与云居寺的建造年代有关。它的前身智泉寺始建于隋，而云居寺本身则始建于唐贞观初年。佛教自东汉引入中国，三国两晋南北朝，几个世纪的战乱几乎将人间变成地狱，黄仁宇先生称之为“失落的三个世纪”，对宗教的信仰，则几乎成为人们忍受现世苦难的唯一理由。随着隋唐盛世的到来，一切都发生了改变。这种改变，首先体现在佛的表情上。这时，佛的面孔舒展了，他的微笑已经让人内心安妥。他不再是不食人间烟火，而是充满了人间关爱，如同蒋勋先生所说，“云冈本尊大佛的体积、量感的巨大或沉重权威逐渐被淡化，代之而起的是更多面带微笑的交脚菩萨与思维菩萨。它们不是以巨大、崇高、权威，对生命的颐指气使来建立姿态；相反地，却是以更多向内心的自省、更多对生命喜悦的自觉，更多的慈悲与谦逊来形成另一种动人的力量”，这些佛像“不再强调体积感，却反而强调线的流动，仿佛要暗示那精神内在的喜悦可以解脱石头的沉重与负担，化成一缕微笑而

北京房山云居寺古塔

祝勇 摄

去”[1]。佛教（禅宗）主张悟性，通过超越常识的想象力体察生命的真谛，那些深奥的教义，也贯注到现实的生活中。佛的本质是引导人们向善，是求取幸福，而非虐待众生。否则，任何宗教都将走向异化，并最终走向自己的反面。

四

没有什么比云居寺的石经更能代表佛教徒的坚忍了。

佛教历史上曾经发生过许多次劫难，僧侣被屠，佛经被焚，几乎每一次都使佛教遭受灭顶之灾。废佛灭佛，在佛家弟子心中留下难以磨灭的伤痛。于是，在隋炀帝大业年间，智泉寺僧人静琬秉承师训，在白带山开创了石经刊刻事业，理由很简单，石块比纸页更经得起火焰的焚烧，更能够跨越茫漠的时间之海。这个念头一闪，千年的时光就溜过去了。刊刻石质经书，实际上是向时间发出挑战，是为追求永恒进行的一次努力。它不需要哗众取宠的宣言，不需要盛气凌人的说教，它只需要实实在在的劳作，以超人的耐性去抗衡无涯的岁月。刻经事业历经了隋、唐、辽、金、元、明六代，我们无从得知，这六个朝代中潜伏着多少偶然或者必然的事件可以终止这项事业，我们只知道它在漫长的时间流程

1　蒋勋：《美的沉思》，长沙：湖南美术出版社，2014年，第127页。

中，一分钟也没有中断。谁都知道这是一项艰苦的事业，然而没有人能够猜出，一锤一钎之中，包含了僧人们的多少孤独、反抗和期待。不难揣测，不少佛教徒的一生都是在冰冷的青石边度过的，镌刻经文成了他们生命的唯一内容。他们不曾目睹山外的风雨，如同外人无法解读他们的内心。这是一条走了一千零三十九年的不归路，每一个亲历者的一生，在其中都只不过是微不足道的一瞬，只有最后一个人才有幸看到那巨大的整体，体会到大功告成的喜悦。这对于大多数人来说过于残酷了。然而，这才是宗教精神，才是崇高的献身。我于是明白“地狱不空，誓不成佛”的地藏誓言并不是一句空话，也不是满怀豪情的豪言壮语，而是一种从不张扬，也从不忘记的坚韧、一种内心的准则。

这也是云居寺远离尘嚣的真正原因，它并不像大多数寺院那样人声喧闹，香火旺盛，但它将弘扬佛法、普度众生的终极目标融入一个更深远的境界里。寺院的身前是汉末到南北朝三百年的离乱，身后却是唐宋两代的盛世光芒，它站在历史的衔接点上，将文化的断裂带牢牢地焊接起来。它打破了一种信仰的一般性寿限，使其以理性、健康的精神传之永久。

尘埃落定，总共14278块石经。冰冷的石块，残留着匠人的体温。有多少双温热的手触摸过它，我们无从统计。我曾经认真地观察过这些石经，从不同时代的石经中看出刊刻风格的变化，但我却对经文的内容一无所知。那些绵密的文字如同天书，无法破译。这些经书包括:《法华经》《华严经》《维摩经》《金刚经》《无量义经》《大品般若经》《楞伽阿跋多罗宝经》《思益梵天所问经》《佛地经》……共1122部，3572卷。这些文字对于浅陋如我者，完全是另一种符号系统。但是在它的信徒们眼中，那却是一个逻辑谨严、井然有序的世界。我曾捧读过《金刚经》，试图让佛的光芒也照进我冥顽的脑壳。我赞同李书磊的话:“佛教作为东方人尤其是中国人智性探索的一种形式，已成为人类思想史上的重要脉系……佛教是一种特殊的人生思考方式，是关于生命的一种另辟蹊径的实验。”[1]

我时常伫立在佛堂外面，聆听僧人们诵经。尽管我听不懂经文，但是那浑朴悠扬的和声，如一种漫长而悠缓的抚慰，时间一久，似乎就真的懂得了其中的奥义。我希望我的内心在僧人们诵经的和声里，走向丰富、深邃与辽阔，让我以朴素和通达的心态，去面对这苍茫的人生。

晨钟再度敲响的时刻，我和友人一同踏出山门。钟声悠远，浑厚的音色里略带一点沙哑，仿佛一个老人的叮咛。跨

1　李书磊:《钟声悠远》，见《膜拜的年龄》，北京:北京师范大学出版社，1992年，第172页。

过门槛的时候，刚好有风吹过，此时的大地正按照它自身的节奏发生着变化，田野里一片碧绿，我几乎可以听见植物在阳光下拔节的声音。我和凸凹相视一笑，彼此道别，我们的身影就消失在彼此的视线里。

原载《大家》2002年第1期

2020年3月改

赣州围屋

一

紫禁城外，皇帝视线不能抵达的远方，同样存在着体量庞大的建筑，印象深刻的，有闽西龙岩等地的土楼（振成楼等），山西的高墙大院（陈氏大堡等），还有广东开平的雕楼，无不令人震撼。江西赣州的这座关西新围是其中之一。藏羌碉楼堪称宏伟，但它们的方向一律是向上的，挑战着高度的极限，赣州围屋则不同，它们在大地上平面铺开，像一个张开的吸盘，牢牢地依附着大地，吸吮着大地深处的汁液。

在江西赣州，仍然保存着500多座客家围屋，龙南县的关西新围是规模最为宏大、保存最为完整的围屋之一。它长近95米，宽83米，占地总面积7700多平方米，比一个标准足球场的面积还大。我们可以想象一下住在北京工人体育场里是一种什么感觉。围屋的高墙，高约9米，墙厚2米，围屋四角各建有一座15米高的炮楼，相当于5层楼的高度。这是一座四四方方的城堡，它的外立面无比地简单，站在高墙外，从这头一眼就能望到另一头。但由于尺度巨大，近大远小的透视关系使得围墙的上沿变成一条倾斜的线。我在围墙下，从这头走向那头，头顶上的那条斜线也会跟着变化，它的倾斜度会减低，一点点变得水平，然后，当我走到另一头，它又会向相反的方向倾斜。这使这座建筑的上沿，看上去像一架天平，摆来摆去。而建筑两端的炮楼，则像是两个重重的砝码，保持着它的平衡。

围屋的外立面简洁平整，光线在上面所能呈现的变化极为有限，不像一些有着繁复外立面的建筑，它们的飞檐翘角、千门万户、砖雕石刻，影子都随着光线的变化而变动不已，在阳光中呈现出鲜明的浮雕感。光影的变化，使这些建筑更像是一个生命体，有呼吸、有表情、有情感。这些建筑造型感强，充分利用了阳光，把光影也变成一种造型。相比之下，关西新围看上去有些平淡，它横平竖直，造型简单，像儿童搭起的积木。每当黎明时分，朝东的围墙就会渐渐地亮起来，像一面亮起来的巨大银幕，而粉墙上斑驳的纹路，看上去更像老电影画面上的划痕。后来，朝南的一面会亮起来。到了下午和傍晚，光线又会转移到西墙上。直到太阳落幕，所有的外墙暗下来，阳光才完成了它在这座建筑上的旅程。然后，围屋坚硬的线条就一点一点地隐没，群山巨大的黑影像一个黑洞，把它吸进去，什么都看不见了，仿佛隐藏

龙南关西新围全景

赖国柱 摄

关西村西昌围南侧立面

赖国柱 摄

了一个巨大的秘密。

从南侧外墙上开出的拱门走进去，穿越重门，我站在一座巨大的庭院里。这是这座围屋的正前院，正面朝东，有一座屋宇式正门。门厅外有门廊，廊有四柱，中间两柱上挂着一副对联，写着："清风徐来春不老田赋四时，碧水环绕泽长流福延千载"。一位"福延千载"的老人正坐在门口的廊下，迎着徐来的清风，打量着闲庭信步的鸡鹅。正门对面是一座照壁，壁身上白灰照面，朴素庄严又不失稳重大气，与主人的身份相吻合。

站在影壁前，向四下望，目光所及的前方、左方和右方都是门。门像取景框，在这个框内出现的，依旧是门，就像我从镜子里看到了镜子，环环相生，永无止境。《黄帝宅经》说："夫宅者，门是阴阳之枢纽。"所有的空间，是靠门来分割的，那些门形制不同，大小各异，有方门，有拱门，也有月亮门，在门与门的中间，有的还搭一座微小的雨棚，南方多雨，这个雨棚，为的是方便人们在雨天行走，也减少了那么多门在视觉上产生的单调感。假如说建筑是一部史诗，门就是它的目录，只有走过那一扇扇门，才能知晓隐藏在门背后的抑扬顿挫、张弛有致。

二

我在《淮南子》里看到了赣州，在《汉书·地理志》《徐霞客游记》、海瑞《兴国八议》，甚至法国传教士古伯察的《中华帝国》中，又一遍遍地与赣州相遇。赣州散落在那些发黄的纸页中，像一堆古老的瓷片，在红土地上暗自发光。

如果展开一张古中国地图，我们会看到，在刀耕火种的百越之地，庐陵[1]、赣州离中原最近；战国时，那里应是楚国的边缘。史书把这里称为“南抚百越，北望中州，据五岭之要会，扼赣闽粤湘之要冲”。

无数史书记载过的赣州，就这样出现在与中原大地的文明对话中。秦始皇为统一南疆，曾令大将屠唯率50万大军，分5路进军百越，成功之后，其中便留“一军守南墅之界”，这是史书上最早所见中原汉人进入赣南的记载。第二次汉人南迁出现在西晋永嘉之乱、东晋“五胡乱华”的动乱中，中原人迁入江淮，一部分进入赣州、闽西。唐代的“安史之乱”及五代十国动荡时期是第三次。第四次出现在北宋末年，“靖康之变”中，女真人马踏汴京，寒凝万里，雪大如席，无数的中原难民涌向南方，像风中飞扬的渣滓，在赣州

1 今江西省吉安市。

沉落下来，千年之后，在宁都、石城、兴国及于都、瑞金诸县北部，他们的血脉仍在流传。然而，只要中原的动荡不曾停止，汉人南迁的脚步就不会停止，就像友人熊育群在他讲述客家人历史的《路上的祖先》一文中所写："一次次大移民拉开了生命迁徙的帷幕，它与历史的大动荡相互对应。"[1]时间到了明代，从高原上刮起的战争旋风，又把大批的中原人驱赶向赣州属下的南康、赣县、于都、上犹、信丰、安远各县，这是第五次。清代江、浙、闽、粤居民的内迁，这是第六次。抗日战争时期，粤东、粤北的难民涌向赣南谋生，这是第七次……

历史的追光照亮了乱世里的豪杰，他们意气风发，斗志昂扬，出现在历史的每个重大关口，而真正承受战争苦难的流民们，却被隐没在暗处，听天地间大风横行。在和平的岁月里长大，我无法想象那样的年代，想象那铁一般无法穿透的黑、那一望无际冷酷的死寂，想象大河般漫漶的人浪，想象大地上两千年不绝的脚步声响……有人把这些成群结队从中原大地上逃亡的人称为"中国的犹太人"，因为他们的命运，与犹太人有太多的相似。然而，每当战乱在中原的胸肌上撕开一道道血腥的伤口，曾经被认为是蛮荒之地的南方，

1　熊育群：《路上的祖先》，原载《收获》，2008 年第 6 期。

都会像一片温暖厚实的棉布，紧紧地包扎住那个巨大的伤口。这里历来被正史称为“蛮夷”，但那被称为“中国”[1]的地带，却刀光剑影，战乱不休，如李敬泽在《小春秋》里所写：“华夏大地上到处是暴脾气的热血豪杰，动辄张牙舞爪，打得肝脑涂地。”[2]倒是这片“蛮夷之地”，以坦荡如砥的胸襟，收容了一群又一群从中原逃出的人们。这才是真正的“悲悯大地”，像一张铺满厚厚棉被的大床，让他们舒展身体，睡一个安稳的觉。我想起作家蒋韵说过的话：“在至深的苦难和最黑的人性深渊中诞生的悲悯，永远有着令人最震撼的感动，那是属于灵魂的感动。”[3]

最初他们并不知道等待他们的是怎样一片土地，他们没有力气去奢望，只有向着没有战争的南方涌去。或许，在他们心里，南方是深渊，是没有历史的“空洞”，但身后的北方更是死无葬身之地，哪怕战争的尾巴横扫过来，他们也要粉身碎骨。两害相权取其轻，他们别无选择，唯有亡命天涯，或可搏回一线生机。父母在，不远游，这是古训。但是，在城头变幻大王旗的年代，他们却要携父带母，挈妇将雏，把自己打发得越远越好。历史的季风把来自北方的人们一次次

1 “中国”一词，最早指天下的“中心”，即黄河流域黄河中下游的中原河洛地带，中国以外称为四夷。

2 李敬泽：《小春秋》，北京：新星出版社，2010 年，第 72 页。

3 蒋韵：《炊烟升起的地方让我心动》，原载《文艺报》，2013 年 8 月 30 日。

吹向南方，他们跨过淮河，又跨过长江，从鄱阳湖平原溯赣江南下，是凶险的十八滩，很多人殒命在急流中，又被急流冲到不知何处的远方，剩下的人就进入了赣州小平原。赣州，就这样成为南迁中原人最早的落脚之地。

路上的祖先们，不知道大陆的尽头在哪里，他们东奔西窜，都是从赣州出发的。他们后来去湖南，去广东，去福建，去台湾，去南洋，去世界各地，奄奄一息的香火又重新旺盛起来，照亮了后裔的面孔——当他们呱呱坠地，兴奋的父母们为他们取了这样一些名字——黄遵宪、洪秀全、杨秀清、萧朝贵、冯云山、韦昌辉、石达开、秦日纲、刘永福、冯子材、赖文光、林翼中、丁日昌、丘逢甲、陈宝箴、陈三立、陈寅恪、刘光第、彭家珍、廖仲恺、陈衡恪、邓演达、叶挺、叶剑英、陈济棠、陈铭枢、张发奎、郭沫若、胡耀邦、萧华、薛岳、李宗吾、蒲风、黄药眠、林风眠、韩素音、吴浊流、钟理和、林海音、钟肇政、陈映真、李登辉、马英九、吴伯雄、他信（泰国）、英拉（泰国）、李光耀（新加坡）、李显龙（新加坡）、吴奈温（缅甸）、曾宪梓、钟楚红、张国荣……他们的后裔越走越远，纵横四海，成为史书中再也不可能省略的主语。在这张放射状的迁徙地图中，赣州是无可置疑的中心。

从赣州往西，是湖南郴州；往南，是广东梅州、韶关；

东去，是福建的长汀、龙岩，再过漳州，就是大海了。赣南山高林密，西部大庾岭，东部九连山，这些天然的屏障，使这里形成了独立的地理单元，而烟波浩渺的赣江却如一条血管，与外界相连，更有无数古道，埋伏于青山密林之间，沟通内外，有说蓝青官话的行者穿行其间。

三

6月里，我在赣州境内进行了一次大范围的旅行，带着对历史的困惑，我要实地求证。因为不了解这一段历史，整个中国史就都连接不上了。这一次行程遍及赣县、瑞金、龙南、全南、定南、上犹、会昌、寻乌、于都、兴国、宁都、石城等十多个市县。市委宣传部钟小平副部长为此行做了精心周到的安排，赣州文学院副院长（后为赣州市作协主席、文学院院长）简心全程陪同。他们都是赣州人，对这片热土怀着发自内心的爱。这次旅行，改变了我对赣州的全部想象，也懂得了他们热爱的缘由。对于这片客家摇篮、革命老区（赣州瑞金是中华苏维埃共和国临时中央政府所在地），我曾经想象得过于贫寒荒凉。我一厢情愿地把它塑造成一片“瘴疠之地”“老少边穷”，只有置身于赣州的水光山色之间，我才知道自己的想象是多么地吝啬。

与我的想象相反，这里河汊纵横，湖池遍地，土地丰腴，雨水晶亮，呈现出一派江南水乡的景色。此时，茄子辣椒挂果，黄瓜豆角跑蔓挂架，花生豆苗疯长，水田里的稻粒，仿佛受孕后的卵子，餐风饮露之后，早蓬勃旺盛，塞满田垄。莫奈笔下的睡莲，正在宅院前的池塘里舒展着裙裾。这里的山川景物，印象派的莫奈一定喜欢。在莫奈的画作中看不到非常明确的阴影，也看不到突显或平涂式的轮廓线，这种改变了阴影和轮廓线的画法，与这里的如梦似眠的光影效果十分吻合。中国画家里，宋代王希孟画下《千里江山图》，据说就与这里的景象十分相似。绿浪在视野里蔓延，与黄土高原上贫瘠龟裂的土地形成了强烈的反差。或许，正是这样的景象，让逃亡疲惫的眼眸蓦然发亮。于是，对于这些远走他乡的中原人来说，投奔南方，未必是被动的选择，而更像是一种主动的投靠。他们在这里停下疲惫的脚步，粗重的喘息开始变得柔和。一层一层的山峦，一条一条的江河，隔绝了战乱的消息。于是，在这里，他们开始开垦耕种。有了粮食，就有炊烟从大地上一缕缕地升起，如千手的观音，把逃亡者的伤痛轻轻抹去。

只要翻越那些青翠的山岭，我们就会站在山间的平地上，感受它的阔大沉静。阳光照彻，大地明亮。它浑圆的弧度，如女人凸凹有致的身体，温柔地起伏。熏风吹过，夹杂着植物的味道，如她发际的清香。我张开肺叶，努力地呼吸，让大地的气息直抵我的肺腑，让我彻底融入它浑融的静默中。我想象着惊魂未定的逃亡者在水田里插下第一棵稻秧时的那份感动。当他们从稻田里直起腰身，他们一定会张开手臂，让山岭上滑下来的风从自己的腋下吹过，感受到自身体深处荡漾出的轻松和自由。

四

在赣州，我看见青绿的田野间浮起来的一片片村庄，看见山道边的路亭，看见河流上架起的廊桥，看见村落前莲花盛开的池塘，看见雕饰精湛的戏台，我就看见了家园生成的过程。生命就像种子，只要落在土壤里，就会生根发芽，分蘖成长。一个人，变成一个家族；一个家族，又变成一部家谱，一天天变得厚重。他们在历史中留下了一个共同的名字："客家"。

客家人创造了三种民居形式——围屋、土楼和九厅十八井。围屋是三种民居形式之一，顾名思义，就是围起来的房屋，其外围可以是防卫围墙，也可以是高层的房屋，外形基本分同心圆形、半圆形和方形三种，也有少量椭圆形状的。赣南围屋形制以方围为主，比如关西新围，也有部分圆形、半圆形和不规则形的——龙南县里仁镇的栗园围，就是一座不规则形围屋，这座由明代五品大员李清公创建的围屋，是龙南县最大的客家围，占地面积45288平方米，是罗马斗兽场大的两倍有余。

仅从外观上看，围屋与山西高墙厚壁的古堡建筑相似，在山西的高墙大院中，也有用于射击的角楼，二者的渊源关系隐约可见。作为草原文明和中原文明的碰撞地带，山西自古多战事，也培养了山西人的防范意识。或许，当人们从黄河流域的山西、陕西向着南方奔走流散，这种古堡式的建筑形式也被他们带到了南方，在红土地上落地生根，与南方的地理环境相结合，产生了围屋。也有人说，在明代，山西人要建古堡，反过来要请南方的客家人设计……

在龙南县的另外一座大型围屋——燕翼围前，我看见了更高的围墙——燕翼围的围墙高达14.3米，相当于五层楼的高度，比关西新围的围墙还高。它笔直矗立，如千仞陡壁。围墙上布满火枪眼，东南西北四座炮阁交相呼应，可形成无死角的射击火力网。进围内须经过唯一的围门，围门设有外铁门，中闸门和内木门，只要围门一关，外人就休想进来。楼上有米仓，院内有水井，可维持守卫者的生存，据说墙面是用糯米粉、红糖和蛋清搅和粉刷上去，没东西吃时，可剥下来用水煮熟充饥。因此，与其说是一处民居，不如说是一座军事要塞。民国时代，蒋经国以赣南行政公署专员的身份视察燕翼围，惊呼：“翅鸟难飞越高大的燕翼围顶……

一堡垒也!”

这种围屋透露出客家人巨大的紧张感。或许因为历史的苦难太过深重，那种紧张感早已渗入客家人的细胞里。围屋则像围拢起来的巨大怀抱，把家族的血脉紧紧地搂住，千百年未曾松开。他们抱团取暖，把自己的世界压缩在一道围墙之内。他们就地取材，用三合土、河卵石，或者青砖、条石垒起坚固的围墙，像一层厚厚的铠甲，把他们包裹得严严实实，在整座建筑的巨大的空间内部，有主房、祠堂、戏台、廊道、水池、炮楼、粮仓，有层层叠叠的院落，更有无数天井接踵而至。这是一个自给自足的世界，他们在里面，有条不紊地劳动和休憩。

或许围屋的外部太过沉重，所以，他们把围屋的内部营造得万分精巧，哪怕是小小庭院，也有万千生机，处处显示出建筑者针对南方的气候做出的精妙对应，比如前面提到了门廊、雨棚。有雨的时节，坐在门廊下的竹椅上，静静观赏雨丝在庭院里飘洒，内心定然是无限的通透和淡然。

在围屋里，我最喜欢的还是院落中的天井。下雨的时候，四道水帘会从四面围合的屋檐上倾泻而下，形成一道四方形的整齐水幕。天井的面积就是雨的面积。此时的房子被分成了两个部分：有雨的部分和无雨的部分。无雨的部分在四周，有雨的部分在中间。人坐在无雨的部分里，看有雨的部分。

燕翼围北侧立面

赖国柱 摄

有雨的部分围合成一个流水建筑——一座透明的“围屋”，像卢浮宫玻璃金字塔，放置在房屋的中央。

对这样的场面，住惯了高楼大厦的人们一定会感到新奇。在乡土中国，所有的房屋都与自然声息相通，比如九厅十八井，就是客家人结合北方庭院建筑，适应南方多雨潮湿气候及自然地理特征，采用中轴线对称布局，厅与庭院相结合而构建的大型民居建筑。实际上，九和十八，只是一个表多数的词，不一定就只是九个厅十八个天井，往往很多民居，比如赣州上犹县的黄氏祖屋、兴国县的李家祠，格局都超过九厅十八井。但即使只有一个天井，也足不出户就感受到岁月天光。雨香云片，霜迹苔痕，都会在这样的房子里驻足停留，伸手可及；他们在庭院里栽树种花，风拂竹瑟，月映梨白，庭院里的梅兰竹菊对应着门窗上雕饰的四君子，自然与居所，相互成为彼此的一部分。这才是“诗意地栖居”，是看得见、嗅得到的“满庭芳”。

结构主义的出发点，是寻找事物的“基本结构单位”。天井，可以被视为客家民居的“基本结构单位”，在建筑中形成了无数可复制的单元。将三合院、四合院纵向排列，就成了堂横屋；如果组合得再复杂一些，则是九厅十八井；在九厅十八井的周围加上四道高墙或四道房屋，就成了围屋，而围屋勾勒出的，不又是一个放大的“天井”吗？它们组成的，不又是一个超级版的四合院吗？

德国汉学家雷德侯（Lothar Ladderrose）先生在《万物》一书中说，中国人发明了以标准化的零件组装物品的生产体系，这使中国的文化有了极强的可复制性。他将这些构件称为“模件”。对汉字、青铜器、兵马俑、漆器、瓷器、建筑、印刷和绘画的研究，为他的理论提供了证据。[1]在我看来，“基本结构单位”也罢，“模件”也罢，单元也罢，实际都是一码事。我曾在《长城记》里把长城视作“我们民族思维模块化的最好证明”。因为“长城的体系无论怎样复杂，都可以划分成一些不同级别的基本模块，然后按照一定的比例，对模块进行排列组合”[2]。北京的紫禁城如出一辙，它无论多么宏大，都不过是由无数小四合院反复叠加组成的一个超级四合院。

复制，是符合大自然的法则的，因为生命的繁衍和延续，本身就是通过复制来完成的——人生下的，只能是人，而不可能是独角兽或者三脚猫。在风雨雷电、海啸地震、火箭大炮、毒气原子弹的夹缝里，人类这个物种居然能够延续到今天，就已经足够神奇了，对客家人尤为如此。客家人希望

1　参见［德］雷德侯：《万物——中国艺术中的模件化和规模化生产》，北京：生活·读书·新知三联书店，2005年，第4页。

2　祝勇：《长城记》，北京：紫禁城出版社，2009年，第41页。

从小的单元同发，生成无比宏大的居住空间，作为族群强大在视觉上的体现，如同根须，越生越多，纵横交错，势力强大。正因围屋可复制性强，所以它们在赣州层出不穷，比如龙汇围，就是按照1:1比例仿燕翼围所兴建，是燕翼围的复制品。围屋虽大，却宛如客家人手里的魔方，可以不断地组合复制，鸡生蛋，蛋生鸡，像他们的子子孙孙，无穷尽焉，但所有的变化，都是围绕天井展开的。

五

在乡间，在不同形式的客家民居里，我注意到许多宅院门楣上都刻有匾额。尤其在上犹县的村落里，百分之八十的家庭都有门匾，作为上犹人，简心自豪地说，全县现有门匾四万多副，遍布于全县14个乡镇。我们可以透过那些匾额来辨识他们的姓氏，而他们自己，则在那匾额上镌刻下整个家族的历史，象征自身的历史和荣誉，犹如欧洲，每个贵族之家都有自己的族徽，有人把这些门匾称为“微型家谱”。

比如：“知音遗范”这家一定姓钟，因为“知音”指的是“高山流水”的钟子期；“清白传家”这家则肯定姓杨，这来自于东汉杨震拒贿的典故；“江夏渊源”这家姓黄，据说黄姓人家的祖先起源于古代的江夏郡；“汾阳遗风”这家姓郭，是郭子仪的后代——山西汾阳，正是中唐名将郭子仪的祖籍地；“四杰传芳”这家姓骆，“四杰”指的是初唐“四杰”之一的骆宾王；“青莲遗风”这家姓李，唐代诗人李白号“青莲居士”……

每一张门匾都是一个词条，背后是一段冗长的诠释。姓何的人说，他们原本姓韩，群雄纷起的战国年代，秦国要灭韩，韩姓人纷纷南逃，其中一人被秦兵追到大河边，撑渡人救其上船，问其姓，不敢实说，顺手指大河，撑渡人即以为其姓何。韩姓人逃过此劫，对河水搭救之恩感激涕零，从此改姓何，他的后裔，从此在自家门头写上“水部风高”四个字……[1]

即使同姓之间，门头匾额也照样可以把它们区分开来。比如钟姓除了“知音遗范”，还有“越国世第”“飞鸿舞鹤”；张姓除了“金鉴流芳”，还有“百忍传家”；黄姓除了“江夏渊源”，还有“叔度风高”“春申遗风”等等。这是因为每个姓氏都有不同的支派，每个支派都有不同的历史典故和人物传说，但这并不妨碍他们相互之间的认同，只要再往前回溯，他们仍然是一家，都有着一样的血脉。

由此我们看到了一种更大的紧张，那就是对记忆消失的

1　参见李坊洪：《上犹客家民居门匾文化》，原载《赣南日报》，2010年7月9日。

恐惧——那记忆里，裹藏着客家人的全部来历。家园、财产可以一代代地继承下来，唯有记忆不能遗传，无论上一代有多么刻骨铭心的记忆，一个新生命的诞生会将所有的记忆归零。再坚固的堡垒也无法阻止记忆的流失，终有一天，即使面对巨大的围屋，后人也恍如被隔在岁月之河的另一岸，对前尘往事一无所知。他们决定将记忆物化，发表在家族最显要的篇幅上。

门头匾额承担了这样的功能。每一副匾额都是回溯性的，把现世的目光牵回到历史深处，仿佛一根万古不灭的长链，把每个人与遥远的先人紧紧地拴在一起。如果说那些巨大的围屋是家族繁衍的纪念碑，那屋门上的匾额就是纪念碑的碑文。张锐锋说："一个民族痛苦的记忆一般不会超过两代人。如果一个民族能够三代人记住一件事，这个民族就了不起。民族的集体记忆的强度和延伸的时代，是衡度一个民族是否很有出息的一个尺度。"[1]但在经历了几代人，甚至几十代的奋斗之后，客家人依旧在提醒自己不要忘记故乡，忘记自己的来路——在这里，他们是"客"；"客家"这个名字，本身就包含了他们的履历，无论走到哪里，都如影随形。他们曾经流离失所，他们可能丢弃钱财，但唯有一样是他们至死也要

1 张锐锋：《札记簿》，见《蝴蝶的翅膀》，北京：解放军文艺出版社，1999年，第260页。

坚守的，就是祖宗的牌位。他们抱着牌位辗转、流窜，一旦找到一个新的家园，就会立刻把祖宗的牌位安顿下来，又在宅院的门头刻写下祖上的光荣。

匾额分隔了各自的家族，却又像一个个的词语，组合在一起，就成了我们民族共同的史书。它们就像坐落在大树上的鸟巢，十里，百里，千里，万里，在大地上绵延不绝，组成一个无与伦比的浩大网络，声息相应；也像鸟巢攀附着的大树，无论多高，都有根须在地下相连。匾额直指自己沧桑的身世，同时也指向未来，因为祖上的荣光里，包含着他们对后世的期许。匾额见证着家族的重新崛起，仿佛池塘里的莲花，一片片地展开它的轮廓，在时间中次第盛开。

六

燕翼围前，有一个15亩的水塘，据说是当年建围时取泥造砖挖掘的，大得盛得下一场龙舟赛。每逢端午，村人们都要在塘里赛龙舟，赛事结束后，会举行一场千人宴，全村人都参加。简心和赣州文联副主席、摄影家赖国柱带我匆匆赶到这里，就是为了赶上这场乡村盛宴，这一天，刚好是农历端午。

一进围屋，我的脑子里轰地响了一声，我是被眼前浩大的景象震蒙了，需要几秒钟的镇定，才能恢复它原有的机能。围屋的空地上，200张方桌连接成的一张长桌，所有人坐在它的两侧，杯酒相撞，人声鼎沸。我从来没有见到过这样的阵势，一千人的宴席，犹如一场规模浩大的行为艺术，更像是一部真正的3D大片，需要轨道加摇臂，才能把一切收纳在画面中。我猜，如此强悍的动员力，既来自基因里的血肉亲情，也来自餐桌上美食的召唤，是二者合谋的结果。我在桌边坐下，立刻消失在人浪声浪中。我与他们素不相识，但这不妨碍我们用水酒对谈。长桌上面摆满了田园里收获的绿色食品，五色丰盈。舌尖上的中国，以各种绝佳的味道，犒赏着他们的劳动。它们带着大地赋予食物的原有香味，拒绝着工业化蔬菜生产对味觉的减损。我过肚不忘的，首推客家酿豆腐。它的做法，是在豆腐里面加上馅料，比如葱白、肉，还有香菇，然后放到锅里，用文火慢慢煎，还要一边煎一边撒盐，豆腐要入味才香。等煎得黄荧荧的，就出锅，吃时蘸一点辣椒酱，那味道简直妙不可言。可怜美国总统、英国女王、北约总司令、联合国秘书长，吃不到纯正的客家酿豆腐。所以瞿秋白赴死前的最后告白是："中国的豆腐也是很好吃的东西，世界第一。"客家人的聪明，将朴素的食品做出了"附加值"。我夹菜，一抬头，别人都在夹菜；我端起酒碗，别人也都端起酒碗。笑容在不同的面孔上流动着，清亮如水，笑声是我们通用的语言——笑声里我突然想哭，因为透过它，我听见了爹娘的笑声，看见了自己阔别已久的家乡。

2013年8月30日至9月2日于成都

原载《中国作家》2014年第1期

绍兴戏台

一

假若绍兴的一切都将在记忆中隐去，我相信最后余下的，定然是一座戏台。

在我看来，绍兴的标志性建筑，不是陆游写《钗头凤》的沈园，不是安昌古镇里的老台门[1]，不是古镇人家嫁女时必定要走的福禄、万安、如意这些古桥，而是那些星星点点的水上戏台。

对于绍兴人来说，没了什么样的建筑都不会影响生活质量，唯独没有戏台不行。中国“四大声腔”，绍兴就占了一个，即“余姚腔”。明朝初年，朱元璋整顿文艺，清除“精神污染”，于是禁演“淫词小说”，违者将处以割舌、断手等酷刑，唯有绍兴人的风月情怀死不改悔，依旧把许多财力都用

1　旧时绍兴的水乡大宅，俗称“老台门”。台门前有石板平铺的晒谷场，台门有两扇宽阔的大门，头道门至二道门间为门斗。跨过高高的门槛后，为一天井，然后为正厅，左右两侧为偏厅。正厅后还有中厅、后厅。厅与厅之间有天井相隔，中厅、后厅各有东西厢房，三个厅的两侧为住房，有楼上楼下，形成东、西两条弄堂。老台门是绍兴文化的图腾和符号。

绍兴水上戏台

祝苇杭 摄

于建筑戏台，把戏台建成雕梁画栋，建得花团锦簇，尤其是戏台的“鸡笼顶”和四根台柱的“牛腿”，更是精雕细刻，一丝不苟，复杂的技艺，让许多工匠功成名就。绍兴旧府八县，可以说村村有戏台，人人爱看戏。每个村落，都有自己的戏台，几乎每隔一二里，甚至半华里，就有一座戏台。在绍兴，组成一张戏台的网络。所以，从前的乡土绍兴，弹唱之声密集，无论何时，总会有一座戏台在演戏。当大地陷入沉寂，悠扬婉转的唱腔却此起彼伏。人们会从周边的村落向那里汇集，这样的场面，在绍兴人陆游《剑南诗稿》里反复出现，比如《夜投山家》:“夜行山步鼓咚咚，小市优场炬火红。”“优场”，就是戏场。又如《初夏》:“先生醉后骑黄犊，北陌东阡看戏场。”对于戏迷陆游来说，他的诗稿里，埋伏着一部绍兴的戏曲史。我想，假如当年所有的戏台同时开演，定然如无数朵焰火同时在黑夜里绽放，成为一场无比盛大的感官盛宴。精美绝伦的戏台，容纳了绍兴人的梦想和荣耀。对此，他们态度认真，绝不造“豆腐渣工程”。他们把戏台称为“万年台”。他们打算让这些戏在戏台上持续一万年，比朝廷“万岁”活得更久。戏台就这样，在不紧不慢、悠然闲适之间，瓦解着宫殿的权威。当铁血帝王们纷纷变成了历史，那些古老的戏台，依旧是现实的一部分，戏台上的角色，依旧眉目清晰。

神庙、祠堂里的戏台有些司空见惯，最值得一说的，是那些临河而建的水上戏台。它们将自然生态之美与人的智慧之美结合得那么天衣无缝，如春天骤雨后的茶园，有着贴心贴肺的清雅。烟波浩渺的近水远山，那一座戏台就成了近景，在视线里聚焦。它们是真实中的幻景，是真正的“海市蜃楼”。它们有的正面立于水中，仅有一面傍岸，以减轻水流的冲击，也有的跨河而立，完全凌驾在河面上——四根柱子架在河的两岸，柱子间铺上台板，供伶人们演戏，观众看不见台板，感觉上面人影摇荡，演绎出无限的风流，更像是一场轻梦。

二

在鉴湖，曾有一座水上戏台，叫作钟宴庙戏台，至今留存。这座戏台的台基均在水中，仅有左方的古柱靠近岸边。远远地，就能看见它伸展的挑角，如一只蝴蝶，在风中张大了翅膀，让人相信它的轻盈，永远不会在水面上沉没。这座古朴绮丽的古戏台，入过《舞台姐妹》的电影镜头，也入过李可染、叶浅予的水墨画。这样的戏台，柯桥也有，后马戏台、宾舍戏台皆如此。宾舍戏台位于湖塘乡宾舍村，三面临水，一面靠向一座古石桥（毓秀桥，俗称“戏文桥”），每逢演戏，戏班的班船可直接停靠在戏台后厢房，观者可以立在岸上看，也可以“隔岸观火”。

无论水上，还是岸边，人们都可以同时欣赏同一出戏。

这有点像我小时候看的露天电影，既可以从正面看，又可以从背面看——那时的我，十分乐于在银幕的正反面往返穿梭，痴迷于银幕正反面的对称效果。双面戏台充分迎合了绍兴依山傍河的地域特点，也透露了绍兴人的灵活本性。

除了这些古老的水上戏台，还有许多新建的戏台在水面上耸立。在绍兴柯岩，我就看到了这样一座戏台，歇山顶，龙吻脊，戏台主体皆在水中，通过石桥与河岸连接，虽是新建，却气韵未失，在水上，有着极强的雕塑感。我看到新旧戏台之间的传递关系，像水面上的波纹，在岁月中不断扩散。很多年后，它们也会成为古戏台，有人会在未来的某个时刻，探望今天的一切。

绍兴乌篷船，天下闻名。它既是交通工具，又是打鱼人的家，庞培说“乌篷船是典型的中国式梦境的产物”，“达成一种劳动工具、水上生活及家居审美的高度隐喻和统一”[1]——人们可以在船上劳动，在船上烧水、做饭，也可以在船上做爱、安眠。它们是真正意义上的“不系之舟”。因此，对于行舟者来说，客栈通常是多余的，但他们需要戏台。唯有那些轻灵俊秀的水上戏台，能够成为它们真正的停泊之地。所有的河道，都将通向戏台。这意味着在绍兴的“地面”

1　庞培：《乡村肖像》，昆明：云南人民出版社，1999年，第19页。

上不会有陌生人，因为所有的陌生人，都注定在戏台前聚合，所有人的命运，也都将在戏台前交叉。

这些戏台，既是地理上的制高点，也是心理上的停泊地。在弯曲的河道上，戏台有节奏地错落着，与水上生活的节奏相呼应，在行舟者的前方出没，安放在每一个需要它的夜晚。

三

作为北方人，我听不懂《龙虎斗》《火焰山》《芦花记》《香罗带》这些绍剧，听不懂《何文秀》《百花台》《珍珠塔》《后游庵》这些绍兴莲花落，但我懂得它们对水乡人的意义。如果说乌篷船代表现实生活，戏台就是他们平地上缔造的一个梦。只要夜幕降临，戏台就变成了戏。20平米见方，一桌二椅，三四演员，简朴至极，没有京剧的大行头、大场面，却变化无穷，铺陈出一番清艳排场，点染着情俗的瑰色，不着痕迹，却尽得风流。清代哲学家、数学家和戏曲理论家焦循在《花部农谭》里形容："其事多忠、孝、节、义，足以动人；其词直质，虽妇孺亦能解，其音慷慨，血气为之动荡。"[1]

在鲁迅所有回忆绍兴的文章中，故乡一律成为对中国乡

1 〔清〕焦循：《花部农谭》，见《焦循论曲三种》，南京：广陵书社，2008年，第173页。

土愚昧落后的负面象征，显现出一副阴冷、灰暗的质感，“仿佛一块均质的岩石，灰暗、滞闷，无法穿透”[1]，所以在著名的《故乡》里，他断然表明了自己对于“故乡”的态度：“老屋离我愈远了；故乡的山水也都渐渐远离了我，但我却并不感到怎样的留恋。”[2]唯有戏台却是为数不多的例外——在风雨如磐的故园，戏台上的灯光，几乎成为他少年记忆里的唯一光源，于是有了这样的文字：“最惹眼的是屹立在庄外临河的空地上的一座戏台，模糊在远处的月夜中，和空间几乎分不出界限，我疑心画上见过的仙境，就在这里出现了。这时船走得更快，不多时，在台上显出人物来，红红绿绿的动，近台的河里一望乌黑的是看戏的人家的船篷。”[3]

鲁迅对故乡戏台的描写，为鲁迅的故乡记忆保留了最后的一丝温情，让我们看到这个横眉冷对的战士，心底并没有失去对故土的那脉温情，这脉温情就伴随着清夜里的那场社戏，照亮了鲁迅的记忆，也照亮了一代代中国人的少年记忆。透过鲁迅的目光，无数中国人看见了那座戏台，“台上有一个黑的长胡子的背上插着四张旗，捏着长枪，和一群赤膊的人正打仗。双

1 祝勇：《大师的伤口》，北京：海豚出版社，2012年，第40页。

2 鲁迅：《故乡》，见《鲁迅全集》，第一卷，北京：人民文学出版社，1981年，第485页。

3 鲁迅：《社戏》，见《鲁迅全集》，第一卷，北京：人民文学出版社，1981年，第563—564页。

喜说，那就是有名的铁头老生，能连翻八十四个筋斗……”[1]

四

当年和鲁迅一起看过社戏的人们，后来都去了哪里？没有人知道。我们只知道鲁迅从人群里走出，去了日本仙台、北平、广州、上海。他注定是聚光灯下的角色，很多年后，也变成了戏。1960年，上海天马电影制片厂筹拍《鲁迅传》，剧本由陈白尘、叶以群、柯灵、杜宣等集体编剧，陈白尘执笔，于伶担任历史顾问，陈鲤庭执导，赵丹饰鲁迅，于蓝饰许广平，孙道临饰瞿秋白，蓝马饰李大钊，于是之饰范爱农，石羽饰胡适，谢添扮演阿Q。这班阵容，如今再也排不出来。但柯庆施所谓“大写十三年，大演十三年”（指1949年新中国成立以来的“十三年”）的政治口号最终让这戏搁浅了，鲁迅在历史上的地位最终没能撼动“十三年”里的“英雄儿女”。赵丹曾经沉迷于鲁迅这个角色不能自拔，胡髭留了剃，剃了留，终于还是带着遗憾离开人世。新世纪，濮存昕有幸在电影和话剧里先后演了鲁迅，很像，濮存昕称之为“盗天之福”。

从一个更大的角度上看，绍兴同样是一座戏台，在上面演出的，是一部完整的中国文化史。从这里走进走出的，有

1　鲁迅：《社戏》，见《鲁迅全集》，第一卷，北京：人民文学出版社，1981年，第564页。

大禹、勾践、西施、文种、范蠡、王充、贺知章、王羲之、陆游、唐宛、朱买臣、王冕、马臻、虞世南、徐渭、陈洪绶、刘宗周、章学诚、赵之谦、王阳明、曹娥、元稹、蔡元培、鲁迅、周作人、邵力子、陶成章、徐锡麟、秋瑾、竺可桢、许寿裳、夏丏尊、马寅初、范文澜、陶行知…… 当然还有传说中的梁山伯与祝英台。无论任何时代，这狭小的戏台都占据着中国文化的制高点，上面任何一个人，都撑得起一台戏。巴掌大的地盘，有如20平米见方的戏台，里面藏着十万个为什么。这样变化无穷的戏台，恐怕世上只有绍兴才有。

曲终人散，每个人都像鲁迅那样，走进自己的戏。戏台上的风流俊雅，无限缠绵，收束进岸上的楼窗，河中的船影。狭长的石板路、层出不穷的石桥、悠悠荡荡的乌篷船，他们的戏台无处不在。“夜里挑灯看剑，清晨柴米油盐”[1]，只不过没有人把他们的戏文写下来，我们无从得知而已。无从得知，不等于不存在，像我的朋友徐累所说，它了无声息地出没，就像一场场不起眼的哑剧，在平常中穿插布局，妥协又反抗，委屈又冒险，但对有些人来说，注视它就如同注视世界的私密一样，充满着诱惑和好奇。[2]

如果观看角度还能再大，我会看到那些纵横的河汊在大

1　李敬泽：《小春秋》，北京：新星出版社，2010年，第3页。

2　徐累：《褶折》，原载《东方艺术》，2006年第1期。

地上织成一张网，每个人都在这张网上爬行。他们面对着各自的世网、尘网、情网，要么为网所缚，要么随波逐流。千回百转、美轮美奂的唱词，就这样变成真实的肉身体验；戏台上的忠奸争斗、征战杀伐，也慢慢融入了他们的血脉，变成遗传基因，正因如此，在这块土地上，不独有才子佳人，还生长鉴湖女侠和思想叛逆。戏台上下，不仅构成一种对话关系，如明代最后一位儒学大师、绍兴人刘宗周所说：“每演戏时，见有孝子、悌弟、忠臣、义士，虽妇人牧竖，往往涕泗横流。此动人最切，较之老生拥皋比、讲经义，老衲登上座、说佛法，功效百倍。”[1]更构成一种轮回关系，戏台与看客，戏文与生活，反复颠倒。观众和角色可以互换，戏台下的观众一扭身，就融入了一个更大的戏台，变成角色，呐喊或者语丝，都是他们的唱词，一如当年的秋瑾，还有鲁迅。

五

庞培说，乌篷船“和乐器中的琵琶形同姊妹”[2]，在我看来，绍兴是一座戏台、一个巨大的发声体，风吹过、雨打过、脚步走过，都会发出奇妙的声响。它收纳了自然的声嚣和历史

1 〔明〕刘宗周：《人谱类记》，见《景印文渊阁四库全书》，总第七一七册，子部，台北：台湾商务印书馆，1983版。

2 庞培：《乡村肖像》，昆明：云南人民出版社，1999年，第19页。

的烟云，既性感，又有立体感，是真正的“中国好声音”。

绍兴人说话，也像唱腔一样，悠扬清越，缤纷妖娆。作为北方人，我无法辨识其中的音节，但我依旧觉得自己能够听“懂”—— 我是在想象中听懂的。我想象着越王勾践用古老的绍兴话发出的复仇誓言；想象着西施、范蠡在绍兴话里谈情说爱；五四时代的语言盛宴，假如没有了蔡元培、鲁迅、周作人黄酒般浓郁的绍兴口音，立刻会变得索然无味，活色生香的民国岁月也立即变成了一部默片。黄仁宇说他写《万历十五年》，困难之一是听不到明朝的“声音”，但如果他到了绍兴，发现绍兴的水上戏台，就会发现这样的困难并不存在。因为那戏台，就是一部老式录音机，漫长的河道，就是咿咿呀呀反复播放的旧磁带，它们合作，呈现出有声音的历史。有了这些声音，书本上出现过的人们就不再鞭长莫及，我们会相信自己正和他们生活在一起，水乳交融。

2013年8月24—29日于成都

原载《人民日报》2014年2月4日

一把椅子

一

我从伍嘉恩《明式家具经眼录》中看到过一件黄花梨波浪纹围子玫瑰椅。这件玫瑰椅最引人注目之处，就是波浪纹式纤细直棂，装入椅背框与扶手下的空间，仿佛流水的曲线，让人看到自然界的无声运动。建筑师赖特（Frank Lloyd Wright）把别墅造在匹兹堡郊区的瀑布之上，于是有了世界上著名的“流水别墅”（Fallingwater House），但这不算牛，中国人把流水造在家具里，那样不动声色，又天衣无缝，这等想象力、创造力，除了中国人有，天底下再也找不出来，而且这发明权，最晚也可以追溯到明代，因为有这把明代玫瑰椅作证。更重要的是，在当时，它并不是为博物馆打造的陈列品，而是作为一件普通家具，被置放在最家常的生活空间里。明崇祯十三年（1640）版寓五本《西厢记》第十三回“就欢”一折的彩色版画插图中，在崔莺莺与张生的幽会之所，绘着一张四柱床，床围子采用的也是这样的波浪纹。假如我们把目光放大，我们发现这样的靠背纹线设计，在许多园林亭台的“美人靠”上亦可见到。

几百年前的一把木椅，让我们在客厅的穿堂风里，感受到江河流淌、山川悠远，甚至可以想到大河之洲，我们文明源头的关关雎鸠。一如我的朋友徐累，在俄罗斯，被彼得堡宫殿里的水波形帘幕所撩动，引发了他对 19 世纪末浪漫主义的伤感回顾。我想这不是过度阐释，在那把木椅里，在榫卯构件的起承转合里，一定藏着中国人对宇宙秩序的浪漫构想，然后，用一种最简单、最自然、最漫不经心的方式呈现出来——典型的中国式表达。中国人素来含蓄，从不构造浩大繁密的哲学著作，洋洋洒洒、滴水不漏地论述自己的哲学体系，但中国人是有哲学的，只不过那哲学渗透在万事万物中，看似不经意地表达出来。所以中国没有柏拉图、黑格尔，但中国有孔子，有惠能，他们的思想，都像雨像雾又像风，让我们感受和领悟。就像这把椅子，出自明代一个不见经传的工匠之手，但那层层推展、收放自如的水波，“以一种程式化的模式反复排列”[1]，循环推进，演示的，却是无止尽的生命律动，一生二，二生三，三生万物。

在中国，我们几乎找不到一件孤立存在的事物，一切物质之间，都存在着隐秘的勾连，像家具的不同零件，共同构

1 徐累：《褶折》，见祝勇主编：《中国好文章——你不能错过的白话文》，北京：现代出版社，2016 年，第 313 页。

黄花梨波浪纹围子玫瑰椅

明，英国伦敦私人藏品

建成一个整体，因此，在古代中国，在老子、庄子那里，就已经产生了“系统论”。每一件事物，包括这样一件普通的家具，既是这宇宙的一分子，也可以被视作宇宙本身。一花一世界，一鸟一天堂，一件家具，就是一个微缩的宇宙，或者说，是宇宙的模型。中国的木质家具，在五行中属木，却容纳了水（波浪纹设计），暗含着土（所有的木都从土中生长），包含着金（木制家具一般采用榫卯结构，不用钉子，但有些家具有金属饰件，镶金错银、华美灿烂），亦离不开火（漆、胶等全需火来熔炼），融汇着世界上最基本的元素。世界附着在上面，它就像一只木船，把我们托起来。坐在一把木椅上，就是坐在这世界的中央（尽管那不是一把龙椅），天地与我并立，而万物与我为一。可品茗、可读书、可闲聊、可打盹、可调情、可做梦、可发千古之幽思，唯独不能把世界从自己身上甩掉。三十功名尘与土，八千里路云和月，家事国事、风声雨声，都在这里，入耳入梦，尽管，那只是一把椅子。

二

玫瑰椅——这名字，自带几分香艳感。但我查了许多史料，也没查出这种椅子跟玫瑰有什么关系。王世襄先生在《明式家具研究》里说：“‘玫瑰’两字，可能写法有误。”还说：

紫檀雕夔龙纹玫瑰椅

明，清宫旧藏，故宫博物院藏

“《扬州画舫录》讲到‘鬼子椅’，不知即此椅否？”[1]但它体量小、造型窈窕婉约，尤其靠背较矮，不会高出窗台，便于靠窗陈设，有人认为它是女眷的内房家具，比如故宫藏的那把紫檀雕夔龙纹玫瑰椅，原本是摆放在西六宫之翊坤宫的西配殿——道德堂的。其实文人也用，南宋刘松年《十八学士图》里，就可以看见玫瑰椅。王世襄先生说：“在明清画本中可以看到玫瑰椅往往放在桌案的两边，对面陈设；或不用桌案，双双并列；或不规则地斜对着；摆法灵活多变。”[2]

唐宋以后的中国人，已不再像《女史箴图》里的美女那样席地而坐，而是坐在榻上、椅上（像五代绘画《韩熙载夜宴图》所描述的），家具的重心全部因此升高，建筑的举架也增高了。礼仪方面。拱手作揖（像《韩熙载夜宴图》里的“叉手礼”）取代了跪拜。椅子拉近了人的身体与案牍的距离，从而带来了书法的变化，使它的笔触更趋细致。

但这把黄花梨波浪纹围子玫瑰椅，意义还不止于此。它用一种空灵的造型，诠释了中国人对“空”的理解。而这种诠释，可能完全是无意识的，因为这样一种理念，已经融入中国人的血液，成为一种本能。在玫瑰椅的家族，也早已

1　参见王世襄：《明式家具研究》，北京：生活·读书·新知三联书店，2007年，第46页。

2　参见王世襄：《明式家具研究》，北京：生活·读书·新知三联书店，2007年，第46页。

十八学士图局部

南宋，刘松年，台北故宫博物院藏

成为一种惯常的形式，就像故宫藏的那把紫檀雕夔龙纹玫瑰椅，紫檀木沉穆的黑色，凸显了它端庄静雅的气质，让人联想起后妃们的富丽典雅（王世襄先生说：玫瑰椅很少用紫檀，而“多以黄花梨制成，其次是鸡翅木和铁力”[1]，更见此件的珍贵）。但我所关注的，却是它的靠背做成了一个空框，像一张屏幕，什么都没有，却什么都有了。空框四周雕刻的夔龙纹，把我们的心思牵向古远的青铜时代，但绵密繁复的图案，似乎就是为了反衬中间的“空”。在这里，“空”成了主角，而其他的构件、纹饰，一律都成了配角。还有一些玫瑰椅，形式更加简练，像《明式家具经眼录》中收录的那对黄花梨仿竹材玫瑰椅，那份空灵，已经直追用来沉思入定、参禅修炼的禅椅。它们以一种近乎极端的形式，表达了中国人关于“盈”与“空”、“有”与“无”的辩证哲学。

前几天刚刚写完一篇关于黄公望的散文，叫《空山》，里面讲到了“空”。“空”就是“无”，但不是真正的“无”，而是包罗万象。老子说：“天下万物生于有，有生于无。”[2]一切有形的事物，都在无形中孕育、发酵。这是中国人创造的一个独特的概念，是中华文明的神秘之处，依本人所见，那也是

1　参见王世襄：《明式家具研究》，北京：生活·读书·新知三联书店，2007年，第46页。

2　《老子》，郑州：中州古籍出版社，2008年，第98页。

中国人艺术观念领先于西方之处。所以中国画讲究留白，不像西画，涂得满满当当。西画画得再满，也是有边框的，边框意味着有限性；中国画却可以破解绘画的这种有限性，因为中国画有留白，留白是无，是想象、是所有未尽的可能性。所以，空山旷谷，在中国艺术中成为永恒主题，像王维，不只是唐代伟大的诗人，也是绘画史上伟大的画家、“文人画”的鼻祖，所以，他对“空”有着独到的表达：

人闲桂花落，

夜静春山空。

月出惊山鸟，

时鸣春涧中。

你看那空山，什么都没有，但又什么都有，生命的各种迹象、世界的各种可能性，都住在这份“空”里，潜滋暗长。这四句诗，二十个字，翻译给外国人并不难，但这“空”的意念，该怎么翻呢？不懂“空”，就不懂中国诗、中国画，甚至不懂一把中国的椅子。

有人会说，明式家具并不实用。家具，首先要考虑为人所用，实用功能永远放在第一。这固然不错，但我想说，在古代中国，身体从来都是听命于心的，而生活的品质，首先取决于内心的品质。所以，明式家具，诸如书案画案、琴桌酒桌，虽是生活的必需品，也是灵魂的道场——中国人的精神修炼，就在日常生活里进行。它们引导我们的精神向上，而不是让我们的屁股沉沦向下。风骨传典，风物流芳，明式家具，就这样，承载着落实于物质的文化观念与精神图腾。

三

在当下中国，许多土豪都喜欢在办公室墙上挂一幅书法，上书四个大字："厚德载物"。

并不是所有人都知道，这四个字原本出自《周易》，意思大抵是：只有德行淳厚，才配得到物质的供养。在中国，物，从来都是与"德"相对应、成因果。因此，物，不只是"物"本身，而是生命、是精神，有时，还是政治，比如皇帝坐在世界的中央，不是因为他有权，而是因为他有德。孔子说："为政以德，譬如北辰居其所而众星拱之。"[1] 因为有德，他才有资格像北极星一样坐在这世界的中心（皇宫），让万众像众星一样紧密地围绕在他的周围。中国人讲"物理"，不同于西方人讲"物理"。西方人的"物理"，纯属客观世界的规律，声光电色的运行之理。中国人的"物理"，是指"万物的

1 《论语》，见《论语·大学·中庸》，北京：中华书局，2011年，第15页。

道理”，“格物”作为儒家思想的重要理念，就是要以天地万物的道理完善我们的精神。所以《大学》里说：“格物、致知、诚意、正心、修身、齐家、治国、平天下。”儒家知识分子的这一系列必修课，物是最初的也是最根本的出发点，是一切思想和行为的源头。

很多年前，在春风沉醉的晚上，在故宫研究院满目花开的小院儿里，坐在办公室一把老旧的明式椅上，听郑珉中先生不紧不慢地讲琴之九德，谓：奇、古、透、静、润、圆、清、匀、芳，面目慈祥而陶然。那时，这位故宫古琴专家已年逾九旬，历经荣辱，人却变得格外温暖和透明。将近一个世纪的沧桑风雨，居住在他的心里，通过他的古琴流泻出来，宠辱不惊。与他面容的苍老相反，他拨动琴弦的手指，暗含着岁月赋予的灵巧与力道；他内心坚守的品德，亦像一件明式家具，越擦越亮，永不蒙尘。

一件家具、一张好琴，都自有它的品德所在，品德不佳之人，想必是摆弄不了的。王世襄先生谈明式家具，谈到家具有“十六品”，即：简练、淳朴、厚拙、凝重、雄伟、圆浑、沉穆、秾华、文绮、妍秀、劲挺、柔婉、空灵、玲珑、典型、清新。人与之相配，才称得上完美。不配，人就显得尴尬，反正家具不会尴尬。明代文震亨在《长物志》序里所说：“几榻有度，器具有式，位置有定，贵其精而便，简而裁，巧而自然也”[1]那格调，让炫奇斗富者一下子就可以漏了底，像文震亨所说的那样：“近来富贵家儿与一二庸奴钝汉，沾沾以好事自命，每经赏鉴，出口便俗，入手便粗，纵极其摩挲护持之情状，其污辱弥甚”[2]。明式家具是中国人的雕塑，简洁空灵、亭亭玉立、举重若轻，凝聚着中国人对世界的完美想象，在人生哲学、视觉艺术与日常起居之间达成一种高度的统一。

四

明式家具鲜明的造型感，得自唐宋以降中国绘画的线条训练与积累。曹衣出水，吴带当风。终有一天，那精致、流畅、唯美的线条，超出了纸页的范围，落在了木材上。对大树进行剪裁，每一笔，都精准得当，无可挑剔，就像宋玉眼里的邻家少女，增一分则肥，减一分则瘦。有太多的文人，把自己的理想、意念，融入到设计中，却从来不留设计者的名姓（中国的建筑、服饰等亦是如此）。因此，与中国书画不同，中国的明式家具是由无数文人、工匠共同缔造的，在现实中不断地修改和调试，因此才能在最广阔的生活里降落。中国人自古有对物的崇拜，但对物的崇拜里，包括着对自己

1 ［明］文震亨：《长物志》，见《长物志·考槃馀事》，杭州：浙江人民美术出版社，2011年，第22页。
2 ［明］文震亨：《长物志》，见《长物志·考槃馀事》，杭州：浙江人民美术出版社，2011年，第21页。

的崇拜。

从大树到家具，从山石到园林，这个世界的物质属性没有变化——中国人没有去改变这世界的分子结构，只是改变了它们的形状和位置，把森林、石头，甚至河流，安放在生活的周围，甚至，安放在一把椅子上（有些椅子以大理石等石板做面心）。因此这变化是“物理”的（同时合乎东西方对“物理”的定义），而不是“化学”的。将一把椅子放大，就是一座园林；再放大，就是整个世界——因为它们完全是同构关系。坐在这样的椅子上，就可以与世界打通，世界也可以浓缩成自我，温暖的木、坚硬的石、柔媚的水，就此成为身体的一部分。

因此，一把椅子，不只是一个坐具，也是我们与世界联系的一个楔子、一个接口。我们人类的交流、学习、冥想，在许多时刻离不开一把椅子。把椅子抽走，大多数人会手足无措，我们的身体，也将因此而失去一个可靠的支点。

2017年5月19日至22日

婺源笔记

你用一把口琴吹出那个词：夏天

——庞培：《半山亭》

我们有一个共同的愿望：在婺源租一所老房子，住下。在这里，写作和交谈。有点像合并同类项，两个爱乡村也爱文字的人，被婺源合并。但最经济的是我们，在这里，可以与诸多向往的事物同在：山水、风月、田野、老屋、廊桥、灯、牛、农具、村民、酒、书、笔墨、乐器、历史、爱情。在婺源，它们松散地混合在一起，像浸满柴火味的空气，被我们习惯，并且，忽略。但很久以后我们便会发现，将它们组合在一起该有多么困难。（就像我们，在离散之后，再也无法相聚。）只有婺源具有这样的能力，仿佛它是上述一切事物的故乡。任何古旧的事物（包括堂上的字画、器皿、窗栏板上的雕刻）在这里出现都不显得唐突，它们就像是在岁月里生长出来的，没有人为的痕迹，生命中所有的谋划都不动声色，雍容、质朴，与土地、河流、树林、目光、梦境，浑然

一体。

要在婺源待下来，待住，等到我们最初的激情在安静的生活中逐渐退潮，我们就会发现真正的婺源。婺源是内向的，永远与奇迹保持距离，尽管它孕育过朱熹这样的伟人，并且吸引过李白、黄庭坚、宗泽、岳飞这样声名显赫的访客。婺源不是一个发光体，这一点与宫殿不同。在金碧辉煌的都城，即使是旧宫殿也是明亮的，在遥远的距离之外，我们的双眼也会被它屋顶的反光刺痛；在婺源，几乎所有的事物，诸如田野、青山、石墙、烟囱，都是吸光物，质地粗糙，风从上面溜过，都会感觉到它的摩擦力。婺源不属于那种夺目的事物，这里没有一处是鲜艳的，它的色泽是岁月给的，并因为

婺源古民居

祝苇杭 摄

符合岁月的要求而得以持久。为了表明谦卑，它把自己深隐起来。延村、思溪、长滩、清华、严田、庆源、晓起、江湾、汪口、理坑…… 反反复复的村庄，在山的褶皱里，散布着，像散落的米粒，晶莹、饱满、含蓄，难以一一捡拾。

不知道婺源的村落里暗藏着多少高堂华屋，从一扇小门进去，不知会遭遇什么。毫无预兆地，我们闯入明代某位尚书（比如南京尚宝卿余懋学、吏部尚书余懋衡）的客厅，被梁枋槅扇排山倒海的雕花所震慑；作为尚书第、上卿府的背景，层层叠叠的宅院在徽商们手下相继建起，不同时代的房屋，像迷宫一样交织和连接。所有的屋宇，都有一种惊心动魄的美。但它们并不嚣张，那些高大的院墙和华美的雕刻在历经岁月的烟熏火燎之后已不再令人望而生畏，作为对现实的隐喻，这些雕饰—“喜上眉（梅）梢”“合（荷）和（鹤）美好”“鹿（禄）鸣幽谷”—— 变得像现实一样朴素。雕梁画栋，与日常生活连接得如此妥帖。儒雅的官厅中，有几只母鸡在散步，戴花镜的祖母，弯在竹椅上打盹。所有的房屋，都有好几个敞开的入口，我们把那些开启的门扉当作公开的邀请函。我们可以任意参观所有的空间 —— 堂屋、轩斋、天井、花园、庭院、回廊、厨房，甚至卧室。这使我们有了接近婺源的机会。到后来，我们干脆住在里面。我们躺在五百年的木床上睡觉，五百年前的事物就这样在梦中汹涌而来，而现世的烦忧，则再也无法扭动梦的机关。

婺源像夜晚一样，饱含着生活的秘密。夜是喑哑的，它从不嚣张，然而它却是许多事物的开始。夜，是我认识婺源的开始。我们在白天里观察婺源，疯跑，迷失，流连忘返。你的快门频繁闪动，我则享受着漫长的发呆。但在夜晚，我们进入了婺源的内部，可以变换观察婺源的方式，比如：倾听、呼吸、梦幻、想象、交融。夜晚呈现了比白天更多的东西。最奇妙的感受在于，我们能够倾听到倾听者 —— 在黑夜里，埋伏着无数的倾听者，寂静，暴露了它们的存在 —— 不仅包括隐在黑暗中的身影，还有各种各样的物品：桌椅、茶壶、门窗、小巷、树叶、野猫 …… 仿佛事先达成默契，所有的事物都在彼此倾听。倾听成为许多事物交流的方式，很久以来，我们都忽略了这一点，并且因此中断了与许多事物的联系。现在，这种联系正悄无声息地恢复。在夜里，我发现自己和婺源正在相互渗透。我甚至可以看见婺源渗入我皮肤的进度，彼此之间无所顾忌地坦然接纳。

婺源的夜晚是湿润的，像你的身体，令我迷恋。它变成声音、气味和触觉，但它仍可看到。即使在夜晚，婺源依旧保持着它的形象，在黑暗中隐约浮现。我真正看清它，是在所有的灯光熄灭以后。桌案、橱柜、神龛、钟表，在黑暗中，我能感觉到它们的存在——它们具有与黑夜不同的密度，待得久了，我就能看清它们，轮廓鲜明。夜色弥漫，屋檐像船只一样浮现。夜以隆重的形式降临。婺源拥有最厚重的夜晚。在这样的夜里入睡是安详的，你的体温就是夜的温度。

在婺源，我会醒得很早。这一点，与在都市里截然不同。我的身体变得异常敏感，它的反应，与周围的事物完全同步——醒来的时候，我清晰地看见，屋子里的家具，正井然有序地一一苏醒，先是靠窗的条凳，然后是八仙桌，再后是屋角的箩筐……只有那顶旧蚊帐，在我醒来之后，依然睡眼迷离，耷拉在床架上。我的身体知觉依次恢复，从眼，到耳，到鼻，到手足，与此同时，对婺源的记忆一一恢复。窗外的耕牛像多年以前一样劳作，我想起一句诗："村落从牛鼻里穿过”。我的朋友庞培写的。关于婺源，他写过很多好的句子，但我最喜欢这一句。我用手摸摸床，你应当在这个时候起身梳妆。但那床是空的，你已消失，我触到的只是床单的褶印。我知道，在你与我之间，已经隔了好几年的时光。

关于婺源的未来，人们即使不说也心知肚明。美的事物总含有某种无端的寂灭，这种悲剧意味使它显得更加动人。我对一些事物总是怀有绝望的爱，婺源是其中之一。我走到田垄上，心里有些酸楚。曾经自以为刀枪不入、百炼成钢，此时我才发现，还是一如既往地脆弱，毫无进步。我劝说自己，要努力习惯世界的变化，尽管很难；就像一只蝴蝶要习惯那死亡的虫蛹空壳。

我们能在婺源住多久？还没有找到答案，我们已经离散多年。但婺源仍在，像五百年前那样，均匀地呼吸。它不会像你那样决绝，带着冰冷的泪滴，不辞而别。

2007年11月24日追记

原载《作家》2008年第3期

择一事，终一生

回首我的文学历程，我发现自己的大部分时光是在书房里度过的，读书、查文献、写作，成为我生命的主旋律。当然还要过日子，吃喝拉撒，这是每个人都要面对的，谈不上光荣，也谈不上不光荣，总之无须多提。我觉得我是一个相对简单的人，生活简单，想法也简单，为人处世直来直去，没有太多的弯弯绕，也不喜欢心机多的人，不是我智商不够，是把智商用在跟这样的人打交道我觉得是个浪费。我的想法是，作为一个文字爱好者，我要尽量写下好的文字，留下好的文本。这是一个简单的愿望，这个愿望只能靠自己去实现。自己不努力，没人帮得了你，再拉人脉、走后门、自我炒作也没用。自己的作品有几分成色，旁人一眼就看得出来，尤其读者的眼睛雪亮，欺瞒不了。所以文字的功夫是内功，是真功夫，是实打实，不是花拳绣腿，这决定了我以一种最简单也最诚实的态度去面对它，几分耕耘，几分收获。就像农民一样，晨兴理荒秽，带月荷锄归，或者好吃懒做、不好好耕作，结果大不一样，骗不了己，更欺不了天。

我很早就对汉字表现出由衷的迷恋。我深感汉字是古代中国人最伟大的创造，对中华文明有奠定之功。我们不能简单地把汉字当作一种语言交流工具，任何一种文字都可以是语言交流工具，但汉字不同，它决定了中国人的审美方式和思维方式，甚至决定了我们文明的走向。假如没有汉字，还有王羲之、颜真卿吗？假如没有汉字，还有李白、杜甫吗？试想，王羲之、颜真卿是用英语写书法，李白、杜甫用拉丁文写诗，会是一个什么样的结局？月落乌啼、江枫渔火，每一个汉字，都是一个浓缩的世界，有立体的层次，有无穷的魅力。是汉字，唤起了中国人在文化上的创造性，让华夏文明获得了源源不断的动力。我从小喜欢读书，是因为那些书是用汉字印刷的，哪怕是外国文学，也是翻译成汉字的。所以我是从汉字笔画转折里去了解世界，去体味人生的。假若没有了汉字，我们的生命可能都无所依托。假若我们的祖先发明的是另一种文字，汉碑晋书、唐诗宋词就都不存在了，我们的文明史都要重写。汉字是长在我们身体里的文字，是我们生命中的文字。假若我们的文字不是汉字，我简直不能肯定我是否还会热爱文学。

我在沈阳读中学时，就开始在自习时读托尔斯泰、雨果、海明威，把物理、化学这些教科书衬在外面作挡箭牌。到北京上大学，正逢20世纪80年代，莫言、余华、王安忆方兴未艾，我就立即为他们的文字所吸引。我读莫言《红高粱》，读余华《一九八六》，读王安忆《小鲍庄》，读张承志《黑骏马》，读乔良《灵旗》，读马原《虚构》，读洪峰《瀚海》，他们的文字给我带来的冲击力，至今犹在眼前。后来与莫言相识相熟，我从来不提的一个事实，就是我大学刚毕业时曾参加他的签书会，那时他也只有三十多岁，刚刚写完《红高粱》，在书上给我签了一句“祝勇小友指正”。莫言不会知道，我们第一次见面是在那样的场合，我站在人群里，怯生生地请他签了字。我崇拜写作者，惊奇于他们能够在方寸之间创造一个浩瀚无穷的世界，他们是真正的魔法师。我从不崇拜所谓的明星，在我心里，唯有伟大的作家和诗人才配得上“明星”这两个字，就像李白，因母亲在生他时梦见太白星（长庚星）才有了“太白”这个字（李白字太白），这才是货真价实的“明星”，那些靠流量吃饭、胸无点墨的表演者怎么能称“明星”？榜样的力量是无穷的，我一心想成为他们那样的作家，哪怕成为他们的十分之一也好。我从那时就开始写作，当然还不能叫写作，最多只能叫写，一直写到今天。时代风云变幻，我心始终如一。

不止一个人说我写得太多了，当然语气各有不同，有奇怪，也有责怪（暗含着量多质就不好的意思）。但没有量，哪来的质呢？一个人吃七张饼，吃到第七张饱了，难道要他直接吃第七张吗？其实我写得不能算多，只是因为每日坚持，从不放弃，所以显得写得多。不妨做一道算术题：假设每天写一千字（这个任务不算重），一年就能写三十万字，二十年就是六百万字，而我的写作历程，如果从大学毕业（1990年）算起，也起码三十年了，至少应该有九百万字，而实际上，我的创作量也只有一半，也就是五百万字左右。这样一算，就不能说多了。之所以在别人眼里显得多，我想是因为现实的诱惑太多，很少有人能在文字的世界里从一而终。毕竟创作是一条艰苦的路，需要上下求索，许多人等不得，他们要马上可以看见的功和利。创作这件事，与急功近利没有关系，不仅“急”不得，而且也没什么“功”和“利”，热衷于文学者，大多被视为傻瓜。商品大潮一起，20世纪80年代的热闹就不见了，当初写作者作鸟兽散，队伍于是越打越少，轰轰烈烈的创作队伍，变成三五个人，七八条枪。

择一事，终一生，这在今天成为一句流行语，但说起来简单，真正做到，又是何其艰难！我之所以一路写下来，心无旁骛，不能用“坚持”二字概括，归根结底，还是热爱，就是我前面所说的，对汉字所缔造的那个博大、深厚、瑰丽的世界充满迷恋。我无法摆脱它，更不愿意摆脱它。在文字的世界里，我充分感受到了自己的富足，什么样的现实利益，都无法取代文字世界里的自我实现感。好的文字，可以让人获得力量。更重要的，是写作赋予我们独立的人格，不依靠奴颜媚骨，不需要摧眉折腰。一个优秀的作家，就是一个在文字世界里纵横捭阖的王。尽管世俗世界有它的运行法则，连文坛也是一个坛，也有挥之不去的关系网、利益链，但真正的写作者，只能依附于文学本身。

有读者问我，写作什么最重要？我回答了一个字：“诚。”诚，就是诚实、诚恳、真诚。这个字不仅对写作重要，对我们的生命也无比重要。没有了“诚”，就只剩下瞒和骗。在瞒和骗之上，不可能建立一个牢固、稳定、可持续发展的世界。《中庸》里说：“诚者自成。”所有的成功，假若没有了诚，就不能算是真正的成功。

当然，三百六十行，并非只有文学创作最为尊贵，择一事，终一生，每个人都有权去选择自己的事业。这篇自序是我从事写作三十多年的感言，我也以此向所有以诚实劳动换取收获的人们，表达我由衷的敬意。

2021年11月25日写于北京

（本文为《祝勇文学笔记》自序，沈阳：辽海出版社，2022年版）